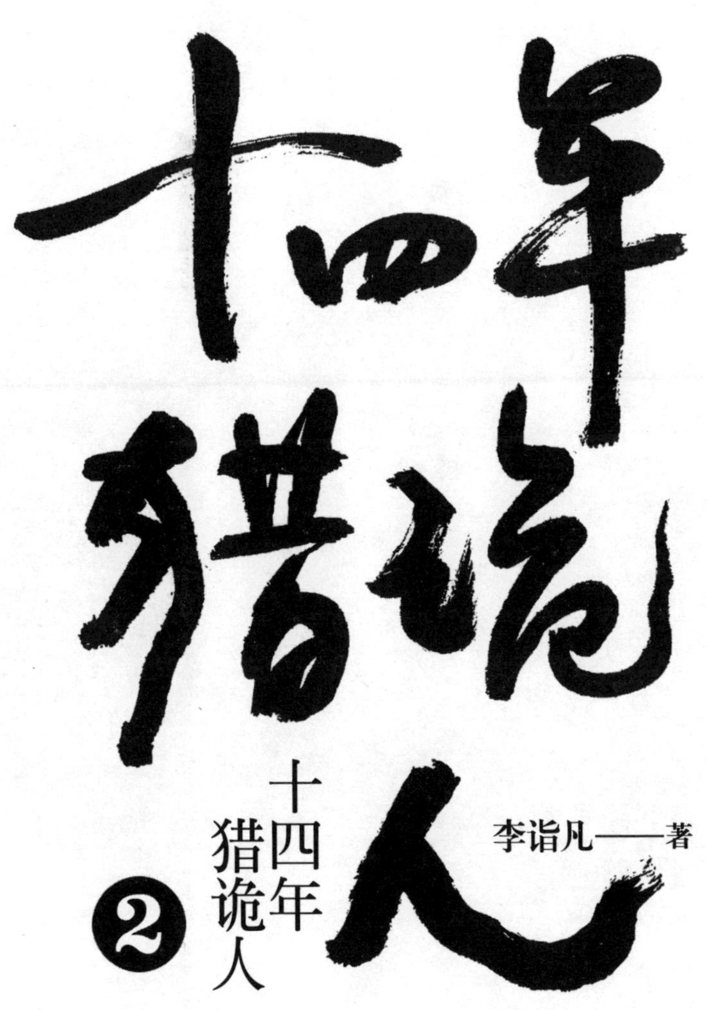

十四年猎诡人 2

李诣凡——著

你凭什么确定，
你一生所见到的，全都是人？

广东省出版集团
花城出版社
中国·广州

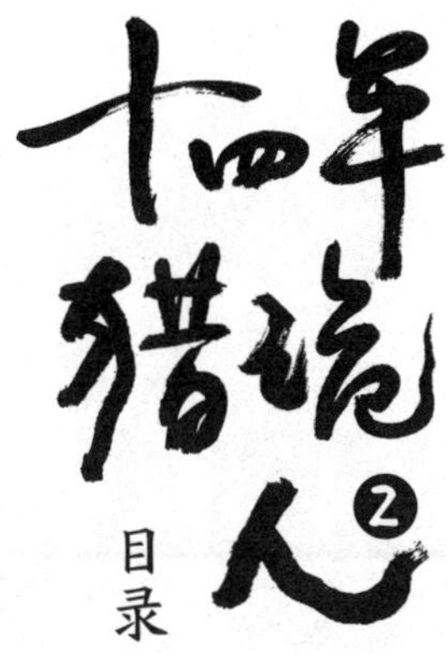

目录

01 书包

在我认识的人里，涉及各行各业，无论长相、身高还是文化、财富，都是参差不齐。于是多年来我练就了一个良好的心态，遇到条件比我强很多的人，我不会嫉妒，也不会眼红；遇到条件比我差的人，我不会蔑视，也不会轻佻。所以说，混迹江湖多年，摸爬滚打，蹉跎中赢得一副好人缘，朋友多，仇家少，大家会关心我，我也同样关心他们，于是当我逢年过节发祝福短信都能够发到停机，我也就默默地为自己一生能够拥有这么多伙伴而感到庆幸。

在这群朋友里，有一位重量级的人物，他是重庆某化工集团董事长，勉强算是忘年交吧，因为他大我整整 25 岁，姓宋，我一直称他为宋大叔。

我和他的相识本是一场缘分。在 2009 年时，我带着彩姐，凭着电话通话积分兑换了两张话剧演出的票，于是在洪崖洞的剧场里，我第一次附庸风雅地观赏了一场孟京辉导演执导的话剧：《空中花园谋杀案》。进场的时候，我骄傲地扬起手里的 VIP 票，不由得在心里对这家通讯公司默默赞许了一下，而这种赞许，却在去年搭飞机的时候被 VIP 室的一个年轻姑娘给破坏了，具体原因无须多说，从那以后，我便毅然决然地投身于另一家通讯公司的怀抱。

话说那天尽管我和彩姐都身在 VIP 区，却丝毫拿不出点 VIP 的样子，整个话剧演出非常精彩，我却在跟彩姐讨论一个剧情猜想的时候，与身边的一位中年人发生了一点争执。这个中年人就是宋大叔。那天他也带着他的女儿来观看话剧，在剧情的认知上，我和他谁也不曾说服谁。话剧结束时，他豪爽大方地邀我和彩姐一起喝酒，席间打听了我的职业，我没有隐瞒，因为我觉得可能今后也不会再跟他见面了，不料却在那之后大概一个月的时候，我们重新相遇，而这次相遇，却是因为他的一位故人。

说是故人，其实也算不上。

2009 年冬天，宋大叔给我打来电话，约了我在北滨路俊豪附近的一家咖啡厅小坐，说有要事要找我谈谈，因为知道他是一家大企业的老板，而跟这样的人做朋友，对我的业务是有帮助的，多少怀了一点私心，我应约去了。既然是谈事情，也就不必做过多跟谈话无关的事情，点了一份羊排、一杯柠檬水，因为我实在是受不了咖啡那种羊屎味。

宋大叔显然是有事要请我帮忙，我能很轻易地看出来，老这么客客气气的我也觉得别扭，于是我就告诉宋大叔，既然当我是朋友，有什么话，就可以直说。

宋大叔沉默片刻，叹了口气说，事情是这样的。

他已经 50 多岁了，对于公司的事情，也仅仅是挂名而已，公司的运作模式已经非常成熟，他已经不需要像从前那样，时时刻刻都把公司里的事记挂着，这样一来，他每天也就过得比较清闲。他算是个有比较好生活习惯的人，不抽烟，偶尔喝点酒，晚上 11 点之前睡觉，早上 6 点就起床，因为家庭住址就在北滨路，于是他每天都坚持到江边上去散步，呼吸下新鲜空气，看看身边的江河。在一年前的一个早上，他在沿河堤坝的公路桥桥洞里，看到了有人住在那里，心里好奇，就凑上去看，一个浑身脏兮兮的看上去像个乞丐流浪汉的人，正盖着报纸睡觉。

宋大叔看着觉得那人十分可怜，他同样不认为一个逻辑清晰思维正常的人，会这么凄凉地住在桥洞里，于是悄悄走到流浪汉的身边，在他的旁边放下了自己买来当早餐的茶叶蛋和豆浆，然后默默走开。

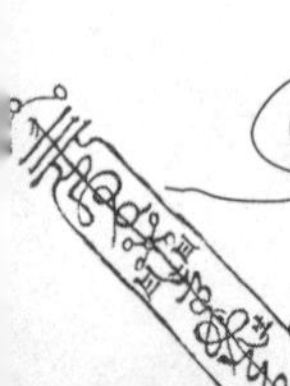

我对宋大叔这样的行为肃然起敬，我深信在任何一座大中小城市里，都有着若干数量的流浪人员和我们一起存在着，呼吸着和我们同样的空气，喝和我们一样的水，吃着我们丢掉的东西生存。只是我并不知道为什么，我们身边的流浪汉，看上去总是比电影里那些外国的流浪汉更倒霉，他们总是显得更脏，更邋遢，更令人嗤之以鼻。他们当中大多数其实是因为精神上有疾病，也有少部分是过度好吃懒做，不过这并不重要，首先他们是人，他们应该享有和我们一样的人权，人的身份或许有高有低，文化程度也有深有浅，但是人格，到哪里都是一样平等的。

从那以后，宋大叔每天早上散步路过那里的时候，也都会有意无意地看看那个流浪汉还在不在，都会不声不响地悄悄多买上一份早饭。大半年下来，流浪汉也算是和他混熟了。作为两个地位身份极其悬殊的人，却也能够在这样的际遇下，相互认识。宋大叔说，自从有一次他看见流浪汉醒着，坐在那里对着河水发呆，他走上前去留下早饭以后，此后每次宋大叔去送早饭，那个流浪汉都会用一种有点奇怪的笑声来作为对他的答谢。后来宋大叔也尝试着要跟这个流浪汉聊聊天，看看能否打听到他的身世。人上了点岁数就是这样，不管年轻时做过什么，到了中年就开始想办法要多做点好事，于人于己，于天地于人心，都会让自己觉得好过一点，用宋大叔自己的话来说，这就是领悟，当日子稳定的时候，总是想着要为身边的世界做点什么。可是在他尝试跟流浪汉沟通的时候，才发现，这个流浪汉是一个聋哑人。

这样的日子一直持续着，宋大叔虽然无法得知流浪汉的身世，但是长久以来形成的习惯依旧没有改变，他还是每天都散步到那附近，给流浪汉带早餐，直到有一天，他再次走到那里的时候，发现那里停着一辆警车和一辆 120 救护车。他心里突然有种不祥的预感，于是凑上前看，看到一群医护人员用担架抬着流浪汉的尸体上了车，他才知道，头一天夜里，这个流浪汉已经死了。

宋大叔也算是心慈之人，于是他向身边那些围观的群众打听，想知道这个昨天看起来还好好的人怎么今天就这么死掉了。一个在桥洞附近守船的大婶说，头天夜里，几个在船上吃鱼的人喝醉了，出来以后看到流浪汉在桥洞里生火烤火，于是不由分说上去就是一顿毒打，周围的人大多冷眼旁观，偶尔有一两个声音在说别打了，但也很快消失不见。当乞丐被打晕了之后，几个醉汉就好像没事一样地走掉了。第二天早上，做卫生的清洁工发现了死去的乞丐，而那个时候他已经死了有好几个钟头了。

我听到这里，非常愤怒，我猜想莫不是宋大叔要我帮着找到那几个行凶的人？这我可真是爱莫能助，跟死人灵魂打打交道我还行，要我找几个活生生的行凶者，我还真是无能为力。虽然我也很希望能够找出那几个畜生，然后痛打他们一顿。当我正想告诉宋大叔，我可能帮不了他的时候，宋大叔接着说，奇怪就奇怪在这件事发生后的一周某一天，他还是像往常一样清晨出来散步，虽然知道流浪汉已经死了，却还是出于一种习惯，特别买了几个大肉包子，还有豆浆什么的，准备默默地放在流浪汉先前住的桥洞那里。但是在那天早晨，他却清清楚楚地在桥洞那里，看到了那个流浪汉，看上去是活生生的，在洞边悬着双脚一摇一晃的，冲着他笑。当宋大叔反应过来那并不是幻觉的时候，就被这种突如其来的情况给吓倒了，于是扔下手里的早餐，拔腿就跑，跑的过程中回头望去，看见那个流浪汉走到掉在地上的早饭前，蹲下开始吃。

我能想象得到当时的情景。大冬天的，天本来就亮得很晚，加上重庆冬季的天始终是灰蒙蒙的，早晨只比深夜稍微亮堂那么一点点而已，在清晨睡眼惺忪的时候突然看到这一幕，绝对够提神。

综合宋大叔先前所说，是在流浪汉死后的一周才撞鬼的，于是我宽慰他，你别担心，没关系的，头七都会还魂的，而且只有他在乎的人并且在他希望被看到的情况下，你才能看到。这么说来，他虽然是个流浪汉，但是对你的感激还是存在的。他本身是聋哑人，而且精神可能多少也有点问题，所以你放心，他不会伤害你，即便是没有离开，我去给他送上一程也就是了。

宋大叔说，他当时跑掉后回家也拜了菩萨，但是心想自己也没做过什么对不起他的事，其实完全没有理由害怕，而他也知道头七要还魂，想说今后可能再也见不到这个鬼魂了，于是在次日早晨，再度买好早饭，忐忑地去了那个桥洞，结果还是看见了那个乞丐，不过这次宋大叔没有逃跑，而是和过往一样，沉住气走到他身边，放下早饭后才离去。

这样一来，就轮到我觉得奇怪了。因为这并不符合常理，这就是说，流浪汉的灵魂在头七的时候回来过，就不曾离开了。这事我得管，不能让它继续在这里游荡，因为对于一个精神有问题的鬼魂，长期放任，一定会惹出麻烦事的。

于是我问宋大叔，最近一次见到这个流浪汉是什么时候。他说，就是今天，早上见到了，总觉得有什么地方有问题，于是就约你出来谈谈。我问他到底是哪里让他觉得有问题，他说他看到那个流浪汉的时候，发现附近拴船缆绳的石头上，坐着一个清洁工，正卷着裤腿在检查脚上的伤口，看样子是摔了一跤，看流浪汉的时候，发现他正警惕地趴在地上，身体下面压着一个粉红色的小书包。宋大叔壮着胆子走过去放早饭的时候，流浪汉也一反常态地没有拿着就吃，而是警觉地看着宋大叔，眼神里满是戒备。

书包？一个流浪汉怎么会有书包？宋大叔说，不好意思，我刚刚忘了说，还不止一个书包，在他还没死的时候，他就在那个桥洞里收集了好几个书包，各种颜色的都有，都是那种小学生背的书包，他死后到头七的那几天，由于桥洞的地方比较高，大家都没去动他放在桥洞里的东西。于是我猜想，大概这些书包对于流浪汉来说，是很宝贵的东西，他才会一直这么保护着，他就对那些想来拿走书包的人做了伤害的行为。

我听完以后，觉得说得在理，因为这有可能就成为一种执念了。我问宋大叔，除了早上，你还在别的时间段里见过这个流浪汉吗？他说他只在早晨散步到那附近，其他时候还不知道。于是我提议，不如我们现在去一趟吧，看看能不能找到他。

在此我想解释一下。宋大叔并没有阴阳眼，他之所以能看见流浪汉的灵魂，跟他自身的眼界没有关系，而是流浪汉自己愿意被他看到，这种疯癫的灵魂是最可怜的，可怜是因为它的纯粹，毫无心机。而也是比较可怕的，因为活着的人就数疯子最可怕，更何况是一个超常存在的鬼魂呢。所以无论如何，尽管还没有伤害到别人，但是他依旧是个潜在的危险，因为没人知道接下来会发生什么事，而对于这种待在自己不该继续停留的世界里的鬼魂，我没有选择，必须带走。

迅速吃完剩下的羊排，连柠檬水也没有动过，我们很快就到了宋大叔说的那个桥洞。

这是一个下河道的小路，大概是专门为了给那些挖河沙的大货车开辟的一条道路，顺便也为那些喜欢吃江鱼的人，步行到河边上船吃鱼提供便利。我远远望见一个守船的阿姨，于是停下车，和宋大叔一起步行下到河边，那个桥洞就在河边不远处，我问宋大叔，那个流浪汉现在在不在？因为我并不能看见。他说，在，而且他看见我了。我对宋大叔说，我们过去看看，要是发生什么事，你记得提醒一下我。

这是先前在修上面的公路，为了填平路面，也同时具有防洪功能的一个桥洞，天色渐渐有点黑了，但还是能够清晰地看到桥洞里那几个五颜六色的小书包，正如宋大叔说的那样，是些小学生书包。于是我停下来，对宋大叔说，麻烦你上去给他说一下，我是来帮他的，但是我需要借一下他的书包，才能喊到他的魂，才能好好给他带路。宋大叔答应了，于是他顺着那些八角形的堤坝砖走上去，我远远看到他蹲在地上，对着空气嘀嘀咕咕地说些什么，然后对我招一招手，我猜想他可能是说服了流浪汉，于是我也爬上了桥洞，先是念叨了一句莫怪莫怪，然后伸手去拿地上的一个黄色小书包，正要碰到书包的时候，我突然感觉脚被扯了一下，然后被一种力量一推，我就从桥洞里跌了下来，实实在在地摔在离桥洞口大概一米高的地面上。

这一下摔得很是严重，幸好是背先着地，如果是脸先着地就完了，我毕竟还要靠长相吃饭的。我先是感觉有点背气，脑袋嗡嗡响，头也昏沉沉的，迷迷糊糊中，听到了宋大叔的叫喊声和一阵笑声。宋大叔在叫喊什么我没听清楚，但那笑声我却清晰地分辨出正是那个守船的大婶发出来的。我慢慢起身，歇了口气，检查了一下身上有没有受伤，还好除了跌出洞口的时候胫骨被八角砖磕到，破了点皮以外，没有什么大碍。我冲那个大婶有点生气地喊道，你笑什么笑啊？大婶说，怎么不笑啊，你已经不是第一个摔下来的人了，你们勒些娃儿哦，喊你们不要爬不要爬，愣是不得听！

虽然她幸灾乐祸的行为非常令人鄙视，但是似乎她已经目击了好几个人从上面摔落，于是我也只得忍住气问她，那些人都是怎么才摔下来的。大婶告诉我，那些人都是爬上去捡上面的东西，然后没踩稳，就掉下来了。

她肯定是个不太聪明的人，难怪要一辈子守船。尽管这样，我至少从她口中侧面证实了一件事：大概这个世界上除了宋大叔，没人能拿到那个书包。

流浪汉精神有问题，所以出尔反尔也是正常的，怪就要怪宋大叔无知地以为他是真的答应让我拿书包，也要怪我竟然傻到忘记了这个精神有问题的鬼是不用负责任的。于是又是好气又是好笑，坐在离桥洞不远处的一个石头上吹着伤口，我想当时那个清洁工的姿势应该是跟我一样的。

歇了好一会儿，我把宋大叔叫到身边，我说，还是你去拿书包吧，他信任你，应该不会对你怎么样的。

宋大叔有点犹豫，但他还是这么去做了，事后他告诉我，当时他再一次向流浪汉的鬼魂表达他想拿书包的意图，直到他试探着拿的时候，流浪汉还是笑嘻嘻地看着他，那表情好像在说，拿去吧拿去吧。听他这么说，我瞬间想到了许三多老师。于是书包拿了下来，我们拿着书包，走到我的车后面，那里是一排梯子，直通河边。我们顺着梯子下去，由于脚受伤，我有点一瘸一拐的，步履竟然不如一个 50 多岁的中年人矫健，这让我十分受打击。

我对宋大叔说，我要开始作法喊魂了，一会儿喊出来以后，你能看见他，我让你问什么你就问什么，然后把他的话转述给我。原本我打算叫来小娟，但是我心想她一个女孩子，虽然愿意帮我，但是总是要人家来帮我看鬼，多少还是有点不好的。正好眼前的宋大叔能够看到流浪汉，而且他俩关系还比较熟，还是让他来好了。

喊魂进展得有点困难，我知道那是因为这个鬼魂早已迷失了。喊魂在我们行内分成四种方法，第一种，就是我最常用的这种，需要有与逝者生前有直接关联的一些东西，从上面用引魂咒找到这个鬼的正主，从而喊出来。这样喊出来的魂我们一般人是看不到的，但是能透过一些媒介知道，例如，一个有阴阳眼的或是笔仙、钱仙之类的方式。第二种，是吉老太的方法，也就是俗称的下阴身，就是让自己成为一个媒介，让逝者的灵魂附着在自己身上，然后和活人沟通，这样一来虽然可以直接对答，但是这就像是在打电话一样，只闻其声不见其人，也是现在很多自称通灵的人最常用的方法。不过骗子多，真假难辨，而且必须是有特殊体质的人才能办到。第三种，是立水碗，就像黄婆婆那样，用走阴的方式，自己灵魂出窍，下到阴间去亲眼看，亲自问，然后把逝者的消息带回来反馈给活人。和吉老太的一样，这种骗子多，而且危险性比较高。因为所谓的“阴过去”，其实你的身体就只剩下一个肉身，而如果没有足够的把握，你是不敢阴得太深的。因为发生过无数自称厉害走阴婆的人，阴下去就再也没回来过。第四种就是要画敷结阵，然后丢牛角牌问卦，继而用逝者生前的东西来做媒介，这能够召唤出实实在在的灵魂，大家能够看到。这种手法，说服力强，精准无误，而且喊出来的鬼魂无论生前死时是什么样的状态，都是有问必答，且绝无虚言，意识也很清晰。但是大伤元气，施法者稍有不慎，就会重病一场。我师父喊藏地姐夫的时候，就是个很好的例子，所以不到万不得已，或者是确信自己完全能搞定，否则不可乱用。

喊魂好不容易总算成功，宋大叔拍了拍我，示意已经出来了，于是我接着开始念安魂的咒文，念了许久，直到宋大叔告诉我他完全冷静下来，我才开始发问。于是渐渐地，我和宋大叔总算是了解了这个流浪汉的一生。

他姓苟，52 岁了，是从重庆南边的綦江进城打工的农民。由于天生是个聋哑人，所以在嘈杂的工地上干活，对他的影响并不大。他干活卖力，却因为是聋哑人的关系，常常遭到工头和一些工友的戏弄和嘲笑。几年前眼看要过年了，他也想早早把薪水领了好回家去，却被老板用各种理由扣了他的薪水，最后拿到手里的钱除去来回的车费，连给孩子买一身新衣服都不够。由于老苟是个残疾人，没人愿意跟他一起过日子，40 多岁才娶到一个老婆，但他的老婆也是个残疾人，在农村老家务农带孩子。他们夫妻还有个女儿，庆幸的是女儿非常健康，没有一点残疾，而且非常懂事。但是由于父母都是残疾人，家里非常穷，穷到孩子都上不起学。无奈之下，老苟决定到城里的建筑工地上当苦力赚钱，赚的钱就希望除去家用后，给孩子当作第一笔学费。

可是由于老板的无德，非但只给了他非常少的钱，还以他偷工地的东西为由，要把他开除。他不会说话，于是也就无法争辩，恼怒之下，他冲上去就想跟老板拼命，却遭一群工头一顿毒打，然后被赶走了。他离开以后，觉得自己的世界完全塌陷了，对不起女儿也对不起自己的尊严，活不下去，却又没有寻死的勇气，终日恍惚游荡，活活把自己逼疯了，成了一个流浪汉。

但是即便如此，他也没有忘记自己女儿想要上学的愿望，于是疯疯癫癫地，在垃圾堆里或是河道边的浮游物里，捡来了很多小书包，他自以为还能送给孩子上学用，却早就忘了自己根本回不到从前了。

我见过太多令人动容的故事，这个流浪汉只是其中一个。我见过无数个爱家爱孩子的父母，他们的心情和流浪汉是一模一样的。

宋大叔黯然地转述完流浪汉的话，最后流浪汉还是对他说了谢谢，谢谢他这么长时间，给他早饭，他说宋大叔是个好人。我对他说，我觉得你真应该谢谢他，如果不是他，你现在还在人世间游离。

选择了离开的方式，我带他上路。

我原本打算去殡仪馆领走已经火化的老苟的骨灰，然后送回他家乡去，但是却被告知已经被警察局的人领走并撒进江里了。也罢，这么多年住在桥洞里，最熟悉的，只怕也就是眼前的滔滔大江了。

原本我们还打算去找到那个欠薪的老板，借助宋大叔的人脉关系，但是后来一想，还是放弃了，找到又有什么用呢？要回钱来又有什么用呢？这样的畜生，还是留着他自生自灭吧，《无间道》里说得好，出来混迟早要还的，我想当轮到他还的时候，滋味一定比老苟难受一百倍。

一年后我听说，宋大叔接济了老苟的孩子，孩子终于有学上了，自然也有了崭新的书包。此外他还在綦江靠近贵州的山区里资助了好几个贫困孩子。

谁说商人无德无良，这不就是个例子吗？

02 楚楚

在 2007 年的时候，我偶然接触了一个神秘的门派。它属于道教的分支，在国内是一个比较大的派别，主坛在江苏，而弟子却分布在全国各地，以南方为主。自古以来，这个门派就以神秘莫测而著称，先有遁地穿墙，后有点石成金，而历史上对他们的传说更是数不胜数，我很小的时候就看过有关他们这个教派的纪录片和动画片，在师从师父的时候，也常常听到师父和一些前辈提起，于是我深知该门派不该去无谓地打扰。

由于门派大，教徒多，分散各地民间，于是自然也出过个别败类，自私自利，为祸世人，以控制鬼魂，来达到自己的目的。

虽然不算是道家人，但是我深知，但凡行道者，若心有不轨，定遭天谴。而天谴似乎都来得比较迟。那一年，偶然的情况下，我有了生平第一次实战斗法，而对手就是这样一个无法无天的妖道。

那是春节后不久，天气还比较冷，我是个比较懒的人，只要上床睡舒服了，尤其是冷天，早上我是不会主动起床的。但是那天我头一晚睡觉的时候忘记关电话，于是很早，就接到了一个女人焦急的电话。电话那头，她带着呜咽的声音对我说，家里出事了，求我一定要救救她的女儿。我本希望安抚好她的情绪，让她慢慢细说，但是她始终无法停止哭泣，断断续续说了很久，我却怎么也听不懂。没有办法，只能请她到我家里来，当面说个清楚。

告诉了她地址以后，我就起床洗漱。彩姐已经上班去了，不过她并没有忘记在家给我煮好鸡蛋，我知道那个打来电话的母亲一定十分焦急，不敢拖延时间，于是用很短的时候吃完早餐后，我就在家静候她的到来。

很快她就来了，敲开门以后，她直接在我家门口就跪倒在地。她说师父，求你救我女儿，一定要救她，接着开始哭泣。这已经不是我第一次遇到这样的情况了，有很多次找上门来的人，都会在我打开房门的时候做出类似的举动，有几次还被一些邻居看到，于是我猜测在底楼大妈群里一定有关于我的风言风语。说不定还传我是双性男女通吃，要不怎么常常会有人在我家门口下跪，然后哭喊央求。为配合我玲珑般的长相，面对诸多猜测与传闻，我通常冷笑一声作为回应，不置可否，既帅，又酷。

这次这个是个看上去比我大几岁的姐姐，从她的年龄判断，我估计她的女儿也就在 4 至 7 岁。我不能让她继续跪着而彰显自己有多么能干和了不起，于是赶紧扶她起来，请她进屋。进屋的时候才发现，她身后还跟着一个男人，岁数稍微大点，大概 40 岁的样子。开门的时候他在门的一侧，我并没有看见他，我猜测他若不是这个姐姐的丈夫，那么应该是她的哥哥。

他的表情显然要理智和冷静得多，甚至还带着一种不屑。于是我觉得他大概也是顺着这个姐姐才来的，而作为他自己来说，估计对我们这行当还是不怎么相信的。其实无所谓，多年来我早已习惯面对各种人猜忌的眼神，多这一个不多，少了也不少。上门便是客，既然来了，只要不过分地不尊重我，我是不会有什么偏激的看法的。

那个姐姐和男人坐下以后，为了稳定她的情绪，我给他们倒了茶水，然后在她对面坐下，问她到底发生了什么事，以至于她这样焦急。她稍微平复了一下情绪，才跟我说了事情的经过。

她姓薛，30 岁了，重庆渝北区统景人，25 岁的时候结婚生下一男一女龙凤胎，两个孩子当下都是 5 岁了，本来一家人生活得和和美美的，但是在

两个孩子不到3岁的时候，她的丈夫在外面跑摩托车的时候被车给撞死了。这给这个家庭带来巨大的冲击，幸好两个孩子还没有很强的记事能力，于是薛大姐就把孩子托付给在统景老家的父母带着，自己来到重庆主城打工。由于人比较年轻，而且工作刻苦，很快得到公司老板的赏识，渐渐被提拔为一个大片区的经理。身份得到了提升，也就相继地认识了很多人，其中一个人就是她现在的男朋友。说到这里，她指了指她身边的那个跟着进门的男人，说他姓魏，是个做配件生意的生意人。这个魏先生离过婚，但是没有小孩，而且愿意接纳薛大姐的两个孩子。薛大姐觉得这个人很可靠，于是就在2007年的春节把魏先生带去了统景老家，一方面看看父母看看孩子，另一方面也换个方式告诉自己的家人，她找到一个可以继续爱她的人了。于是在老家那几天，大家都快快乐乐。家里人对魏先生也很满意，两个孩子也都很喜欢魏先生，薛大姐也就心满意足打算找个日子就低调跟魏先生把婚结了，然后再把孩子们接到城里来，再次组成一个完整的家庭。

但是从老家回重庆后不久，老家的母亲就打来电话，说双胞胎里的姐姐，在猪圈上吊自杀了，死了整整一夜才被早上起来喂猪的外公发现。这无疑是一个晴天霹雳，于是薛大姐赶紧和魏先生一起又回了统景。悲恸欲绝的薛大姐在短短几年的时间里，先后失去了两个对她来说至关重要的亲人，连我这个长期见惯了生死的人也替她可怜。在他们老家农村，对于这种夭折的孩子是不能修坟立碑的，只能找一片荒地就地掩埋，或者是扎一个竹筏，下放到江里。当时魏先生说，让孩子的尸体在河里喂鱼，实在太残忍，于是就建议找个僻静的地方埋了，好歹地方不会改变，年年祭祀的时候，还能有个烧香的地方。薛家人认可了这个准女婿，也就对他的提议表示赞同。

统景在渝北区，以前是深山，后来开发了温泉和金刀峡等景区，现存的荒地农田已经不怎么好找了，于是一家人请来道士法师，一路敲锣打鼓，把孩子的尸体用油布包好，送到离他们家几里地以外一处背山的向阳坡掩埋。而这一切，都发生在她来找到我之前的半个月。

那段时间薛大姐也没有回去上班，想来她的领导也没这么没人性。于是她天天在魏先生的陪伴下，痴痴地在埋葬女儿的地方，不停地望着女儿的照片痛哭，她说幸好那段时间有魏先生照顾着她，否则她可能已经疯了。

接下来她告诉我，之所以要来找我，是因为女儿死后第七天的早晨，她还是恍恍惚惚地来到埋女儿的地方，却发现女儿的尸体暴露在地面上，周围有些好像是狗的脚印。她大受刺激，当场晕倒，直到醒来的时候，已经在自家床上了，是魏先生把她带回了家。她醒来以后发疯似的要去山上把女儿的尸体带回来，带去城里火化安葬。魏先生告诉她，孩子已经重新掩埋了，上面还夯实了，不会再被野兽拉出来了。于是薛大姐才稍微冷静，想起自己不幸夭折的孩子，再难控制，抱住魏先生失声痛哭。

但是这事还没完，就从那天重新掩埋了开始，怪事再一次降临，双胞胎中的弟弟突然晚上起来朝着屋外走，够不到门闩，就一个劲儿地拿头撞门。撞门的声音惊醒了家里的人，赶忙跑来看，在打开灯发现儿子的时候，儿子突然像是回神了一样，愣了一下，就晕倒过去。外公外婆又是用水敷脸，又是掐人中，好一阵孩子才醒过来。薛大姐此刻已经不能再受到任何一点刺激了，她哭着对自己的儿子说，孩子，你到底怎么了，妈妈已经很伤心了，你千万要在这个时候跟妈妈一起顶住，要懂事。儿子却告诉妈妈，他说他看见姐姐在窗外的树上挂着，姐姐说她身上很痛，要他去帮她。于是薛大姐突然意识到，自己家是不是被人下了咒了？因为在农村，下咒的事情虽然不算常见，但都是有所耳闻的。很多心胸狭窄的人，看不得别人比自己过得好，就想方设法地算计别人。想到此处，薛大姐前前后后把所有事情串联起来，于是她越想越觉得自己家肯定是被人下咒了。接下来一个礼拜，就四处寻人打听，道法做了很多场，但还是没用。她深信自己已经死去的女儿现在正在地狱受苦。女儿和儿子血脉相通，从小就在一起长大，所以她才用她的方式告诉自己的弟弟自己很痛苦。做母亲的，没人能忍受自己孩子的痛苦而置之不顾，百般化解无果，终于有人打电话告诉了她我的电话，说我在重庆的确还算做过不少这类事情，也许能够帮得上忙。于是薛大姐像是抓到了救命稻草一般，信或不信先丢到一边，哪怕有一点点希望，她都要努力到底。

我完全能够体谅薛大姐的心情，作为一个女人，短短几年间遇到这么大的变故，若非还有一个孩子，我想她一定倒下了。于是当下我就决定，这个忙我一定要帮，不管佣金是多少，我只想帮助这个可怜的女人和残破的家庭。但是我听完她如泣如诉的经历以后，却发现了几个我想不明白的地方。

首先，统景虽然不在主城区，但是也勉强算是城乡结合部，哪怕是没了山林农田，但人迹绝不至于罕至，哪来的野兽野狗，刨出孩子的尸体?

其次，为什么偏偏在春节后，且是孩子去世第七天的时候，被曝尸荒野?

最后，按薛大姐所说，这个女儿才 5 岁，哪怕我们的电视内容再不健康，也不至于把一个 5 岁的小女孩教到去上吊自杀吧? 而且一个小女孩把自杀的地方选择在猪窝里，明显是不希望人看到，这和她 5 岁的智力程度严重不符。

于是，我觉得事情非常蹊跷，在答应薛大姐的时候，我甚至非常没有把握。但是我隐隐约约有一种感觉，这件事的背后一定有阴谋，而最可能的一种情况，就如薛大姐所说，被人下咒。

我觉得我必须要慎重对待这份信任，于是我对薛大姐说，走，现在就带我到你老家去。

魏先生是生意人，他开一辆价位在 40 万左右的车，于是我也就不好意思提议坐我的车去。再者他知道路，也省去了我开车走错路耽误的时间。上车后，我看到魏先生的反光镜上挂了个牛骨牌，上面刻了个类似符咒的东西。那个符号我似乎在哪里见过，于是我问他，这个牛骨牌上的符咒是什么意思? 他告诉我，这是他早年在江苏的时候，在道家山上求来的附身符，由于自己当初是去旅游的，也就不怎么相信这些，于是一直都没戴在身上。直到这次薛大姐家里出了这么件大事，他才又重新找出这个符咒，挂在车上。

从我家到统景镇，车程大约 40 分钟。从统景镇到薛大姐的家里，大概还有 40 分钟。于是到她家的时候，已经是中午了。原本很希望尝尝统景农家有名的八大碗以慰藉肚子里的馋虫，但是这个时候提出要吃的似乎没有行家风范，反倒有点像个讨饭的。于是我痛苦地对他们说，现在就带我到你女儿埋葬的地方看看吧。我提出让魏先生带我去，为的是不让眼前的薛大姐再受一次刺激。于是魏先生吩咐他的准岳父岳母照看好薛大姐，就带着我上了山。

这是座很小的山头，中间经过了一片松子林，有些松枝上还挂着黄色的好像铜钱的小纸片，想来是当时送孩子上山埋葬的时候，沿途撒下的。山里确实没有几户人家，松林遮住了大部分的天光，配合那些冥纸，走在林间的确让人不自觉地感觉到一阵阴森。转过那片松林，沿着小路朝东再走了十来分钟，魏先生在一块相对开阔的荒地上站着，说，就埋在这里了。

我低头看了看埋葬孩子的地方，不由得微微心酸。在几块大石头之间的一个小洼地里，突兀地隆起了一个小小的土包，泥土都是新鲜的，也确实如魏先生所说，牢牢夯实了。

我蹲下身来，在那个小土包上撒了点米，然后用手指蘸水弹，接着拿出罗盘，打算看看这个孩子的魂到底是不是正在受苦。

这是有所判断的，因为一个鬼魂的情绪若是正面的，指针旋转的方向和频率和它愤怒痛苦时是不一样的，但奇怪的是，罗盘竟然没有丝毫反应。

不应该是这样，如果按薛大姐说的，孩子死后七天的夜里，晚上她家儿子在给她说姐姐在叫他，说她很痛，所以这说明已经有鬼存在了；再者，那个情况发生在第七天的夜里，但是灵魂的停留是从第七天的子时便开始游离，持续 49 日，也就是说，不管怎么样，49 日内，即便鬼魂没有存在，灵魂也绝对是存在的。而我的罗盘竟然完全没有反应，这是我从来都没有遇到过的，太不正常了！于是我一头雾水，这种反常的现象让我开始觉得害怕，突然一个冷战，我察觉到，自己会不会是卷入了一场所谓的“阴谋”当中？

我突然想到师父曾经跟我说过的一件事，在云南苗疆，也有一些地方习惯把夭折的孩子草草掩埋，没有墓碑也没有坟墓，并且这样的孩子表示他自身的修炼还不够，不能够完全做人，于是也就和我们这边不同，他们不能去烧香祭祀。这样一来，没有了香火，那些夭折的孩子就成了孤魂野鬼，无人认领。于是苗疆的鬼事特别多，大多数都是苗童所致。师父说，如果我以后遇到这样的情况，记得要问清楚孩子的名字，然后把名字刻在木牌上，再把木牌跟孩子埋在一起。这样孩子知道自己姓什么叫什么，就不会成为野鬼，也有阴司来带他们往生。师父告诉我，这种方法说得通俗一点，就是为了让孩子到了阎王爷那里，能够报上自己的名字，不会因为无名无分而下地狱。

想到这里，我转头问魏先生，这个孩子是穿衣埋的还是裸埋的？他说是穿了衣服的，我问他，穿的什么衣服？他说穿了一件红色的棉袄。

我心想，坏了，死人穿红是大忌，加上没有顺道埋下名牌，再加上这个孩子暂定她真的是自杀的，那要超度她，可就真的非常棘手了。于是当下我们折回薛大姐家里，我把我的看法和分析告诉了他们家里人，而目前已经不能再把孩子的尸体挖出来一次，然后换衣服刻木牌，再次掩埋。除了薛大姐承受不住这样的折腾，而且这本身也是对尸体的大不敬，恐怕不仅带不走她的魂魄，我说不定还要被缠住。

一时没了主意，这时候的我需要绝对的冷静，于是我告诉薛家人，今晚看来我得住在你们家了，你们都别管我，让我自己好好寻思下这件事。

在我眼里，薛家人和魏先生是我的客户，也是我要帮助的有缘人。而在他们眼里，我是救命稻草，是希望。于是他们没有怠慢我，立刻收拾了一间小屋子给我住。我被难题困扰，完全没有头绪，只得再次独自上山，在埋小女孩的地方附近来回绕了很多圈，拿罗盘拿到手发酸，却还是没有丝毫线索。而我又不能打电话求助师父，因为师父已经退休，他如果插手的话，会受到一些奇怪的干扰的。于是就这么在山上转悠，直到天黑，我才顺路回了薛家，一进院子，就听到薛大姐一边哭，一边喊着："楚楚……楚楚……"

我心里一阵翻滚，我想，楚楚应该就是小女孩的名字。即便知道了，此刻的我也无法再次挖开她的坟墓，把刻好的名牌放下。我甚至无法找到她的灵魂，就好像一个走丢的孩子，着急寻找，越是想要找，却越是找不到。

为了避开薛大姐那种伤心欲绝的眼神，我从屋子的侧面绕进了他们为我收拾好的房间，连晚饭也不打算吃了，一个人在房间里反复思索，试图把全部找到的线索串联起来，却始终是一个个零碎的片段，残缺不堪。就这么一直在脑子里纠结挣扎，直至深夜。我估计那时候是夜里 1 点，我正迷迷糊糊快要睡着的时候，一阵刨门的声音突然响起。

声音不大，但我还是清楚地区分出就是我这个房间的门。我原本觉得可能是我把门锁上了，薛家人大概想进来拿什么东西，于是我起身开门。打开门以后，我看见薛大姐的儿子正面无表情两眼直勾勾地站在门口盯着我。我吃了一惊，正想问孩子干什么的时候，突然意识到，糟了，这孩子一定是被迷住了。于是我本能地后退，孩子却一步步向我逼近，当我退到床头，摸到枕头底下的红绳，想着如果他再靠近，我就一下捆住他。

果然，他突然一声尖厉的怪叫，用那种孩子的童声，一下向我扑来。我赶紧拿出绳子，在他扑过来的同时，对准他的身上就开始绕。缚灵绳能暂时困住大多数的鬼魂，但是在这个过程中，我还是被扯掉了一些头发。

小孩起初还是哇哇大叫，引来了他家里的人，当魏先生看我用绳子绑住孩子的时候，怒吼一声，你干什么！然后就一把把我推倒在床上，作势要上来揍我。因为他大概以为我是要伤害这个孩子。我知道这个时候如果我啰嗦的话这一顿打是避免不了了，于是我大声喊了一句：孩子被鬼迷住了！

小孩在其他人冲进屋子的那一刻就晕倒了，魏先生听我这么一喊，才缓缓放下拳头。正在我为自己躲过一拳而感到庆幸的时候，这个孩子醒了过来。魏先生见状，就蹲到孩子身边，一边给他解开身上的红绳，一边问他，穆穆，发生什么事了？看样子这个孩子的名字叫穆穆。孩子咳嗽了两声，有点惊魂未定地说，姐姐刚刚在床头吊着，他跟我说要我来打这个叔叔，是这个叔叔害她变成这样的。

我一听，很是莫名其妙，而薛家人也都知道我是第一次来这里，所以孩子说的，他们根本就不会相信。于是纷纷猜测，是孩子太过于想念姐姐，于是做了些稀奇古怪的被害妄想症的梦，才导致有点梦游。我深谙鬼道，在我看来，这里边似乎总是藏着什么玄妙的东西，我却一时说不上来。

大家各自回去继续睡。这一次，外公外婆锁上了自己的房门，为了不让小穆穆再跑出来。我也开始平静下自己，准备还是先休息一阵，好明天继续调查。于是侧身倒在床上，背对着墙，开始酝酿刚刚被吓没了的睡意。正在酝酿途中的时候，我突然感到后脑勺一紧，像是有什么东西在碰我。于是我睁开眼，准备等到下一次再有触碰的感觉时就迅速回头，其实心里已经做好了准备，准备看到一些不该看到的东西，过了一会儿，那种轻触感再次出现，于是我迅速转头。

我转过头去，在离我的睫毛不到 10 厘米的地方，我看到一双白得有点发蓝的小脚，悬挂在我脑袋躺下时的高度，顺着脚朝上看，看到一个披散着头发，抬着头但是眼睛朝下看着我，吐出舌头的小女孩。

没错，这就是楚楚！

我赶紧一下跳到床下，手里从枕头底下抓好了红绳，站定后我望向她，隐隐约约能够看到，她的脖子有点歪，脖子上有一根拇指粗的麻绳。这个姿势，除了眼睛是一直瞪着我且吐着舌头以外，我猜测和她死时是一个模样。

吊死鬼，在中国古代称为“缢鬼”。因为死的时候极其痛苦，于是表

情非常狰狞。在鬼神文化里，黑白无常的原型即由吊死鬼而来。在蒲松龄老师的《聊斋志异》里曾经说道："冤之极而至于自尽，苦矣！然前为人而不知，后为鬼而不觉，所最难堪者，束装结带时耳。故死后顿忘其他，而独于此际此境，犹历历一作，是其所极不忘者也。"便是用于描述这种鬼死相的可怕和遭受痛苦的可怜。而这类鬼魂通常在死后若非归于正途，便势必化为恶鬼。而看见它们的人，往往都是有求死之心的人，或者是即将死去的人。我自然没有求死之心，但是我却看见它了，这么说来，看来我是快死了。

不过因为我是行家，虽然没有遇到过，但是处理方式我是知道的。于是我迅速将红绳结成绳套，就像吊死它的那根绳子一样，照准了向它套去。它害怕看到让它致死的东西，而同样不想再死一次，于是在我丢向它的时候，它消散不见了。

我知道，我没有除掉它，它会再来找我，只是时间问题。我打开房间里的灯，迅速穿好衣服。睡觉，还睡个铲铲！我将枕头底下我所有的东西收好，放在我随手能拿到的地方，蹲坐在墙角，一边思考，一边防备，顺便等着天亮。

在接下来的几小时里，我设想了无数种可能性。楚楚、穆穆、我，他们两姐弟自然不必说，但是为什么会跟我扯上关系，我和他家非亲非故，为什么这两个孩子尤其是楚楚的鬼魂会缠上我？难道它不知道我其实是来救她的吗？依旧想不出答案。眼看天边开始出现鱼肚白，大约还有 2 小时，天就要大亮时，突然我的背上、耳根、手心一阵剧痛，像是被尖利的东西猛扎一般，痛得我在地上来回打滚，浑身冒汗。慌乱中，一个清晰的念头在我脑子里闪现，我终于想起来了，我也能够把这一切串联起来了，只差来证实答案了！但是眼下发生的这一切，似乎都是在提醒我，不要多管闲事，赶紧滚蛋。于是我挣扎着冲出房间，猛力拍打薛家人的房门，一边拍打一边大喊，薛大姐，魏大哥，这事我办不成了，抱歉啊，我先走了！！

说完我便开始朝着来时的路跑，身上的剧痛在我跑到离他家大约两里地的时候骤然消失，于是我瘫坐在地，喘着大气。

我想我搞清楚整件事情的来龙去脉了，但是我自己还无法搞定，我必须立刻叫帮手来，如果再晚的话，下一个死的人一定是穆穆！

没错，我不能再让任何人死了，我不是什么正人君子，我弄不过你，我就找弄得过你的人来弄，别当我是个遇事就跑的小混混。

因为我知道，你就快完蛋了。

我背靠着小路边上的泥巴坡，从包里摸出烟来。软盒的烟就是这点不好，稍微一点碰撞就能弯弯曲曲。于是我取出一支然后弄直，接着点上吸了一口。突然胸痛咳嗽，于是吐出一口痰。除了有些血丝外，痰却是无比新鲜和健康，一看就知道它的主人定然拥有俊朗的外表，也说明刚刚那种莫名的锥痛感已经让我的身体有些受伤了。

我摸出电话，想都没想就直接打给了司徒师父。因为在我认识的还活着且没有退行的人当中，我想也只有他才能有十足的把握，一下把这件事给摁死了。

我来说说这件事我的看法吧。

在我最初提到的那个神秘门派里，若是细分，将分为“气宗”和“意宗”两种，前者是以修习气功、传播道法为主；后者则以修炼奇术、替天行道为主。起初那个神秘门派只是道教的分支，师尊陶弘景，供奉吕洞宾。在汉朝末年到唐朝中晚期间，在中国版图内大为盛行。宋朝初年开始没落，到了宋晚期的时候，由于蒙古屡年侵犯，于是教派内有不少人弃道，剩下的少数人却分成了几派，各不相让，各求所其道。元朝初年，蒙古人入主，对各地宗教势力进行整顿，顺应朝廷的那部分就以不反抗为条件从而得到发展，于是就演变为了如今的“气宗”，每天念念道法，修身养性，以无为之姿态视天下，却渐渐失去了一些道家人本应具有的忧国忧民意识。因为不服从朝廷，而转入民间发展的那一派，逐渐成了如今的“意宗”。由于要不断与外族势力对抗，意宗的道士们行踪变得诡秘。加上早在分家之初，便承袭了本门大量的奇功绝学，于是长期隐匿于大行大市之间，又各自衍生出无数的小派别，救人治病，降妖除魔，赶鬼驱邪。符咒术独步天下，远超当今武当道和全真道。不过历史上这些小派的人时常有为非作歹的事情出现，于是口碑渐渐有些不好。做一百件好事人家记不住，做一件坏事人家就能记一辈子。但是在 1970 年的时候，由气宗掌门人号召，各道归宗，开坛祭祖，这一派又重新成为一个整体。但是游散在各地的小道还是很多，也没有认祖归宗，因此在后来的几十年间，依旧无法改变世人对他们那种畏惧的感觉。值得庆幸的是，后来在民间的这部分意宗道，由于时间久远且开枝散叶过多，原本的武学几乎失传，留下的都是些画符点咒和人偶之术。也正是因为可以暗箭伤人，很多心怀不轨的妖道，才让人觉得分外害怕。虽属道派，却并非道士，如果用门规来约束，显然是非常困难的。而这部分人神神秘秘，当你发现他在干坏事的时候，往往你也就离死不远了。

穆穆之前在薛家扯了我的头发，于是我开始身上出现怪痛，这就是有人用我的头发放进泥人人偶里，对我施法下咒。这很容易区分，因为如果是有坏人对薛家下咒害得他们家破人亡，我并不是薛家人，我没有任何理由会受到伤害。于是我还活着，只有两种可能，一是施法的人道法不够，加上我自己也有符咒等物防范，导致他不能一下克死我；二是他并没打算真的弄死我，只是在让我知难而退，要我明白，有些事情不要插手。

我更愿意相信是第一种，因为这样一来，我报仇就更痛快了。

起初楚楚上吊，我就已经觉得很不对劲了，如我所说，她即便是死了，也实在没有理由特意在第七天夜里迷住自己的弟弟，单从这一点上来看，她弟弟看见姐姐，如果那一晚他够着了门闩，估计第二天他母亲还要再崩溃一次。因为楚楚是吊死的，看见它的人基本上也是离死不远的人。在楚楚死后 14 天的时候我出现在了她家里，而我的出现显然给这个幕后的施法者制造了很大的压力。于是在那一晚，先是弟弟再次看见姐姐，接着袭击我，扯了我的头发，这是一早便计划好的，为的就是后面能对我施法。再者楚楚的鬼魂出现在我的身后，并像吊死的人那样摇摇摆摆用脚来踢我的后脑勺，好让我转头发现她，这说明这个施法的人其实是对我下了杀心的，否则他大可用别的方法让我知难而退，根本不必指使楚楚的鬼魂来吓我。而我在中咒之后，脑子里突然想起了魏先生车上的那个牛骨牌，还有骨牌上面刻着的咒文，于是豁然开朗。

因为我曾经在广西见过这个咒文，那时候我还跟着师父学艺，在从柳州到桂林两江的路上，替人解决麻烦的时候，在那家人院子里的胡桃树上，看到这个咒文。当时师父给我讲了一个“鬼画桃符”的故事，并告诉我今后遇到这类符咒的人，一定要千万小心，因为如果一旦被这些人发现你在掺和，真是防不胜防。这个符咒本身的含义是驱鬼的，通常挂在家里或者戴在身上，而且能够驾驭它的人，仅仅这一派而已。我也是该打耳光，师父的话竟然忘记。如果要说凶手的话，首先这派的意宗道是不收女徒的，薛大姐和外婆都直接排除，凶手应该在外公、穆穆、魏先生之中。然而正是因为想到了这些，前后顺序一接上，逻辑一整理，于是我非常肯定，这一切阴谋的策划者，不是别人，正是魏先生。他一定是个懂得道法的意宗人！

而我也知道为什么他会制造了一个楚楚惨死的假象，他一定是在春节期间偷偷留存了楚楚的头发之类的东西，具体是什么我不知道，但是一定有，这样就能用人偶术来控制楚楚的行为，而让楚楚吊死在猪窝。猪窝本来是脏乱的地方，阴暗潮湿，瘴气横生，这样死掉的孩子的魂魄被瘴气缠绕，无法自行离开。所以当得知孩子死讯以后，他就能够顺理成章地回到薛家，随便找个借口离开一会儿，就能收到楚楚的鬼魂。对于这种害死人收魂的做法，其目的无非两个，一是用鬼魂去做一些人不能亲自去做的坏事，二就是用来炼成小鬼，给自己续命添寿。而楚楚死后第七天，穆穆也见鬼了，这说明他不仅只要楚楚的灵魂，同样也证明不是为了用鬼魂做坏事，因为如果只是做坏事，那么楚楚一个鬼魂就已经足够了，他一定是要给自己续命。这样一来，就说明了这家伙一定曾经做过些伤天害理的事情，而导致自己的阳寿不齐，于是他才要找孩子来给自己添寿。我猜想他当初正是因为得知了薛大姐家里有两个孩子，才慢慢接近博得好感，从而得到下手的机会。

阴毒，太阴毒了！我的逃走希望没有引起他的怀疑。在电话里，我把事情的经过大致告诉了司徒师父，司徒师父虽然是个见钱眼开的人，但是他好歹还是个有很强正义感的正道。于是他当下就告诉我，你到统景镇口等我，我很快就到。于是我起身，在村口找了辆摩托车，搭车去了统景镇口等司徒师父。

司徒多年来行道，积攒了不少钱，从他那台路虎车就能够看出他的霸气。不过他下车后，我发现他没有穿道袍，心想也对，避免打草惊蛇。我上车指路，带着他到了远远可以望到薛家的地方。司徒对我说，你现在先开我的车回重庆，找个中间点的位置停下等我电话。

什么？我就是想等着看你怎么收拾这个家伙你居然叫我回去。司徒师父告诉我，根据你所说的，这个人不是统景本地人，长期活动的地方在重庆市

内，所以他在市内一定有一个地方设了祭坛。如果不找到祭坛然后毁了它，即便是小男孩的命保住了，小女孩的魂也永远走不了了。

听他这么一说，我就觉得事情相当严重了，于是我冒着危险一路狂飙到接近140，反正也不是我的车罚也罚不到我的头上。当我下了高速，快开到观音桥的时候，司徒师父打来电话，说搞定了。我听他的声音似乎有点喘气，看样子我实在是错过了一场精彩的对决，司徒说，你现在直接去李子坝背后上峨岭的那条公路，在某某路的某某号，那里有个汽配零件门市，现在店里没人，你去把锁撬开，祭坛就在里面。

我有点无奈，因为我觉得司徒是个神经病。大白天的你让我去撬人家的门，恐怕还没撬开就已经被请到局子里去住单间配套了。

挂上电话以后，我还是迅速赶往了那个地方，巧的是那个门市的附近拐角处就有一家开锁匠。于是我上去对锁匠说，我是魏老板的朋友，他的钥匙掉了，人目前又不在，让我来帮他想法开门。锁匠一开始不相信，我才又告诉他，魏老板的女朋友姓薛，统景人，怎么怎么样，后来锁匠才相信我认识魏先生。在开锁之前，他还是非常专业地给了我一张身份证复印件，还有派出所备案的备案号。锁打开以后，懊恼的是这钱竟然是我来付。进屋后关上门，我打开灯，开始在门市里寻找。寻找途中我并没有忘记朝着墙角挂着的监控摄像头比出中指。

这是一间大约只有10平方米的小门市，从顶部的形状我能够判断这里在改造成门市之前，是一个防空洞。重庆在二战时期被日本人来来回回轰炸了很久，本身又是座山城，人口又非常多，于是大大小小的山上坡上，密密麻麻地挖满了防空洞。有人曾经说过，重庆是一座中空城市，因为挖洞太多。所以到重庆来的外地人，往往会感叹从来没有看到过如此多数量的防空洞。而李子坝一带，正好是当年抗战的旧址，连史迪威这样的人物都曾经在这里居住，于是这附近的民防工程更是搞得轰轰烈烈。

重庆的这种防空洞比较有意思，因为它往往在洞的尽头处，还会再挖一个小洞，这个小洞里虽然不一定有水源，但一定是非常凉爽的。于是很多在夏天到防空洞纳凉的市民，喜欢带着一些啤酒，放到小洞口里，过不了多久，就成了冰镇的。而当我在门市里找到那个小洞后，也找到了在里面陈设的一个祭坛。

小洞里只有一盏昏黄的小白炽灯，点亮以后我才发现原来边上是一个自己搭的厕所。正对着厕所的那面墙的墙角，就摆放着一个香案。香案上有三个小酒杯，左侧的一个里面放了谷子，就是没剥的大米。右侧的一个里面放了些朱砂，中间的一个杯子里，有一些指甲壳，而指甲壳的下面，是薄薄的一层好像绿豆糕一样的黏黏糊糊的东西，不知道是什么。在正对中间那个杯子、香案靠墙的一侧，摆放着一个铜质的香炉，里面没有供香也没有香灰，而是有一大把凌乱成团的头发。我捡起头发一看，长长的，是女孩子的。于是我想这一定就是楚楚的头发，在第七天尸体被刨出来的时候，被魏先生在薛大姐晕倒后扯下来的。香炉的边上躺着一个泥巴质地的小人，小人的手腕和脚腕以下的地方都被掰断了。在每个酒杯下面的香案上，都压着一张黄色的符纸，上面歪歪斜斜地画了些符号。其中一个我是见过的，是用来驱使鬼的，这就像我们在林正英叔叔的片子里看到的，贴在僵尸脑门上的那种。地上有一个小蒲团，香案地上有几个铁质的哑铃。香案背后的墙上，贴了张钟馗的画像，贴着墙壁围绕着香案的那个半圆形的范围内，地上密密麻麻都是红色的蜡印。整个场面看上去阴森诡异，我仿佛都能看到一个面目狰狞的魏先生，一边点着蜡烛，一边在这里走来走去地念咒，光是想想就觉得可怕。

小洞里，手机没有信号，于是我走到外面来给司徒师父打电话，告诉了他祭坛的样子。他听了以后，叹了口气，然后告诉我，要我把符按左右中的顺序依次烧掉，将泥人用东西泡在水里，然后用手彻底搓成粉末。再把左右两个杯子里的东西互换位置倒在香案上，再把酒杯摔烂，接着把香炉和中间那个酒杯一起给他带过去。此外，他还要我在临走前在蒲团上撒泡尿。于是我花了 10 分钟酝酿尿意，接着把香炉和中间那个酒杯用东西包好，出门后我直接上车，再次赶往统景。

到了统景的时候还不到中午，我知道司徒师父已经收拾了魏先生，于是高高兴兴地走进了薛家，敲门进屋后司徒师父立刻关上了门。我看见魏先生站在堂屋的桌子上，赤裸着上身，双手高举并拢地绑在房梁上，双脚也被捆住了，身上脸上满是泥污和伤痕。从伤痕来看，是女人的抓痕和咬痕，这么说来在我离开后，司徒师父制服了他，也把实情告诉了薛家人，薛大姐自然是怒到极点，没拿刀杀了他都算是对得起他了。魏先生虽然萎靡着，但是人还是清醒的，我爬到桌上，狠狠给了他一耳光，算是报了咒我的仇。

屋子里只剩下司徒和我还有外公跟魏先生，外婆已经把薛大姐跟穆穆拉回房间里关住并照看着了。外公在一旁老泪纵横，他自然也是恨得咬牙切齿。我从桌子上下来以后，司徒师父就告诉了我，我离开期间，发生了什么事。

显然，魏先生没有想到我会带来一个这么厉害的帮手，他以为我早就落荒而逃不敢过问了。于是当司徒师父假意到薛家问路的时候，顺道借用了薛家的厕所，在厕所里，司徒就对魏先生下了法咒。至于具体是什么方法我不懂也不能问，总之是让魏先生身上跟我一样疼痛，当他意识到有高人在这里打算跑的时候，司徒师父就喊鬼缚足，让他跑几步就摔倒，也就跑不了了。

喊鬼？你把楚楚的鬼喊出来了吗？我问道。司徒有点得意地笑了一下，说不是，他喊出了几年前车祸去世的楚楚和穆穆的父亲。我大吃一惊，如果要我来喊他父亲的话，必须是要先找到他父亲的坟墓或者有他父亲生前的东西，且在他父亲没有被安然超度的前提下，我才能喊得出，而且喊出来也只能问问事情，完全不能请它替我做任何事，更不可能要他来帮我收拾坏人。瞬间对司徒师父继大桥事件后再一次肃然起敬。

司徒师父没有跟我细细解释，毕竟不是一家人，这些跟我说了也完全没有意义，于是至于他是怎么把楚楚父亲的魂喊出来帮忙的，我至今仍然不知道。

司徒师父告诉我，在他追击魏先生的时候，感觉到楚楚的鬼魂正在攻击他，于是无奈之下暂时将楚楚的鬼魂收到了他的玲珑八卦袋里，直到制服了魏先生。薛家人都傻眼了，一开始还以为魏先生是个什么逃犯，而司徒师父是个便衣警察一类的。后来拖回薛家绑起来，司徒师父才把事情的真相告诉了薛家人。于是话一说完，魏先生身上就多了许多伤痕。

我问司徒师父，那楚楚的魂现在怎么办？司徒师父说，你在他的祭坛下面看到的铁坨，是用来坠魂的，是强迫这个鬼魂一直待在原地，哪都去不了。谷子是用来喂养的，朱砂是用来点咒的，而泥人手脚都断了，就是为了牢牢地束缚住楚楚的魂魄。

然后司徒说，楚楚的魂是能够送走的，我要你带来的香炉和那个杯子你带来了吗？我说带来了，于是我到屋门口去拿，进屋的时候，我顺手就放在门口了。我把香炉和杯子拿到司徒跟前，他对我说，你闻一下那个杯子里，是什么味道。于是我拿起杯子闻，很臭，是那种好像什么潮湿的东西而且发霉的臭味。于是我问司徒师父，这是什么东西，怎么这么臭？他说，这是楚楚吊死吐出舌头后，从舌头上刮下来的舌苔。

于是整个世界又一次安静了。

如果不是因为司徒是我尊敬的前辈，我一定会把那些舌苔塞进他的嘴里，才能平息他故意不告诉我，然后叫我闻味道的恶劣行径。

司徒师父告诉我，舌苔是因为人体的内热重才会出现的，属性上来说是属火。而炼制这样的续命小鬼，必须得至阴才行。于是魏先生才在一早就策划在春节后阴阳交替的日子动手。楚楚本身是个女孩，且红衣下葬，阴气极重，再加上 7 天曝尸，于是让每个 7 天都成为楚楚死亡后鬼道上的至阴点。吊死在猪窝，祭坛设在潮湿的厕所外，这些都是为了要让楚楚的鬼魂自始至终都处在一个绝对阴的环境里。司徒师父说，幸好你今天告诉我了，我打赌要是你忽略了这个事，穆穆在下个第七天也会死。

听司徒师父说完，我对眼前这个男人痛恨到极点，真想再给他几耳光。

杀人偿命，这是自来的规矩。但是如果把他送到警察局，他将有无数的理由为自己开脱。即便薛家人加上我和司徒做证，警方也不会把我们说的这些当作立案的证据，但是绝对不能放了他走。而一直关着他，我们反倒会因为非法拘禁等罪名被逮捕。于是当我问司徒师父要怎么处理这个家伙的时候，他说他已经跟这个门派的高人联系过，他们会来带走他处理。是用家法门规来私设刑堂，或是关进道洞让他自生自灭，就由他们本门的人来定好了。因为魏先生用的是他们门派的道法，他们必须为这样的弟子负责。

接下来的时间里，我一边当着司徒师父的传话筒，来回跟薛家人沟通魏先生的处理方法，最终他们才同意让司徒师父联系的门派人来带走魏先生，可怜的一家人，找到了杀害自己家人的真凶，却因为无处立证，又不能杀了他报仇而落下杀人犯的罪名，于是只能哑巴吃黄连，打落牙齿吞肚里。而这也是这件事没有善终，我唯一的遗憾。

等到魏先生的门派里来人，已经近乎深夜。在把魏先生带走的时候，薛大姐走到他跟前，拉起魏先生的手，狠狠给了自己一个耳光。那意思大概是

在说老娘真是信错了你了。然后又是一口狠狠地咬住魏先生的手臂，咬着咬着，却哭着松口，瘫坐在地。

临走前，司徒师父告诉薛家人，哪怕是有点不敬，你们也应该给楚楚选一块墓地，妥善安葬。这种无名墓的习俗，实在害人。楚楚的鬼魂你们放心吧，我会好好善待她的。

回重庆的路上，我问司徒师父，楚楚的鬼魂该怎么办。他叹了一口气，说他打算暂时供养着，等到楚楚的五行归位，不再至阴的时候，再交给我带路。

我明白司徒的意思，也明白他要我最终来送行的含义。

一个多月以后，得知薛大姐一家已经安葬了楚楚，司徒师父也说楚楚已经可以被带路了，于是我跟司徒师父，在嘉华大桥的桥底下，给这个可怜的孩子送了一程。

这个世界上，有很多我们不能熟知的神秘力量，切莫轻易招惹，免得后悔莫及。

多年后我从司徒师父口里得知，魏先生死了。至于是怎么死的，我不告诉你们。

03 照片

2000 年的时候，师父带着我从昆明出发，火车到了广西柳州，稍做停留，便从柳州搭乘汽车去了桂林。

我对桂林的印象，始终不可磨灭地停留在课本中“桂林山水甲天下”的口号里。于是在我没去之前，我觉得桂林到处都是长得像大象一样的山，有一条清澈见底的漓江。而到了桂林以后，对这座城市固有的那种印象，灰飞烟灭。

我并没有说桂林不好的意思，相反，我非常喜欢这座小城。因为我从未体会过走在市区里，走着走着突然就从房子背后耸立一座奇形怪状的大山来。

我跟师父在桂林市区待了两天，其间我们饥渴地四处寻找适合我们口味的食物。云南和重庆都好一口辣，而桂林人民似乎更喜欢酸辣的感觉。在十方街附近，总算看到一家镀金招牌，上面金灿灿地写着“老四川火锅”。大为兴奋，跟师父入内品尝，却发现连金针菇都能够卖到 12 块一份，而且蔬菜竟然比肉贵。味道倒真是极其一般，称得上是砸了川渝火锅的招牌。

当晚跟师父在城里四处游荡，来到一个叫玻璃桥的地方，桥上坐着很多画画的画师，在给来来往往的外国人和诸如我和师父一类的外地人画素描速写。桥下有条小径，边上种满柳树，在夜风中飘荡。

一问得知，这条街，名曰堕落街。

每座城市都有一条堕落街，从师父紧锁的眉头我不难看出，他上了岁数，而且从来不搞这些调调。而对于我来说，我算是晚熟，尽管心里有点向往，但还算能管得住自己。于是继续陪着师父游玩，当晚找了家商务宾馆入住，打算第二天一大早到阳朔去看看。

原本那次跟师父去桂林，是接到师父的一个老友的拜托。那位师父姓侯，北海客家人。跟我师父岁数差不多，二十多年前因为妻子中邪出车祸死去，于是踏上了漫漫鬼途。本想度化万千亡灵，尽自己的一点绵薄之力，让世间人们少受一点这类苦楚。却好像不算是个天资很高的人，失败和成功各占一半，但是由于入行时间早，且辈分高，加上他自己的师父是个得道大师，再加他人缘很好，也是一副热心肠，于是老一辈的师父们都非常敬重侯师父，虽然运气往往不太好，却是活生生的一部宝典，资讯相当充足，往往能够给出最合理的办法。按理说，侯师父想要办妥的事情，即便是自己不出力，也能很快叫道上朋友搞定。这次叫我师父过来帮忙，一是因为我师父和他也是多年未见，相聚叙叙旧，二是因为在 1998 年我刚入行的时候，侯师父却选择了退出这个行当。

至于他退出的原因，连我师父也不知道。我只记得当初师父离家了 5 天去了广州见证侯师父的洗手仪式，而我则苦闷地留在师父家虚度光阴。在我们这行里，若非实在遇缘，是不会轻易收徒弟的，更不可能公开收徒，我曾想过，如果那天我没有淘气而逃离家乡，而我也没有鬼使神差地搭上那趟南下的列车，更没有恰好铺位在那师徒俩的对面，没有因为无聊而跟他们下上那么一盘棋，甚至若非他徒弟不是我的对手的话，我想他不会告诉我他是一个瞎子，也就没有了给我摸骨并把我介绍给我师父这样的事。如果说一切都是注定，而这显然不是。但如果说一切皆是巧合，我却觉得这是一段最为奇妙的缘分。因为在这么大的宇宙里这么大的地球上这么大的中国这么多人口中，任何两个细微的生命相遇都是一种妙到极致的缘分。

侯师父找我们到底是因为什么事，我们还不知道。但是由于我们提前两天到了桂林，也知道他目前是清修之人，既然已经定好了会面的时间，也就不必提前打扰。

第二天一大早，我因为知道今天要去阳朔，所以非常兴奋，就像小学生要去春游那种兴奋。因为除了桂林山水甲天下之外，我还听说过阳朔山水甲桂林。刘三姐和蝴蝶泉，我一直都是很向往的。早上起来后，我跟师父退了房，在外面准备找家店子吃个早饭。在重庆，通常会吃点包子馒头油条豆浆之类的，既快又好吃，但是我在桂林却找不到那样的路边摊。于是找到一家看上去是卖早餐的店，走进去坐下问老板店里有什么吃的，老板大概看我们是外地人，于是带着当地浓厚的口音问我们："你们吃粉儿啵？"

云南地处西南边陲，毗邻缅老越，毒品的走私情况相对其他省市略显严重。所以在我当年拜师的时候，师父就反复提醒我，一定要警惕一些不法分子，他们手上有粉。这里的粉，指的是白粉。于是我把师父这句话当成终生不忘的教诲，所以当桂林的这个老板问我们吃不吃粉的时候，我和师父都愣住了，大清早吃粉，还当早饭吃，口味也太重了。于是我试探性地问，什么粉哦？

老板说，米粉！

乌鸦从头顶飞过以后，于是我们愉快地享用了一顿。

从阳朔玩回来已经是夜里了，次日还要去侯师父家里说正事，于是当晚我跟师父很早就休息了。

侯师父家并不在桂林市区，而是在附近一座叫作临桂的小县城。这个地方好像在 1996 年以前都没什么名气，荒地多于城镇，似乎是直到修建了桂林两江国际机场，才渐渐声名大噪。于是到了两江镇以后，师父联系了侯师父。侯师父说他在家等着呢，直接到家里来就是，顺便在外面买点水果什么的，家里已经没东西来款待客人了。我觉得真逗，第一次看到要客人买水果款待自己的，于是那天，我又见识了 5 毛一斤的西瓜，南国之地，水果太便宜了。

进屋以后，两人握手拥抱，侯师父个子并不高，所以他跟我师父拥抱的时候，会微微踮起脚尖，于是让我联想到一幕幕电影里的狗血场景。然后师父对侯师父介绍了我这个新入门的徒弟，他始终望着我，满面红光地微笑。

侯师父岁数和我师父差不多，这我一早就听师父说起过，但是他的相貌

看上去却比我师父苍老得多，还不到那个岁数的人，却已经是头发花白。留着长长的胡须，满脸泛红。家里的每一个灯的灯罩，都是清一色的八角形，也就是八卦的形状，我猜想是不是有什么脏东西混进家里，他能够直接开个灯就解决了所有问题，甚至连客厅的屏风都刻意做成了卦位。地板应该是特制的瓷砖，因为我并不认为有瓷砖厂家批量生产巨型太极的瓷砖能够赚钱。太极就在脚下，我坐的位置，迫使我不得不将脚踩在阳极的黑色极点上，乍一看，真像哪吒。

闲聊了一阵以后，侯师父告诉了我们这次请我们的理由。

侯师父老家是在北海渔村的，父母都早早去世了，家里的老房子就留给弟弟住。前阵子他弟弟早上出门晒网的时候，看到自家门口的渔网上压着一个箱子，是那种老式的皮箱。上面有一张纸，写着“请侯师父救命，跪谢！”除此之外再也没有其他的话语，看上去像是一个不愿意留下身份信息的人，但是又必须得求助侯师父。因为在广西当地，侯师父的名望是很高的。于是他弟弟觉得这可能关系到人命，先是给哥哥打电话说了这个事，然后就把皮箱给侯师父寄了过来。

师父听到这里，面带疑惑地问侯师父，你已经退出这个圈子了，你应该知道规矩。退出以后再插手道上的事，是要被祖师爷戳背心的。

当时我并不明白什么叫作戳背心，后来才知道戳背心就是不知道什么时候就弄点大小问题出来，无法防范，而且在不知道的情况下出现，就像是有人在背后偷袭，是以“戳背心”。这种情况就好像是一个逃亡多年的杀人犯，某一天自己突然醒悟，于是选择了自首。在自首期间，他认真服刑，积极建功，然后他出狱了，出狱前他向国家保证绝不再作奸犯科，国家也告诉他，如果你做了，我们会再把你抓回来关着的。出狱后几年，一些以往的坏朋友来找到他，要他帮忙干一票大事，他一定不能答应，但是这样会被那群坏朋友说没义气或是海扁一顿。但如果他真的做了，就一定会受到惩罚。

也许我的例子举得有点不妥，可道理是一样的。况且我们这行，原本就没有任何证据可言，退行后若没有正式宣告重出，而这期间又染指了不该过问的身外事，哪怕是人家找上门，出于无奈转而拜托他人，于他人算作结缘，于自己便叫作作孽。而这样的后果往往并不太好，轻则病，重则命。

很不合理，对吧？不合理也得认了，无法改变。

侯师父是一个老前辈，他自然是明白这当中的道理的。所以作为一个资深老江湖，他肯定知道这件事情他绝对不能过问。所以师父对他的担忧是有道理的，因为师父担心他说完这件事以后，就相当于把这件事委托给了我师父，在退行以后做这个事，是犯忌与不敬的。除非他已经忘记了当年洗手的时候，对着五谷五味鼎立下的重誓。

五谷五味鼎，是每一个师父按正规方式退行的时候必然要经历的一个程序：自制大小不等的铜鼎，在鼎中放入稻、麦、黍、菽、稷五谷，意为称自己为民，民以食为天，以成敬食的姿态，这是在敬天；再将盐巴、辣椒、黄连、白醋、白糖放入鼎里，表示酸甜苦辣咸五味俱全，而五味也表示世间人情百态，这是在敬人；然后要总结自己入行以来到底在五味中孰轻孰重，例如，如果觉得苦大过甜，就多放黄连，反之亦然，生前的际遇将伴随生命消亡，这是在敬地。

拜鼎后需立誓约，表示脱离，永不插手，立誓的时候必须要清场，留下的在场宾客必须都是行内人，均为见证。之后才是入盆洗手。

师父对侯师父表达了他的担忧之后，侯师父洒脱地一笑，说我没有要叫你们帮忙啊，我不过是叫你们来听我说说这个事情罢了。

师父若有所悟，显然他知道侯师父是在打擦边球。他也知道在退行以后，若是这种主观把事情转让给他人的做法，例如，介绍别人做，或是拜托别人做自己抽成，也都是违规的。这也是为什么在行时，别人可以传口碑来带客人，退行后不问世事，一切只能随缘的道理。虽然还是有些许担忧，心想恐怕这种伎俩是骗不过祖师爷的。我了解师父，他一定是这么想的，但他还是没有再继续作声，而是一言不发坐在那里，等着侯师父自己开口，讲出这件怪事。

侯师父看到师父不置可否的表态，于是就起身进屋，取来了一口皮箱子。这是个大约 34 寸大小的箱子，棕色带黑的外皮，已经磨损得残破不堪。皮革掉落的掉落，裂开的裂开，箱子的几角都有铜片包住，铜已经氧化得绿中发白，箱子口也是一个氧化后的铜兽头，已经面目模糊，分辨不清了，只能从外形上辨认出，这个兽头应该是一只麒麟。

原本若只是这么一个箱子，我大概会当成古董一样欣赏和把玩。奇怪就奇怪在这个箱子竟然挂着一把很现代的上海锁。锁鞘大概有半个小拇指那么粗。锁眼里有断掉的半截钥匙，而箱子所有的封口处，都贴上了黄色的道符。但凡有点常识的人一看这箱子，就能够很轻易地分析出，这个箱子是用来封住某个灵异东西的。

我看那些封条都还完好且牢实，这说明侯师父从收到这个箱子起，就不曾尝试打开过。师父说，侯师父勉强能算作道家人，因为他的师父是道家某个仙师大名鼎鼎的大弟子，后来离开师父自立门户，创立了名字里有“九”的新派，并在洞中苦修多年，尝试简化了一些道法，也创造了一些比较具有杀伤力的法门。侯师父算起来，也只是第二代弟子。侯师父的徒弟和我是同辈，不过却在师父洗手后，开始经商，也算作一并退出了。侯师父有一个师姐，在宜柳二州非常活跃，门徒十余人。而他的师姐，也是为数不多的女性行家。

所以当我们看到那些作为封条的灵符的时候，也就理解了侯师父不敢擅自打开的原因。他其实比谁都想知道这箱子里的秘密，却只能假借我们的手，自己还要装作一副无知透顶的模样，并且这个送来箱子的人，一定和这个箱子的内容有关，也一定知道侯师父已经金盆洗手。

师父看着箱子，沉默。许久，师父突然对着我说，我们把箱子打开看看行不？接着师父转头对侯师父说，侯师父麻烦你借点工具给我，我要撬开这个箱子。

于是侯师父起身去拿工具箱，这也证明他和师父在演戏，用拿工具来向师父表明，他其实早就想这么做了，否则他一定会推搪或是阻止。

接着师父又找侯师父借来几本道经，翻阅了很久，然后按照道经上的指示，隔空起咒，接着那些道符，全都好像磁铁消磁了一般，自己掉落。

我看到这一幕，感觉太神奇了，就像是变魔术一样，后来师父才告诉我，这个顺序是不能混乱的，如果先开锁而不是先去符的话，很可能就会出大麻烦，因为这个世界上除了送来这个箱子的人以外，恐怕再没人知道这个箱子里到底藏着什么样的秘密。所以师父选择了先去除外面的道符。

在各行里，都有收集一些鬼怪魂魄，而封存在某个容器中的方法，也就是常常有人说到的“封印”，而事实上我们行内并不这么称呼，通常说的是“收”或者“拿”，封印和收拿，无非也只是角度上的不同而已。

师父要开始开锁了，他没有破坏锁和箱子，因为他担心这会引起一些不必要的麻烦，又或者是触怒到什么东西。而是小心翼翼地，用尖嘴钳夹着断了的钥匙，然后一点一点把钥匙的断裂端夹平整，平整到他能够用钳子夹着扭动，这才打开了锁。当锁弹开的时候，我明显地看到一股灰尘从锁眼里扬起，像是锁了很久，都积灰了。

师父看了我一眼，也看了侯师父一眼，此刻的侯师父，已经站在了我们身后。于是我们一言不发，取下了锁。然后我和师父一人扶着一侧，因为我们各自还要用另一只手来以防万一,万一事情不对，坟土立马扑面而上。

箱子打开了，没有发生任何奇怪的情况。箱子盖的内侧，是一张发黄的油纸，估计制造这个皮箱时就已经是这样了，而这个皮箱起码也是解放前的东西。那张油纸的正上方，用书法楷体字写着“广西贵县阳江皮具厂”。

字是从右写到左，而且全是手写的繁体字，字迹已经有点褪色，这更加说明了这个东西的年代。这排字的下面，画着一些类似《清明上河图》那种反映市集和人民生活的画，从画中人物的穿着，已经不是古时候了，应该是民国初期的东西，油纸有点残破，还隐隐约约有一摊水渍的痕迹。箱子的内衬，放着几样东西：一双老年人穿的那种黑表白底的布鞋，一束用红绳捆住的不知道是胡子还是头发的毛，一个拳头大小的铁盒子，里面装的全是土，还有三根没有点过，但是已经断成几节的香，最可怕的是，还有个纸扎的小人，浓眉大眼，微微笑着，却因为纸的白色显得非常诡异，看上去就跟我们平时去给长辈上坟的时候，烧的那种纸人一样。而纸人的脑门上，用细线扎着一张黑白的照片，相片中是个看上去 50 多岁的人，从相片的质地和发黄程度来看，差不多也有 30 年了。

我和师父都还是一头雾水的时候，刚看到相片的侯师父却突然一声大叫，再也顾不上装模作样，捧起纸人，双手巍巍颤抖地说：“是他！怎……怎么可能是他！”

侯师父这么一喊，轮到我师父愣住了，师父问道：“怎么，你认识他？”侯师父对我师父做了个别出声让我想想的手势，然后拿着纸人，一屁股坐在沙发上，一只手捂住嘴巴，眉头紧锁，陷入沉思当中。我跟师父见状，也都站了起来，坐到另一个沙发上，默默等着侯师父。

过了一阵，侯师父才把手里的纸人放下，他用手指擦拭了一下照片上的灰尘，叹了口气，然后把目光转向我跟我师父，他有点伤感地说："这张照片上的男人，是我的父亲。"

师父大吃一惊，说你父亲不是早就死了吗？侯师父从书房拿来一本相册，翻开给我们看，一张一模一样的照片，不同的是相册里的相片，在底下用钢笔写着，摄于 1976 年。

侯师父说，他父亲的死是一个悲剧，因为历史的原因，他父亲成了牺牲品。师父也不知道这当中到底发生了一些什么，于是就请侯师父把事情的来龙去脉说清楚。

侯师父一家一直住在北海的渔村里，他母亲是个广东嫁过来的客家女人，勤劳朴实，打鱼织布。他父亲的身世就相对比较复杂一点了，他父亲有两兄弟，都是在中国长大的越南人，有中国国籍。本来一家人生活得好好的，在 1979 年的越南自卫反击战中，他父亲随部队来到前线，当了一名排雷兵。

我倒吸一口凉气，虽然战争结束的那一年，我才刚刚出生，但是我父母所在的单位作为军工企业，为那场战争还是出了很大的力的，所以我从小听院子里的叔叔伯伯讲那场战争的故事。扫雷这事情，就是提着脑袋在玩，稍微一个不留神，就瞬间灰飞烟灭，连留下遗言的机会都没有。

侯师父接着说，他父亲走后，一家人因为担心他，也都跟着去了崇左。侯师父因为念书的缘故，就没有跟着去，只能天天盼望着战争早点结束，好让父亲平安归来，一家人再次团聚。1980 年，母亲来信说父亲所在的那个工兵连通知了家属，说他父亲在法卡山一带排雷的时候，不幸遇难。收到信的时候侯师父大哭一场，心想自己的父亲还是没有逃过这一劫。母亲在信里要他赶紧到崇左去和她一起认尸，但是当他们赶到的时候，却被告知父亲的遗体已经和其他伤亡的人一同在大坑深埋了。

他母亲算是个坚强的女人，虽然内心悲痛却还是把弟弟抚养到了 17 岁，才因为身心俱疲一病不起，很快也死去了。

这之后是侯师父把弟弟抚养长大，直到弟弟坚持不再念书，继而成为一个渔夫以后，侯师父看他靠着打鱼，也能够养活自己了，而且与世无争，安安分分的，自己也就成了家。

师父听到这里，就问侯师父，既然你父亲1980年就死了，那这个箱子和箱子里的东西到底在表示什么呢？师父不是道家人，虽然也算略懂一些道法，但是他还是不敢妄动。侯师父说，这个箱子上的符咒和里面的东西，分明就是用来困住鬼魂的，目的就是让鬼魂世代相随，永不超生。

听到“永不超生”四个字，我再次倒吸一口凉气，心想到底是怎么样的深仇大恨，要让一个在战争中死去的英雄永不超生。侯师父摇摇头，长叹一声道，看来我是非管不可了。于是他当下就进屋给他弟弟打了电话，要他弟弟立刻放下手里的活，到临桂来。弟弟在电话里答应了，说目前也正好遇到禁渔期，第二天就到哥哥家来。当天剩余的时间，侯师父花了很多时间来给他的朋友和同门打电话，一边了解情况，一边商议对策，最终决定要到埋葬父亲的万人冢去一趟，即便那里有很多亡魂，即便或许那里早已被高人镇压过，他还是要去一趟才能安心。虽然他也不知道这一次再度出山会给他带来怎么样的后果，但是关系到自己的父亲，他还是选择了冒险。

我只记得当晚我们三人都喝了很多酒，醉得一塌糊涂，侯师父一直拉着我说心里话，要我孝敬师父，善待万物生灵。虽然醉汉说话总是笑嘻嘻的，但是我总觉得他的笑里，藏着一种辛酸跟无奈，与其说是在讲知心话，倒更像是在交代后事。

大醉以后，我吐了一地。

第二天中午的样子，侯师父的弟弟来了。午饭我们是在外面吃的，席间侯师父简单地告诉了他弟弟事情的大概情况。当他父亲牺牲的时候，他弟弟岁数还不大，于是他弟弟比哥哥更希望知道自己的父亲，为什么魂魄会被人牢牢控制，一定要查个究竟。

饭后我们就直接坐火车经南宁转车去崇左。岭南风光，的确别有一番风味，虽然也是山多水多，却因为地质地貌的关系，和我接触到的风景大不相同，如果当年侯师父的父亲也是按着同样的线路去了崇左，我想这最后一路的美景，理应是他活下去的信念和希望。不过可惜的是，人始终还是死了。

到了崇左以后，侯师父直接找到了当地历史档案管理局，以遗孤身份寻找当年战死的英雄们。接连好几小时，我们都在档案馆里帮忙寻找着当年战

亡名单中，侯师父父亲的名字，终于在一本 1994 年统计的卷宗里找到了。上面记载着这个地方有一个革命烈士公墓，侯师父的父亲和其余 400 多名战死的烈士一起埋葬在那里，和别的烈士不同，别的烈士有名字有部队番号也有隶属的连队，而侯师父父亲的名字后面，仅仅跟着“工兵”二字。

既然找到了地方，我们就立刻离开了档案馆，趁着时间还早，急急忙忙地去了那个公墓，到了公墓后，我们却没能在墓碑上找到他父亲的名字。这就非常奇怪了，因为我们仔细数过死亡人数，唯独只差他父亲一个，烈士墓里的墓碑上，有 431 名烈士，而档案馆资料里，却有 432 位，而唯独缺少了侯师父的父亲。于是此刻，侯师父做了一个大胆的假设，他假设他父亲没有死，因为在当时的战争环境下，埋葬士兵是根据士兵的军籍牌来计算人数的，而他父亲仅仅是个连军人的名分都没有的工兵。于是侯师父决定给他的叔叔打电话，如果父亲还活着，却没有回家，但是他总是要和人联系的说不定他会和侯师父的叔叔有联系。抱着万分之一的可能性，侯师父在电话亭给他叔叔打了电话。

于是在接近一小时的和他 70 多岁的叔叔电话沟通后，侯师父走出电话亭，告诉我们，他父亲当年没有战死，而是逃走了。

他这话一说，我们全都惊呆了，这是谁都没有料想到的结果，若非侯师父当时一个大胆的猜测，或许这永远都是个谜，但是侯师父觉得有点不可原谅，既然没死，为什么不肯回家，要家里人终日为他吊唁，他却这么不负责任地在外面活得自在。说到这里，侯师父有点难以控制情绪，一个中年人，蹲在电话亭的马路边，掩面哭泣。

师父走到侯师父身边，拍拍他的肩膀，然后突然好像想到了什么，于是他问侯师父，你那个叔叔住在哪里？侯师父说，在贵港，师父问他叔叔是干什么的？他说是个皮匠。师父想了想，然后一拍大腿，对侯师父说，我知道你父亲在哪里了，他即便现在已经死了，也一定是死在贵港的！

还没等侯师父反应过来，师父就拉着我们全部人再次赶往了火车站，我们又一次风尘仆仆地赶往贵港。在车上，师父说明了这次赶往贵港的理由。

在车上，师父把那口皮箱拿出来，打开给侯师父和他的弟弟看，他指着箱盖后的那张画，“广西贵县阳江皮具”，于是侯师父也明白我师父的意思了。可我还不明白啊，于是我要师父告诉我。师父说，贵县是很多年前贵港的老名字，这个皮箱出自贵港，而侯师父的叔叔又恰好在贵港住，拥有这个箱子的原来的那个主人极有可能就是贵县当地人，而且用贵县产的皮箱施法困住鬼魂，而侯师父的叔叔却安然无恙，这就能说明三种情况：一是这个施法的人肯定认识侯师父家里的人，二是侯师父的父亲逃走以后一定在叔叔那里生活过一段时间，三是这个人一定跟侯师父的父亲之间有种仇恨。这样一来，不管如何，从侯师父的叔叔嘴里，就一定能够问到一些事情的真相。

于是我也明白了，在我们这行，往往判断一些事情不像警察那样，要反复分析，讲求实实在在的证据，因为我们追逐的东西始终是虚幻而缥缈的，能碰到蛛丝马迹就已经是万幸和大吉，于是我们常常把自己的猜测当作一些证据，然后再来想办法求证。

到了贵港已是深夜，顾不上叔叔可能已经睡了，侯师父还是带着我们去了他叔叔家，在他叔叔家，侯师父反复逼问，他叔叔终于说出了当年事情的真相和这个皮箱的来历。

他叔叔说，当年攻打法卡山时，发现越南人已经在山脚下用蚕食的方法，把地雷都埋到了中国境内，于是我方安排了一支工兵队伍对这些地雷进行排除，侯师父的父亲就是其中一个。法卡山是军事要地，谁占据了这座山，就相当于占据了战争的主动，所以正因为彼此都深知这场战役的重要性，越南人埋地雷也埋得特别卖力。侯师父的父亲由于长期待在前线扫雷，每次活着回来都会暗暗庆幸自己还没有死，其间也无数次看到身边的同伴被炸得支离破碎，因此他对地雷是非常害怕的。也就是出动的那一晚，军人们护送他们到了停火线附近，也就不再往前了。大半夜的，侯师父的父亲在目睹了几个被炸死的同伴，然后，终于内心的恐惧开始泛滥，于是他渐渐放慢速度，渐渐跟那群同伴分散以后，他冒着危险，潜逃了出来。

由于不知道部队是否已经知道他逃走的事情，所以他不敢回家，也不敢回北海，生怕连累到自己的家人。于是绕了很大一个圈子，逃去了当时的贵县，投奔了弟弟，并且要求弟弟对谁也不能说他还活着。虽然各自有家庭，但是毕竟是骨肉情深，弟弟也慷慨地留下了哥哥，甚至给哥哥弄了个新的身份，让他能像正常人一样生活。

这样的生活并没有持续太久。侯师父的叔叔那时候差不多也40岁了，但

是由于年轻的时候长期做皮匠生意，一直没有讨老婆，后来娶了个壮族部落里的年轻女人当老婆，但是遗憾的是这个女人生性奔放，不守妇道，在有一次给他叔叔戴绿帽子的时候，被侯师父的父亲给发现了。侯师父的父亲自打当上工兵以后性格变得非常火暴，于是当场就痛打了奸夫淫妇一顿。后来侯师父的叔叔知道这件事以后，觉得非常丢脸，就把那个女人带回她的部落里要求按照部落的礼节来解除婚约，具体的情况他就没有明说了。离婚后他也没再娶老婆，又没有孩子，于是就跟哥哥相依为命，直到几年前哥哥因为患病而去世。他按照哥哥生前的嘱托，没有把这些事告诉侯师父。

说到皮箱，叔叔说那个皮箱原来的主人就是之前的那个女人，不过后来离婚了也就没有再联系，所以他并不知道为什么这个女人的箱子里，会有这些东西，还施了法。

侯师父问他叔叔，当时他父亲去世的时候，留下了什么东西吗？叔叔说没有，除了出于纪念，他剪下了一缕他父亲的头发，却在几年前无故遗失了。侯师父又问，你离婚以后，家里换过钥匙吗？叔叔说没有，他家也没什么好偷的。

于是大家都明白了，施法的人一定跟这个女人有关，虽然不太可能是这个女人亲自干的，但一定是这个女人找来的道士干的。而至于为什么要这么干，恐怕必须得找到那个女人才能知道。侯师父对他叔叔说，明天一大早，请带我到我父亲的坟前去看看。

当时夜已经很深，折腾了这么大半晚，大家都累了，尽管事情暂时还没有解决，但是大家还是在沙发或地板上凑合着睡了一晚。我却在这一晚彻夜难眠，因为我总感觉似乎还欠缺了点什么东西，而这个东西却是整件事情的关键，师父他们没有提，我也就不好意思先开口。如果说师父最初猜测侯师父的父亲是在贵港猜对了，算是运气的话，那么除了那个箱子和曾经与侯师父父亲结下的仇以外，却找不出任何一点能够证明女人才是幕后主使的证据，而且这个皮箱是怎么辗转交到侯师父弟弟的手里的，又为什么匆匆留下一句救命之词，却毫无任何身份上的信息说明，这一切都发生得特别偶然。在我看来，与其说是有人诚心求助，倒更像是有人正在一步步指引着我们来解决一件鬼事。唯一能够肯定的是，施法的人和送皮箱的人，都跟侯师父一家有莫大的渊源。

就这么胡思乱想了一整晚，第二天一大早，侯师父的叔叔就带着我们坐车去了当地一座公墓，由于贵港毕竟是座发展得不错的城市，所以土葬的方法早在很多年前就已经不复存在了，我几乎能够想象得出侯师父的父亲去世的时候，替他送行的却是另一位白发苍苍的老人，有两个儿子住得这么近，却不和他们取得联系，就算当时的社会环境很敏感，但是这么多年过去了，去一封书信或是打一个电话，就能够知道，所以一直到他死去，估计都还不知道他的结发妻子早在多年前已经因为他而忧虑死去了。就这一点来说，他的确很自私，而正因为如此，我才觉得侯师父的父亲另有隐情，不该只像表面上看到的那么简单。

看到父亲的墓碑和照片，侯师父还是非常动容。作为儿子，他们兄弟俩跪在父亲的墓前磕头，没有了昨日的那种埋怨，分别的时候还都活着，如今已经人鬼殊途，再多的不满也没什么说头了。给父亲烧完香烛纸钱后，侯师父示意我师父看看他父亲的魂魄在不在。

我跟师父一开始从临桂出发，就帮侯师父拿着那个大皮箱，尽管并不是很重，但是走哪都带着，还是有些不方便。师父用罗盘开始问路，试了9条路，也始终找不到侯师父父亲仍在的迹象。师父对侯师父摇摇头，告诉他这里一无所获，然后低头在箱子里找寻鬼魂的踪迹，却在那个额头贴了他父亲照片的纸人身上，找到一点反应，非常微弱，却并非是因为能量的消亡而微弱，而更像是被禁锢而愤怒，却又使不上力的微弱。

侯师父作为道家弟子，对于罗盘上的这点问题，还是能够轻易看出的，于是他深信自己的父亲正因为某种力量，被禁锢而无法脱身，此刻他需要做的，就是解救父亲的灵魂。师父拿起那个纸人，又认真地看了一次。看到耳朵的时候，他皱了皱眉，放下手里的罗盘，把纸人拿得很近，然后认真地看。我问师父在看什么，师父先是没有理我，然后他问侯师父的叔叔，这样的纸人您以前见过吗？他叔叔说见过，以前还跟那个女人一起生活的时候，有一年那女人的一个大表姐死了，家里就自己扎了这样的纸人。师父又问他，为什么这个纸人的两个耳朵上，有针孔？他们都是这样做的吗？

听到这里，侯师父凑了过来，一把拿起那个纸人，仔细看那两个针孔。我也走上前去，看到纸人的两个耳朵其实只是做了个轮廓，却真的又在耳朵位置的中央，两边对称地用针扎了两个小孔，不仔细看，还真是不容易看出

来。于是当他叔叔说不知道为什么要扎孔的时候，侯师父突然说，我知道为什么，我也知道该怎么破这个咒法了。

侯师父解释说，这个道法，是在道家原本的法子上开创的，但是估计原理差不多，因为一早就能够从符咒上判断这是用来关住鬼魂的，连鞋子"头发"绳子什么的都能够证明，只是不太清楚那个铁盒里的土壤，和那个贴了相片的纸人。侯师父说，早年他曾经在广西北面和一群少数民族打过交道，当地人因为受到汉化影响，喜欢把自己本身的巫术和汉族的道术相融，尽管还是有些不伦不类，但是不免有些行内的奇才，能够开创出新的方法。而这个纸人耳朵上扎洞，就是他曾经遇到过的一种，只不过因为自己一直不想亲力亲为，所以直到现在才发现。侯师父说，这个纸人想来是用来当仆人的人偶，贴上照片，表示照片上的这个人的灵魂就成了仆人。而仆人最重要的是什么，就是听主人的话，于是，要"耳朵钻个眼"，这才能将话听进去，如果加以施法，不但能够把死人的灵魂禁锢在这个小人里，就连活生生的人，也能这么干。侯师父对他叔叔说，希望能够破例带我们找一下之前那个女人，你带我们去告诉我们名字我们自己找都行。再三劝说下，他叔叔才算答应。

离开墓地，我们包车去了那个女人所在的地方，那里虽然已经升为自治县，但是当地很多部族依旧保持着以往部落的习惯，虽然他们穿汉人的衣服，说汉语，写汉字。他们始终有一个名分上的首领，专门用于维系部落关系。就好像一个大家族，当中有德高望重的人，但是他却跟其他人一样，做着最普通的工作。他叔叔只把我们带到就没跟着来了，而是待在我们包的车里，等着我们回去。

我们按照他提供的名字和地址，找到了那家人。在询问后却得知，那个女人上个月刚刚去世，死之前请来一个道士，来给她作法送行。那家人估计是这个女人的弟弟，看上去比侯师父的叔叔要年轻许多，他得意扬扬地说，似乎是觉得给自己姐姐的丧事办得很体面。他说那个道士是游走到他们当地来的一个游道，看他家死了人，主动上门来说给女人送行，而且因为她是离异的女人，还特地给她配了一段冥婚。

如果不把这两个字写出来，我或许没有这么毛骨悚然，那是我第一次知道冥婚是什么，虽然没有亲眼看见，但光是想象就觉得非常可怕，而我这一生也只遇到过两场冥婚，这次算是一场，另外一场，还是留待以后再说。

女人的弟弟接着说，不光是配了冥婚，还给他姐姐扎了阴间的房子，还请了阴间的仆人。侯师父故意装作不明白的样子问，仆人？什么仆人？那个人说，就是你活着的时候最恨的人，那个道士告诉说只要能够弄到他的头发和照片，就能够让那个人在阴间为我姐做牛做马。于是我们明白了为什么侯师父叔叔家里留存的他父亲的头发会找不到，照片倒是容易找到，这样一来，所有答案都有了。和之前猜测的确实一致，就是因为这个女人，还有那个贪财的妖道。

侯师父很生气，问道，那个道士现在还在你们这里吗？那人说，法事做完，下葬后的第二天，这个道士来收了钱，就已经找不到了。侯师父又问他，那你姐姐的仆人最后是怎么处理的，是烧下去了吗？那个人说，不知道，那个道士说他会处理好，我们就全部交给他了。

侯师父心想也差不多了，现在找那个道士也找不到，也就只能自己亲自来破解这个咒法了。好在一般这种游道通常道行不会太高，而且真正的高人也绝对不会卑鄙到提出冥婚阴仆这样下三烂的主意。我们当下就起身回了侯师父的叔叔家，他摒退旁人，自己关在房间里作法破咒，然后拿出除了头发和土壤外的其他东西，全部烧掉。头发我想他是要自己保存了，毕竟是他父亲身体的一部分，而土壤，侯师父在后来回桂林的途中告诉我们，那是他父亲坟头的泥土，要用土埋住，好让他父亲永不超生。

也许这个世界上的答案从来都不会很完美地呈现，于是我们至今都不知道那个皮箱是怎么交到侯师父弟弟手上的，交付人又到底是谁，这些都无法得知，我们甚至想过也许是那个游道突然良心发现，于是把东西给他弟弟寄了去。诸多猜测，却没有一样合理，也就作罢了。

不过值得一提的是，那件事后不到半年，侯师父跟侯师父的叔叔相继因病去世。其中唏嘘，岂是他人堪知？

而关于冥婚，将容后再叙。

04

烟花

身为一个众所周知的吃货，做出长期混迹在街角巷陌寻找美食的行为，应该是能得到充分理解的。东到罗汉寺的铺盖面，西到双碑的豆豉鱼，南到黄桷垭的泉水鸡，北到人和的水上漂。有人说，有江有湖的地方，就有一个江湖；有江湖的地方，必然就有地道的江湖菜。虽然大半生都游走觅食是我一直向往的幸福生活，不过我似乎不是那种豪华品位的人，因为我热爱的是街头小吃，有些甚至连名字都没有。

所以今天说的这个，缘自一碗米线。

那是 2007 年夏天，听朋友说在渝北区龙溪镇，有一家非常销魂的米线店，叫作李米线，据说店堂非常小，但是排队吃米线的人足以把堂子挤爆。越是这样的小店，就越是我的最爱，听说这家店的当日，我就迫不及待地前去尝试。体会到的味道和生意的火爆，都向我证明了它的名不虚传，尤其是那一碗销魂异常的泡椒鱿鱼，实在令人难忘。在席间我听到邻桌的一男一女两个吃货聊到一个重庆关于吃喝的论坛，据说上面分享了很多大街小巷的美食，于是我暗暗记下了那个网址，当晚回去就开始在这个网站上翻查。却在一条关于李米线的美食推荐的跟帖里，意外看到了一条消息。

那是一条发在别人帖子里的求助信息，内容是自己在龙溪镇遇到“不可解释的荒唐事”，这是他自己描述的，而看他对事情的大概叙述，我发现他遇到的只是他无法解释的、而我却能够说明的撞鬼事件。本来还有一丝怀疑，因为网上瞎胡说的人太多了，我相信他也是因为他留下了自己真实的电话。这回却轮到我抱着试一试的态度，给他打了电话。

接通电话后，我向他表明来意，说我在某某论坛上看到了他的求助，于是想帮帮你，如果帮不到我分文不收。他说在电话里他不会告诉我，需要跟我见面，认得我的样子，也免得自己上当受骗。

这年头，有点防范意识也是好事。

于是我和他约在观音桥商圈的一个快餐店里见面，不用花销太大，也就一杯可乐就能把事情给谈了。他来了，看上去比我大不了多少，头发不长也不短，戴着黑色外框的眼镜，大热天穿的白衬衫也被汗水打湿，方方正正的脸，留着些小胡碴，个子估计也就 170 厘米的样子，从他的穿着和外形上来看，他应该只是个公司的职员，没有丝毫出众的地方，丢到人群里会瞬间被淹没，绝对不具备我这般能够引起惊鸿一瞥的潜质。于是我暗暗心想完了这趟可能赚不了什么钱，但是人家已经来了，而且礼貌地跟我握手，我也就琢磨着就当帮忙吧，能赚一点是一点。

他坐下以后，我替他点了可乐，小杯的，然后请他告诉我他所遇到的事情。

他姓孙，是重庆一家知名外企的销售人员，不是本地人，多年前在重庆念完大学后，就在重庆找到了工作，几年下来因为各种原因跳槽了多次，却始终发觉自己没能找准自己的职业定位，最近几个月才跳槽到这家外企，也仅仅是因为看到收入还不错。用他自己的话来说，叫作“糊里糊涂地过日子”，因为他的职业方向至今还没找到，都三十好几的人了，没有存款，没有女人，没有车，连房子也是跟几个大学生合租的，总体来说，就是一个中国标本式的落魄男人。原本我很想告诉他他所没有的东西我全部拥有，但又害怕他因为受刺激和嫉妒从而用手里的可乐袭击我的面门，于是还是忍住没说。

他告诉我，他的收入是每月3000多块，公司偶尔还发点奖金补贴什么的。如果说只是生活，他还是能过下去的，直到三个月之前遇到了一个女人，他才开始把所有的钱都花在了这个女人身上。

我听到这里就有点莫名其妙了，我心想你给女人花钱你找我干什么呀，又不是我的女人花了你的钱。他说，那个女人是他有一天晚上跟我一样去龙溪镇吃米线，吃完以后不知道该干什么而满街溜达时遇到的。在龙溪镇的武陵路上，那天他觉得尿急，但是又到处找不到厕所，就在个老巷子里打算趁人没有发现赶紧解决了，却在尿完的时候，发现附近的一个楼道的楼梯口，坐着个女人，有20多岁，面带嘲笑地看着他。孙先生当时有点不好意思，本来自己转头走了就好，他却很不识趣地对那个女人说，嘿嘿，人有三急。那个女人当时捂着嘴笑了，然后走过来，不由分说就开始在那个小巷子里调戏孙先生。

我叫他打住，因为我实在不愿去想象他的香艳场面。

对于龙溪镇，重庆的人几乎都该知道，在几年前，是重庆非常红火的红灯区。菜园坝、弹子石、龙溪镇并称重庆的三大风月场所，尤其是龙溪镇，整个一条武陵路几乎被各种各样的发廊和按摩店占据，因为一到晚上，店里的灯光总是那么带着挑逗意味地发着红光，大概红灯区的含义就是指的这个。我记得在很多年前，我那时候还在念高中，跟着一群同学在这条路上找录像厅打算进去看会儿录像，就发现很多特殊职业的女性，甚至把沙发搬到了店外，霸占了人行道的一半，然后对每一个过往的老中青三代男性抛来魅惑的眼神，也时不时会在这条街上碰到那些皮条客，那两年，实在太过猖狂。直到后来的几年，随着“扫黄打非”的活动，渐渐地很多都收敛了，这条街才稍微正常了些。但是没人能够保证现在那条街上，一个做色情行业的都没有。

所以当孙先生告诉我那个女人开始调戏挑逗他的时候，我觉得他是遇到一个欲求不满的妓女了。本着先娱乐后付费的人性化服务精神，主动推销自己。

我问孙先生，那个女人是个“小姐”吧？孙先生说，他一开始也觉得自己是遇到小姐了，但是那个女人并没有收取他一分钱。于是他说他只是觉得自己遇到了传说中的“一夜情”。孙先生告诉我，自己的事业和生活都非常不得意，内心的压力也很大，再加上自己是个30多岁的老男人了，也确实需要发泄一下，于是那晚他就带着这个女人在附近的宾馆开了房间，并一开始就摸出几百块打算给那个女人，但是那个女人却不要，把钱塞回了他的钱夹，其间两人甚至没什么交流，就这么稀里糊涂地上了床，跟个牲口一样。第二天早晨醒来的时候那个女人已经离开了。我问他你们一整晚都聊了些什么？他说就东拉西扯地聊了下那个女孩的身世什么的，他只知道那个女孩是农村的，高中毕业后没能考上大学，于是就来了城里打工，为了给弟弟妹妹赚点学费。她目前在龙溪镇上一家足浴店上班，她说她也是因为寂寞了，就一个人坐在楼梯口发呆，正好看见孙先生撒尿，觉得好玩，也觉得孙先生那句苍白的解释非常可爱，在夜色霓虹下，谁都容易变得意乱情迷，发生点什么少儿不宜的事情，也就显得特别理所当然了。

孙先生说，他把那次和这个女人的一夜情当成是一种“奇遇”，因为他搞不懂这个女人为什么会选择了他这么一个什么都很平凡的人。从那以后，他便经常有事无事就到那附近转悠，也多次去过那个他小便的巷子，希望能够再找到那个女人，因为之前走得匆忙，互相没有留下什么联系方式。终于有一天他再次在巷子口遇到了这个女人，那天她穿着一样的衣服，正打算出门，听说孙先生是来找她的，于是她就推掉了自己的安排，陪孙先生吃饭喝酒，然后开房睡觉。这一次她半夜离去了，临走前她告诉孙先生，她不愿意留给孙先生自己的电话号码，因为大家是在这样的环境下相识的，也不够了解对方，说如果孙先生以后想找她，就在最初巷子口遇到她的那个楼梯对着楼上叫小丽，如果她在的话就会出来陪他。

虽然没有留下电话，但是孙先生觉得自己总算是有了个能够找到她的办法。于是在接下来的两个多月时间里，他常常去找这个女人，但是有时候能找到，有时候却找不到，他猜想可能是去上班了吧，于是就在楼下等，甚至等过一个通宵。我问他你疯了啊为什么要这么做，他说当他找不到这个女人的时候，他发现自己会着急和思念，最后他认为自己爱上这个女人了。

我见过很多种爱情的方式，有青梅竹马的，有不打不相识的，有欢喜冤家的，有父母介绍的，有聚会偶遇相见恨晚的，有网上聊天然后落入陷阱的，种类繁多，数不胜数，而孙先生这种爱上一个人的方式，坦白说我之前在电影或者电视剧里面看到过，太过梦幻，太过不真实。对于一个深夜初次相遇便发生身体关系的女人，哪怕她再空虚寂寞，估计也不是什么正派做法。而孙先生爱上这样的一个女人，最终的结局多半都是飞蛾扑火，死得壮烈。

孙先生说，这两个多月是他从离开老家来城市求学开始，过得最开心的日子，这期间小丽并没有找他要过一分钱，这让孙先生对这份感情加大了信心，至少能够证明她不是从事色情行业的人，和他在一起共度良宵，往小了说大不了就是各取所需，往大了说彼此了解有限，也就没有太多的顾虑。但是孙先生作为一个男人还是觉得自己表示得似乎不够，他应该更大方一点，于是这段时间以来，他常常给小丽买花买礼物，自己一个月也没赚到多少钱，除了自己必要的生活开支以外，基本上都花在了给小丽买这买那上，小丽虽然从不收取也不向孙先生索要钱财，但是对于化妆品和鲜花首饰一类的礼物，她还是开开心心地收下了。孙先生说，其实她收下了自己心里更好过一些，否则总是觉得有种亏欠，即便他爱着这个女人，但他不知道这个女人是否爱着他。

我看着眼前这个萎靡的男人，却还是有点佩服他的专情。因为我想换作是我，我可能不会这样对小丽，因为我会很快意识到最初的激情其实是源于一场彼此的冲动，在我看来是错误的，既然方向走歪了，也就没有任何理由继续歪着走下去。

孙先生继续说，直到大半个月前的一个晚上，他还是下班去找小丽，故意没吃晚饭，因为他想跟小丽一起吃饭。然后带她看场电影什么的，电影是没看成，因为那天的小丽显得有些不开心，于是早早地他们就去了酒店，在酒店房间里，孙先生想方设法地想要让小丽开心一点，于是就给她说笑话，自拍逗她。每次给小丽用手机拍照的时候，她总是勉强挤出一个微笑。

我问孙先生，你手机里现在有她的相片吗？能不能给我看看。他说有，于是拿出手机，翻到小丽的照片把手机递给了我。

相片上的女人谈不上漂亮，但是有一种惹人疼爱的感觉，看到她的样子，就好像是看到一个柔弱得很容易被人欺负的女人，于是有种想要当她的肩膀保护她的冲动，我算是有点理解为什么孙先生能够对这个女人这样痴迷。这个照片看上去，小丽似乎是有点精神不振，而且我发现她的左脸下面，有一块硬币大小黑色的东西，不知道是痣，还是胎记。穿着白色的连衣长裙，双手按住膝盖上的裙子，坐在床上。我把手机还给孙先生，出于礼貌还是赞美了一句说这女孩长得挺漂亮的。

孙先生告诉我，那一天晚上他怎么逗都逗不开心她，最后倒是小丽主动说咱们洗澡睡觉了吧，关了灯在床上，孙先生鼓起勇气对小丽说，我希望正式做你的男朋友，我还想带你去看烟花。

本来一句很让人动容的话，小丽听后竟然趴在孙先生的身上哭了，于是那一晚就这么既平淡又酸楚地过了。从那以后，孙先生就再也没有找到过小丽。

我觉得很奇怪，我说是她搬走了吗？还是你叫她她不再回应你了。孙先生摘下眼镜，揉了揉鼻梁，然后叹了口气说，一开始他还是常常去楼下喊小丽，却接连好多天都没有能够找到，他通常去的时候都是晚上，心想也许是足浴城的工作忙起来了，晚上业务好。于是他特别挑了个白天去楼下喊小丽，那天喊的时候，二楼的一个老太婆伸出头来，大声骂他问他鬼吼鬼叫个什么，孙先生说想找这栋楼里住的一个叫小丽的女孩子，那个老太婆却没好气地说，快滚，不认识这个人，不要打扰我们休息。孙先生不死心，就在楼道下等着，心想她再忙一天也总得回家一次，于是在楼道口等了一整天加一整晚，到第二天白天实在是忍不住了，恰好有个这栋楼的住户大婶经过，孙先生就问她，这栋楼里住了个叫小丽的女孩，想请问下她住在哪一户，他还告诉这个大婶这个小丽是在附近的足浴会所上班。大婶没有想得起来，于是孙先生就把手机里的照片给她看，看到照片后，那个大婶吓了一跳，连忙说不知道不知道，然后就夺路而逃上了楼。孙先生看到大婶反常的表情，于是好像是联想到了什么，于是一股寒意直蹿脊梁。

我说，你觉得你见到鬼了是吧？他说是，而且非常确定，因为他当时虽然心有怀疑，但还是再等了等，直到之前二楼骂他的那个老太婆下楼来，他又凑上去询问，那个老太婆看到照片后，反应和之前的那个大婶差不多，不过老人毕竟更淡定了，她告诉孙先生，这个叫小丽的女人的确住在这栋楼里，不过那是一年以前的事情了。因为一年之前，她已经在自己租的房子里吸毒过量死了。

这对孙先生来说肯定是一个晴天霹雳，我想象得到他当时的心情。孙先生说这就是他发帖求助的原因，发在那个网站，是因为这件事就发生在龙溪镇，也许大家会看到，看到后也许帮他的人就会出现。他还说，当下他就逃离了那里，于是开始仔细回想这两个多月以来，发生在他和小丽之间的点点滴滴，越想越觉得不对劲。

我问他怎么个让你觉得不对劲法，他说，有几件事，第一件事就是我每次带她出去吃东西她总是陪着我吃，自己却不吃，而且从来没听到她说饿了。第二件事就是每次跟小丽上床的时候，总觉得她的身体冰凉，他也曾经问过小丽，问她为什么身上这么冷，小丽告诉他一年前她生过一场病，之后就这样了，是体质的问题。当时孙先生并没有太过在意，后来才联想到原来她说的那场病，很有可能就是说自己当时已经死了。再有一件事，是他自从认识小丽以后，确实觉得自己的身体比以前虚弱了好多，也去医院检查过，医院也就给他开了些保健类的药物，说只是体虚没什么大碍。在他意识到自己是撞鬼以后，也去道门口一带找过一个阴阳师父给他看过，结果师父说的是他被厉鬼缠身，那个女鬼和他发生关系，其实就是在吸取他的阳气，来跟自己的阴气对抗，能拖一天是一天，能吸一口算一口。而他在听到这些以后，就开始反复在心里回想，想得越多，思想压力就越大，又没办法不去上班，上班也集中不了精力，于是精神越发萎靡，工作业绩也是节节下降。而最让他想不通的是，他花钱请宾馆的登记小妹调出了几晚他带小丽入住的时候的监控录像，录像里却真的有他和小丽的身影，问小妹还记不记得跟他一起入住的那个女人的时候，小妹却说每天客人太多，不记得了。

我问他当时道门口的那个师父为什么不给你把这件事办了？孙先生说，他付不起那个费用。

看吧，该来的还是来了，果然是没钱就办不了事啊。不过我对道门口的那个师父还是非常鄙视的，虽然有时候我们干这些是要高收费，但是也要视实际情况而定呀，怎么能因为人家付不起钱就拒之门外？于是我当下还是决定帮他一把，不管钱多钱少，总算是在救人。

我告诉孙先生，我帮你了结这个事，至于酬劳是多少就你自己看着办了，你给多少我拿多少，我不坑你，想来你也不会亏我。他连连道谢，于是我跟他走出快餐店，找了家打印店，把他手机里小丽的照片都打印了出来，印了很多份。鬼害怕看到自己的样子，我要孙先生带我去一趟他们激情相遇的地方，用我的方式打听下一年前小丽的情况，最好是能进到她死去的那个屋子，然后把这些照片都贴出来，迫使她离开或是现身。

在路上孙先生问我，如果小丽经常出现在楼道口，那么大家看到这个一年多以前就死去的人，难道就不怕吗？我告诉他，除了你他们都看不到。孙先生又问，那既然看不到为什么监控和手机都能拍到呢？我告诉他，那是因为电子设备的频率跟人眼是不同的，就跟收音机一样，不同的频段有不同的声音，你难道要去追究为什么这些声音怎么会从小小的收音机里发出吗？而且鬼可以让她希望被看到的人看到，你应该庆幸你遇到的这个不算是害人很严重的，吸你一些阳气，没要你的命，你就偷笑吧。然后孙先生问我要怎么才能防止鬼不靠近，我告诉他，鬼这种东西，最害怕的就是电，而且达到一定电伏的电流，能够让鬼魂直接灰飞烟灭，永远不复存在，知道雷击咒吧，就是这个原理。但是你总不能每天都缠根高压电线在身上吧。

说话间已经到了他说的那个巷子，这地方以前我来过，我是指当年找录像看的时候。附近有个以往的火电厂，不过后来好像是荒废了。那个巷子两侧的房屋都是 20 世纪 80 年代的老房子了，单元楼也是黑漆漆的，角落里结满了蜘蛛网，要说这样的地方，闹个鬼什么的就不奇怪了。

我带着孙先生在楼里挨家挨户地敲开门打听，虽然很多人对这件事都不愿多说什么，因为很忌讳，但还是有人告诉了我们小丽之前的楼牌号，并且还告诉我们，先前租房子给小丽的那个房东是他的老街坊，但是由于发生了小丽横死家中的事情以后，事情就传开了，这个房子怎么都租不出去，自己也不敢回来住，于是就一直空着，如果你们要去看房间的话我可以把房东的电话号码告诉你们。

要到电话号码以后，我连连道谢，于是我就以租客的身份给房东打了电话，房东看我是个不明真相的群众，就以非常低廉的价格答应把房子租给我，于是就风尘仆仆地赶了过来。我也不算个好人，至少在欺骗房东这件事上不算。等到房东打开房门要我们进去看房子的时候，我才告诉她，我已经知道这里以前死过人，并且死得很惨，我故意吓她，我说要是你不告诉我这件事情的真相的话，我想她会来找你的。

房东是个 40 多岁的胖女人，手上、脖子上都挂了佛珠一类的东西，这

说明她其实再度打开这个房门，是经过了很强大的心理攻势的。我也不算是在威胁恐吓她，我告诉她，我就是个阴阳师，我能够给这个房子驱邪，她才肯把这个她本不愿提起的事情说了一遍。她说这个女孩是从三年前就一直租住在这里的，住了好几年，也没发生过什么事，这姑娘人还是很亲切很和善，也从来不会拖欠房租。后来发现她的尸体的时候，是在去年夏天，天气热，有邻居闻到一股腐臭的味道，发现是从她家里传过来的，敲门也没人答应，就给房东打了电话，房东来开门一看，发现人已经死了，都开始腐烂了。吓得大家赶紧报警，警方勘查后得出结论，人半个月前就已经死了，死因是吸毒过量。于是很快就收拾了现场，把房东带回去做了笔录，也不知道有没有联系小丽的家人，反正事情就这么结束了。说到这里，房东太太唏嘘了一句，人倒是不错一个人，做这个的都没个好下场。于是我问她，这姑娘是做什么的，房东太太说，是做小姐的。

我瞥到孙先生皱了下眉头，她果然是个小姐。

龙溪镇是个流动人口很大的地方，那几年，在色情行业的带动下，很多误入歧途的女性从各地来到这里，希望在这里靠着出卖身体获得报酬，于是沦落为卖淫的小姐。当然其中也有不少是因为错信了坏朋友，或是被人诱骗到了这里，世间百态，还能活着就成了一种自我宽慰的理由。如果问这些小姐为什么要从事这个职业，她们大概大多会回答说是因为觉得打工的钱赚得太少，做小姐能够赚得多一点，多了的钱可以把自己打扮漂亮，也能适当地给自己家里寄回一部分。也许还会说，女人的青春就是这么短短的几年或者10年，趁着年轻自己辛苦点，多挣点，将来也有点存款能够自己做点小生意什么的，找个老实人嫁了，日子也就接着往下过了。听上去好像有点道理，反正自己每天都要花那么些时间来晚上睡觉，干吗不睡着赚钱呢?

我并不了解这群特殊人群的生活，所以除了道德上的不认同之外，我没有任何反驳和歧视她们的理由，人都有选择自己生活方式的权利，我更宁愿相信她们是迫于生活，只能这样活着，用自己的方式，来赢得属于她们的尊重。

我问房东太太，这个房间你们之后来打扫过吗？她说没有，都不敢回来，警方收拾了尸体以后，就叫人清洗了一下地板，连小丽生前的东西都全部堆放在阳台上没敢丢掉，害怕被鬼缠上。我想这样也好，我们看看那些她的东西再说，于是我打发房东太太先回去，告诉她完事能住人了我会给她打电话。等到房东走了以后，我和孙先生开始找阳台。这间屋子的阳台就在卧室的外面，而这里就只有一间卧室，换句话说，我们要去阳台，就必须经过小丽横死在床上的那个房间。

孙先生明显是有心理压力的，不过为了自己的安危，他还是跟着我进了卧室，在快要走到阳台的时候，他突然惊恐地指着床边靠窗的一个小梳妆台颤抖地说："这……这些不就是我送给她的礼物吗？"

我转头一看，梳妆台上已经积了一层灰尘，但是却整整齐齐地摆放着一些化妆品和首饰盒，按孙先生的说法，这些东西都是孙先生送给她的，她出于某些原因没有使用，也不舍得丢弃，就把它放在自己的梳妆台上。

于是我开始安慰孙先生，别担心，这是正常的，这说明她很在意你送给她的东西，而且你现在活得好好的，她要害你早就害你了。

我是真的这么认为的，我不知道是我的固执还是怎样，从孙先生的表达中，我始终感觉小丽不是个要存心害人的恶鬼，甚至还是个身世可怜的人。于是在我的感情里，我更愿意相信我这次来是来用我的方式，温和地带她离开，而非赶她走。

我在阳台上找到一个旅行箱，此外阳台上也没别的东西，我把箱子拉进屋，然后开始检查衣柜、床头柜等地方，最后在床头柜两层抽屉之间，找到一个小本子，大概是放进去的时候，因为抽拉的关系卡在了夹缝里。翻开一看，发现那是一本日记。

在这本日记里，记录了从 2004 年 1 月开始小丽的生活，从第一篇日记来看，这应该是她记录的第一本，因为她在第一则日记中便写道：

"我来到重庆，开始了一种新的生活。我并不喜欢现在的我，但生活逼着我更加疼爱我的身体。因为如果这具身体也失去了价值，我就再也回不去了。"

还有很多，是她记录她成为小姐后，自己告诫自己不要忘记自己是谁的内容。看得出来她是个苦命的女人，就如同她告诉孙先生的那样，她来自农村，没考上大学，家里还有弟弟妹妹，为了生活她来城里打工给家里寄钱，

但是微薄的收入根本连自己的生活都成问题，更不要说给家里寄钱了。于是这期间她认识了几个“姐妹”，看她长得年轻，虽然脸上有胎记，但是青春就是资本，于是在这些坏朋友的带动下，她也想早点走出自己的困境，于是放下尊严，做了一名小姐。

后面整本日记的内容，都记录了今天接了多少客，赚了多少钱，言语间满是对男人的痛恨和对爱情的期待。也许因为她觉得是男人对肉体的欲望导致了她们这个职业的存在，也或许是自己对自身的鄙夷导致她非常渴望爱情。但是她深知没有人会爱上这样的自己，于是她不断地在矛盾和自责里纠结，人一旦钻了牛角尖，就很难再钻出来。她的日记里充满了怨恨，因为生活的关系，她无数次自己打败自己，告诉自己既然别人可以为了一些并不高尚的理由而生活，而自己又为什么不可以。

日记并不是每天都在记录，厚厚的一本，写到 2006 年的时候，出现了这样一件事，就是她在一次接客的时候，觉得自己喜欢上了一个人，于是把自己赚的钱给他用，却被他拿去买了毒品，而且不但他自己吸食，甚至带着她一起吸食。从那以后的日记，渐渐就非常麻木了，偶尔会怒喊几句，但大多数字句里，开始渐渐默认了自己的生活，似乎她才是正常的，而除了她以外的其他人，都是不正常的。其他人的不正常，只是因为他们活得和自己不一样。

房东告诉我，她是 7 月死的，于是当我读到 7 月的最后一则日记的时候，读到一种深深的绝望。她说：“当这个世界选择了抛弃你，别害怕，因为你一样可以抛弃这个世界。”

我不知道这是不是她的遗言，或是她已经不再计较死亡带来的可怕，我甚至不知道她的吸毒过量，是无意的，还是有意为之。而且这一切都还没完，再翻了几页后，我竟然还看到一则短短的日记，日记的日期就是 2007 年 7 月，也就是发生在前不久。我深知执念带来的恶果，所以当看到这个日期的时候，我就知道这是她的鬼魂写下的。

“我爱你，但我不能爱你；你找我，你也不该找我。美丽的烟花，留给美丽的人吧。”

孙先生一直跟着我一起在翻看小丽的日记，看到这句，他情难自抑，紧紧咬着自己的下嘴唇，肩膀起起伏伏地哭泣。我知道他想起了自己对小丽的承诺，在他并不知道他爱上的是个鬼的时候。而我也愿意相信小丽的鬼魂写下这一句的时候，也想到自己必然要辜负孙先生的承诺，当她知道自己爱上一个活人的时候。

这则日记的日期，和孙先生手机里相片上的拍摄日期是一样的。我无法用我自己的准则来衡量他们之间这段畸形而又无法言说的爱情。不过我倒是肯定了小丽绝非恶鬼，我必须善待她。

孙先生手里一直拿着先前打印的相片，此刻却因为激动，把它们揉捏成了一团，并且他慷慨地忘记了这打印费是我出的。

我对孙先生说，你还是兑现你的承诺吧，带她看过烟花以后，我再带她离开。于是孙先生含泪答应，我提议晚上到洋人街去，因为花山那里晚上总是会有人放烟花，而且那里有个巨大的 LOVE，也算是你们爱情的见证和说明吧，哪怕你们相遇太晚，能够拥有，也是值得的。这个地方的这些特点，也是我后来会在花山跟彩姐求婚的原因之一。

当晚我带着小丽的日记，开车带孙先生去了花山，我陪着孙先生坐在花山前的长椅上，在烟花绽放的时候，我起身走开，让孙先生默默陪着那本只有一段属于他们俩的日记本，说说心里话。随后我开始给小丽带路，烧掉了她的日记本，同时也烧去了那些打印出来的相片，希望她能够记得自己美丽的样子，而不是死亡的痛苦和生活的无可奈何。

孙先生事后给了我 2000 块钱，我只拿了 200，当作车马费吧，送他回去的路上，他告诉我，他今后不会再选择沉沦，而是要积极地生活，也算是不辜负他在心里对小丽做的承诺。

我并不知道他到底在心里跟小丽说了什么，也不方便问，但我相信他会积极乐观地重新生活。

送他到家的时候，我告诉他，如果因为和小丽发生过那段不正常的肉体关系，要是身体出现什么男性问题，例如，尿尿分叉等奇怪的现象的话，记得给我打电话。

因为我真的认识一个不错的泌尿科医师。

十四年猎诡人

05 阴缘

2006 年的时候我参加了一个同行聚会，地方很远，在烟台。那是一场令人憋屈的聚会，我虽然书念得不多，但也知道瓜分中国是不对的，怎么能这么明目张胆地说哪片哪片是谁的“势力范围”呢？把我们西南这边的师父们大老远叫过去，却好像是在警告我们不要涉足除去自己周边以外的事，还说什么免得恶性竞争价格混乱。这个聚会持续了 4 天，我却在第二天就借故闪人了。也正是因为那次，却让我师父背上了“教徒无礼”的恶名。

好在师父不是个计较这些的人，而且隐退了，对于这些无谓的挑衅，他老人家一笑置之，依旧天天下棋研究“红楼梦”。可作为徒弟，因为我的任性而让师父得了这么个口碑，心里还是挺过意不去。于是打电话跟师父解释，师父没有埋怨我什么，知道我在烟台，就叫我顺道去蓬莱看看，看看传说中的海市蜃楼，品尝下那里的鲜虾鱼肉。

蓬莱我是一直都知道的，却从来没有去过。在我的印象里，那是个能够看到幻景的美丽海滩，之后在 2008 年看了《深海寻人》后，更是反复勾起我对这个地方的回忆。那首李心洁老师演唱的《一万年的序幕》，无数次让我回想起在蓬莱光着脚丫在沙滩上看海的心情。虽然海滩上全是比基尼的梦想已经破灭，但是就这么安静地休息下身心也是非常不错的。于是剩下的几天时间，我就一直耗在蓬莱。其间结识了一个跟我一样来散心的女孩，她姓姚，我一直称呼她为姚姑娘。因为帮她的关系，我去了一座我从来都没有想过要去的城市，而且见证了一场匪夷所思的婚礼。

跟姚姑娘认识的过程有点别致，那时候还差几个月才认识彩姐。那天我和头一天一样，睡到自然醒，然后在市内找了点吃的后，就打算溜达到海滩去，找个人没那么多的地方，听听歌就把这时间给混过去了。而且那是我打算在蓬莱待的最后一天，完事就打算回烟台搭飞机回重庆了。于是当我躺在沙滩上慢慢享受最后一天的悠闲时光时，听到一个女孩哭着在我身后大石头的另一侧打电话，口音似乎是天津唐山一带的人，由于偷听别人的电话是不道德的行为，而且对于地方语言的理解能力也有限，所以我在偷听的时候就格外用心。

从她的电话里，我大概听到的情况是，谁谁谁死了，但是你们不该怎么怎么样，你们要是这么这么样了，别人的爹妈又该如何如何不爽之类的。虽然听到一部分，但还是没听懂。本来我也打算一会儿自己换个地方坐吧，她却挂上了电话，开始毫无节制地哇哇大哭。

少年的心总是纯情的，我看她哭得这么难受，实在是不忍心，于是就起身转到石头后面，打算宽慰她几句，哪怕我根本就不知道发生了什么。所以请不要理解为我有什么非分的念想，当真没有，因为当我看到姑娘的脸蛋的时候，瞬间就打消了这个念头。

我想她大概是觉得自己心里难过，再加上我和她都不是本地人的关系，所以才愿意把这一切事情告诉我。在跟她聊天的过程中，我得知了她是河北沧州人，在烟台念书。这次因为农村老家的大表哥因病去世，她却因为马上要考试了而没有办法回去奔丧，再加上家乡有些奇怪的习俗让她很难接受，于是心里烦闷，也就跟我一样来了蓬莱，却时时刻刻关注着家里的情况，刚刚的电话是她的妈妈打来的。她妈妈在电话里告诉她，两天后大表哥就要下葬了，没打算火葬而是送到自家农村的地里埋了。这让姚姑娘非常不满，她觉得这是对土地的一种浪费，而且她跟大表哥的关系很好，实在不希望大表哥孤孤单单地待在农村的荒地里。于是说到情动深处，无法控制地大哭。

说完她又开始哭起来，真是个爱哭的女人。

我告诉她要不你跟学校请个假回去一趟吧，自己家的亲人，去看看也好。她说她也想，但是马上就要有一场很重要的评定考试，她没办法在这个时候回去。我宽慰她，其实土葬也没什么不好的，只要地方上不干预，和火葬其实都是一个道理，花钱还少一点，而且中国人讲究个入土为安，对于她父辈这一代的中老年人来说，他们更希望的是埋在自己家的祖田里。这时候姚姑娘告诉我，她哭还有另外一个原因，就是她的大舅娘坚持要给她的大表哥说个阴媒，我问她什么叫说阴媒，她说就是替死人相亲，找另一个死去的女人来配婚，结冥婚。

听到这两个字的时候，我身上的皮肤紧了一下，早年在广西的时候听过过世的侯师父的叔叔说起过冥婚，自己也在网上看到过这样的习俗和照片，感觉这是我这么多年来最无法正视的一个问题，我并不是说这种习俗有什么不好，只是我个人的原因，我无法接受而已。所以当姚姑娘说到要给她大表哥配冥婚的时候，我莫名其妙地紧张了起来。

本来我可以安慰完她以后就自己走开，回重庆过我的日子，除了蓬莱的美丽外，我什么也不带走。但是这次我还是决定要去见识一下这场冥婚，虽然不知道这个过程会不会发生什么出乎我意料的事情，也算是我给自己架设起一道障碍，并迫使自己要去面对和承认这种并不被我认同的习俗。过去了这件事，我也就过去了自己。

为了不让姚姑娘觉得我是个坏人或是骗子，我向她坦诚了我的身份。因为如果我直接说我替你到沧州去看看的话，于情于理都有点说不过去。当她得知我是来自重庆的猎诡师以后，她很不相信，不得已之下我给她看了我随身带的一些法器，并给她讲了很多这方面的事情，也许她想我跟她非亲非故似乎没有什么理由来欺骗她，于是最后才相信了我，答应让我去她大表哥家里看看。

随后她给她妈妈打了电话，说她委托一个朋友代替她回家来给表哥奔丧，然后说了我的名字和电话，并且告诉她妈妈，考试完了就立刻回沧州，而从她口中得知，她考试结束的那天正好是下葬后的第二天，回来只不过能够看到一座新坟，又有什么意义呢？

关于冥婚，我所知甚少，至少在那次以前是这样的。它是在我们国家民间一种比较另类的习俗，当一个成年人死去的时候还是未婚的情况下，很多农村地区的老人家都会说，这样死掉后，将来就是座孤坟，而孤坟对一个家族的影响是不好的，因为没有婚配自然也没有子嗣，没有子嗣这个坟自然就是座孤坟了，因为它无法成为祖坟，上香祭拜的除了自己的父母以外，也就没有别人了，等到父母一死，那才真的是彻底悲摧。而通常情况下，赞成采用冥婚的家庭，往往也是受到一些不良居心的道士端公的蛊惑，说这样也不好那样也不行，无非也就是为了多弄几个钱。虽然冥婚的说法，在道上是有一定道理的，但这个并不是绝对的事情；而且冥婚方式过于诡异，诡异到让我这个常年和鬼打交道的人，也都有些难以接受。一方面碍于习俗的传承，一方面也不希望今后自己想起来的时候全都是害怕和恶心，于是我暗下决心，这次算是一个机会，一定要把其中的道理弄个明白，因为下次遇到又不知道是何年何月的事情了。

我把姚姑娘的电话存进手机里，答应她有什么情况，我会第一时间告诉她，要她安心参加考试。临分别前我把自己的驾驶证交给了她，那上面有我的身份证号码什么的，我想一是在对她表达我不是骗子的态度，也是为了让她能够不会担忧我做出什么出格的事情，安心复习考试。

既然答应了别人就一定要做到，于是和姚姑娘分别以后我就改签了机票，搭火车去了沧州。

对于沧州我是陌生的，沧州对于我而言也是同样。我到达沧州的时候已经是晚上 8 点多，赶不及到姚姑娘的大表哥家里，于是打算当晚在沧州住一晚，顺便搜寻下当地的美食。可能是因为我是南方人的关系，北方的菜肴我吃上去有些不习惯，除了那一份四味的狮子头。在那之前，我只在重庆的乡村基里吃过。四个拳头大小的大肉丸子，每个的味道都不一样，浇汁以后更是鲜美，于是当晚非常满足，非常愉快。

第二天一大早我就按照姚姑娘给我的地址，找到车站坐长途车赶了过去，中途还转过一趟车。到了当地后，并没有感觉这家人像是传统农村中的那种

萧条和贫困，而是有一个大大的宅院，从院子外整整齐齐堆放的许多花圈来看，这家人若非有钱有势也必然是当地的一个大户人家。在门口咨客那里给了奠礼以后，我就进了灵堂。

这家人的宅子在当地算得上非常气派了，进门后有个大大的天井，正对门口就是一个大厅堂，周围全是厢房，这种院子跟我早几年在山西平遥看到的那种晋式四合院非常类似，而大表哥的灵柩就停放在那个大厅堂里，门柱上缠满白布，宾客们大多坐在天井里或厢房外的走廊上，我则因为受姚姑娘的嘱托而去找了她妈妈。告诉她妈妈我是小姚的朋友以后，她便带着我去见了大舅娘。

大舅和大舅娘看上去都是 50 多岁的人了，大舅娘还时髦地染了金色的头发，所以他们应该是祖宅在这里，却没怎么在这里住，而且生活水平一定还算是不错的。大舅和大舅娘看我一个远道而来的陌生人前来吊唁，心里肯定还是感激的，我在跟他们说过保重以后，就把姚姑娘的妈妈拉到一边。我告诉她我其实是受你女儿的委托来看看你侄子冥婚的事情的，这东西不能马虎，要是弄得不好，很有可能会让你们全家都遭殃的。

我并没有骗她，因为我就听说过办了冥婚以后，男方的全家人都不同程度地受到伤害，死了几个伤了几个，最后还是靠一个老前辈出马，才把这桩冥婚给废了。就是因为给自己孩子选择冥婚对象的时候，没有仔细考究这个对象的身份和八字，这才导致了那场悲剧。姚姑娘的妈妈起初也是不肯相信我，但是后来我给姚姑娘打了电话，由她来跟自己妈妈细说，最后她妈妈才将信将疑地把我留下，我嘱咐她暂时不能够声张，等明天冥婚的那个女尸来了以后再说。她答应了。

于是剩下的时间里，我就跟姚妈妈聊了聊大表哥的事情。大表哥还没念完高中，就自己辍学了，于是我顿生一股亲切感，随后他跟着一群朋友到了北京，成为北漂一族。几个大老爷们挤住在地下室里，在酒吧和地下通道当流浪歌手，可是自己赚的钱根本不够花，每个月还要家里给他寄去生活费。后来因为过度的烟酒，他患上了严重的肺炎，却不敢告诉家里，不希望家里人因为担心他，而要他回来老家，这样会断送自己在北京混出一片天地的理想，于是也就这么拖着。结果小病拖成了大病，最后实在不行了，才告诉了自己的父母，不过那个时候已经晚了，接回来没多久就死了。于是我不禁感叹那些宁愿饿着肚子也要坚持北漂的人，到底是在图什么，难道是北京的妹子更漂亮？人活着图的是个痛快和洒脱，实在犯不着为了所谓的理想，而朝着人才济济的帝都扎堆。虽不至于衣不遮体食不果腹，混个多少年发现自己混不出头幡然悔悟打算回乡的时候，才发现自己最宝贵的时间已经白白地荒废掉了。

姚妈妈告诉我，大表哥都 30 岁的人了，自己生活都没个保障，自然也就交不到女朋友，也正是因为未婚而死，所以在给孩子操办丧事的时候，请来的道士告诉他们家，最好能给孩子配一段冥婚，这样的话，家里其他后人才会因此而发达昌盛，而他恰好能够找到这样合适的女人，也是未婚而死，也正好需要配冥婚。这叫作结“阴缘”，对两家“阴亲家”和后人都是大有好处的。

听到是请来的道士说的，我就请问姚妈妈，我能见见这个道士吗？姚妈妈告诉我，当然可以，他现在正在棺材后面的黄布幡下面打坐呢。于是我起身走过去，路过冰棺的时候，我看了一眼睡在里面的大表哥，穿着黑色的小马褂，戴着一个地主帽，下半身被遮住看不到。而他的遗妆倒是化得有些让人害怕，描眉了不说，还描了眼线，苍白瘦弱的脸颊上被刻意打上了粉红色的粉，嘴唇涂得特别红，最诡异的竟然是化妆的人还特别让他的嘴角上扬，显露出一副闭目微笑的姿态，看上去有些吓人。

原本我心想这大概是当地的风俗习惯，谁说人家死了就不能笑着下葬呢？当下除了心里默默有点紧张之外，我绕到了那块巨大的垂下的黄幡布下，看到一个黄袍道人正背对着棺材盘腿而坐，他的正面是另一口红木棺材，棺材盖是打开的，棺材口子上贴了些黄色的符咒。由于我站在他的身后，看不到他的脸，出于礼貌，我拱手行了个道礼，然后说道长我能够问你点事吗？只见他吐出一口气，看样子他刚才已经入定，是我打扰了他。他站起身来，转向我，看到他的那一瞬间，我大感不可思议，有点激动地指着他：“怎么会是你在这儿？”

那道人转过身来看到我的时候，表情也是非常惊讶，他也问了和我几乎一样的话。他半晌才回过神来问我，怎么会是你在这里？我说我还想问你呢，你不好好跟你师父学习跑到这里来瞎胡闹什么？

这个人是我几年前在株洲拜会一个道家前辈的时候，这位前辈两男一女三个徒弟中的大师兄。那晚我们喝酒的时候，他喝醉了，他虽然也算是师出名门，但是酒品实在不好，喝完酒就发酒疯说胡话，搞得我特别不爽他，于是那晚我揍了他一顿，顺便也成了朋友。谈不上是不打不相识，因为从头到尾都是他在挨揍。后来也觉得这小子除了酒品差点别的也没什么不妥的，而且他虽然拜的是个名师，自己研习的东西却是非常杂乱，除了本宗的道法以外，他还参研塔罗牌和巫术，偶尔连我最不愿提及的门派也要去掺上那么几脚，杂而不精，枉费了他师父的教导。

他是河北唐山人，比我大几岁，出师后就回了老家结婚生子，没有正当职业，依靠偶尔给这样的家庭做法事维生，所以说到做生意，他肯定就不是我的对手了，因此才会发生他主动给别人推荐冥婚的事情。

他把我拉到一边，对我说，你来干什么？我告诉他我是因为受到逝者表妹的委托才来看看的，以前也没接触过冥婚，担心出什么乱子，就来瞧瞧。说到这里他就开始放松表情地笑了，想来他是觉得我此行并不是来跟他抢业务的。说实话我觉得我完全犯不着，我干吗要来跟你抢业务呀，咱俩的手艺谁好谁差，先前那个聚会邀请我没邀请你不就是最好的说明吗？

他有点得意扬扬地说，冥婚这事他已经不是第一次干了。刚回来的时候他还不懂什么是冥婚，是在山西那边跟当地的法师学的，后来觉得这是个不错的生财路数，反正都死了，倒不如死个成双成对，不留孤坟，福泽后人。话虽然是这样说，可是我还是对这样有名无实的婚配觉得难以接受。我问他你是怎么找到这些死掉的人的，他说不一定真的能次次都找到异性的尸体，如果找不到可以请人去说阴媒，例如，有人成年后未婚死了，他希望能够配一段冥婚，但是根据他的八字又暂时没办法找到合适的人，那么就可以找已经入土的人，只要条件适合，烧了符咒下去也是能够配对成功的，事后只需要在双方各自的坟边修建一座刻了对方名字的空坟就好。不过这种就没那么容易福泽到后人了，最好是两个真人真的合葬在一起。我问他你这次找到真人了吗？他得意地说，不瞒你说，这次我还真找到了，从石家庄那边找来的，八字和这个大表哥极合，那个女人才20岁，死因是车祸，家里人大手笔，花了很多钱来给自己的女儿修复尸体，好在身体虽然有些残破但脸还是完整的，下午就会运到，你到时候看了就知道也是个美女了，要不是死了我真想要她的电话呢，哈哈哈哈。

看着他笑，厌恶之感横生，真想再揍他一顿。虽然他的说法让我觉得变态和无法认同，但是如果摆正态度来说，他其实也算是在做好事。既然是双方的家庭都各自要求的，而且也说了八字符合，我本来此行也不是来抓鬼带路的，也就打算先看看，若是真出了什么岔子，那就到时候再说好了。

随后我又跟他聊了不少，因为他们三个师兄妹他的年纪最大，出师算是最早的，除了那些杂乱学习的东西不精以外，自己本家的道法还是研习得比较扎实的，有他在这里，乱也不至于乱到哪儿去。

到了下午接近6点的时候，外面传来一阵敲锣打鼓，他告诉我，大表哥的老婆来了。原本葬礼现场，是应该严肃悲恸的，而这般喜气洋洋的锣鼓，倒是像极了以往在电视里看到的迎亲队伍，不同的是，没有了轿子，轿夫们抬着的，只是一口蒙上了大红布的棺材。我仔细看了看这支特殊的迎亲队伍，媒婆一只手扶着棺材，开心地笑着，抬轿子的四个轿夫清一色地穿着黑色的丝绸长衫，戴的帽子都是地主帽，跟堂屋里的大表哥戴的一样。女孩的父母一前一后地走在四个轿夫的前面，走在前面的是父亲，手里端着女孩的遗像，却奇怪地搭了一层红丝绸。母亲跟在父亲的身后，手里拿着一块粉红色的手绢，脚上穿着一双红色的布鞋，队伍的最后面就是乐队，吹吹打打的，还抬着一些箱子，八成那也是“嫁妆”。如果不是因为父母的表情还有一种难掩的悲伤和那口棺材，我在路上遇到这么一支队伍，还真会以为是哪家人嫁女儿。

我看了看照片上的女孩，是长得标标致致的，这么漂亮的一个姑娘死了的确非常可惜。我那个道家朋友迎上前去，做了个停下的手势，然后上前跪在女孩父母脚前磕头，接着站起身，围着棺材转了几圈，然后伸出手扶住女孩母亲拿着手绢的那只手，开始缓慢走进宅院里，锣鼓声再一次响起。院子里天井中的那些茶桌已经撤去，空空荡荡的，道士吩咐轿夫们把棺材在天井里放下，与堂屋里表哥的棺材对齐。然后他就走到堂屋里面，坐在大表哥的父母身边。媒婆这时候扶着女孩母亲，缓缓地一步一步走到大表哥父母身边，然后行礼敬茶。完事后，道士就付了钱给媒婆等人，让他们自行离去。

他告诉我，冥婚仪式要晚上 12 点才举行。两人的八字在子时道数接近，方为大吉。用他的话说，其间的这几小时，就让他们彼此熟悉下对方。我问他，刚刚他迎接队伍的时候那些举动到底是什么意思，他看我这么不可一世的人都肯向他发问，有些骄傲。他告诉我说，一开始队伍到了院子外的时候，他没有第一时间出去，是在堂屋里作法请大表哥上身，用他的肉体和大表哥的灵魂相合，让大表哥自己出来迎接。他也坦言，这其实是在走过场，大表哥不会附到他的身上，但是大表哥是看得到这一切的。于是他走出来，围着棺材转，是在按礼节，检查路上是不是颠簸之类的，他说他们当地的习俗就是这样，古时候新娘子上门，夫家人总是要先检查下轿子有没有破损，从而来判断路途遥不遥远或是路上有没有遇到什么绿林好汉一类的，害怕娶进门的是被贼人玷污过的。他告诉我，女孩的父亲走在最前面，是在给女孩子当“眼睛”，红布是因为结婚怎么说也是喜事。而她的母亲拿红手绢穿红布鞋，是在代替她的“身体”，要懂得认路，所以她妈妈才一步一步地走。进屋以后他又一次扮演大表哥，而媒婆带着女孩妈妈上前敬茶，也都是各自代替自己的孩子来完成一些旧俗礼仪罢了。女方带来的那几口箱子里，都是给女儿的嫁妆。里面全都装的是纸做的元宝纸钱、金砖银锭什么的。他告诉我，这些也都是走走过场，真正让这两个死人的灵魂重叠，还得等到夜里子时，那才是他显露真本事的时候。

随后他跟我讲了很多关于他出师后这几年发生的事情，他说他当初学艺是一种偶然，虽然跟着师父一起干了多年，但是始终觉得自己不是这块料，所以回到河北老家以后，原本打算靠着先前那些年跟着师父一起跑单子积攒的钱，在农村修个房子，娶个老婆，然后安分守己地当个农民过完一生算了。但是他发觉自己的收入和支出完全不成正比，因此他才开始重操旧业。我问他是不是宣布过退行，他笑笑告诉我，那倒是没有，不过那所有关于玄门道法一类的物件，带回家后就一直锁在床底下的箱子里，没有拿出来了。我有点不懂，我问他这么多年辛辛苦苦地学习，却怎么不靠这个维生呢，虽然不一定真的能赚到多少钱，但是好歹比你那时候入不敷出强得多了吧，你今后孩子还要上学念书，说不定还要送到国外去念书，再怎么说钱也是很重要的。他叹了口气告诉我，这些道理他都明白，他说自己之所以一开始没打算要重操旧业，是因为那些年跟着师父的时候，对生死已经渐渐开始没有了感悟，而剩下了麻木。也就是在看到生离死别的时候几乎都没有了动容的感觉，他才觉得这是这么些年来，自己不愿失去，却偏偏失去的宝贵情感。他还说他并不责怪师父的教导，怪只怪他自己，不是个聪明和情感丰富的人，没有办法很贴切地替委托人设身处地地着想，在人情和金钱方面，他还是觉得金钱更重要。于是直到家里已经开始快没钱的时候，他才打开箱子，重操旧业。

听完他的诉说，我真不知道我是应该同情他还是鄙视他。他说得没错，在很大部分的情况下，世人对我们这种职业的人的看法，跟路边的丧葬一条龙或是太平间的敛尸工是一样的，一方面我们的确也是在拿钱办事，有劳有得；另一方面，我们见过比任何人都多的生死离别，甚至见过各种各样怪异的死法与奇特的尸体，我们也是普通人，在第一次、第二次，或许是会因为恐惧而害怕好几天，到了第三次、第四次，也许就会因为生命的消逝而感到落寞和悲伤，但久而久之，我们的情感经历了无数的千锤百炼，变得坚强，变得固执，甚至变得铁石心肠。我很想反驳他，因为我就不一样，或许天生是个感性大于理性的人，我在面对生死的时候，总是很刻意地要求自己带着那么一丝不舍，而每次给灵魂送行的时候，我也都会在心里告诉它们，朝着明亮的地方去，哪里有光哪里就有幸福。我直到职业生涯的最后一刻都还会因为生命的消亡而感伤，真不知道我是在感叹世间百态，还是在感叹命运无常。本来我们一直都信奉强调的是，善有善报恶有恶报，可是很多情况下我们见到的都是好人不长命，祸害遗千年，我也曾经非常矛盾，我不明白我到底该做个专门开脱死人的神棍，还是该做个惩恶扬善的侠士。到最后我才明白，我其实什么也做不到。死人找到我，那是它注定会找到我，我也注定要伸出手来帮忙；坏人们遇到我，我也往往会略微地报复，以告慰我那尚在苟延残喘的良心。

悲哀，非常悲哀。至少在他说出这些以后，迫使我联想，继而导致我悲哀。我突然想起我在以往宽慰死者家属时候常常说的一句话，我说你们要节哀，他至少还坚持了这么长时间，那些因为天灾或者意外死去的人，还没能反应过来怎么回事，就丢掉了生命，相比之下，他算是很幸运了。想到这里，我一阵悔愧，在一个各种道德和人性都在逐渐丧失的世界，我已经没法区分我在说这些的时候，究竟是在安慰人，还是在欺骗人。

当天的晚餐安排得倒是简单，这是应我这个朋友的要求。在仪式前的三个时辰内，所有在场见证的宾客，都是不能喝酒也不能沾荤的，所以这一顿顶多只能算是充饥，要直到夜里子时的那顿饭上，才能是大鱼大肉。

晚餐以后，我开始无所事事，于是我抽空给姚姑娘打了个电话，跟她说明了一下这边的情况，告诉她最后两天好好看书，考完就回沧州，等她来看看表哥和“表嫂”的坟以后，我也该打道回府了，而且我的驾驶证还在她手里呢。在电话里她得知今晚就要举行冥婚的时候，她说希望我能够替他表哥看仔细，要是有什么不对的地方就马上告诉她的妈妈，她妈妈会负责阻拦的，说一切过失由她承担。我很想告诉她你是承担不起的，当人与人的情感遇到旧教礼节，谁都承担不起！

挂上电话以后，眼看冥婚的时间就要到了，我偷偷取出罗盘在天井里和堂屋的两口棺材附近溜达，试图在盘面上读到点什么。我不是对我这个道家朋友有什么不敬，只是觉得我既然已经身处其中，尽自己的一点力也是好的，如果没发现什么也就算了，若是有什么不对劲，我还是要告诉我朋友并且自己出手帮忙的。堂屋内，表哥的遗体旁边，一切正常，我能看到他的灵魂还在附近，他似乎已经暗暗接受了这一切。但是走到那个女孩的棺材前的时候，我发现罗盘给出的信息是，这个女孩似乎有些不情愿，但是反抗得也不算很强烈，于是我努力思索这到底是为什么，突然一个可怕的念头在我脑子里出现，光是想象，我都惊出一身冷汗。

于是我赶紧到处寻找我那个道家的朋友，找到以后拉着他到僻静无人的地方，我问他，你刚刚说这个女孩是怎么死的？他说车祸啊，怎么了？

坏了！

我不想浪费时间来责备他，就直接拉上他冒昧地去找了女孩的父母，眼看距离仪式开始还剩下不到两小时了，我必须得抓紧时间，否则要是仪式照这么举行下去，等到明天入了土封了坟，这两家人就要吃不了兜着走了。找到她爸妈后，我开门见山地说，阿姨，有件事必须要你帮忙了。

我之所以这么做，就是因为这个女孩是车祸死的，表哥是死于肺炎。表哥的死法其实是一个循序渐进的过程，也就是他死之前至少知道自己即将死去，无非就是时间早晚的问题。虽然算不上是寿终正寝，但是他自己也默默接受了这样的事实。但是这个女孩不一样，死于车祸，基本上跟暴毙没有什么区别，也就是说，她的死法跟表哥是不同的，是死于非命。死于非命的鬼魂常常有不甘的情绪，而这样的情绪会导致到他们不肯离开，也就是我们常常说的“执念”，而且死后配婚，按我的理解，这个决定至少是没有通过她本人同意的，我甚至没办法确定她是否知道自己已经死亡。我虽然不懂冥婚的规矩，但我知道哪怕两个人八字再怎么合适，如果无法把生前的执念给解开，稍不注意，例如，烧错了香，敬错了神，都非常有可能引起她的愤慨，这样一来，不要说什么福泽后人，不会因此而受到伤害连累，就该偷笑了。我暗暗在心里骂道士，居然忽略了这么重要的一点。

我让女孩的妈妈跟着我和道士走到后堂，我找来一只碗，问道士要了他们的绳子，把绳子泡在水里，我说一句她妈妈写一句，将那些提示女孩已经死掉希望她安息平静的话写在道家的符咒上，然后请道士画了符，烧掉化水，然后把红绳取出，把水倒在了女孩的棺材跟前，这方法和带信差不多，也是在出殡前，她妈妈唯一能够跟自己女儿说心里话的机会。接着我冒着得罪家属的风险，请他们打开女孩的棺材，让她妈妈把从碗里拿出来的绳子拴在女儿的小拇指上。

道家细分了无数个小派别，但是对于会抓鬼的道家来说，红绳的炼法尽管跟我们大同小异，但是他们只需要一种绳子就够了，而不是像我们这样区分了辟邪的和缚灵的。因为他们本身是不需要辟什么邪的，而他们的红绳使用方法更为复杂，力量却远超我们的。

虽说我并不算太能够理解女孩父母答应配场冥婚的决定，但我至少能看到她妈妈在她的小拇指上拴上红绳时，那两行泪水一定是发自内心的。

直到她妈妈照做了以后，我才告诉我那朋友，这可真是你大意了，你师父看到会骂你的。他也连连擦汗，说幸好是被你想到了，要不然这事完了这钱赚得也不心安。

很快接近子时，在这之前，我那个道士朋友已经在堂屋里棺材的另一侧摆好了几张椅子，这是用来给双方父母坐的，然后在房梁上拴了绳子，在地上立了两个三角桩似的竹桩，地上还放了几块砖头。我问他这是要干什么啊，他忙来忙去，还没时间搭理我。在子时前大约半小时的时候，他让除了双方父亲以外的，喊了一些男性的亲戚朋友，包括我在内，一起来帮忙把尸体立起来，准备拜堂了。说实话，我真的一点都不想帮忙，倒并不是因为我对尸体有所排斥，我都是徒手挖坟取骨的人，难道还害怕尸体吗？说到底，还是我无法克服心理的障碍。我去了，但只是站在一旁看着，这群人里除了道士没人认识我，看我在旁边不帮忙，也没人好意思说我。这时我才知道了那些之前看到的东西是做什么用的。

他们先把大表哥的尸体从冰棺里面抬出来，然后搬到绳子底下，用绳子从表哥的后脖子贯穿进去，绕着胸口一圈，再从身后打结，接着穿上衣服，这样一来如果不站到身后去看，看不到是绳子拴着表哥，让他站立起来的。与其说是站立着，倒不如说吊着更合适。接着他们用竹桩固定好表哥的腰部，用砖头塞住竹桩，从正面看，表哥就好像是站在面前一样，死人的脖子是僵硬的，不用担心会歪倒，短短的时间里，表哥就站立了起来，还伴随着那诡异的微笑。然后他们又把女孩的尸体抬了进来，用同样的办法让她站立，不同的是女孩因为车祸而身体残缺，有些缝补好的地方看上去始终比较怪异，而且她也没有那种奇怪的笑容。虽然两个尸体都被弄得面对椅子站好了，但是还没有把他们的眼睛弄开，道士告诉我，眼必须等拜堂的时候再弄开，因为按照习俗，没有拜堂前，冥婚的双方要是看到对方了，是不吉利的。

为了保险起见，我再次用罗盘在表哥和女孩的身边走了一次，幸运的是，表哥依旧冷静，女孩的灵魂也安静了下来。

时辰到了，我和众多人一样，见证了这场特殊的婚礼。道士请双方父母入座，并要求现场严禁拍照，然后他在二位“新人”跟前游走念咒，拂尘不断地在两人身上拍打，念咒持续了十多分钟后，他请下桃木剑，刺穿一张符咒，蘸了白酒后烧掉，然后大喊一声：“启目！”大表哥和那个姑娘都睁开了眼，这是我见到的最神奇的一部分，我也会不少咒法，却没有一个能够操控死人的身体。沟通都只能算是勉勉强强，而这种命令其开眼的做法，也确实让我跟着开了眼。

睁开双眼后的二人，眼神直勾勾的，加上先前冰棺的作用，两人的脸上都因为冰冻的缘故，有一层薄薄的水分，看上去像是在流汗，但是映着灯光，更像是两个不会动的蜡像，不同的是女孩的双眼大概是因为车祸的关系，有点分散，看上去是两只眼望着不同的方向，加上面无表情，就有点吓人。在场宾客中已经有人因为接受不了而转身走到屋外了，剩下一些心理素质好的且胆大的人还在围观，不管是不是习俗，在我看来在场的大多数人，还是本着一种看稀奇的心理。接着道士从自己背上的布包袱里取出了一种很像是幡的东西，一边摇头晃脑地围着两人的尸体走，嘴里一边唱着，最后又大喊一声，这回喊的什么我就没听清了，反正就是一个字，喊完以后，两具尸体的脑袋开始微微垂下，像是在给坐在椅子上的双方父母行礼，看到这里的时候，又有不少人因为害怕选择了离开。到了最后一个环节夫妻对拜的时候，堂子里已经没有几个人了。

夫妻对拜，也是我觉得这门道法神奇的地方，因为在他的念咒之下，两人竟然缓缓靠拢。由于尸体是悬挂着的，即便是有风吹，两人的摇摆方向也应该是一致的，也正因为如此，我才对两人转身面对且慢慢靠拢，继而碰到头，感到非常害怕和神奇。这一来，冥婚仪式就算是结束了。

接着两具尸体又缓缓回到最初悬挂时候的样子，面带微笑，眼睛直勾勾地看着远方。双方父母早已哭得要死要活，道士告诉他们，要哭现在就哭个够，你们现在是亲家关系了，以后要相互帮助相互扶持，不要产生什么矛盾，否则你们泉下的儿女也会因此而记挂，也会闹矛盾，这样一来对你们双方都没有好处。接着道士让厨子上菜。于是那一整晚，两具尸体就这么直挺挺地挂着，而我们在外面，面对大鱼大肉，却怎么也吃不下去了。

守灵的最后一夜，只有无止境的丧葬表演，诸多歌曲如《让我再看你一眼》《你快回来》等，这样狗血的安排让我原本对道士产生的些许敬意荡然无存。

第二天早上，将两具尸体重新放回棺材，由于在空气里暴露了这么长时间，尸体已经有点氧化了。大表哥的表情已经不是在笑，他眼角的皮肤和肌肉已然开始因为悬挂的关系而有些下垂，而且松弛。特别是大表哥重新回到平躺的姿势的时候，笑容再次诡异重现，而且这次还露出了紫红色的牙龈。

我实在不愿多看，只是木然跟着送葬的队伍，将二人的尸体送到屋后已经预先挖好的坑里埋下。道士祝福双方父母，在这个时候尽量不要哭，因为你哭的话，他们会认为你们舍不得他们，他们也会舍不得你们，成为新的执念，久久不散，那就不好了。

忙完已是下午，我看事情也完了，姚姑娘要明天才能回来，我总不能守着两座坟过一晚，于是给姚姑娘发了信息，说我还是回去烟台找她算了。她回我信息的时候，我已经拉上已经换好便装的道士，在去往烟台的路上了，她说刚刚在考试，说我既然决定好了就在烟台等着我。

到烟台后，我们找到姚姑娘，我告诉了她全部事情的过程，但是略过了道士大意的那一段。她也算是理解了家里这次面对伤痛的做法，把驾照还给我以后，我告诉她我和道士要再去蓬莱待上几天，问她要不要同去，她说不了，收拾一下第二天她就回沧州哥哥的坟前，跟哥哥嫂嫂说说话了。既然她这么说，我们也就辞别了她。到了蓬莱，海鲜大吃特吃，这次就是彻底的散心了，我们不仅时隔多年再次喝醉，还引发了一点海鲜过敏的情况，因为我们都不是海边的人，所以并不知道吃海鲜的时候喝啤酒是会出问题的，直到第二天我俩起床后看到对方肿得跟猪头一样的脸，连话都说不清楚，才吸取教训。

值得一提的是，虽然这次是我参加的最离奇的一场“婚礼”，却也让我寻回了一个曾经走失的朋友。至少在这一点上，还是值得欣慰的。虽然我没能看到传说中的海市蜃楼。但如我起初所说，我会记得这份感觉的。

06 霓虹

如果要追溯灵魂或是鬼魂来自哪里，坦白说，我不知道。也许从一开始出现生命的时候，它们就一直存在，或者更早。世界上的万事万物都是具有灵性的，而这种灵性却并不是每个人都能够感觉得到。于是千百年来，争议不断。所以自打我开始接触这行的时候起，被颠覆的不仅仅是对这一切的认知，甚至还包括了我以往对他们那种凶残可怖的看法。也许生命的存在，根本无法说成是一个偶然，而我们每个人眼里看到的世界，也或许都不一样。

记得我在最初跟着师父的时候，他拿来一个梨子，问我这是什么，我说这是梨子，他说梨子长什么样的，我告诉他，黄色的皮，皮上有小黑点，样子像倭瓜。师父说，没错，如果要他自己来说，他也会这么描述。但是师父告诉我，并不一定我认同的“黄色”，就是别人眼里的黄色。也许在我眼里和脑子里，黄色代表了一种固有的颜色，而在别人的世界里，这种颜色或许是我看上去的绿或者红，而恰好那种绿与红，对他而言就叫作黄色。又比如，当我看到一个人的时候，他有两个眼睛一个鼻子一张嘴，他看我也是一样，而我们却从来都没有去深究过我们口中的“两个”，和别人认知中的“两个”是否是同样的概念。

当时师父这么跟我说的时候，我也一时很晕，但是后来仔细一想，也觉得师父说得很有道理，这让我想起了以前上学的时候，老师曾经说过，蛇看我们人类是一团红色，蜻蜓看我们人类，好像是六个重影，有了科学上的佐证，我相信这些就显得特别理所当然，这也算是片面地让我懂得了为什么有些人具有阴阳眼，而我却始终没有。而这个道理我彻底想通是因为 2004 年的一个业务，我才明白原来我们虽然和他人有所交集，但在彼此之间，或许还存在着另一个只被自己认可的世界。

2004 年我一个朋友受人之托找到我，我这朋友是个万州人，大我十来岁，早几年跟着他老爹在万州开牙科诊所，后来生意做大了就在重庆也开了几家连锁，我的一颗大牙就是他亲手给我补上的，所以我想他对我的牙齿应该是非常有感情的。这次他来找我，却是因为他认识的另一个朋友，他说他那个朋友姓马，是他的大学同学，学医几年以后没能进入医疗单位工作，于是就回老家丰都开了个餐馆，这次就是他的餐馆闹鬼了。

我当时听我这朋友说的时候，还觉得挺好笑的，我逗他是不是饿死鬼来找吃的了？他说不是，正好最近也要去一趟丰都看看自己的连锁店，说具体情况他也不是特别清楚，但是我们可以同去，他会安排我跟那个马老板见一面，当面聊聊，至于费用，他有钱，只要我别太黑就是了。

听到“他有钱”三个字的时候，我觉得我的生命都焕发了光芒。

老实讲，我是 2002 年年初的时候回的重庆，直到 2004 年期间，我都一直接些鸡毛蒜皮的小单做做，钱挣得不多，但勉强够用，饿又饿不死，发也发不了财，我原本安慰自己说这么几年就当是给自己积攒经验和名望吧！虽然在本地行内，我也算得上是后起之秀。但不得不说的是，那几年，的确有些清苦。师父说他曾经也经历过这样的阶段，人在高潮的时候，要享受成就；人在低谷的时候，要享受人生吗。

我一直把这句话用在我的生命里，所以这么几年下来，我一直过得贫穷。而转变这一切的，就是这次的这个单子，从那以后，我买了房买了车，开始假装得意逍遥知足地生活。

于是当下我便答应了我朋友，第二天便坐着他的车去了丰都。虽然在重庆生活了这么多年，对丰都也是早有耳闻，但那还是我第一次去。这座长江边上的小城，它的出名并不是因为它特产的豆腐乳，而是因为这是一座传说中的“千年鬼城”。

小时候如果调皮捣蛋发生危险了，例如，我偷偷跟着一群伙伴下河游泳，或是在狭窄的马路上跟汽车赛跑，又或者是去攀爬烟囱上的梯子，每当我干这些的时候，不被我妈知道也就算了，被她知道了，她一定会对我说：“你是不是想到丰都去报个到？”所以从小时候开始，我就不自觉地把丰都跟翘辫子联系在一起。我听说过丰都有举世闻名的鬼神氛围，也有传说中的“阴曹地府”、“奈何桥”、“黄泉路”等，我在云南学习期间，也曾就这个话题跟我师父聊过，师父告诉我，世界上从来就没有一座真正意义上的“鬼城”，只要有生命存在的地方，就会有死亡，只要有死亡的地方，就会有鬼。如此说来，处处都是鬼城，连外国也是。当然我也问过师父外国人死了是不是也有鬼，师父回答得就比较幽默了，他说莫非你觉得中国才有鬼？那中国人也太命苦了。于是从那个时候起，我便渐渐在自己的世界观里，分出了一部分，交给鬼来支配，他们与我们的时间和空间重叠交错，只不过是生存在我们所不知且无法见到的维度罢了。

师父还告诉过我，关于丰都，其实之所以能够发展为“鬼城”，实际上是源于一场误会。

在重庆还没成为直辖市以前，整个川东，包括现在的湘西和鄂西，还有北黔，几乎都是深受古巴文化和巫文化影响的区域，在商朝的时候，就已经是巴人活动的中心区域。而有其中一支名为氐羌的巴人部落，因和商朝对抗，从众多巴人的部族里分离了出来，准备顺着长江逃往现在的武汉一带，却在途经幽都的时候因为部族首领“土伯”的第 6 个儿子出世，在那里短暂停留。当时的幽都就是现在的丰都，而且当时只是一个小小的古羌族的村落。土伯向村子首领要求分地来安扎自己的族人和军队的时候，遭到了古羌族人的拒绝，他当时就起了杀心，于是亲自带着 800 氐羌勇士夜袭了村子，除了妇女老人和儿童，几乎杀光了全村人，接着他便迫使古羌族人充当劳力，在依山的地方给自己修建了一座寨子。住进去以后觉得这里地势非常好，于是决定不走了，当时的商朝恰好灭亡，周朝的君主忙于安顿各地的叛乱，也就暂时没把土伯这样的小虾米给放在眼里。而当时正宗蜀人已经因为战乱分散到了各地，再也难以凝聚起来，于是土伯觉得自己是众望所归，就在幽都自立为王，称自己为“鬼帝”。氐羌原本是由古羌族分支出来的三支的后代，早在炎黄时期，古羌族便已经存在，后来渐渐就分化为羌族、古羌族、汉族。三族的结合，就衍生出一代巴蜀。而氐羌土伯灭了古羌族村子的行为，以下犯上也就算了，甚至是种欺师灭祖的行为。后来的很长一段时间，因为土伯自称“鬼帝”，称自己的族人为“鬼族”，幽都也就因此而渐渐变成了鬼城。而事实上那个时代，他们崇尚的并非真正的“鬼”，而是“巫”。后来因为时间久远且各种文化的交互，才让这个原本是个小村子的地方，成长为举世闻名的“鬼国神宫”。

所以在路上，我对丰都的向往就是在《鸟瞰新重庆》里面，那个巨大的山神，还有各式各样古代留下的妖魔鬼怪、吐着长舌头的吊死鬼、没有脑袋的断头鬼，以及被砍手砍脚、上刀山下油锅的尖耳朵小鬼们，还有那些从棺材里因为突然发情而站起来的穿清朝服装的僵尸。直到到了才发现，这座美丽的小县城，除了处处都散发着鬼城独有的风情以外，和我生活的城市，几乎是一样的。而比起我所生活的水泥丛林，我似乎对这样的地方更加向往。

到了丰都以后，我朋友给马老板打了电话，顺便也带着我在城里吃了一顿。我朋友告诉我，来丰都必须吃的东西，莫过于白斩鸡了。白斩鸡我在家也常常吃，却经常因为佐料的问题，而没有那么美味。于是在丰都吃到的那一份白斩鸡，算得上我人生中吃过的最美味的一顿白斩鸡，以至于后来我吃白斩鸡的时候，常常觉得索然无味。

吃饭间马老板也来了餐馆，由于我们坐的是包间，关上门也还是可以谈事情。于是吃完以后没赶着结账，我就请马老板把自己遇到的事情跟我说了一下。

他说大概在一年前的时候，他从别人手里收了个餐馆过来自己做，因为之前的那个老板把这个餐馆经营得有声有色，不知道他是因为什么要将自己的产业转让出来，而那时候马老板刚好手里闲钱也多，也正有进军餐饮业的打算，于是双方很快谈好条件并签了转让合同。马老板告诉我，他甚至连这家餐馆的名字和厨师都没有更换，就是为了沿袭这种地道的口味，靠着先前那个老板积攒下来的好声名，自己也就跟着沾光赚钱了。但是做了差不多半年以后，他的生意就一落千丈了。

我问他，为什么会一落千丈，是因为换了厨师吗？因为我是个对吃比较在乎味道的人，同样的一家店若是换了掌勺的师父，改变了我习惯的味道，我也不会再去吃了。马老板说，不是，除了服务员和老板，什么都没有换过。是因为有客人上门来大闹，说他店里闹鬼，这事情传开，大家都害怕了，就不再来了。

马老板说，这件事情是这样的，重新开张半年以来，食客们不知道换过了老板，来吃东西的人还是络绎不绝，直到半年后的一天晚上，有两男一女的食客深夜去了他们店里，点了菜打算吃个夜宵，上菜的时候，他们却发现盘子和碗里，装的全是纸做的元宝、纸钱一类的，他们当时就觉得自己好像被店里的人给戏弄了，就大声训斥那个上菜的人，骂着骂着，就动了手，抄起桌上的盘子就给上菜那人砸了过去，而盘子却从这个人的身上贯穿了过去，直接砸在了地上。其中一个食客还以为是自己眼花了，就又上去打了一拳，发现自己眼前看到的人，好像是空气一样，根本碰不到。然后那个上菜的人，突然像是整个人都融化了一样，就消失了。他们立刻被吓到了，认定自己撞了鬼，于是呼天抢地地逃走了，其中的那个女的在逃出门的时候被车给撞伤了，于是几天以后，那三个食客就带着很多人来店里门口闹事，要老板赔钱还要讨个说法，四处给人发传单说这里闹鬼，最后还是警察同志来了，才把那三人给劝了回去。

虽然警察平息了这件事，但是这件事已经传开，造成了很恶劣的影响，生意虽然还是照做，但是但凡听说过这个传闻的人，哪怕是自己的一些老熟客，都不再来吃饭了，于是生意一天不如一天，到了目前，已经到了关门大吉的地步了。

听他说完，我就基本上能够判断出，这种先干一阵子人事，让别人看到，最后又融化般消失的鬼，在我们的行内，叫作“吊子神”，虽然名字里有“神”字，却是云贵川一带的普遍喊法。它非但不是神，还是非常低级的一种鬼。而正是因为它低级，所以常常会无缘无故被人给看到，甚至看到它是怎么消失的。这种鬼的形成，是因为在世间有放不下的东西，这种放不下有别于“执念”，执念是想不通，而不是放不下。而这类鬼的形成，其过程是矛盾而纠结的，也就是说，当它成为鬼魂的时候，基本上处于一种神志不清的状态，而这又有别于那些 49 日后才开始混沌的鬼魂。吊子神一般是苦命人，因为它出现后往往会重复去做一些生前常做的事情，并且还没来得及想到其实自己已经死了，而当它意识到自己已经死了，是个鬼的时候，就会扭曲着消失。直到下一次出来，先前的又全部忘得干干净净。如此这般周而复始地反复出现和反复消失，除非是自身的能量消耗殆尽，或是遇到拥有帅气面庞的猎鬼人，否则将一直持续下去。而必须要说的是，这种鬼魂完全无害，人们看到了害怕，也仅仅是害怕它鬼的身份而已。

于是我问马老板，你店里是不是辞退过传菜师父，或者是服务员，然后他后来在你不知道的情况下死了？马老板说不是，自打他接手这个店以来，就一直是原班人马，一个人都没有更换。我说那当时发生闹鬼事件的时候，除了那几个食客以外，难道没有其他店员看到吗？厨师是炒菜的呀，他怎么说也该知道自己炒好了菜是递给谁上菜的吧？马老板苦笑一声说，怪就怪在这里，我的店是夜里 12 点就准时关门，店里也不会留下守夜的人，而那天的那些食客说他们是凌晨 3 点多才来店里吃饭，那个时间段我的店是大门紧闭的，一个人都没有，他们怎么进去的我都不知道，撞鬼的事情我就更不知道了。

我这才明白，原来那个鬼，不但是给人上了元宝、蜡烛当菜吃，还主动开门帮马老板做生意，这倒是第一次听说。一时也想不出个头绪，我就叫马老板带着我和我朋友到他店里去看看。我朋友说他还得去自己的牙科诊所里瞧瞧去，就不跟着我们一起了，晚上过来找我们一道吃饭。因为我深知我的这个朋友也是个吃货，再加上马老板自己也是做餐饮的，想来味道是值得期许的。有了吃做动力，我也就不淡定了许多。

他的店开在一个堡坎上面的街边，算不上是闹市，但也不偏僻。重庆有很多这样的小店，地方虽然不好找，却非常美味。于是闻名而来的人络绎不绝，酒香不怕巷子深，大概就是说的这种。马老板的餐馆是一个两层楼的格局，二楼大概是包房一类的，外墙上有一个霓虹灯，写着他店的名字。进了店子里以后，厨子、服务员全都因为没有生意而坐在大厅打瞌睡。我跟马老板说，你能不能放大家半天假，有些行内的东西我也不方便让人家看见。于是马老板让那些厨子、服务员都回家休息去了，我等人走完以后，关上店门，在屋子的角落都撒了点坟土，然后操着罗盘就开始在店内寻找鬼魂的踪迹。

有鬼，这是必然的，我在厨房里、大厅里，还有收银台里面，都发现了鬼魂的踪迹。只有一只，因为罗盘的反应是一样的。收起罗盘，我对马老板说，老马你这里的确是闹鬼哦，而且从痕迹的分布来看，这个鬼跟你的店有莫大的关系，好像对你这里的环境非常熟悉。你要不好好回忆一下，这期间来过些什么人？又离开过什么人？这些人去了哪里？是不是死了？马老板斩钉截铁地跟我说，绝对没有啊！他的员工都是从之前那个老板那里一起接手的。于是说到这里，我和他都不约而同地想到了原来的那个老板。马老板甚至说，是不是因为以前那个老板做这家店的时候发生过什么，然后他也遇到闹鬼的事情，预见到会影响生意，然后就把店子转让给我了？

我说，有这个可能啊，做生意的人总是遮遮掩掩的，这很正常，就好像你去租房子，要是这房子里死过人，没人告诉你还不是照样住进去了，但要是有人跟你说这屋子有人横死过，恐怕是谁也不愿意再在这样的房子里居住了。于是我跟马老板建议，以请前老板回来吃饭为由，将他约到店里来，好好谈谈看是不是能够套出点什么话来。

马老板答应了，当下就给以前的那个老板打了电话，那个老板说正好自己也想来吃个饭，顺便看望下自己的那群老员工。于是我们才想起了已经叫员工回去休息了，没有办法，马老板只得用以前的老板想跟大伙吃个饭为由，又心急火燎地把大家给叫了回来。

到晚上 7 点多的时候，天已经黑了。我那朋友也从自己的诊所里过来了，员工们也各自回了店里，准备好了饭菜，再在门口放上一个水牌上面写着今日停业。全部人，静静等着以前的那个老板来。到了 7 点半的时候，那个老板来了，进门后先跟马老板打了招呼握个手，然后就对马老板说：兄弟，你这外面的霓虹灯怎么是坏的呀？马老板笑着说：一直都是坏的，修了无数次也修不好，甚至叫来灯饰公司，请他们完全更换了线路，那霓虹灯上店名的其中两个字还是不亮，最后也没有办法，好在这个店的声望在外，也有很多熟客，有没有这个灯也就无所谓了。

那个老板姓张，他听马老板这么说，叹了口气，说他对这家店还是很有感情的。然后他微笑着望着跟我们坐在一桌上的那些厨子和店员。我能够看得出，这个张老板以前在开店的时候，一定对他的员工非常好，否则大家也不会一叫就回来了，更不会这么勤勤恳恳地帮着新老板来打理这家店。于是新老板、旧老板和一帮老员工，以及我和我那朋友，就这么愉快地吃了一顿。

饭后，大家各自散去，马老板则留下张老板，说是要谈谈，我此刻已经察觉到张老板大概也是不知情的一个人，因为他的举动和表现跟我们之前猜测的很不一样。关上门以后，我们就在大厅里谈，马老板完整仔细地告诉了张老板事情的全部经过。张老板很是吃惊，因为他绝对想不到自己的老店里，竟然还会发生这样的事情。当马老板问到张老板，他当初经营餐馆的时候，是否有员工或是老食客，是去世了的，张老板说没有，然后想了想，说那段时间他的太太去世了，他也正是因为这个才决定不继续经营的。

张老板还说，这家店已经做了 10 年了，张老板跟他老婆都是当地一个厂里的职工，后来因为国家的某些调控政策成为最早的几批下岗职工之一，失去了生活来源，孩子还要吃饭上学，于是两口子就四处借钱，开了这么一家小餐馆，一开始门面只有现在的一半大小，因为两口子都是爽快的人，自己的手艺也还不错，回头客渐渐多了起来。很多食客在这期间还跟他们成了朋友，后来还完借来的钱，又挣了不少，于是也租下了隔壁的那个门面，然后把墙打通，才有了现在这家店的规模。但是在去年的时候，他老婆因为长期在油烟环境下，肺出了点问题，然后病一直拖着，拖得久了，也就治不好了。所以在去年他转让这家店之前不久，老婆去世了。他一个人在这个地方难免有很多回忆，于是就决定把店转让了。张老板还说，这家店的名字，总共有三个字，第一个字是张老板名字里的一个字，第二个字是老婆名字里的一个字，最后夫妻俩给了第三个字“苑”。说完张老板朝着门外一指，说那个霓虹灯招牌，不亮的那个字，就是我老婆的名字。

说到这里，大家似乎都和我一样好像想到了什么，张老板有点激动，他说，你们会不会是觉得，我老婆的鬼魂回来了？我们都沉默不语，这其实已

经给了他答案，一个 50 多岁的大男人，竟然因此而痛哭起来。

马老板递给他一支烟，开始安慰他。我则思考着。我寻思这事应该是八九不离十了，因为这一切随便怎么看，都不像是一个简单的巧合，再加上外面那个不亮却怎么都修不好的霓虹灯，我几乎就能够断定，那一晚那三个倒霉的食客看到的就是张太太的鬼魂，但是我还不敢就这么把话说出口，现在还有两个问题有疑问，一是厨房、大厅、收银台是否是张太太生前最频繁出现的地方，二是夜里关了门，那些食客到底是怎么进到屋里的。于是我问张老板，您太太是不是常常亲自下厨，亲自给客人端菜，而且平时负责收钱结账的都是她？他说是的，自己主要就是帮着打打下手，偶尔来了熟客，自己陪着喝几杯酒，感谢他们的光临。于是这时候，除了弄清楚食客是怎么进屋的以外，就没有其他问题了。

我对张老板说，我这次来的目的，就是给这里出现的鬼魂带路的，既然现在看上去这个鬼魂是你已经过世的老婆，那你希望我现在就带她走，还是？他擦干眼泪说："让我再看她一眼吧。"

就这么短短的一句话，我便决定，说什么也要让他亲眼看到。

在丰都县城，我从马老板口中得知了一个 24 小时都不歇业的中药药铺，于是我跟我朋友就直接奔了去。因为张太太并不是每天晚上都出现，所以等下去，遥遥无期，对她自己也没有好处。所以我需要找几味药材，混合在香里，诱使张太太的鬼魂今晚就现形。买到药材回到店里的时候已经接近深夜了，在大厅里点上香以后，我们还是按照以往的习惯，12 点就关了门，然后买了啤酒跟香烟，远远地坐在附近能看到店门的位置，静静等候。

在夜里快两点多的时候，街上已经很少有行人了。我不知道是不是丰都人民说过，在鬼城夜里不要乱逛之类的话，总之两点多的时候，这个堡坎前的路上，除了我们，一个人都没有。这个时候，店门口的霓虹灯突然亮了，我指的是，完完整整地亮了起来，不知道是不是我的错觉，我甚至觉得中间张太太的那个字，比其他字更亮。而我们正在集中精神关注那个霓虹灯的时候，店里的卷帘门自己打开并且卷了上去，透着磨砂玻璃的门，大厅里的灯也亮了起来。整条街上，就这么一家店亮着灯，也难怪那三个食客会走了进去。我问马老板和张老板，你们准备好跟我一起进去了吗？他们虽然害怕，但还是点点头。只有我那个牙医朋友，他说他就不去了，在门口候着。于是我就带着马老板和张老板，走进屋里，找了个桌子坐下，紧张地等待。

接下来我要说的，可能有点恐怖了。

我一直以为张太太的鬼魂会从厨房里出来，我甚至不知道自己能不能看见。可是当我全神贯注盯着厨房门口的时候，眼睛余光却瞟到收银台的柜台里面，缓缓站起来一个人，那是个脸色苍白，而且瘦弱，却带着一种看上去有点让人不舒服的微笑的女人，她拿着菜单走向我们。我没有要说张太太很吓人什么的意思，只是这种让我很意外的出场方式，着实吓了我一跳。但是我能够理解，因为毕竟她也是因为放不下才留下，不管怎么说，也是可怜人。张先生和马老板都是背对着收银台的，所以这一幕他们并没有看到。我赶紧使个眼色告诉他们在背后呢。马老板显然有点后悔跟着我们一起进来，他不敢回头，只有张老板，因为不管怎么说，那都是他的结发妻子，他开始有点无法自已地哽咽哭泣，他含泪转头，看着自己微笑的妻子。没用的，她不可能还记得住你，至少现在的她是记不住的，这些话我忍住没说。两人就这么对视了一会儿，张老板说，来个土豆丝，来个回锅肉。

张太太飘飘然地微笑着进了厨房，很快，端上来两个盘子，里面装的全是纸做的元宝、纸钱一类的。不用说，这一定是张老板在她死后烧给她的。如果我是个不知情的食客，我想我也会把盘子砸向她吧。

我不能做什么过大的反应，因为张老板还没有表态，于是就这么等着。张老板却一声长叹，哭着把盘子里的元宝等塞进嘴里，但是很显然，怎么能够咽得下去？他停下来，望着他老婆，几度想要开口，却好像话到嘴边，又说不出口。终于，他带着哭声，唱了一首歌：

“某年某月的某一天，就像一张破碎的脸，难以开口道再见，就让一切走远。这不是件容易的事，我们却都没有哭泣，让它淡淡地来，让它好好地去，到如今年复一年，我不能停止怀念，怀念你，怀念从前……”

唱到此处，再度哽咽。而张太太因为他的歌声，似乎察觉到，这一切都已经成了回忆，自己早已离开了这个世界，大概是由于过度地无法接受和挣扎，我们三人，眼睁睁地看着她，扭曲着消失。

看着自己老婆消失不见，张老板哭得很是伤心。马老板一直在拍着他的肩膀安慰他，顺便也自己偷偷抹抹眼角的泪水。我问张老板，现在能让我带您老婆上路了吗？他哭着缓缓点头，我让马老板先把他扶到外面去，因为带路的过程，他还是别看见的好。接着我在地上用酱油当颜料，画了个符，烧掉她带来的那些纸元宝，念咒，引魂，然后送她上路。在那之前，我特意给自己倒了杯酒，敬了张太太一杯。

事后我收集好烧掉的纸灰，用卫生纸包了拿给张老板，告诉他，回家把这包纸灰，换红绸布包着，放在你太太的鞋子里。这是为了让他们彼此不会忘记对方，要一直记得夫妻俩携手走过的路。

第二天我就跟我朋友离开了丰都，这一趟，马老板和张老板都主动拿给我超过我预期的酬金，而且是双份。后来我从我这朋友口里听说，这家店的生意又好了起来，马老板和张老板成了店里的合伙人，共同经营这家店，名字还是那个名字。看样子张老板已经从丧妻之痛中重新走了出来，回到了这个充满他回忆的地方，我也真替他们欣慰。

据说，这家店至今还在。

07 走脚

早在20世纪90年代末的时候，因为国内的一次肃清整风，造成很多的修习气功的人在短时间内销声匿迹，因为那段时间非常敏感，我自己对这种以蛊惑人心而聚拢学徒，并以此对抗国家的劣迹深恶痛绝，每次跟师父说起这个的时候，师父总是要黯然地跟我说，你要知道，我们这行之所以到现在还存在，就是因为我们不张扬，我们比较低调。倘若哪一天我们当中有人因为干了件什么事而上了报纸或是电视，那么离我们消失的日子也就不远了。

我明白师父的意思，我也谨记师父的教诲，所以我一直写小说。

其实我要说的是，在那些年间，死的人比较多，天灾人祸，一切都变得不由分说。我师父算是幸运，在那年接到一个姓麻的湖南泸溪师父的电话，那位师父邀请我师父去见证他的最后一次“走脚”。而我也是幸运的，因为我跟着师父同去，也算是长了见识。

我自小就喜欢看港片，尤其是对一眉道人等天师大战僵尸一类的电影情有独钟，明明就害怕得要死，却偏偏忍不住不看，于是一听到音乐的节奏紧张了起来，总是会用手捂住眼睛，却又要故意张开一个指缝，用余光偷瞟着。如此说来，我还真贱。然而我深信，跟我一样贱的人，绝对不在少数。而在电影里看到的那些僵尸，往往都是穿着清朝的官服，脸色苍白，因睡眠不足而有非常严重的黑眼圈，再加上额头上一定要贴一张道符，若然不是的话，它就一定会张开嘴巴露出獠牙，然后伸直了双手，一蹦一跳地来跟你厮杀到底。老套了，要是回到我梳中分的青春岁月里，或许我还真是要相信和害怕，而对僵尸理解的颠覆，就始自于麻师父的最后一趟"走脚"。

麻师父是个地地道道的少数民族汉子，早年曾经跟我师父一起在凤凰县腊尔山附近联手灭了个大家伙。如果要细说麻师父的门派，他恐怕是最为正宗的傩家"巫术"传人，除了基本的蛊术以外，麻师父当年跟随自己的师父的时候，还学习了据说是三十六项傩家的奇术。巫术从我的老祖宗蚩尤时期就已经存在，后来融合了汉族的道教术法和巫家祝由术，渐渐就变得分外神秘莫测。不过他们的巫术和当初以蛊闻名的滇西某派不同，他们的强项并非是施蛊放蛊，而是给庄稼和家畜看病治病，以及即将要失传的纵尸术。而麻师父估计算得上是近 30 年资历最深、手艺最好的一个傩家巫术师父，这次他叫我们去见证的最后一次"走脚"，说白了，就是一直被众多门派嗤之以鼻，甚至称为邪门歪道的"赶尸"。

那时候我刚入行，资历很浅，所以有机会见证这样一个难得一见的奇闻，是值得庆幸的事情。说来惭愧，在那之前，我甚至不知道"赶尸"到底是怎么回事，也仅仅是看到林正英叔叔在前面摇着铃铛，后面跟着一群额头上贴符的清朝人。看多了，也就觉得腻了，不吓人了。所以当师父跟我简单说了说"赶尸"的意思以后，我想到的就是林正英电影里的那些场景，一开始也并没有觉得多么吓人，也只是认为或许身临其境的时候，感觉会有所不同。

我们见到麻师父的时候，他正在等着我们一起从泸溪去往银川，同行见证的除了我师父和我以外，还有另外几个师父，名讳我不便提及，总共一行 7 人，却硬是包了辆东风货车前往。路上麻师父才告诉我们，这是因为现在的路都好了，小路越来越少了，而他们"赶尸"的人，往往专挑小路走，一来是因为行人稀少，这样就不会吓到别人；二来他们都是夜里赶路，小路旁的村子往往对他们这种行为，给予了更大程度的理解和尊重。而且以往赶一趟少则半月多则半年，现在道路畅通了，只需要接到尸体以后，用车带回当地，然后找小路送回家就可以了。的确是方便了很多，但是也大大影响了他们这类人存在的价值。

我年轻，很多都不懂，而我也是个不懂就爱问的人，所以我想去银川的那一路上，师父们估计是烦得连杀我的心都有，我问过麻师父，为什么要用这种手法给“赶”回来，既然道路通畅，直接用车拉回来不就完了吗？麻师父告诉我，虽然他们的行当，就是个赶尸匠，但是他们本行内，却对这个称呼是不认同的，他们更希望别人叫他们“领路人”，但这显然也是不可能的。需要他们“赶尸”回家乡的人，绝大多数都是他们同族人，在这一点上，这个族的族人叶落归根的情感，比别族人要强得多。所谓人生就是一场感悟，不同阶段的人对同样事物的理解都是不一样的。例如，当几岁的孩子看到蝴蝶，他会很开心地去追赶嬉笑；当十几岁的少年看到蝴蝶，他或许会觉得朝气蓬勃，充满希望；当二十几岁的青年看到蝴蝶，或许想到的是一场浪漫的邂逅；而当50岁的中年人看到，也许就会感叹生命，觉得美好不再。所以常常听到有人口口声声地说叶落要归根，我很怀疑他们是否真的懂得叶落归根的含义，是你要热爱这片故土，还是要死在这片土地上？麻师父告诉我们，他们民族是中国少数民族里人数很多的一个民族，从古到今，也为我们华夏文明做了非常耀眼夺目的贡献，所以很多族人走出寨子，在外面打拼，为自己和族人赢得荣耀后，却有一些会因为一些无法预估的情况，导致客死他乡。在他们很多人看来，客死他乡其实倒没什么，但是若不能回到故土，跟列祖列宗埋在一起，算得上是一种对祖宗的不敬。于是千百年来，赶尸匠一直都存在，就是为了让这些迷失在外面的族人，找到回自己家的路。

听上去很伟大。而我师父对麻师父如此尊重，我相信他也是对自己的手艺非常的胸有成竹，否则也不会叫上这么多师父一同来见证。麻师父说，他岁数有点大了，现在走山路，渐渐有些吃不消了，速度慢了下来，就会多少影响到逝者入土的时辰。这次他们当地一个在银川做生意的生意人因为意外而去世，在生前的时候就已经跟他联系过，希望自己死后，用这种传统的方法，回到故乡，不是给不起机票钱，而是希望到死也不要忘记，自己是骄傲的本族人。麻师父也坦言，他们做这个，费用其实算不上高，这么多年来他一直坚持做这个，也是为了让那些令他也为之骄傲的族人回归故土。麻师父说完这些后，我非常敬佩。

我开始期待这次能够让我长长见识。到了银川已经是第二天下午，我们只是见证人，而非委托人，所以接尸体的过程我们并没有看到，因为来银川的路上我们都是坐在东风车的后厢里，这趟往回走的时候，还多了个死人，这让我感到害怕。当时的我虽然没经历过多少事，但是对尸体的害怕也不算特别严重，我害怕的是死亡，是死后那种无声无息的安静，这会让我崩溃和受不了。而这次让我害怕的并非这些，而是这个死人并没有像我预先想象的那样，是横着或竖着平躺在车厢里，而是直挺挺地站在车厢的一角，穿着白衣服，头上罩着一个像米口袋一样的白色布袋，双手垂放，肩头微耸，一动不动。一开始还好，大家虽然知道身边多了个死人，但是出于对死者的尊重，也都没有刻意地躲避，然而到了晚上，特别是当车开上高速公路以后，全程没有灯光，渐渐我的双眼在黑暗中也习惯了一点，于是也隐隐约约能够看到一些轮廓，所以当在夜晚睁眼的时候，就很明显能看到一个白色的人，斜斜地站着，好像在盯着我看，非常吓人。

麻师父自然知道我们包括我师父也会害怕，路上就一直在跟我们解释一些我们道上觉得他们神秘的地方。他把捆住尸体双脚的绳子解开，开始不断地按摩尸体的大腿，他说，这是为了让尸体的肌肉能够延缓一下僵硬，按摩的时候，他的手心里是有草药的。麻师父说，在每次按摩的时候，他都会在尸体的股关节、膝关节、踝关节几个地方种上一只小蛊，其目的是让蛊活动肌肉及韧带，让其不至于死僵。麻师父还说，他们这行对徒弟的筛选是非常严格的，因为常常要在夜里走山路，而且是带着尸体走，所以最基本的一个要求是要胆子大，否则尸体没带回来，自己半路给吓死了，留下些死人直挺挺地站在荒郊野外，那也真是够吓人的。此外还有一个要求，就是人必须是长得很丑。这让我感到一阵绝望，看来我是永远都没有办法学习巫术了。麻师父说人长得丑，鬼也害怕，这道理跟为什么钟馗能捉鬼是一样的。再者悟性要足够高，因为当一个巫术徒弟能够成长为一个专业的赶尸匠，必须学习好傩家巫术跟道术，要懂得画符，要懂得念咒，缺一不可。傩家巫术这一门总共绝学有三十六项，除了让尸体站立不倒的咒法，还有避鬼咒、避狗咒、转弯咒等，用途各不相同，避鬼咒是害怕路上别的鬼魂附身在尸体上，这样就成了地地道道的僵尸了，避狗咒是因为大量的夜间时间是在村子或山上走，难免有遇到别人的看家狗，如果惊醒主人，看到了这些，会吓到别人。念了避狗咒以后，狗不但不会对着尸体和赶尸匠叫唤，还会自己乖乖地躲远，让他们安静地离开。至于转弯咒就比较牛逼了，能让尸体在遇到转弯拐角的地方，自己懂得分辨方向，继续跟着赶尸匠。

麻师父说的这些，在我看来，闻所未闻。他说，早几十年的时候，他们走一趟，就能带十个八个的尸体回来，排成一排，那时候特别是湘西的一些村子还专门给他们这行的人准备了死人客栈，他们在白天关着门休息，尸体就一字排开，贴着门或是墙角站着。到了赶尸匠睡觉的时候，会把尸体的头罩给掀开，但是脑门上的符咒是绝对不能撕下的，这是为了让那些还停留在身体里或是游荡在周围的死人的灵魂明白，咱们没有乱绕路，咱们这就是在回家。有时候路上因为躲避生人而有所耽搁的话，赶尸匠往往就会找山洞或是茂密的树林，尽量不让人看到，如果实在是没了地方藏身，他们会拉一块巨大的帆布罩住尸体，不让过往的行人被吓到。麻师父还说，他们平时的穿着打扮和普通的苗家没有区别，只有在夜间赶路的时候才会穿上五彩的巫师装，头上要戴着倒三角的帽子，手里要拿着牛角号和蛊铃，一切的号令，都在手上的两样法宝里。

麻师父说完就从袍子里摸出了牛角号和蛊铃，牛角号我是见过的，“西游记”里面遇到什么什么大王都要拿出来吹上那么一吹，蛊铃倒是第一次看见。蛊我知道是用弹或吹来附着在别人身上，蛊铃到底是个什么东西，我从麻师父手里接过来一看，和我们平时跟师父一起跑单子的时候的摇铃差不多，除了把手的末端有个圆乎乎的球状物。我一好奇，就拿在手里摇了摇，这时候突然传来麻师父惊慌的喊声：“别摇！”

吓得我一下就把铃铛给扔到了地上，就在此刻，已经渐渐习惯眼前黑暗，但是还能够隐隐约约看见东西的我，发现站在车厢一角的那个从银川接回来的尸体，开始原地一蹦一跳起来，每跳一次，他的头就撞到车顶一次，哐！哐！哐！哐！

我第一想到的是诈尸，不自觉地紧紧抓住了师父的袖子。就在此时，那个白色尸体原本垂下的手，忽然跟电影里僵尸一样，平着慢慢地、慢慢地伸了出来。

此刻的车厢里非常紧张，除了麻师父，唯一冷静的应该就是在前面完全不知情的司机了。麻师父看到死人的手伸平了，看上去有点不高兴。我知道，我闯祸了，我很担心麻师父和我师父会骂我，我更担心眼前的这个死人会蹦蹦跳跳地向着我而来。麻师父捡起我因为害怕而丢在地上的蛊铃。摇了三下，念了句咒文，又摇了三下，再念上一句。死人开始停止了动静，手开始放下来，也不再跳动了，就跟最初一样，还那么直挺挺安静地站着。

我觉得很奇怪，我又不是赶尸匠，为什么我摇铃死人会跟着有反应呢？我很纳闷，于是我就问麻师父。麻师父说，我刚刚不是说过了吗？我给死人按摩腿脚的时候，在他的几个关节的地方都丢了点小蛊进去，他指了指蛊铃上末端的那个圆球，说，这里面装的，就是那些小蛊的蛊母，你一摇铃铛，蛊母就开始跟着动，它一动，死人身上的那些附在关节上的小蛊也会跟着动。这样就会刺激到死人的肌肉跟关节韧带之类的，这就跟平常我们玩的膝跳反射是一样的道理，不管你愿不愿意，或者说你是根本就没有任何知觉的死人，也会因为这些外力的刺激而产生动作，否则你以为我们凭什么能让尸体跟着我们走呢？

我一听，想了一会儿才算明白了，如此说来，他们带着尸体赶路，其实并不是让尸体自己在走，而是通过蛊母和小蛊的刺激让尸体有了行走的动作，也就是说他们不过是掌握了人体的一些玄妙的地方，这跟咒法几乎是没什么关系的。于是我把我的想法告诉了麻师父和在场的所有师父。麻师父说，并非这样，在他们学习的三十六门法咒里，大部分就是用来控制尸体的灵魂的，而不能控制肉体，唯一能够控制肉体的，就是让尸体站立而不倒下。他说这其实也不能完全说是咒法的缘故，因为人死后血液已经处于一种停止流动的状态，当你第一次施咒让尸体形成了站立的姿势以后，你只需要让他保持这样的姿势，这样一来，血液就会因为引力的关系而积压在身体的下半部，而死后的人身体是僵硬的，像一块石板，麻师父他们带尸体的时候也不会去按摩尸体的上半身，所以当血液和身体里的水分积压以后，死人就会形成一个脚重头轻的情况，这个原理大概就跟不倒翁差不多了。麻师父还说，虽然如此但还是得一直靠咒法来维持，因为赶路的时间往往比较长，必须要在这么长的时间里防止尸体腐化，还要防止体内液态物的流失。当我问他是什么样的咒法能够这样神奇的时候，他便开始笑而不语。我顿时明白了，我刚入行，资历太浅，还不明白不该问的问题，就千万别问，尤其是别门别派的，更是忌讳。转头看师父时，虽然对我的好学好问有点赞许的表情，但更多的却是你小子不要给我乱说话小心老子揍你的意思。

麻师父站起身来，走到死人旁边，给死人的衣服理了理，刚刚因为跳动的关系，衣服已经有些打皱。而尸体刚刚因为一直跳动一直拿自己头顶去撞车厢顶，头上的布罩子也有点快掉了的感觉。麻师父敲了敲驾驶舱的玻璃，喊了句师父麻烦你把手电筒借给我一下。很快师父就把手电筒从玻璃的缝隙递了过来。当我意识到麻师父借手电筒是为了检查死人的时候，已经晚了。他已经点亮了电筒，一把拉下了罩住死人脑袋的罩子。在我还来不及闭眼不看到死人的脸的时候，一张苍白到极致，且嘴巴红得发紫，脑门上贴着一张黄色道符的死人脸，清晰异常地印刻在了我的脑海里。

不知道是哪位师父非常不合时宜地叫喊了一声“哎耶”，言语中满是惊恐，于是我的心情也好了许多。反正都看到了，也没办法了。看得出来麻师父跟我们的行业确实有很不一样的地方，我们是和鬼打交道，而他则除了鬼以外，还要跟死尸打交道。虽然鬼一定是在肉体死亡活着濒临死亡的时候才会出现的东西，我们与它们的接触，也都是在事先知晓了死亡的前提下才进行的，而这么直接这么近距离地跟死人在一起，我想不仅是我，连这些师父恐怕一生也没有遇到过几回。

麻师父检查了一下死人的脸和头顶，看到没有被碰破，才舒了一口气。他重新检查了一下贴在死人额头上的符，还把死人的嘴巴撬开，眼皮翻开，种种行为，在我看来，绝对重口味。完事后重新把死人头给罩上，好像没事一样地坐回到我们身边。

麻师父说，死人额头上的那张道符，是当初在接到这个单子的时候就已经画下的。正面是符咒，背面则是用朱砂写好的这个人的生辰八字和姓名等信息，他说并不是说这张符撕掉以后，死人就会跟电影里一样，失去了约束而到处伤人，这张符的作用有两个：一个的确是为了让死人的肉体跟灵魂都稍微适当地安静，另一个则是因为要把自己的信息写上，提醒死人不要忘记自己已经死了，根本没有像电影里演的那样夸张。麻师父还说，这十多年来，由于其他诸多因素的影响，人们渐渐越来越排斥他们这种赶尸的方法。因为在他们当地的语言里，除了走脚以外，其他人把他们这种手艺也称为“吆死人”，“吆”在西南这边，意思就有驱赶的意思。所以顾名思义，就是把死人赶着走，也就成了后来大家一直公开喊的“赶尸匠”。麻师父说，在他们的行内，有三种死人是可以带的，有三种却是不能带的，俗称“三带三不带”。三带里面，除了因为意外、疾病等原因客死他乡的人，还有在外地被人杀害的人，在古代的时候，被上刑砍头，或是因为断手断脚而死去的人，他们都会带，因为这一部分人，并不是自己主动要去死，他们的死亡是被迫和无奈的，这样一来，他们死的时候的怨念就特别强。为了安抚灵魂，也为了圆他们一个落叶归根的夙愿，赶尸匠才会远道把他们带回家。另外有三种死法他们是不会帮忙带回来的，一是被人下毒毒死的人，这类人死相极其痛苦，若是生前没做什么好事，死后必成恶鬼，因为怨念实在太强，连赶尸匠们也惹不起；第二种是投河自尽或是上吊自杀的人，这类人是自己主动要求去死的，按他们这派的说法，这种人的魂魄已经是被地府给预先收了去，谁都要不回来，即便是要回来了，也会影响别人的来世投胎；第三种是被雷击致死的人，在我们的文化里，一般天打雷劈这句话是指的那些大逆不道的人，或是因为太过伤天害理，或是因为非常不孝，连老天爷都要帮着惩罚，所以挨雷劈。而这类人有些会因为雷击的关系而导致四肢不全或是皮肤烧焦，最关键的是因为一个雷打下来，再厉害的鬼魂也会灰飞烟灭，没有灵魂的躯体，即便是带回来，也丝毫无用。

看来各行都有各行的规矩，如此说来，我跟我师父就显得单纯简单得多了，我们会在情感和理智之间找到一个相对平衡的点，若这个委托是带给我们的感动和温暖更多，或许我们收的钱就比较少，反之亦然。还常常会有免费干活的事情。而多数情况下，我们的收费都仅仅是车马和劳务费，而为什么一定要收钱，我也问过师父，他说首先得保证咱们自己的基本生活，死人可以吃香吃元宝蜡烛，咱们还是得吃大米吃菜吃肉的。其次我们的职业是更偏向于阴暗面的，如果不拿点钱来办事，那么会被认为是在插手自己不该插手的事情，多管闲事，这样对自己和整个行业都没有好处。也就是从那时候起，我才明白钱虽然我们是挣了，但是更多的却是在行道途中，除了钱之外的收获。

连夜赶路的好处就在于，当你到达的时候，会比别人早。在传统赶尸越来越少的时候，借助现代化的交通工具，也算是给他们省了些力气，却也显得不正宗了许多。第二天中午我们到了吉首，留下一个人看车，我们剩下的人去吃了点饭，接着就继续上路去了泸溪，到了之后，麻师父根据死人的地址，测算了路径，天色还没有很晚，于是就嘱咐车师父去市集里买了些干粮和水，然后围坐在车厢里，打牌休息直至当天深夜。

麻师父告诉我们，现在方便是方便很多了，只需要带到目的地附近，然后再一路赶过去就可以了，也就是一整个晚上就能够完成。于是到了当天晚上，他请我们全部换上他预先准备好的黑布袍子，他自己也穿上了他们特别的服装，我们大家合力把死人抬下车，站立在路边。麻师父给车师父支付了包车的费用后，开始给我们安排位置，让我们一字排开，跟随着死人。他则站在死人面前带着走。也许是因为辈分小比较容易被欺负的缘故，我被这群跟我一样身穿黑袍的师父拱到了第一的位置，也就是说，我师父跟在我的身后，我却跟在那个死人的身后。

我很害怕，因为从那个死人站立的姿势来看，衣服非常宽大，宽大到我几乎分辨不清楚到底是正面还是反面。麻师父小声问我们，准备好了吗？我们都说好了，麻师父便开始起咒念，接着轻轻吹了一声牛角号，然后开始摇着铃铛，用他们本地话说着："借路走个走，生人勿靠近。"

然后摇铃吹号，声音都不大，但是在安静的夜晚，还是显得特别诡异。

"半夜莫出门，莫要碰生神。"又摇铃吹号，接着再念了一句。

"回乡路难走，问哥借壶酒。"摇铃吹号乘以四，最后一句是："麻袋遮脸丑，万狗皆莫吼。"

念完以后，他一直轻轻摇着蛊铃，时不时地在号里吹上那么一声，开始迈着步子朝着小路上走去。当晚月亮很亮，所以我清晰地看见面前一个白花花的人影开始很僵硬地、一跳一跳地朝前跟着麻师父走，而最最令我伤感的是，我竟然要紧随其后，在我明知道前面那个是已经死了好几天、当初搬下车的时候发现重得要死的死人。

我后来问过麻师父，生神是什么，他说是对赶路尸体的尊称。因为死人不希望自己被叫作死人，就跟很多傻子不喜欢别人说他傻是一个道理，因为人死了以后，会因为生前的遭遇不同，继而衍生成不同性质的鬼魂，不管是活着还是死了，只要曾经是人，就应该得到尊重。麻师父说，人生在世，总有一天我们都会抛下我们挚爱的人，撒手西去，到了那个时候，我们和自己的亲人阴阳相隔，悲伤的就不只是他们了。所以我们一向称其为生神，除了对他的尊重外，也是对生命的一种尊重。

我不记得当时听到这些话的时候，我是怎么回答麻师父的，我只记得，当时我对麻师父的敬意油然而生。

那一路上，没出什么乱子，我们几个大活人，把一个死人夹在中间，让他跟随这蛊铃和牛角号的声音，自己寻路往回走。途中其实经过了不少小村子，也不免有些星星点点的灯光，每当远远传来狗吠的时候，麻师父总是会用一层黑纱布把自己的脸罩起来，然后一只手扶住尸体伸出来的双手，另一只手拿着蛊铃，一边念咒一边继续走着，那个样子很像是太监扶着皇帝一样。后来麻师父也跟我解释过这个的含义，当时他听到有狗叫，于是就换了个姿态，一边还在嘴里念着避狗咒，我问他为什么这个咒狗就不靠近了，麻师父说，他也不知道为什么，千百年来就是这么传下来的口诀。于是我后来在想这可能跟我们各地的巫术有关系，所谓的巫术，往小了说就是装神弄鬼不值一提，往大了说人家才会勉强承认你不过就是民间的一道土方，至于其中原理到底是什么，这谁都说不上来。所以很多人都不相信老核桃的根熬水喝可以对抗癌症，腮腺炎的时候对着枣树大骂说羊跑了怎么还不进圈第二天自然就消退了，这些，还有许多，当科学家不肯承认它们的玄妙的时候，我也不会告诉你们这些方法其实多少是有效的。

那一夜就这么走走停停，一直到了凌晨 4 点多，才走到这个死人家住的村子，他们家的人从前一天晚上开始，就一直候在村子口必经的道路上。远远看见我们来了，有几个打着火把就过来迎了。麻师父站定以后，右脚连跺了三下，然后烧了一张符，丢在地上，这时候尸体开始原地跳，就跟在车上的时候一样。麻师父走到我身边说，小兄弟你跑得快，你赶紧迎上那群人去，叫他们把棺材竖起来，然后让他们的人把火把全都熄灭。我听到后，非常高兴，跟在那个死人后面这么累地走了一整夜，还特别被交代不要闲聊，这对我来说是多么大的一个挑战。于是我赶紧离队，朝着那些迎来的火把跑去。大约在半里地以外我碰到了那些迎来的人。我向他们转达了麻师父的话。他们中的其中一个也开始飞奔回村口，叫那些家属把棺材立起来。另一个则把火把熄灭了，跟着我一起往回走，去接麻师父他们。

路上这个人告诉我，麻师父是当地麻家巫的唯一一个传人了，他们这一派传师徒也传父子，麻师父的父亲在解放初期，曾经在各个地方带回过尸体，平常没有走脚的时候，就在家种地，他们麻家在当地是最有名的巫师，凡是哪家的猪牛羊生了病，或是庄稼枯萎，麻师父都会分文不收，哪怕在半夜也会上门去帮人家解决问题。他还告诉我，以前，他们麻家带死人回来，最少都是三个，最多的时候带过十多个，现在这门手艺，恐怕是又要面临失传了。

我问他，麻师父没收徒弟吗？他说，十多年前麻师父曾经收过一个徒弟，但是那个徒弟后来走了歪路。我问他走了什么歪路，我对别人走歪路的故事最感兴趣了。他告诉我说，当时他的徒弟从湖北那边赶了个女尸回来，结果不知道是由于他本身太过于好色还是心理很变态，在路上过夜的时候，他竟然对那具女尸做了些很恶心的事。

当他说完这句话后，我那幼小的世界就再一次安静了。

我虽然年纪小但是也知道这样是天大的错啊，埋怨自己多嘴好问，于是想快点结束这个话题，我说那后来怎么样了，那人说，这件事后来被村子里的一个人在路上抓麂子的时候看到了，回村以后就传开了，接到尸体以后，村民们就把麻师父的徒弟给捆了起来，带他到麻师父家里兴师问罪，问他到底是教了个什么样的徒弟出来。麻师父当时非常可怜，当着在场所有人下跪磕头求原谅，还赔钱了事，还完全免费给他们做了场法事。再后来听说麻师父把他徒弟赶走了，临走前给他下了蛊，说是今后如果他胆敢再从事赶尸匠这个活的话，蛊就会噬了他。此后那个徒弟离开村子，就再也没有音讯了。

我不知道为什么，我开始隐隐觉得当时在车上，我一直不停地问麻师父他们行当内的事情，他一边欲拒还迎地回答我，一边还生怕回答得不够仔细，怕我不明白，我似乎觉得麻师父在这趟途中，好像也是在可惜自己的手艺即将失传，而当我这么好问的时候，也想起了他那个曾经非常优秀的徒弟。

感叹间我们和麻师父会合，跟我一道的那个人看到尸体后，跪下痛哭，我才知道，他是这个死人的表弟。后来我们一群人走到村口，天已经开始要泛白了，农村的庄稼人起床得总是非常早，我想麻师父也是在顾虑会被别人看见。所以到了村口以后，除了死者的至亲数人，其他的都被遣散回去，不得围观。

麻师父指挥着尸体，跳到了立起来的棺材前面，然后让尸体跳着转身，使其背对着棺材口。然后让我们几个人一起，把尸体抬进了棺材里。接着我们把棺材放平，尸体就规规矩矩地躺在里面了。于是在没有盖上棺材盖的情况下，趁着阳光还没有照射到尸体，我们迅速地把棺材抬到了那家人早已设立好的灵堂上。

这次的法事只能做一天，因为尸体其实从去世到现在已经经过了不少时间了，若非有麻师父独有的咒的作用的话，恐怕早就开始腐败变质。所以麻师父把棺材抬进灵堂以后，他取下了尸体的头罩，我不夸张地说我看到了尸体额头上的符已经被水给打湿，看上去就像是一个走了很远路的人，出了汗一样。麻师父取下他额头上的符咒，走到我师父身边说，这次我希望你来用罗盘看着，看着我把这个逝者给送走。

我师父当然明白他的意思，麻师父一生清贫，乐于助人，只因为民族的关系，还有自身学艺的特殊性，多年来人们不管受了他多大的恩惠，对他的感激也仅仅是一时的。当没有人客死他乡，麻师父就是一个地地道道的农民。师父也在之后跟我说过，麻师父的职业和我们不同，虽然都是在阴暗面，但我们至少能够得到人的尊重。而像麻师父那么一个手法好，又低调的人，而且他们这行在没退行消蛊之前，是不能够结婚生子的，当年他过继给麻家做儿子，都是他的养父基于手艺别失传的心态才这么做，而麻师父岁数比我师父还大，即便是现在退行，结婚生子恐怕也是个笑话。

师父说，麻师父要他用我们的方法来见证灵魂的去留，一方面是肯定了我师父在这个行当里的地位，虽然谈不上德高望重，但最起码是受到麻师父尊敬的；另一方面也希望给自己的最后一次走脚画上个完美的句号。

法事持续了一天，师父带着我一直跟在麻师父的身后，我注意到整个过程里麻师父都一直在用大拇指一次又一次地摩挲着他那本来就因为时间久远而磨得发亮的牛角号，眼神显得格外呆滞和空洞地看着周围那些宾客和棺材里的逝者。到了深夜，法事才结束。

事后我和几位师父送麻师父回他自己家，路上他已经脱下了他的巫袍。回到他家的木楼前，他把他的袍子整整齐齐地叠好，放进门口墙上挂着的一个竹筐里，然后卷起裤腿，绑上头巾，拿起竹筐就朝着屋里走，我们都没有跟进去。显然麻师父也知道我们不会跟进屋，因为他最后一次走脚已经结束了，而我们都还算得上是没有退行的人，贸然进入这样一个已经身处事外的人家里，是不好的。

麻师父的左脚跨进门槛的时候，没有回头，只是用背影对着我们，然后抬起手，做了个再会的手势，钻进屋里，转角便已看不见。

看上去，就是个普通的老农民。

十四年猎诡人

08 索道

在重庆有一个特殊的交通工具，叫做过江索道。因为重庆特殊的地貌环境，在多年前道路桥梁的交通方式还非常不成熟的情况下，它的存在给无数重庆老百姓带来了便利。从 20 世纪 80 年代开始，小什字悬挂在两根大铁索上的好像火车车厢一样的交通工具，承载着无数山城人民的记忆。

我记得我小的时候，常常跟一群伙伴相约到繁华的解放碑一带玩，但是那时候重庆市内大部分还是电车为主，车费两毛钱，但是去一趟解放碑，除了路不是很好走以外，还会耽搁比较多的时间。往往是早晨出门，到达的时候已经过了一个多小时，玩不了多长时间，就要开始琢磨着怎么往回走。渐渐的我们也就不坐电车了，而是直接到老江北城，同样是两毛钱，一趟索道，仅仅不到 10 分钟，我们就能到达小什字。而小什字距离繁花似锦的解放碑，也仅仅只需要步行十多分钟。不夸张地说，至少索道给了我童年美好的回忆，我们总是在乘坐索道的时候，故意在上面蹦蹦跳跳，导致发生轻微的摇晃，我们淘气的行为对那些和我们一起搭乘索道的人来说，却是危险的，所以当我们尽情享受童年的乐趣时，往往收到的是索道上其他人责备的骂声。

不过这一切都无所谓，因为它能带给我的回忆，也绝对不止童年的寥寥数段而已。在2010年年底，多年未坐索道的我，在一个事件的诱因下，再次乘坐了这个我儿时记忆里的交通工具。

那年11月的时候，我妈带着她的一个牌友来我住的地方找我，为了体现贤惠准儿媳的优良品质，头一晚我跟彩姐慌慌张张打扫了卫生，并击掌为盟除了上厕所等必要的打乱格局以外，绝对要在我妈离开之前保持屋子整洁，于是那晚我们把房间打扫得干干净净，地砖亮得穿短裙的姑娘来我家都会有危险，然后早早睡觉，等着第二天我妈过来。当我妈到了以后，并没有过度地夸赞屋内的整洁，而是有点着急地把她的牌友介绍给我认识。那是个跟我妈岁数差不多，50多岁的大婶。这次通过我妈的关系找到我，是因为她的儿子最近遇到了怪事。

大婶告诉我，她儿子是重庆某集团的业务代表，因为他们这类人的工作靠的就是一张千锤百炼的嘴皮子，还有千杯不倒的巨好酒量，才能够让其在业务交往中果断拿下客户，而偏偏这个兄弟稍微差劲了点，至少在喝酒这件事情上是。这个大婶说，她儿子姓刘，应该和我是同岁，那天晚上跟客户喝完酒回家，就在小什字的嘉陵江索道买票回江北城再转车回家。由于喝得有点醉醺醺的了，上索道以后就靠在椅子上打瞌睡，她说她儿子上索道的时候是跟另一个上了点岁数的人一起的，在坐到嘉陵江中心的时候，迷迷糊糊地睁开眼，看到眼前白影一晃，之前跟他一起上索道的那个人消失不见了。于是他被吓坏了，酒也全醒了，于是就一直念叨着这阿弥陀佛，最后才安全到达。接着也不转车了，直接打车回了家，连续几天都请假不去上班，成天在家里念佛经。他妈妈希望我能去他家里帮忙看看，孩子是不是中邪什么的了，如果是我能够干预的事情，那就帮忙救救他。

老妈的牌友，如果我提钱估计是要挨打的。无法拒绝，只能答应。起初听这个大婶这么说的时候，我心想大概是她儿子在索道上遇到了一个碰巧想搭索道过江的鬼了，让他看见了其实多半也属于无意，况且那个鬼根本没有对他做什么伤害性的事情，我猜想大不了去给他收收惊，然后教他炼个红绳也就是了，不会有什么太大的问题。于是当下我就开车带着他们一起去了她儿子的住处。

见到她儿子的时候，他正工工整整地跪在家里的佛台前，双手合十，拇指上挂着一串佛珠，虔诚念经呢。我觉得有点奇怪，对于一个心中有佛的人来说，见鬼的概率是不大的，有信仰的好处也在于此。佛家向来讲究的是宽厚大度，慈悲为怀，所以我必须得说心中有佛真的是件好事，而眼前这个跪在佛前蒲团上的年轻人，希望他不是遇到事情以后，临时抱佛脚。

等到念完经，他招呼我们到客厅沙发上坐。我妈由于不愿意来涉足我的事情，也就没跟着上楼，在沙发上坐下以后，他妈妈简单地跟他说了我的来意，他一听我是专门干这个的，带着有点虚弱的身体站了起来，对我表示感谢，我赶忙让他坐下，然后请他稍微冷静点告诉我事情的全部经过。

他说事情是这样的，那天晚上跟客户在解放碑吃完晚饭后，把客户送上了车。自己因为喝了酒，也就不敢开车回家，就打算坐过江索道到江北城去，然后再回家，否则从解放碑打车回家的话，会多少绕点路，而且车费比较高。当他在索道的调度站买票后，他就上了索道。跟他一起上去的还有个老头。我问他，那个老头看上去有多大岁数了，他说至少六十多了。我没说话，我觉得有点不可思议。因为重庆的索道属于高空交通工具，60岁以上的老人和心脏病高血压的患者是不允许乘坐的。要是在半空当中出个什么意外，那运营管理处可负不起这个责任。刘先生接着说，本来索道是个开放式的环境，所以即便是在晚上有人一起搭乘也都是平常事，但是他在索道走到一半的时候，迷迷糊糊地睁开眼，看到一个影子闪现，速度非常快，接着他清醒了一下，仔细看去，发现先前那个和他一起的老头消失不见了，索道的窗户很小，一个人是不可能爬得出去的，而且门也是被锁死的，若是一个老头要寻短见，也绝不会在大晚上的时候跑到过江索道上来，打算跳江死个壮烈。我问他能否形容下那位老人的相貌，他说只记得头有点秃，上身穿着夏威夷那种花布T恤，下身穿着米白色的西裤，手里拿着一把扇子，别的就不大记得了。小刘本身算是个信佛的人，尽管也没我见到的那么虔诚，他当时就立马意识到自己遇到鬼了，于是马上跪下念经，直到下了索道。回家后始终觉得背上有股子寒意，就此患了心病。于是请假数日，在家吃斋念佛。

我听完以后问小刘，你那天晚上上索道的时候是几点了？他说大概是夜

里 10 点半的样子。这下我确定了，他是真见鬼了。因为小什字到江北城的嘉陵江索道晚上 9 点半就收班了，碰到人多的时候也最多不过加开到 10 点，10 点半去坐索道，连票都买不到，更不要说是搭乘了。于是我问他，你还记得当时卖票给你的那个调度人员吗？他仔细想了想，脸色开始凝重，声音有点发抖地跟我说，好像……好像就是那个跟我一起坐索道的老头。

最迟 10 点收班，这已经是好几年前就一直有的规矩了，我因为很多年没有坐过索道，于是我想了想，还是决定要带着小刘一起到那晚他上索道的那里去问问，我告诉他，大白天的，索道上人多，你不用害怕，好说歹说，他才答应跟我一起再去了解一下。

这次小刘的妈妈就没有跟着来，也许是看我问的问题都能够问到关键上，她也就放心了，临走前她把她的电话写给了我，叫我有结果了打个电话跟她汇报一声。我记得很清楚，她当时是说的“汇报”，也许大婶没退休之前在企业大小是个管理人员吧，不过遗憾的是，我从来不会跟任何人汇报个什么，也没谁能要我来给他做个什么汇报。

我和小刘到了小什字已经是下午 1 点的样子了，由于出门的时候已经接近中午，而且我看他并没有留我吃个午饭之类的意思，出于一种慰问病人的心态，于是我带着他在大溪沟附近吃了一家迄今为止我觉得最厉害的小面：干熘二两五元钱，配上一碗清新爽口的海带汤，值得一生典藏的美味。那家店没有店名，因为开店煮面的是个 50 多岁的阿姨，阿姨在重庆喊作“孃孃”，而那家店开在一个小巷子里，所以我擅自称呼它为“巷子孃孃面”。

嘉陵江索道的小什字地段，夹在解放碑、罗汉寺、洪崖洞之间，据说以前有战士宁死不投降，于是从崖上跳下，至今那里都还有个烈士墓碑。我跟小刘走到调度室，为了证实我先前的猜测，我问调度室的那个人，索道是几点收班？他说晚上 9 点半，人多的时候延长时间到 10 点。于是这就证实了我的猜测，也相应地证实了小刘的猜测。那一晚他搭到“鬼车”了，不仅如此，连卖票给他的都是个鬼。小刘非常害怕非常焦急，趁着人不多的时候，我又向调度室的人询问了一下之前索道上发生的情况，问问有没有人发生过意外，或是有没有人看见过一些奇怪的事情。调度室的人说没有，不过每过一段时间，总会有些谣言说起索道上有鬼之类的，他在这里工作了这么多年，早就听惯了。而且他还神秘兮兮地告诉我，今后坐收班索道，如果同行的人不多的话，还是不要坐的好。夜深人静的，难免会遇到一些东西。我因此而相信，这个师傅一定看到过些什么，只不过他不愿意告诉我，我也就不必多问了。既然大家都这么坦诚，我也不绕弯子了，我告诉他，我纯粹是来帮忙的，然后我留下了电话给他，请他在当班期间要是遇到什么不正常的情况，就立刻打电话给我，那位师傅答应了我。我看这么守下去也没有个结果，于是就带着小刘回了家，我说我有消息就立刻告诉你，你不用感到太害怕，这些东西即使见到了，你也不要太过惊慌，你只要没做过什么坏事，没有害死过人，那么你是没有理由要害怕它们的。

话虽然这么说，但还是有不少莫名其妙影响到活人的情况，不过我向来都希望能把事情搞个清清楚楚后才来下结论，如果鬼总是无端害人，我想我们也不会生活得这般和谐。那一晚小刘也是运气不好看见了老头的失踪，否则他甚至不会想到跟他搭一趟索道的不是人而是个鬼。这个世界的“鬼”很多，形形色色千奇百怪，没准谁的脸皮子底下就装着一副鬼脸，只要自己没做过什么亏心事，也就不必担心鬼会来敲门。

几天后，我接到电话，调度室打来的。那个热心的师傅告诉我，自从那天我们找了他以后，他开始遇到点事情就有意无意地想到那些方面去，他说不知道这次跟我说的这个算不算，总之他是觉得挺奇怪的。我问他到底是什么事。他说连续好几天，在他当班的时候，总会有一个老女人在他这里买票上索道，坐过去又立刻坐回来，去的时候面无表情，回来的时候总是挂着泪痕，然后就头也不回地离开了。不知道这算不算是奇怪的事情？

算，当然算，在没有线索的情况下，任何一点轻微的怪异也许都是一条珍贵的线索。于是我问那个师傅，那个女人是每天都来吗？他说是的，从你们走了后的第二天开始。我说好，明天我们一大早就过来。挂上电话后，我给小刘打去了电话，本来想要约他跟着我一起再去一次，把事情了解了解，他却说不去了，有什么，随后电话告知就是。实话说，当时我有点郁闷，郁闷是因为这一切好像是我的事一样。可是没有办法，既然答应了别人，说什么也该做到，即便是做不到，努力过，也就没有亏欠了。

当下我就开车去了小什字，但是那时候那位师傅正在忙，我一直等到他

和人轮换着休息的时候，才把他带到马路边，仔细问了问。他说那是个奇怪的老女人，看上去有50多岁，这几天几乎天天下午4点多的时候就会出现，每次都是坐个来回，回来的时候总是看上去哭过。老师傅说，如果她不是有什么怪癖，那她身上一定发生过不一般的事情。于是我决定留下来，等到下午4点多，看个究竟。

等待的时间还算是比较漫长，我就和老师傅聊天，他说他已经在这个调度站工作了15年了，再干几年也就该退休了。他说自己算得上是看着索道票价涨起来的见证人，每天都看着来来往往的过客从江对面过来，每天也目送着他们下班放学从这里回家，虽然每天的人流量越来越小，也就几千人，但是依旧熟悉的是那个闸口开关门的声音，他说他在这里看过别人欢欣鼓舞，看过别人失魂落魄，就在这么一个小小的平台里，他也算得上是看惯了悲欢离合，他告诉我曾经见过有一对情侣吵架，然后开到一半的时候男的要悲愤跳江。害得他接到消息后就马上停了索道，随后原路返回，连同整个调度站的人员一起好好批评教育了那对情侣。我听着他说这些，能感受到他言语中的那种感慨，我们的生活或许不同，因为我没有办法日复一日地卖票开闸，于是我也就失去了见证这一幕幕人间百态的机会。

到了下午快4点的时候，老师傅嘴一努，说，她来了。我顺着他的眼光看去，一个穿得还算时髦，留着刘胡兰发型的大妈走了上来，买票的时候，表情很阴郁。看着她上了索道，我也跟着走了上去。这一趟人很少，我看大妈坐下了，我也坐在了她的对面，不敢直接看她，害怕引起她的怀疑。当索道开动的时候，我看到她从她的手提袋里，拿出一双皮鞋，放在她身边的座位底下。这个行为显得非常怪异，瞬间就引起了我强烈的好奇。她就这么安安静静地望着窗外，一言不发。她身边的那个座位因为下面放了鞋子，其他乘客也觉得很是诡异，也就不敢去坐，纷纷有点下意识地向我这一侧靠拢。到索道行至江北城，她都一直保持着那个姿势。等到所有人下了，我也下了，我看到她才走出站来，继续买了一张返程票，我也装作东西忘了拿，买了一张，跟着她再次上了索道。她还是一样，坐下后把鞋子放在身边，开动以后，她若有所思般地，开始流露出悲伤的表情，继而默默流泪。我仔细看了那双鞋，是一双男式皮鞋，就样式而言，穿它的人应该也是上了岁数的老年人。

而显然它的主人正因为某种原因而无法来搭乘索道，会不会是先前小刘遇到的那个老鬼呢？如果是，这说明这双鞋的主人已经去世了，或是灵肉分离了。看她哭得伤心，我也跟着有点难过，也许是自己的性格原因，我总是希望能够帮她一把，但是却找不到合适的话语，于是只得就这么继续默默地，等到索道重新回到小什字。下了索道后，我跟随着她走出站。途中我给调度的老师傅使了个眼色，意思是我得跟去看看，回头再联系。大妈走到马路边，打了一个车，我的车正好是停在路边的小道上，于是我便跟着开去，至于我要证明个什么，我当时还不知道，但是我有种感觉，总是觉得这当中似乎有一个奇妙的事件，或许和小刘的事情有关。

对于重庆的的哥的姐们，我向来是既爱又恨，他们娴熟风骚的走位，常常令我这个遵守交通规则的好司机措手不及，每次刚想破口大骂他们为什么要突然变道斜插的时候，总是会想到人家也是在靠着这个吃饭，气也就气不起来了。跟随着这台出租车，一路狂奔，沿着滨江路上了嘉华华村立交，接着直接在高九路上飞驰，最终在联芳村附近停下，我才知道，原来这个大妈的目的地，竟然是殡仪馆。

我在路边停好车，没办法继续跟着大妈了，我没有骨灰存放证明，所以我也就进不了那个千秋堂。只能在外面等着她，大约半小时后，我看到大妈擦着眼泪走了出来。路上和等待的这么长时间里，我一直在寻思该怎么上去和大妈搭话，看到她出来了，我总算是走了上去，对大妈说："阿姨你好，您还记得我吗？我和您一起坐的索道，如果您方便的话，我希望可以跟您聊聊。"

她一定以为我是个推销墓地的，因为据说很多到殡仪馆吊唁亲人的人都会被一些推销墓地的人死缠烂打。她起初看了我一眼，并没有理睬我就走了。我心想既然如此，我只有跟你实话实说了，我跟上去，对大妈说："阿姨我知道，您丈夫去世了，索道有你们的回忆，而且您丈夫喜欢穿花衣服！"显然，最后一句是我猜的，因为小刘曾经描述过，他在索道上看到的那位老人，穿着花衣服，拿着扇子。

听我这么一说，那个阿姨转过头来，有些诧异地望着我，过了一会儿才问我，你是怎么知道的？我拉着阿姨在附近的石凳上坐着，我告诉她，也许

我说的这些你将很难相信，但我还是希望告诉你事情的真相。于是我告诉她这段时间我一直在留意这索道上发生的一切，是因为我的一个委托人在索道上遇到了奇怪的无法解释的事情。我甚至坦言告诉她，我说您丈夫爱穿花衣服，是我根据委托人的话而猜测的，我的委托人还告诉我，花衣服，米白色西裤，手里还拿着扇子。听我说到这里，阿姨再一次哭了起来，这次哭得特别伤心，她从手提袋里拿出那双皮鞋，说道："还有他最爱穿的这双皮鞋。"

听她这么一说，我庆幸自己的运气很好，看样子这次是碰对人了。看她哭得这么难过，我一时不知道怎么办才好，只能等着她哭完。过了一会儿，她擦了擦眼泪，对我说，我想你朋友看到的就是我家老头子，你问吧，想问什么？于是我对阿姨说，我觉得您丈夫可能还没有离去，这样的滞留对他的灵魂是没有好处的，我需要寻找到他滞留下来的原因，并且带着他上路。阿姨说，她丈夫是半个月前才去世的，就在白马凼的这个殡仪馆举行了告别仪式，并且火化。由于走得算是比较突然，所以一直还没来得及买墓地，于是就只能暂时先在骨灰堂存着。而且她说她暂时还走不出这种失去伴侣的阴影，这段时间，她都沉浸在痛苦里。我问阿姨，大叔是怎么去世的，她说是因为肾上腺癌。

癌症，又是癌症！当我身边有朋友或是熟人的家里有人去世，十有八九，都是癌症。我不知道这种情况是只发生在我的身上，还是人人都有这样的感觉。当罹患了癌症，除了每天绝望地混吃等死，也有很多人选择了积极乐观地去面对去拼搏。尽管结局也许都是一样，但是过程至少还是洒脱而精彩的。除了觉得自己倒霉，得了不该得的病，几乎人人都忘记了去追究一个原因，就是为什么我们会得癌症。我曾经看过一篇医学论文，上面说，每个人的身体里都有潜在的癌症细胞，至于会不会被诱发出来，除了自身的生活习惯和环境外，真的只能靠运气。有的人一辈子不抽烟，却死于肺癌，除了身边人的二手烟，恐怕我们的环境和空气质量也难逃罪责。当人们疯狂地去追求改革带来的利益硕果时，我们已经开始渐渐丢弃了我们的健康。而这种方式尽管带来了表面上的繁荣，却给无数人带去了等待死亡的痛苦。我身边有太多的人因为环境空气水源甚至食品药品而患癌死去，我并不希望他们先去帮我占好了位置，是在等我来打麻将。当这个阿姨告诉我自己的丈夫是因为癌症去世的时候，我甚至觉得这个答案我似乎早就预料到了，这难道还不值得悲哀吗？

阿姨接着告诉我，大叔的癌症已经查出来一年多了，这期间他们也在治疗手段上尽过力，但是却被某医院的泌尿外科医生告知，这病已经无法治了，建议回家保守治疗，于是临行前还给他们开了一种名为“易瑞沙”的英国进口抗癌药物，并声称这个药只需要付费吃上半年，半年后要是要接着吃，那就全部免费了。换句话说，开始吃这个药的人，估计很难活过半年。而且当时阿姨他们对医院也是过度信任，在吃了几个月以后才被懂医的朋友告知，这个药是针对肺癌的，对肾上腺癌一点作用都没有。阿姨告诉我，这个药500块一粒，一个月的药费能够达到15000元。后来得知无效，也就放弃了，开始在中医的地方廉价抓了些保护脏器的中药，这才拖了这么长时间，否则，大叔早就死了。

我问阿姨，那你最近天天都提着大叔的鞋子去坐索道是为了什么呢？阿姨听我这么问，于是告诉我，她比大叔小十多岁，他们俩的相识就是在小什字到江北城的那条索道上。早些年的时候，阿姨还是一个小小的公司职员，每天都要从江北城坐索道到朝天门附近去上班，但是自己的身体不算很好，有一天起晚了，来不及吃早饭就上了索道，于是在高空摇晃当中，她身体开始感到不适，由于低血糖的关系，就晕倒在了上面。当时很多人都在同一趟索道上，却只有大叔伸出了援手，扶她起来，喂她喝水，等到她醒来，又给她买来早饭，还把她送到医院去了。后来她很感激这个大叔，也知道这个大叔天天都在同样的时间跟她坐同一趟索道，于是渐渐的，两人成了朋友，接着发展成为恋人，然后结婚，却没有生子。我问阿姨怎么你们没有孩子呢？阿姨摇头不答，我心想或许这是一个她不愿提到的事情，而且和我目前经手的事件无关，也就不再追问。阿姨告诉我，老头子生性乐观豁达，也算得上是知足常乐。虽然两人没有孩子，但是他们生活得还是非常快乐，年轻时候赚的钱本来打算老了以后两口子一起环游世界，却没想到大部分都成了医药费。阿姨还告诉我说，老头子虽然岁数比她大了十多岁，但是整天嘻嘻哈哈的，喜欢逗趣，爱闹，像个小孩子，有一年两人去三亚夕阳红的时候，看人家岛服花花绿绿的好看，硬是在当地买了很多，回重庆以后换来换去地穿。

这我才明白了为什么小刘看到的那个老头，穿着和他岁数非常不符的花衣服。在大叔弥留的时候，阿姨也许是意识到丈夫快要不行了，于是就问他，还有什么心愿，当时的大叔已经在病床上非常虚弱了，虚弱到连说话都费劲，但他还是挣扎着说出两个字：索道。

阿姨明白了，他一生到头来最放不下最珍爱的人还是她，她明白老头子想要病好起来，再带她去坐一坐他们最初相识的索道，那个见证了他们爱情之路的索道。可是他没能等到那一天，在说完索道后的第二天，大叔就去世了。尽管有亲人和朋友在场，但是当阿姨扶着大叔的灵柩的时候，还是能够想象得出那种孤单。事后阿姨便经常提着大叔的鞋子，安静地坐一趟索道，算是了却一个大叔想要实现、却无法实现的心愿。

于是在跟阿姨聊天的过程中，我觉得我基本上搞清楚了事情。大叔出现在索道上，其实不是在针对小刘，可以说跟小刘几乎完全没有关系，大叔只是天性调皮，乘着索道已经下班，自己一个人过瘾去了，小刘只不过是运气比较不好，恰好上了那一趟罢了。

我问阿姨，如果说这是大叔的心愿的话，我没有办法确认他是否因为心愿已经了结而选择了自己超脱离去，我告诉她如果您不介意的话，我可以去证实一下，如果他走了也就算了，如果他还在，我希望你能够让他选择安静地离开。阿姨显然是明白了我的意思，所谓人各有命，我们每个人的生活轨迹都是不同的，这也注定了我们除了死亡的结局是一样的以外，生活都是千差万别的。这个阿姨应该明白，若是单凭自己对丈夫的思念，而成为丈夫因为牵挂而不愿离开的理由，不但不对，而且残忍。于是她沉默了许久，对我说，还是送他离开吧，流连在这里，也早晚会迷失的。你需要我怎么帮助你？我只求你送他走的时候，告诉他先去等我，我早晚都会去陪着他的！

我对阿姨说，如果这双鞋是大叔生前最爱穿的鞋的话，我可能要借用它，然后事后，我会把鞋子烧掉。阿姨考虑了一下，最终答应了。我们约好第二天早晨请出大叔的骨灰，就在殡仪馆专门烧香祭拜的十二生肖的小坝子里，给大叔送行。

第二天我们如约而至，在让他们老夫妻说完心里话以后，我给大叔带了路。光天化日，众目睽睽，由于是在殡仪馆，再怎么奇怪的做法，都不如那些穿着蓝色鼓乐队服装，刻意装出一副悲伤神情，吹一首20块钱的人来得奇怪。完事后，我给小刘打电话，告诉了他事情的真相，他听完以后很激动，说要拜这个阿姨做干妈，今后也能多个人关心她。我很欣慰，这孩子虽然酒量和胆量都不怎么的，但起码是个很好的人。

从白马凼离开的时候已经接近中午，我问阿姨家住在哪里我送她回去，上车后她沉默半晌，对我说："还是送我到小什字吧。"

2011年，嘉陵江索道，再见！

09 抽屉

常常会有人问我，作为一个能够通晓阴阳的人，完全有足够的能力来协助警方侦破案件，但是为什么还有这么多的悬案呢？我想说的是，在绝大多数情况下，我们基本上和警方是活在不同世界里的人。我认为对的，他们未必认同，反之亦然。虽然我也有很多在警力部门或是机关部门的朋友，生活上，我和他们一样；工作上，我们却是死对头。不过在2007年的时候，我接到一个业务，与其说是业务，倒不如说是个任务，是个我不得不完成的任务，于社会，于良知，于个人，我都一定是要插手的。

2007年，那一年没有地震，也没有闹什么没有天理的天灾。那一年，大家都在着手准备以自己的方式迎接奥运。在2007年接近年末的时候，我的一个朋友在没有打电话的情况下，直接来了我家，在沙发上坐下后，还没有开口说话，就直接从身上摸出一副手铐，哐当一声放在我那钢化玻璃的茶几上。我被他那突如其来无礼的行径给吓到了，于是我问他这是什么意思。他依旧拉长一张脸，然后告诉我，这次你必须要帮我的忙，否则，这副手铐就是你今晚的好朋友。

我得说明一下，此人姓冯，江北区人士，我一直喊他老冯。大学毕业后进入警队，几年下来，竟然混了个一杠三花，起初是看守所民警，后来因职务调离，去了某区刑警队，成为一名英姿飒爽的缉毒干警。由于此人长了一副痞相，又是个大胆狂徒，凭着一副不怕死的冲劲，屡屡立功。后来又从缉毒干警的职务上调离，进入要案调查科，不用长期在外面冒着危险冲锋陷阵，开始转为做一些后台的证据采集和侦破工作，平时不用穿耀眼的警服，也就少了很多被报复的危险。以他的岁数和警龄而言，他破获的案子已经算得上是傲视同批群警。他跟我的认识是在一场 KTV 的疯闹上，恰好我俩有一个共同的朋友，此朋友生日的时候同时邀请了我和他，唱歌的时候我那个朋友喝醉了，左手挽着我右手挽着他，迷迷糊糊就把我的真实职业给他说了出来，我依旧还记得当初他听到这一切的时候，那鄙夷的眼神，而我也在一开始没把他当作真正的朋友，后来又出来聚会过几次，才渐渐熟起来，邀他来我家吃过几次饭，在他跟他老婆吵架的时候也好心收留过他，所以严格来说，我和他的交情虽然不算很深，但也到了知心不换命的地步。

当他把手铐摆在我的桌上，并且以言语威胁的时候，我本来很想跟他开个玩笑，或是酸溜溜地挖苦几句，但是看到他脸色铁青，额头还有汗珠，说明这一路来得非常紧急，而且就老冯个人来说，向来跟我只聊生活，不谈公事，因为彼此对彼此的做法实在是无法苟同，所以当看到他的表情的时候，我突然意识到，这次他一定是遇到大麻烦了，否则也不会来找我帮忙。

老冯说，今天我值夜班，你到我办公室陪陪我吧，有些事想要跟你说，我不跟你开玩笑，现在就跟我走，也不要问我为什么，到了你自然知道。如果我听到你的回答是在拒绝我的话，我就以传播封建迷信为理由拘留你 48 小时。一来是自己的朋友，二来看他也是真着急了，于是我答应了他，陪着他到警察局过一夜。下楼后，上了他的警车，伴随着蓝光和红光和警笛呜呜的声音，我们到了警察局。

坐下后，他给我倒来一杯水，放在我的面前，头顶有个灯泡忽闪忽闪，还不断在摇晃。沙发一侧的墙角，有一个 U 字形的铁环，不难想象，平时应该有不少毛贼被反铐着蹲在这里。于是我觉得我像是一个正在被连夜审讯的

犯人，他不开口，我也不知道该问些什么。只见他脱掉上衣，把衣服搭在椅子的靠背上，然后坐到我跟前，丢给我一根烟，并拿打火机给我点上，抽一口，吐出一口，用食指和拇指捏捏两只眼睛之间鼻梁上的穴位，才慢慢地跟我说了下这次找我来帮忙的事情。

前阵子，在他们派出所附近的一个巨型的蔬菜糖果交易市场，有一家批发商的老板的孩子走丢了，当时就报案了，不过是基层受理的，后来找了好多天都没找到人，直到大半个月以后，一个从石马河上高速的货车司机停车在路边撒尿的时候，发现路边有一件白色却沾满血迹的羽绒服，一时好奇就翻到护栏外面去用脚拨弄衣服，翻开后发现一个黑色的垃圾口袋，货车司机当下有种非常不好的预感，却出于热心，还是打开来看，发现一大块连着头发的头皮，还有一只上臂的残肢，以及一双鞋子和一条秋裤。当时他吓坏了，赶紧很有意识地保护现场并且打电话报案。警察到了以后，就把这个残肢和当时走失的那个小孩联系在一起，经过多方勘查，确认死亡的就是那个小孩，并定性为一起恶劣的碎尸案。由于基层民警没有很强的侦查能力，于是这个案子就逐级上报，到了老冯的手里。

老冯接着说，安抚亲属的工作，基层的同事已经做过了，案子还是要破的，于是他们受理以后，就积极地展开调查，接着他们在高速路沿途，陆续找到了尸体的其他部分，但是孩子的头颅和一只右手却始终没有找到。于是他们分析，这个凶手一定自己有车，或者是会开车。因为高速公路是不允许行人走上去的，背着大包小包的尸体，走着去扔也不太现实，从尸体的死亡时间分析，从被发现的那天往前推，起码有 10 天了，由于那一带流动人口太大，而且无法甄别究竟是 10 天前扔到这里的还是死后 10 天才扔的，而且这家店老板在配合调查的时候也说了自己家没有和人结仇，周围商铺的批发商也都说这家人人很好，虽然是从外地来的，但是一直与人和善，乐于助人。彼此间的关系还是非常不错的，而且一个不到 7 岁的小孩子，到底是谁有这么大的深仇大恨，手段如此残忍。老冯说，案子到他手里已经都又过了半个月了，却始终没有眉目，这么重大的案子，总得要给家属和社会一个交代才是。

我记得我当时问了老冯，那个黑色袋子是在石马河朝着哪个方向的匝道口发现的，他说就是石马河往沙坪坝方向，还没有上桥的地方，距离那孩子父母的店铺有差不多两三公里。他还说，当时在孩子的衣服口袋里，找到一张报纸，但是报纸的日期被撕掉了，通过他们的内网排查，却发现这张报纸是几年前的报纸，不过在报纸上有些用圆珠笔在字上画的圈，把这些字通过排列组合，得到一句相对通畅的话，“谁都不能负弃我”。

于是他们初步做了两个案情推测：一是绑架勒索不成害怕孩子说出来于是杀人碎尸，二是一个完全没有目标的随机变态杀人案件。可是在跟孩子父母的调查过程中，他们都表示没有接到任何有关赎金的消息，自己家除了做生意的门市以外也没有任何资产，根本谈不上有人会向他们家勒索。但是如果是第二种可能性的话，那么破案的难度也实在太大了。

听老冯这么说，我很惊讶，虽然常年接触一些在正常人看来不正常的事件，但是如此凶狠的杀戮手段，我却是只在香港的电影里看到过。在我过往接触过的无数好的坏的鬼魂里，甚至没有一个鬼魂能够做出这么让人痛心和发指的事情。于是我开始察觉到，我也许卷入了一个大事件里，而且我还必须是隐藏在老冯的影子里，借着遮挡住光亮的他的身影，默默在身后为他出上一把力。

我很乐意帮这个忙，可是我该如何帮起？我不是警察，我就是一个混混，完全谈不上有什么侦查能力，至少我的侦查方式是他们所无法认同的。他们用证据来怀疑，而我却是把怀疑当成证据，然后找其他证据来佐证。听老冯说到这里，我当下就告诉他，我愿意帮你的忙，如果你能够给我一些孩子的遗物，或许我能够想到点办法。

老冯在烟缸里灭掉了烟头，脸色再度变得惨淡，他说就在来我家前半小时的样子，他一个人值夜班，正好没有别人的打扰，于是想要好好地把这个案子的来龙去脉再理个清楚，就打开他桌子底下的抽屉，打算拿出那个用塑胶口袋封好的本案的一些证物，仔细梳理下，在把手伸进去的时候，却……

他说到这里，下意识地停了下来，突然好像是喉咙卡到了什么东西，干呕了一下，我开始意识到关键的东西来了，这个关键或许不是这个案子的关键，但是一定是促使他用这么暴力的方式来找我的关键原因。

他吞了口口水，继续说，声音却开始变得有些颤抖，他说当他把手伸进去的时候，突然有什么东西紧紧抓住了手腕，他当时很吃惊，用力把手往外缩，却被抓得死死的。当时他也没有想到那么多，就用右手抓住左手的肘部用力往外拖，一下子把抽屉拉开了大半，于是他看到自己的手腕上有一只乌青得有些发黑的小手，在抽屉的最里面被遮住的阴影部分，有一个小孩的脸，正瞪大着眼睛死死看着他。

他这才反应过来自己是撞到鬼了，于是也不知道是哪里来的力量，用力挣扎，最后好像突然脱力一样，一下子失去了重心，跌倒在地上。回过神来再去看抽屉的时候，却发现里面什么都没有。

当老冯告诉我这些的时候，差不多是夜里 12 点了，虽然我一辈子搞过无数的鬼，但是在他这么说起来，自己联想起当时的那个画面，还是忍不住毛骨悚然，我不知道是不是我的怪癖，当老冯告诉我那张抽屉里的脸是个乌青到有点发黑的小孩的脸的时候，我竟然第一时间想到了咒怨里那个始终在学野猫叫的孩子，不由得整个背泛起阵阵鸡皮疙瘩。

最可怕的是安静，当老冯说完这些，他竟然停止了说话，或者说他也不知道该再说什么，整个办公室里，除了电脑的屏保发出阵阵泡泡破裂的声音外，就再也没有其他的声响。我稳了稳，然后要他仔细回忆一下那只手和那张脸，他说手是那种有点带着浅蓝色和灰色的样子，就像一个人死了很久后，身体自然出现的那种淤青的感觉，手指的指甲和皮肤相连的地方有些血迹，食指上的指甲壳已经断裂了，手背的皮肤上，有些看上去像是凝固的血迹，黑色的一团一团的，而那个孩子的脸就比较可怕了，因为老冯在描述的时候，大出了好几口气，他说那个孩子的脸颜色跟手看上去差不多，没有头皮，血淋淋的，头皮撕裂的部分遮住了小半边孩子的左眼，于是这样的双眼瞪大了就显得特别可怕，面无表情，脸上除了几处星星点点的血迹外，其他的还算干净，就是那种蓝中泛灰、灰里又发白的肤色，非常吓人。

说到这里，我下意识地把目光望向了他身后的那个放在桌子底下的抽屉，这是个三层的黑色合成木工板做的带滑轮的抽屉，最上面的一层有个小小的钥匙孔，钥匙还挂在上面。就常识来说，这个抽屉每一层能够放点文件资料也就差不多了，就厚度和容积来判断，放进一个人头，根本是不可能的。不过我们也知道，这是鬼事，不能按照常理来加以推断，于是刚刚老冯跟我说的被抓住的那一幕又一次在我脑子里重演起来。老冯看我眼睛一直看着他身后的抽屉，突然警觉地转身，大概他以为又出什么怪事了，他告诉我，当时挣脱以后，因为害怕和惊恐，他差点都去枪械室找枪了。

事实清楚，有条有理，以我多年的经验判断，这毫无疑问就是一件鬼怪闹事。我对老冯说，你有那个孩子的照片吗？你仔细看过是一个人吗？他说有，但是照片放在抽屉里，我说你能不能拿出来让我看看你们的证物，他沉默片刻，朝着抽屉一指，说就在那里面，你自己拿吧。

看得出来他非常害怕，他是一个警察，就他多年的训练和接受的知识来说，鬼怪这种东西是不应该跟他的生活有所交集的，也许他平日里是个虔诚的信徒，但是要他在大是大非上相信鬼神的存在，恐怕还是非常困难的。当他叫我去打开抽屉的时候，我默默在心里对他骂了重庆人耳熟能详的三个字后，还是站起身来，朝着抽屉走去。

我蹲到抽屉前，从腰包里摸出拴了红绳子的生铁小剪刀——这是几年前因为另一个单子受到启发而特别制作的，慢慢把手摸到钥匙上面，打算拧开，顺便在心里一直默默期盼不要有突然袭来的抽屉开合，或是从里面用贞子的方式爬出一个身体不完整全身发青的小孩，拉开抽屉，还好，一切都没有发生，我看到了那几个用塑封口袋装起来的证物，有报纸，有照片，还有一个口袋里，装的是头发。当我正在若有所悟的时候，我看到抽屉的底部，竖着的那块木板上，似乎隐隐约约有一双白色的眼睛在看着我，也许是我当时真的是在恐惧中，至今我也不能确定那是不是我的错觉，当时我立刻用剪刀一下扎在了抽屉的盖板上，然后另一只手迅速伸进抽屉里，把那些东西一把抓了出来，顺势一退，一屁股跌倒在地上。我想当时老冯挣脱摔倒的时候，大概也是这个样子，不过他的姿势一定没有我那么优雅，也并不具备我落地的时候凸显出的迷人的臀线。

起身后，我拿着手里的东西走到老冯的身边，我隔着口袋看那个照片上的孩子，这个孩子不像很多小男孩那样，留着板寸头，而是很时髦地留着中发，遮住了眉毛，看上去特别卡通特别可爱，我实在是很难想象有人会对这样可爱的孩子下毒手。我把照片递给老冯，我让他看仔细，到底他见到的抽屉里的那个孩子脸，是不是照片上的这个孩子。其实我基本上认定了他们是同一个人，不过我需要老冯自己亲口承认。他用手捂住嘴巴和鼻子，痛苦地点点头，我注意到他的额头又开始冒汗。既然是同一个人，在我这里其实是可以继续借助其他方法调查的，但是在他们那边却不行。这对于老冯来说，一定非常矛盾，明明就知道了一部分答案，却因为没有证据而止步不前。当科学的依据失去了佐证的时候，就总会显得那么无助。

我放下照片，又指着桌上那一个装了头发的口袋，我问老冯，这个头发是不是……他用他的右手捏住左手手腕，反复旋扭，他说是，当时基层递交上来的，交给法医化验以后，就送回来了，就是从那个孩子的头皮上剪下来的头发。我看他手一直在旋扭着手腕，就问他手怎么了，他才解开袖口的扣子，手腕上一条紫红色的抓痕清晰可见，甚至能够看清每一根手指的痕迹。

在我所接触到的很多灵异事件里，有些鬼是虚无缥缈的，只有形态，也或许没有，但是有一些却能够利用自己的力量来改变周围的事物，它们会对人的身体产生影响，可以移动身边的东西，甚至搞个大动静，相对于前面的那种，后面这类通常情况下是具有非常强烈的怨念的才会形成，是怨念，而不是执念。怨念又分为很多类型，而最最根本的，还是一种刻骨至深的不甘心，很显然的是，这个孩子的情况已经有足够的理由让我相信他的死亡是绝对的不甘心。不过他为什么要缠上老冯，这却是我没有想到的。

我对老冯说，今晚我很多东西都没带，事情也不算是特别清楚，我们就在这里待一晚上，因为我不觉得你会放我回去，明天上午你带我到孩子父母那里去一趟，我用我的方式了解点情况以后，我们再做打算。

他答应了，于是那个夜晚，算得上是我最漫长的一夜，我想对老冯来说也是一样的，两个寡男人，就这么在派出所的科室里，纠结了一整夜，直到第二天他的其他同事来了，我们才离开。

我们动身去拜访孩子的父母，老冯说，自从孩子出事以后，他的爸爸妈妈就关掉了店铺，退租了，因为遇到谁家里发生这样的事情，都是没办法继续装作什么都没发生一样做生意的。他从临时人口登记中找到了他们的住址，于是我们直接开车前往。

也许当警察就是这点好，因为如果是我的话，或许光是打听他们家住所就要花去大半天的时间，而他们只需要在电脑里敲敲打打，就能够发现。

孩子家住在玉带山一带的出租屋里，当我们敲开他们家的家门的时候，我看到了满屋子都堆满了用箱子装起来的糖果，看样子他们家在没出事以前，是做糖果批发生意的。跟孩子的父亲说明来意后，他让我们进了屋，我并没有看到孩子的母亲，父亲说孩子的妈妈现在每天都关在房间里，想着想着就哭，饭也吃不下几口，人的精神和情绪已经崩溃了。他也迫切地希望警方能够尽快查出事情的真相，否则他们当天带到店里的时候还是个活蹦乱跳的可爱孩子，怎么回到家的时候就成了一张黑白照片了呢？说着说着，他也很难控制情绪，几度哽咽。我问孩子的爸爸，孩子的全名小名出生准确日期老家的地址，这些信息是因为我想或许我会在喊魂的过程中用到，然后又请孩子的父亲回忆了一下，最近有没有遇到过什么奇怪的人，会不会是周围有心理扭曲的邻居觉得孩子太吵什么的而心生歹念，又或者是不是同行的竞争之类的。在一一排除了这些关键以后，我突然察觉原来我真不是当警察的料，没有别的办法，既然顺着路子走不通，我就只能在警察局里干件大家都想不到的事情，因为我决定喊魂问话了。

说真的，我觉得我也是个自私的人，因为我没有办法说服自己，为了一个素不相识的家庭和他的小孩，来折损自己的身体，于是喊魂这件事，我就必须得拜托小娟了。可是不巧的是，在我给小娟打去电话时得知，她正跟她那个还没有分手的男朋友在三峡赏红叶呢，于是没有别的办法，我只能换别的方式来问小孩了，思索再三，考虑到这个孩子还很小，钱仙、笔仙这些也许不会管用，于是就决定，丢桃木乩童。

乩童事实上就是我们通常说的“灵媒”，他们的做法和万州的吉老太是大同小异的，通过到阴间敲门喊魂，让鬼魂上到自己身上，从而来跟活人沟通。号称灵媒的人很多，其中骗子和三脚猫也非常多，虽然有点以偏概全，但就我认识的人当中，吉老太算得上是最牛逼的乩童了。可是万州太远，我们也无法说去就去，于是就退而求其次，用桃木乩童。至于原理，以后再来说明。

在我的众多道具里，有一个用桃木刻的小人偶，手脚脖子都拴上了我炼好的红绳，这表示它的主人是我。我和老冯开着车回到我家，翻箱倒柜地找到了它，之所以翻箱倒柜，是因为我在之前有一次用它的时候，发生了一点意外，有点胆小，有点害怕，于是就说今后不再用这个方法了。找到以后，我又带上了一个大土碗、一些小钉子，还有一些桃木质地的木夹子，然后下楼在附近书店买了本《新华字典》，米粒和红绳是我随身携带的东西，带上这些东西，我们回了警察局。

到了老冯的办公室，我叮嘱他先让其他同事出去下，然后关上门。我和他蹲在能被桌子椅子挡住的地方，开始了丢乩童。

罗盘放在正中央，用于密切监控是否有灵魂出现，土碗放在罗盘的上侧，先把米粒丢到土碗里，然后把乩童拿高，然后摔进土碗中，接着从罗盘的位相上观察乩童的位置和米粒的排列情况，算准了方位以后，除开那个方位留下一个豁口外，其余的地方都用桃木夹子夹在碗沿上，接着我拿了一根钉子，取出那个塑封袋里那个孩子的其中一小撮头发，然后用钉子尖将头发扎在了小木人的头上，再把小木人放回先前丢下的最初位置，我就开始念咒文，咒文的关键句子，我换成了从孩子爸爸口中得知的孩子的信息，我一边念，一边把字典齐整地放在土碗的下面。念完以后，小桃木人偶就自己站立了起来。我见它立起来了，就用绳子拴住小人的一只手，另一头拴住我的食指，然后静静等待。当我感觉到有个无形的力量正在拨动我的手指的时候，我就叫老冯开始对着乩童木人发问了。每问一个问题，乩童总是要想很久，它会控制我的手，让我来翻字典，指出答案所说的那些字。整个过程持续了很长时间，这是个非常辛苦的活，因为我不但要不断地试探究竟那股力量还在不在，并且既不能过分地顺着这个力量，又不能明显地反抗。就这么耗了起码一小时，我的手又酸又痛，老冯才说，问完了。于是我开始念送神咒，看到罗盘上鬼魂已经离开，我才把自己的手松了回来。事后，还是给孩子拼凑了灵魂，送它上路。

乩童了解到的信息，太过于血腥，也属于内部的机密，于是我就不说明了。我能够告诉大家的是，最后孩子的头颅在某区的一棵黄桷树地下埋着。因为黄桷树生长非常迅速，把头埋在那里应该很快就能够被树根吸收掉。而杀害孩子的真凶，真是一个和他们家素不相识的中年女人。那个女人因为自己心理的扭曲，造成离婚后孩子随了前夫，于是她就觉得是孩子不肯要她，继而对和她孩子岁数相仿的孩子和家庭，都产生了深深的排斥和厌恶。她原本是在市场附近打算购置点礼盒在过年的时候送给亲戚朋友，在出来后打算开车回去的时候，看到了那个蹲在她车边玩耍的孩子，心理变态的人可以无任何理由地把一个纯真的孩子骗上车，然后带回自己家，把他充当自己的孩子，但是快7岁的孩子已经稍微没那么好骗了，就大哭大闹说要回家，闹得她心烦了，于是就开始打孩子，打到后来就收不了手，看到孩子昏死过去，她以为孩子死了，于是就开始分尸抛尸。脑袋和手没有抛在高速公路上，而是埋在了树下，这也是为什么老冯看到的抽屉里的鬼，只有脑袋和手。而采集的孩子的头发，是这个案子的关键，因为残缺的身体往往灵魂也会不太完整，尽管遇到带路人以后，会安乐地离开，但是这个孩子的死亡，无论对那个可怜的家庭，还是对老冯这个办案的民警，甚至是对我这么个和这个案子几乎完全没有关联的人，都感到非常惋惜。对这种变态的杀人手段深恶痛绝的同时，我也感叹为什么一段经历的刺激会导致一个人的个性如此极端。

很快，老冯声称自己收到消息，于是组织了一场抓捕。凶手很快在自己家被抓住了。在结案汇报的时候，据说老冯说的是线人提供的线索，为了保护线人，很多对内的机密也是不便公开化的。结案那天，我到警察局门口找他，打算和他一起去看望那家可怜的人，在我和老冯答应了他们那个凶手将会必死无疑的时候，他们跪在孩子的照片前大声哭喊，说孩子你的仇终于得报了。

下楼后，老冯送我回家，打开车门后却愣住了，我站在他的身后，看着他取下帽子，左手扶着车门右手扶着车顶，双肩微微抽动。从这个动作来看，他应该是在哭泣。于是我走上前去，想看看他到底在哭什么，却发现在驾驶员的座位上，摆放着几个五颜六色的水果糖。

春节前，我和老冯因朋友团年聚会再次见了一面，我惊讶地发现，他的肩章已经变为了两杠一花了。

三弦

2010年下半年，我接到一个委托电话，打来电话的是个说普通话的男人，自称是某某公司的总经理。他是通过另外一个算是我的同行的先生介绍找到我的，这个介绍人我认识，在来重庆买房子以前，是个地地道道的缙云山道士，几年前因为一件偶然事件而认识，后来也没怎么联络，只是听说他自从在重庆主城买房以后，就开了家“咨询公司”，专门给人批八字起名字等，偶尔也会接单子驱鬼，但那是少数。对于这些在职且提前过上安逸生活的人，我是嫉妒的，我也想要多留出点时间在各地自在游玩，或是泡上一壶老茶，无所事事地坐在我家阳台上，听听音乐，玩玩电脑，就这么轻轻松松地混日子，可是现实是残酷的，虽然从事灵异职业，收入不算低，但是就花销而言，我还是有些捉襟见肘的。都说君子不爱财，但是君子也要吃饭才是，所以尽管知道这个业务是他介绍来的，但还是勉强接下了。

电话里的那个男人说，找到我是因为他的老婆。他说前段时间他们夫妻俩带着孩子一起到上海去看世博，随后沿途在附近的地方玩了几天，途经乌镇的时候在那住了一晚，结果当晚他老婆说发生了怪事。我问他到底发生什么了，他却说希望我能够去他公司，当面跟他聊一下。经不住他的再三劝说，我也希望去看看他公司到底怎么样，因为这将作为我收费多少的依据。

他的公司位于江北欧式一条街附近，距离我不算远，到了公司后发现规模虽说不大，但也是很有气候了。见到这个先生的时候，我对他 35 岁就能经营这样一家公司而感到敬佩，也开始默默在心里盘算这趟到底是该收多少钱才合适。他让我进他办公室坐下以后，就关上了门，然后把玻璃上的百叶窗都合上，接着在我面前坐下。

他打量了我很久，也许他没有想到，坐在他面前这个比他岁数还小的年轻人，竟然是已经在阴阳道上混了 12 年的人。他说希望我证明给他看我是个懂行的人，我告诉他我无法证明，我也不会跟他证明什么，找到我是缘分，用人不疑，疑人不用。虽然我心里很清楚，当我第一次跟客户见面的时候，他们或多或少都会有这样的怀疑和揣测。这怪不了任何人，我也早就习惯了，在这个社会环境下，谁还能够真正相信一个人呢！也许我们每个人的生活即便是安安稳稳过了一辈子，到头来都没办法分清那些眼神的真伪，干到这行，对这一切算是早有预料，于是自始至终都只做我自己，那个粗鄙而挑衅的自己。

他见我没有要退却的意思，也就无可奈何。既然人都来了，不管怎样，还是先把事情的全部经过了解一下才是。他说他姓唐，前阵子带老婆孩子去了上海，参观世博会，完了以后就沿途在上海周边的杭州、湖州、嘉兴等地玩了几天，最后到乌镇的时候，觉得很是漂亮，于是就打算多待一天。他们住进了一家以前的老宅子改造后的酒店里，当晚就发生了怪事。唐先生说，因为带了孩子，孩子也才 4 岁多，于是夫妻俩就开了个两个床位的标准间，他自己睡一张床，女儿和老婆睡一张床，刚拿到钥匙进屋的时候，发现窗台上有一只死掉的蝙蝠，两口子顿时觉得很恶心，老婆又不愿意去碰，于是唐先生就拿了一张抽纸把蝙蝠的尸体捡起来，丢到了垃圾桶里。他们在外面玩了几天，脏衣服很多，他老婆就先去把衣服给洗了，然后挂上晾干。忙了一天也累了，当晚他老婆把孩子哄睡着以后，也跟着迷迷糊糊地睡着了，可是睡到夜里两三点的时候，他老婆醒过来了，他说他老婆告诉他，是那种莫名其妙就醒过来了，也不是要起夜上厕所什么的，睁开眼以后，却发现在自己睡的那张床的脚那一侧的窗沿边，地上蹲着一个白白瘦瘦的男人，面无表情地看着她。于是她当时就大叫了一声，立刻转头叫醒唐先生，等到再回过头的时候，发现那个男人又不见了。当时唐先生惊醒以后就马上跑过来问发生什么事了，他老婆冷静下来后，告诉了他这件事，他当初还怀疑是老婆产生幻觉了，或者是睡的床不习惯，做了噩梦，也没有太当回事，就安慰老婆什么的。第二天退房后他们打算回上海坐飞机回重庆，却在打车去火车站的时候在路上发生了交通意外，他们车上一家人加个出租车司机，司机重伤，自己受了点轻伤，老婆和孩子运气比较好，坐在后座没有受伤。于是一家人开始有点警觉，无心再在路上耽搁，就马不停蹄地赶回了重庆，途中还遇到了不少危险，但是好在一次次都躲开了。回来以后，老婆坚持要到庙里去收惊，却在每天回到家以后，依旧噩梦连连，家里的长辈说这是中了邪，于是才让他四处打听我们这类人，最终才找来了我。

我对唐先生说，就你说的这些情况来看，你老婆很有可能是鬼压床了，既然她能够喊出声来，然后鬼就不见了，现在人好好的，说明问题不大，你们不用太过担心。话虽然是这么说，唐先生还是非常紧张，他说他自己本来是对鬼神这些事情一点都不相信的，但是自从在乌镇的那个房间睡了一晚以后，怪事就接连着来，加上他老婆那么生动的描述，他现在不信都难了。他对我说，这样吧，很多具体的情况你还是直接跟我老婆说比较好，希望大师能够尽快帮我们把问题给解决了，钱不是问题。

很显然他的最后一句话引起了我的兴趣。

他拿起电话给他老婆打去，问他老婆下课了没有，下了就赶紧到公司来一趟，请的高人来了。在等他老婆来的时间里，我问了问唐先生，才得知他老婆是重庆某个培训机构的美术培训师，姓孟。其间他还反复问过我收费的情况，我一直没有跟他答复，我告诉他，一切都等事情问个清楚了再说，如果问题的难度超过了我能够出力的范围，我也不敢贸然接下这个业务。

过了一会儿他老婆来了，进屋以后，眼前这个看上去跟我岁数差不多的美女的反应竟然跟她老公见到我的时候是一样的，也是有些惊讶，有些怀疑。我没有工夫来跟他们计较这些，自我介绍以后，我请孟小姐把她所知道的一些她老公不了解的情况告诉我。情况大致和唐先生跟我说的差不多，不过我注意到了几个细节，因为孟小姐告诉我，当时她在酒店睁开眼睛看到那个男人的时候，并没有觉得一种非常压抑和突然的恐惧，相反她说那个人只是蹲在那里看着她而已，什么都没做。我问她半夜三更的你是怎么看得这么清楚的，她说他们出门旅游有个习惯，如果是住酒店这样的地方，床头壁灯和走廊的灯是一定不会关的，这也是为了让自己警醒一点。我请她仔细跟我描述了一下那个蹲在床边的男人的模样，她说那男人穿着深蓝色长衫，袖子卷了一点起来，露出白色的内衬，很瘦，是个尖脸，头发是那种很老气的分头，就是脸看上去很白，于是嘴唇就显得特别红，看上去就像是一个进屋的小偷。

我心想，怎么可能是小偷！如果是小偷的话，还会穿个长衫来偷东西吗？既然是穿长衫的话，那也许是早时期的那些人，这类人就比较费劲了，因为时间相对久远，要查清楚它依旧存在的来龙去脉会比较困难。虽然，也有可能跟那只死掉的蝙蝠有关，不过如果是蝙蝠尸体引起的事件的话，又可以分成两个可能性，一是死去的人有时候会附在某些动物或是昆虫的身上，回来见它们想见的人，这种情况非常普遍，如果家里有亲人去世过的朋友基本上都会遇到过，例如，在灵堂会有蛾子停在你身上，这时候老人总是会告诫说不能打，那是逝去的亲人回来看你来了。这种说法非但不是没有根据，反而是经过很多人几百上千年的证明得来的。不过孟小姐一家只是因为旅游到了乌镇，而且是随机挑选的酒店，如果说附在蝙蝠身上回来看的话，非亲非故的，似乎是有些说不过去。此外还存在另一种可能，也许是只蝙蝠妖在迷人，不过那就不是我能管得着的事情了。

也许是孟小姐看我犹豫了很久，就问她老公拿来笔和纸，把那个男人的长相画了一个给我，递给我以后她说，我能够这么清晰地画出来，就说明给我的印象实在太深了，简直无法忘记，所以我非常确定，那绝对不是什么幻觉。我看了看孟小姐画给我的那个人，除了身上的长衫非常不合时宜外，其余的看上去就跟那些普通的贼眉鼠眼的人差不多，若是要说诡异，就是他蹲着的姿势，是那种好像孩子在听长辈讲故事一般，屁股坐在地上，双脚并拢，双手环抱着自己的膝盖。从相貌上看，这个男人起码 40 岁，却能够做出这样的动作，这就显得非常不靠谱了。而且我注意到他们夫妻俩说到的一点：在遇到那个鬼以后的几天，他们身上接连发生了很多怪事，这就说明那个鬼是一直跟着他们的。

想到这里，我取出罗盘在他们身上转悠了一下，却没有发现鬼魂的踪迹。唐先生看我把吃饭的家伙都亮相了，也就真的相信我是干这行的人了。我告诉他们夫妻俩，在他们身上并没有发现有鬼魂的痕迹，如果不介意的话，希望能够去他们家里检查一下，要是他们方便的话，带去乌镇和从乌镇带回来的所有东西，都希望能够让我看一遍。

唐先生和孟小姐都答应了，于是唐先生班也不上了，出门前就跟前台的小妹说了一声记得锁门以后，就带着我下楼，上了他的车，去了他家。他家住在渝北区加州电子学校附近，家里装修得倒是非常雅致，墙上挂着一些长笛、琵琶之类的乐器，看来他们家的人当中还有通晓音律的，至少是对咱们中国的古典乐器非常喜爱的人才会收集这样的东西。我把他们带去乌镇的东西里里外外地用罗盘检查了个遍，也没有发现任何踪迹，却在客厅正对电视墙的那面墙上的一把红木三弦琴上，发现了非常强烈的灵异反应，有了这个反应，就能够排除是妖的可能性，只是很奇怪，为什么这把琴挂在家里，他们却会在千里之外的乌镇撞鬼？于是我转身告诉他们，现在能够确定家里有鬼了，不过我还需要弄明白一些事情，才能知道我到底能不能帮上忙。于是我请唐先生取下那把三弦琴，平放在桌上，仔细查看。

看得仔细，并不表示我热爱音乐，虽然我这一辈子跟乐器也算有种缘分，我妈曾经告诉我，当年在我半岁的时候，她和老爸把一本《马克思哲学》和一把玩具小提琴放在了我的面前，要我当着全家亲戚的面做出一个选择，我没有丝毫迟疑就直接爬向了那个玩具，于是那一晚，不管我怎么鬼哭狼嚎，都始终没能从我妈那个伤心的女人那里骗到一口奶喝。我父亲自学过小提琴和二胡，于是为了尊重我的选择和培养我的艺术细胞，他常常会给我买一些跟音乐有关的玩具，却在之后的数年时间里，一个接一个地被我孜孜不倦地摧毁和拆卸，丰富的拆卸经验告诉我，这个世界上没有什么表象是值得相信的，除非你能够拆散它来观察它的内在，所以从小学开始，我就开始成功地将课本和作业本肢解成一张张纸，然后又把它们变成了飞机、青蛙、千纸鹤以及拉屎要用的手纸，为此我也收获了无数的耳光作为代价。上中学以后，尽管念书不算用功，但还是被一个年轻有为的青年音乐女老师看中了我的天赋，于是常常带着我到学校给她分配的宿舍，教我发声和唱歌。有一天老师有课，我凭着敏锐的嗅觉在她的床下找到一块用报纸包好的老腊肉，于是果断偷走并把它变成了一份回锅腊肉，陪着我度过一个愉快的夜晚，不过代价是我被永远地驱逐出了音乐界。所以当我观摩那把三弦琴的时候特别仔细，而仔细的目的，也不过是为了找回一点点曾经和它们那么近的感觉。

从琴上雕刻的纹路来看，这把琴也算是年份很久的琴了，不过三根弦里的其中一根看上去比另外两根要新了许多，于是我判断这是一把古琴，不过经过了翻新。我问唐先生琴的来历，他说是多年前从一个拍卖会上买下来的，正宗的西湖三弦琴，据说是乾隆时期的东西，自己也不会弹，但是非常喜爱中国的民乐，于是买回来以后就挂在墙上当作装饰，不管是真心喜欢还是附庸风雅，也算是为收藏界做了那么一点点贡献。接着我想到，既然那只鬼的踪迹在这把琴上有所体现，那就说明这把琴和那个鬼有种必然的关联，那个鬼会不会是这把琴以前的主人？如果只是主人的话，也没有理由出现在乌镇的酒店里，还蹲着看着孟小姐，这么说这个鬼跟乌镇的那家酒店也应当是有联系的，不过这也未免太巧了。因为一个偶然的收藏，竟然是收藏了别人的琴，还这么碰巧住到别人生前去过的那个酒店，这种概率实在太小了！不过小是小，不代表没有这个可能性，于是我对唐先生说我要借用他们家的电脑查查东西，让他告诉了我那家酒店的名称，反复查询以后，我开始渐渐有了点头绪，于是我对唐先生和孟小姐说，这个业务我接下了，不过我们可能要再去一趟乌镇。

唐先生和孟小姐对视一下，对我这么一说显得有点惊讶。唐先生问我为什么要重新再去一次，我说我刚刚查过了，你们之前住的那家酒店，在改建为酒店之前，一直是被荒废着的80多年前那个旧宅子，是当地一家非常有名的大茶楼，而那家茶馆之所以有名，除了很多当时的政要常常光顾以外，还因为那里有非常地道的苏州评弹。

苏州评弹我是知道的，多年前我跟父亲去杭州玩的时候曾经听过，当时也是在一家茶馆，我们一进大门就被台上的一男一女两个人吸引住了，两人一左一右坐在高脚凳上，两人之间也有个高脚的木茶几，上边放着两碗茶，男人在右女人在左，男的穿旧俗长衫，拿着三弦琴，边弹边唱，女的穿着旗袍，在一边弹着琵琶，唱的全是方言，但是腔调特别好听，虽然不能和黄梅戏、越剧、昆曲等相提并论，但是它通俗易懂，而且悠扬婉转，算得上是我们国家戏曲类别中值得发扬的一种。而后来因为一些时局的原因，很多非常正宗的唱腔就渐渐失传，或是被改变了，现在留下来的正宗也有，只是不算太多了，而且坐堂表演为主，其质量也可想而知。

我对唐先生说，80 多年前的那个茶馆，老板和老板娘就是一对唱苏州评弹的人，虽然网上没有当时的照片，但是你家里有这把琴，琴上又有鬼，你又碰巧住过那家改建的酒店，所以我觉得这个鬼一定就是琴以往的主人，我甚至还觉得他是以前那家茶馆的老板。所以我们得再去一趟，把这个事情弄清楚以后，我才能送走鬼魂，否则给鬼魂留下个什么遗憾，这可不是好事。

他们想了想，觉得以目前的情况来说，送走这个鬼魂才是当务之急，于是就答应了我的要求，只是孟小姐说她不去了，一来是心里有阴影，二来也要在家带着孩子，于是唐先生就立刻订好了两张第二天飞萧山的机票，我们约好第二天他来接我去机场。

回到家以后，我仔细回想了这件事情的过程，虽然条理算是比较清晰，判断也能算作八九不离十，但是我始终无法把整件事情完整连贯地梳理出来，我还差一些关键的事情没弄明白，如果之前所有的猜测都没有错的话，这个关键的东西必须要到了那个酒店才能显现，于是我就把一些必要的工具收拾好，早早睡下。

第二天一路顺利，除了在过安检的时候那个马尾辫的小妹对我的罗盘产生了强烈的兴趣之外再无其他特别。到了杭州以后，吃过了饭，我们就开始朝着乌镇出发，到了的时候已经接近晚上，去那家他们先前住过的酒店订房的时候，发现那间房已经有人住了，得第二天才会退房，于是我跟唐先生另外找了家客栈住下。

第二天中午我们又去了那家酒店，成功地预订了那间房，我就睡之前孟小姐睡的那张床。我把从唐先生家里带来的那把琴斜靠着放在房间里的靠椅上，拿出罗盘开始检查，很快，罗盘开始疯转，虽然鬼魂的力量不是很强大的那种，却能够很明显地感觉到它非常亢奋，于是我断定，这个房间一定有我们要找的答案！

我之所以这么说，绝对不是单凭看到了灵魂的反应，而是从罗盘上那种旋转的程度，几乎可以看出，当下这个灵魂处于一种非常亢奋的状态，不过暂时还无法判断究竟是因为什么而亢奋，高兴或是愤怒、还没办法得知。说来惭愧，这就是我们这一行常常遇到的瓶颈，我们必须从一些已经发现的线索中不断地推测，推测总是有好有坏，而我们却往往只能自求多福，祈求我们的推测是正确的。

我左手拿着罗盘，眼睛一直盯着它，伸出右手去触碰靠在椅子上的三弦琴。刚摸到的时候还好，但是当我一拨动琴弦，特别是那根断掉后重新换上的新弦，鬼魂的反应就特别强烈，虽然无所进展，但是我基本确定，我们所住的这间房间和那把三弦琴，必然有莫大的联系。

想了很久，没有答案，于是我跟唐先生商量，明天一大早我们到周边的市井里去，跟当地的老人或是民俗文化的工作者打听一下，看看是否能够了解到一些关于这间老宅子的典故，因为网上的消息实在太过于片面，了解得非常少，也仅仅知道这家老宅子过去是做什么用途的，别的完全一无所知。唐先生之前在这间房间里住过，而且就唯独那一晚，自己老婆还撞了鬼，所以他对这间屋子有种戒备和恐惧，为了让他安心，我特别做了一段拴上红绳的钉子，让他放在枕头底下，叮嘱他要是发现什么不对劲的情况，就直接把钉子向鬼扔过去。此外我又取了一段红绳，隔着床把我和他的手指拴了下，这是为了我们俩其中任何一个发现了什么异常，可以在不惊动鬼魂的情况下，动动手指就能够通知到对方提高警惕。

那一晚，我非常难以入眠，也许是因为床铺和墙上的那幅画的关系。墙上那幅画有点让人感到说不出的诡异，画面上，中间是条白色的路，两侧是黑色的房子的形状，天空是那种深蓝色的夜空，却没有星星，最奇怪的是，在路远处的尽头，有一个瘦高瘦高的、模糊的人影。我对绘画完全没有任何研究，于是我也看不懂这幅画到底是想要传达一个什么样的精神，在昏暗的灯光下，白色的墙面突然挂着这么一幅画，在我看来，确实非常压抑。而床虽然不是那种古老的床，但也是根据酒店的环境情况，刻意做成的仿古床，枕头也是古时候那种方形的长条枕头。我不知道是我对这类的床铺有所排斥或是怎么的，那一晚，我始终睡得不好，睡到夜里两三点的时候，手上的红

绳动了，是唐先生在扯我，我一下子惊醒了，但是不敢做什么大动作。于是先睁开眼看了看我的床前，什么也没有，因为我是背朝着唐先生在睡，所以我缓缓地把头转过去，看到在唐先生的床上，有一个精瘦的男人，好像坐凳子一样，悬空坐在他膝盖的位置，跷着二郎腿，落地的那只脚，直接踩在了唐先生的被子上，而且手里还抱着那把三弦琴。

有点道行的鬼，是有能力移动身边的东西的，若非如此，它们也不可能对人产生什么影响了。见到这一幕，我有些惊讶，情不自禁地“哼”了一声，然后转头去看那把我原本放在椅子上的三弦琴，椅子上已经空了，当我再转头去看鬼的时候，只见那把琴掉落在了唐先生的床铺上，而那个鬼魂却就此不见了踪影。

我暗暗大喊失策，吓到了它。唐先生缩在被子里，就露了个额头出来，身体在床上瑟瑟发抖，想来他从发现那个鬼坐在他的床上起，就非常害怕了，说不定来给我打暗号都是鼓足了勇气，我对他说，没事了，已经不见了，他才把头伸了出来。我告诉他，我还想不明白为什么它只会在这个地方出现，明天必须得打听个清楚，否则我们就还得再住上一晚。当晚我们便不敢再睡，我们开着电视，看到了天亮。其间我一直在思索回忆看到的那个男人的模样，就外貌来看，就跟孟小姐先前给我画的那幅画是一样的，但是我看到的那个男人，头发梳得整整齐齐，衣服也是干干净净的，脸色白得可怕，脸颊凹陷，还有比较重的黑眼圈，看上去像是一个很爱干净，却又因吸毒而严重损害身体健康的瘾君子。不过他抱三弦琴的姿势很是地道，看来先前猜测的他是这把琴原先的主人，也许是对的。

第二天一大早，我跟唐先生在外面匆匆忙忙吃了点东西，就开始向遛鸟钓鱼和在小河渠里划船的船夫打听消息，因为年代比较久远，打探起来十分困难。清晨的乌镇是梦幻的，尤其是在靠近水的地方，那独有的撑船人唱的调子，回荡在密密麻麻的江南水乡，悠扬婉转。最后在酒店附近一个拱桥上，我们碰到一个正在织鞋垫的头发花白的老婆婆，看上去 70 多了，她估计对当地的历史也是无法知道得那么久远。不过老人在任何一个地方都能称得上是百科大全和珍宝，于是我还是问了问她，老婆婆说，她还记得当时那个老宅子。我一听就来了精神，于是买下了老婆婆脚前的一个鸡毛毽子，求老婆婆跟我说说她知道的一切。

她说在她小时候，一直跟着自己母亲四处逃难，后来日本人打跑了，才回到了乌镇。她听她的母亲说过这个老宅子，在日本人还没打进来以前，这个老宅子一直都是个茶馆，老板和老板娘就是在里面唱苏州评弹的，日本人攻陷南京以后，很快就波及了周边的地方，于是老板和老板娘就变卖了家产，跟着四处逃难，宅子空了出来。乌镇沦陷后，日本人烧毁了很多地方，运气很好的是那个宅子得以保存，成为一些日军将领的住所。在那几年的岁月里，日本人在乌镇犯下无数滔天罪行，很多中国人都惨死在了日本人的刀枪下，后来日本投降了，据说老板跟老板娘也回来了，不过当时自己家的宅子已经被国军征用了，做了粮仓。

我问那个老婆婆，关于那个老板和老板娘，您还知道些什么。她说当时她岁数还很小，印象不是很深刻，只能依稀记得当时的老板和老板娘在乌镇的一些人流量大的地方卖过唱，但是当时那些人都因为战乱，穷得不得了，根本就没有多少人会打发银两给他们。最后就听说他们当掉了家里的东西，之后就再也没有看到过，大概是又去了别的地方。

于是我想，这下麻烦了，线索断了，无法继续，即便我能够找到当初那家当东西的典当行，而即使我能找到那张当票，恐怕也没有办法查询到60多年前抗战刚刚胜利后不久的当票，而那把三弦琴最终怎么落入拍卖行，而被唐先生拍走，这些事情的来龙去脉，只怕是我力所不能及的。没了主意，我们只好垂头丧气地回了酒店，开始琢磨着是不是该直接借由那把三弦琴，然后喊魂送魂算了，但又一想，这样一来虽然是有办法把魂给送走，但未能解决掉它始终存在的问题，这并不是我做事的风格，虽然赚的是唐先生的钱，我也完全可以送走之后不管不顾，甚至那个鬼魂因强烈的执念而重返的概率非常细微，我也不能这么做。多年前师父教过我，尊重万物，鬼是万物之一，凭什么我要机械地送行，而不去读懂它身后的传奇?

回酒店后，我还是决定再等一晚上，期盼能有什么新的线索。我跟唐先生都是昨夜没有休息好的人，于是就补了下瞌睡。从前几次鬼魂出现的情况来看，这个鬼更喜欢在夜晚出现，于是我打算当晚熬夜，我所说的熬夜并不是像昨晚那样开着电视看到天亮，而是假装睡觉，静静等它的出现。虽然它

是否出现，我完全没有答案。

晚上我出去买了些吃的，等到晚上 12 点过，我们就开始在床上装睡，三弦琴我还是放在最初放它的那个椅子上，一直等到接近 3 点，我手机都要玩得快没电了，突然感到额头一阵凉意，于是我慢慢望向开阔的地方，这次看到的鬼再一次变了位置，它蹲在最初孟小姐说的那个床脚的地方，姿势也是孟小姐说的那种蹲姿，不过它并没有张大眼睛目不转睛地看着我，而是一直耷拉着脑袋，看上去十分沮丧。

我动了动手指，叫醒唐先生，他大概忘记了我们是在等鬼出现，肯定是睡着了，所以当他醒来看到的时候，吓得叫了一声，大概跟我头一晚一样，于是也是由于惊扰到灵魂，我眼看着那个鬼在我的眼前忽闪忽闪几下，就消失不见了。

我从床上坐起来，觉得这个鬼魂好像没有恶意，虽然据孟小姐所说，她看到这个鬼魂以后，当天就出了车祸，却只是受到惊吓，并没有受伤，也就是说看上去是因为撞鬼而发生了意外，甚至也可以换个角度想想，这个鬼搞不好在暗暗使力保护了他们一家人，否则为什么不让他们受伤呢？而且它这几晚的出现都跟这个老宅子和那把三弦琴有关，从白天老婆婆的口中我已经非常确信，这个鬼就是当年宅子还是茶馆时候的老板，他就是这把琴的真正主人。

或许他反复地出现，只是为了要解开自己的心结，而不是为了害人。于是我想到了刚刚他蹲在我床前的那个动作，他一直低着头，垂着脑袋。这是想要表达什么？沮丧？或是因为我没有办法查清真相吗？

我下了床，从枕头下拿出罗盘，开始在之前它出现过的几个地方检查着，之前它坐在唐先生的床上，床上却没有了它的痕迹。而强烈的反应还是出现在三弦琴的周围和今晚它蹲的位置。于是我走到床前，学着它刚刚的姿势蹲了下来，突然想到，它是不是在看什么东西？这个酒店是后来翻新修过的，即便是有什么当年遗留的东西，也恐怕是早就不见了，于是我请唐先生帮我打开屋里所有的灯，我维持原有的姿势不动，开始在地上仔细地寻找。我这才发现，原来这间酒店除了装潢是后来全新的，地板却没有换过，依旧是当年那种刷了红漆的长条木地板！我请唐先生跟我一起把我睡的那张床挪开，在床底下仔细寻找，发现地板上的油漆是重新涂刷过的，因为接缝处，有新漆的痕迹。冒着被罚款的危险，我用钥匙开始刮那些接缝处的漆，就在当时那个鬼低头看的方向，我连续刮开了好几条接缝，终于在其中被床脚压住的一条缝里，找到了一根长长的、有些生锈的琴弦。

这绝对是此行最为重要的一个发现，同时也算是解开了我心中的疑惑，如果我猜测得没错，这个鬼之所以流连了这么多年，却畏惧生人，也不肯跟人搭建沟通，只是凭借着当初的挂念而存在，原本就已经很难弄懂它到底需要的是什么，好在找到了这根琴弦，于是我想，他一定是一个非常热爱苏州评弹的人，而那把三弦琴就是他留下来唯一的挂念，也许是因为当初的逃难，遗留了一根琴弦在地上，时间久了，细细的琴弦不容易被人发现，渐渐地也就嵌进了地板的接缝里。而他生前为了谋生，也一定新配了根琴弦，或许就是现在琴上的那根，后来又不得不为了生活当掉了自己心爱的琴。之后或许是不知道因为什么去世了，这把琴就成了他的遗憾和牵挂。

我无法向它求证，因为这一类的鬼魂意识是非常薄弱的，基本上没有办法与之沟通，即便是喊魂来问。他本来就只是个普通的老百姓，想来也不会是死于非命，寿终正寝的人有了放不下的执念，除了它肯自己说出来，或是瞎猫碰上死耗子地碰巧猜中，也许就永远也解决不了。我很庆幸这么多年来，没有人毁掉这把琴，否则极有可能激怒它，从而造成一些无可估计的恶果。

一个以苏州评弹开茶馆维生的人，因为战争和时局的动荡，丢弃了心中的挚爱，成为一段永远的遗憾，也许当初他当掉三弦琴的头一天卖艺，就成了他手艺的绝唱。而反观我们当下的社会环境，民间的精粹，不是也正像苏州评弹或是川剧变脸等地方艺术，正在逐渐被替代和弱化吗?

于是我决定，在送走它之前，我希望能够了却它的心愿。

我不懂琴，把琴弦换上的工作就只能交给唐先生，奈何他竟然也不会。于是没有办法，我们只得再待上一夜，打算天亮后找家有评弹的茶馆，请评弹师替我们接上琴弦。

次日我们办好一切，白天才开始在乌镇有了三天来唯一的一次游玩，当晚终于有了一顿毫无牵挂的大吃特吃，酒糟河虾、酱鸡、白水鱼、虾饺皇，还有一种类似臭豆腐的豆腐干，江南水乡美食，实在是美不胜收。

夜里我们回到酒店，依旧把接好琴弦的三弦琴放在椅子上，到了深夜，我叫上唐先生，跟我到房间门外等候，我想我们都不愿意再亲眼目睹一次鬼魂的出现和消失。果然，过了不久，隔着房间门，传来一阵悠扬又略带沙哑的琴声。

先生，你的结，解了。

11 叶子

2010年，我认识了一个人，一个来自四川邻水地道的农民，姓罗，那一年43岁，皮肤黝黑，身材矮小，因常年吸食叶子烟而使得牙齿满是烟渍，左边的门牙或许是早年干活出了意外而缺了一小截，不长不短的头发好像从来都没有认真梳理过，其间还夹杂着不少白发。按理说，虽然我生活得并不高贵，可我一个27岁的年轻人，原本和老罗这样的人是不应该有任何交集的，而认识他，可以说是巧合，也可以说是命运。

那阵子，我接到一个电话，电话那头是我一个熟人，早年跟我一样不好好念书，中途辍学，后来阴差阳错地进了一个国内知名的建工集团，近10年的蹉跎，竟然让他混到了一个委派管理，负责监督和指导集团所分配给他的建筑工地工程进度等。他文化程度虽然不高，但是为人相当精明，往下压得住，往上吃得开，于是这样的人物在祖国的任何一个角落都能够如鱼得水。据说他手底下的一群博士生和研究生，还常常被他心理变态发作的时候骂得连背都能肿起来。他姓江，尽管算不上是个磊落的正人君子，却也不是个阴险的奸诈小人。我算是个性情中人，虽然常常对他的所作所为嗤之以鼻，却也因为事不关己而不曾过问，顶多也就是在称呼他为江老师的时候，常常在“老师”二字上，稍微多加了一点酸溜溜的味道。江老师一般只有两种情况下会打电话给我，一是逢年过节我们总要在电话里互相调侃一番，二是打麻将差人了，他一定会打给我，不过我很少去，因为他只打一块钱一张牌的重庆“倒倒和”，在某年春节期间我跟他奋战一个通宵也才赢了100多块，于是就此立誓，绝对不再跟他同桌互搓。

很多年来，我一直叫他江老师。

江老师那时候打来电话，说是他承接了一个比较重要的城市环境整改工程，已经提案通过，连材料物质都已经准备就绪，工人们也都到班就位，却在开工前连续一个礼拜都发生了怪事。当我听到“怪事”二字，总是会习惯性地联想到一个长发白衣的女人，在路灯的照耀下街头巷尾地飘摇着，只因为这个情景在2008年的时候萦绕了我整整一年，那是我见过的最为具体的一个鬼魂，所以在他说“怪事”的时候，那个可怕的镜头再次在我脑子里闪现着。请原谅，这只是我悲哀的反射行为，这种反射就跟在盛夏的解放碑，有人突然大喊了一声美腿！而我一定会循着声音找寻很久的反射是一样的。

值得一提的是，我还算严谨，至少对待工作是这样的。所以当江老师告诉我遇到的“怪事”以后，我在没有到达现场实地查看的前提下，就答应了他，一定要帮忙。

他说在一个礼拜以前，他们把很多材料已经运抵了施工现场，在请来相关领导同志讲话和剪彩以后，热热闹闹地放了好多鞭炮，然后打算第二天就开工。工人们都是自己集团在社会上招聘的，绝大部分都是从农村来城里打工的庄稼人，也许没有太多建筑上的专业知识，但是踏实肯干能吃苦，要的薪水也不高，即便是有时候拖欠了他们很久的工资，他们也常常是哑巴吃黄连，有苦肚里吞了。以江老师的为人，他就喜欢这样的工人。那天晚上工人全部到齐了以后，大家激情澎湃地开了誓师大会，决定要在三个月内完成这项工程。当天夜里，在搭建好的板房有工人起夜上厕所，映着微弱的光线，却发现了令人觉得不可思议的现象，那个工人看到了一个巨大、还发出阵阵“嘶嘶”喉音的巨大黑影。江老师说，喉音是最可怕的了，你听听《咒怨》里那个伽椰子的声音就知道了。我当然知道什么是喉音，因为之前接过某个鬼魂伴有喉音的业务，我心里的阴影持续了半年多。江老师告诉我，当下那个工人吓得屁滚尿流，闹得整个工地的人都不能安睡，人人自危。江老师这样的人物是不可能跟工人们一起住在板房区的，于是他得知这件事已经是第二天上午准备开工的时候，他当时很着急，把那个大闹的工人叫来仔细询问，问他到底看到的是什么，那个工人吞吞吐吐地说，好像，好像是一匹马。那个工人显然也觉得自己说的话非常荒唐，所以言语闪烁，词不达意。在江老师一再追问，他才接着说，之所以他认定是灵异的现象而非一匹真正的马，是因为他眼看着那个大黑影在嘶叫了几声后，冲着他跑了过来，而冲到他面前在他还没来得及反应的时候，就变成一股黑烟，消散不见了。

当我听到这里的时候，直觉告诉我，也许是遇到动物灵了，但是在我接触过的动物灵里面，还从来没遇到过这样主动来攻击或是吓唬人类的，因为它们比人更简单。但是如果真是一匹马的动物灵，这就太过奇怪了，重庆是座非常现代化，而且现代化了很多年的城市，农村已经看得越来越远，即便是近郊的农村里，大多也就喂喂猪养养鱼，有些家庭有那么一两头牛都算得上是富裕了。此外，山城的地形起伏繁杂，骑个自行车都算得上是对体力的一种奢侈消耗，谁还会干养马这种既装逼又不靠谱的事呢？除了某些响当当的人物会在重庆圈地并养马拉观光车外，还有谁有这么好的兴致呢？

江老师接着说，当下他和另外几个管理人员一起安慰了这个工人，并拿出几百块钱，要他老老实实去工作，不要再妖言惑众，在工地制造不好的影响，耽误了工期，集团责怪下来，是要扣发薪水的。那个工人也算是个老实人，收了钱，也就理所当然地觉得自己是不是真的睡迷糊了，于是就再也不提一句了。原本江老师和大家都以为事情就这么算是平息下来了，然而在当晚以及之后的接近一个礼拜的时间里，天天夜里都发生些不一样的怪事：

有工人说自己半夜总是听到板房周围有来回跑动的马蹄声，时不时还嘶叫那么一声；也有工人说自己蹲坑的时候，厕所没灯，明明关上了门，门的距离和鼻子还不到一尺，却偏偏总是感觉有什么毛发一类的东西在自己的面门扫着，鼻子里除了自己的大便味道以外，还闻到那种马屎伴着青草的味道；还有工人晚上在外面守材料，夜里尿急，就到江边撒尿，还没尿完，就觉得背心遭受一个重击，自己就直挺挺地飞到江里去了，好不容易才游上岸，还差点淹死，后来跟工友怎么说都说不清楚，就脱下衣服让大家看背上被击打的痕迹，20 多个工人一起目睹了背心中间，有一个巴掌大的大写“U”字形的淤伤，看上去就像一个正在微笑的嘴巴，赫然在他的背上。他说自己是被马给踢出去的，而这匹神秘的马，谁都没有见到。这一切的发生似乎都在指向一个奇怪的“马的灵魂”，因为马本该性情温驯，不会随随便便地攻击人，更不会戏弄人，虽然已经被人类骑在裆下几千年之久，但依旧不会改变的是其服帖的个性和优雅的举止。在发生了这么多事以后，工人们开始闹了，纷纷责怪工程队没有事先问好天地，说是至少该烧香沽酒才是，还有人是典型的故事大王，他说是当初放鞭炮的时候，惊动了江里的龙王三太子，于是变成马来给他们点颜色看看，我想他一定熟读过《西游记》，因为他至少知道三太子是能够变成马的。

江老师说，工人大多来自农村，对于这类玄幻的说法，普遍没有很强的分辨能力，往往都是别人怎么说，他们就怎么相信了，而且会变本加厉地扩散下去，导致事情变得越来越复杂，复杂到连他们自己都分辨不清的地步。连续几个晚上这么一闹，工程队根本就没有办法继续开工，而他的领导把进度催得又挺死的，迫于无奈，他才来找到我。他说，如果真的有什么怪事，你来了我也放心了，至少能够解决掉。如果真的是谣传，你就用你专业的姿态告诉他们，安稳他们的心，这样也就可以了。工程队有钱，亏待不了你的。

基于这句类似承诺的话，我在没有去看现场的情况下，答应了他。我对他说，可以，我来帮你。你告诉我，你们工程部在哪里。他说，工程部就在储奇门一带，但是工地不在那里，你需要去的不是我们工程部而是工地。我在电话的这边大翻了一阵白眼，我说，我的意思是你的工地在哪里?

他说，珊瑚坝。

珊瑚坝，这又是一个充满着山城人民回忆的地方。如果说在先秦时期就已经在重庆设立了江州郡，那么从人类的脚印第一次踏上重庆的土地开始算起，珊瑚坝就一直世世代代守护着这座神秘城市的每一个子民。岁月的变迁或许改变了城市的容貌，山城也从先秦时的江州变成了重庆，珊瑚坝也依旧在那，几度经过建设，又几度荒芜。早在民国二十二年，四川有个叫作大邑的地方出了个枭雄，名字叫作刘湘，作为那个时期各地军阀混战的年代，此人算是极有先见之明，他为了统一四川，多少干了些搜刮民众的事情。于是靠着这些不管来路正不正的钱，在国外购买了不少飞机，用来增强自己的战斗力，但是却没有机场。于是，有一年刘湘在重庆珊瑚坝钓鱼的时候，发现这个长条形的荒地位于江面之上，两侧环山，和其他飞机场的四面空旷相比，似乎更有隐蔽性和特殊性，于是大手一挥，迅速吩咐下去，拨款给当时的“中国航空公司”修建了珊瑚坝机场，却在还没有用作一次轰炸别的军阀的任务的时候，就被老蒋给收编了，于是堂而皇之成了国军，珊瑚坝机场也就开始开辟为作为军用的渝蓉航线。后来小日本打来了，川军上下一致高喊出川抗日，珊瑚坝机场就是当时战斗机作战的起飞机场之一。川人自来民风剽悍，在抗日战场上，屡立奇功，不得不说的是，尽管对蒋公从来都是按照课本上说的人人唾之，在抗日这件事上，办得还是相当靠谱的。

后来南京沦陷，老蒋被迫把都城迁至重庆这个山多水多的沟壑之地，一来是认准了小日本除了空军地面军队是肯定打不进来的，二来也是为了向当时在四川坐拥重兵的大小军阀示好，表示哥哥没有忘记你们你看我不是把首都都迁过来了吗？在陪都的历史中，多少也出了不少奇葩，汪精卫就是其中的一朵，虽然我不清楚他是不是真的像有些人说的“曲线救国”，但至少当初他绝对是一个人人喊打的过街老鼠。而他从重庆逃往南京建立“伪国民政府”，也正是从珊瑚坝机场逃离。换句话说，如果当初刘湘没有修建珊瑚坝机场，也许汪精卫就没有办法这么顺利地逃走，如果他路上挂了，那么多年后的李安老师，也就不会拥有那部让我目瞪口呆的电影题材了。而在 1942 年的抗战后期，美军飞虎队也是驾驶飞机在珊瑚坝机场登陆。可以说，如果没有刘湘，在重庆的地标上，中美合作所、美军俱乐部、史迪威将军故居等，也就不复存在。

解放以后，珊瑚坝机场渐渐被荒废，慢慢成了一个人人都能上去的浅滩，一个市民们放风筝、钓鱼，戏水的去处。举世闻名的三峡工程落成以后，珊瑚坝甚至在大坝蓄水以后，每年有长达半年的时间，安静地躺在江面之下。

那一天，当我到了珊瑚坝的时候，江老师早就等在那里了，看我到了，对我说你来了就好了，请你早点动手查查吧，我这里等着开工呢。我环视了

一下四周，工人们都远远地站成一排，好似看热闹一样地围观着我。还好我天生没有作秀的爱好，否则被这么多人围观，我一定要说一句哈啰，树上和田坎上的朋友们你们好吗？

我先是在坝上走了一圈，罗盘告诉我的确有鬼魂的痕迹，而且真的是个动物灵。接着在江老师的监工办公室里，我们约见了那几个自称见到“马鬼”的工人，在我问完情况以后，我所掌握的信息其实和江老师之前告诉我的差不多，没有别的进展，只是在最后一个工人进来以后，他说到一个情况，引起了我的注意。他说前几天他上岸去陪几个同乡吃饭，在跟他们讲述这个事情的时候，大家都觉得很是惊奇。后来没两天，他其中一个同乡就给他打来电话，说是他把工地上发生的故事，又转述给了他们一起合租房子的另外一个人知道，当时那个人就说他知道是怎么回事，还说珊瑚坝上工人见到的“马”，也许就是他曾经养的那只，但是他说的只是也许，再想问仔细一点，他却怎么都不肯说了。

据说早几年前，有一群四川人来到重庆，在珊瑚坝养了些马，后来大部分马都被洋人街和其他一些地方给买了去，大家看这也是个生财的路子，珊瑚坝本来在三峡工程后就成了湿地，水草肥美，养马非常合适，于是又有人带了些小马驹在那里放养。这件事我是听说过的，因为我常常被某人逼迫着在晚饭时间看《天天630》，这算是重庆电视台生存力很强的节目之一，之所以说它强，是因为这个节目实在太过贴近生活，我指的是，特别贴近的那种。例如，谁家的屋檐底下发现一个马蜂窝消防官兵多么英勇奋力拿下，又或者是谁家的猫儿爬到树上下不来了村支书声泪俱下把猫儿感动后自己下来了，又或者是哪个爱心泛滥的老太太几年时间收养了几百只流浪猫狗然后把自己的养老金全部挥霍，再或者是哪家小两口又吵架了砸东西了跳楼了然后居委会主任劝说后顿时发现自己很傻等等，当然其中也包括了有人在珊瑚坝养马引起了市民不满等消息，而且那件事似乎是政府强势要求不准养马且开始整改珊瑚坝的环境。我突然想到江老师这次的工程可能就是因此而展开的。如果我是一匹马，你们不让我在这里吃草，还要在这里大修土木，我也不开心，我也要来踢你，不过怪就怪在，他们说的是马的鬼魂。

我当时就问了那个工人，能不能带我去见见你的那个同乡？他说好，于是当天下午，我们就离开珊瑚坝，江老师跟着我们一起，去到了珊瑚坝附近一个叫作石板坡的地方。

石板坡也是一个令我心痛的地方，因为连年的拆迁，真正原汁原味的老重庆已经渐渐快要消失得干干净净了，原本石板坡的那条老旧石板路算不上是非常古老的东西，甚至连那里的老房子和阁楼，也都是解放后的产物，不过既然重庆第一座长江大桥是以石板坡命名的，表示它在老一辈重庆人的记忆里，还是占据着相当重要的位置的，不过我们正在失去它，而且这种失去将是永恒的，今后的回忆，永远都只能在那些发黄或是黑白的旧照片里寻找了。

石板坡房子老旧，还有很多都是危房，这样的地方一些城里人是不愿意多待的，却成了很多进城打工的农民工租房子的地方，房租很便宜，还大多是江景房，十几个人挤在一个狭窄的房子里，就算是有点什么动静其他人至少还能知道。那个工人的同乡就是租住在这样环境下的万千农民工中的一个，见到他以后，他笑嘻嘻地递给我一支 3 块钱一包的宏声烟，这烟我在十多年前抽过。不过我接过点上，不是为了不让他觉得我在嫌弃，而是要他明白我实实在在地尊重他。

我问他关于养马的事，他告诉我，和他同一个房子的另一个人，就曾经在珊瑚坝养过马，后来也不知道为什么不养了，大概是政府的干预。不过现在他上工去了，如果要见他，可能要稍微晚一点。既然来了，就肯定要把那个人等到，于是我们等到差不多晚上 6 点，那个人才回来。他就是老罗，那个我说的地地道道的四川邻水农民。而他的出现，是我了解事情全部情况的关键。

老罗看上去有点傻乎乎的，反应也不算快，在事先做了很多情感上的建设以后，他才肯告诉我们当初在珊瑚坝养马的故事。在去年，老罗跟着好几个同乡一起带着一些马来了重庆，打算把马先养着，找到买家就卖掉然后回家，当时跟着他一起来的，还有一匹小马驹。他说那只小马驹是自家马下的崽，他的女儿很喜欢这只小马驹，还给它取了个好听的名字，叫叶子，因为它的脖子上有一块白色的像柳叶一样的印记。因为老罗把叶子的妈妈也带来了重庆，临行前叶子怎么都不肯和妈妈分离，一直不断嘶叫，还把马棚撞得快散了架，于是老罗说，你这么想被卖，那么就把你带着一起，跟你妈妈一起卖掉。就这么他们来了重庆。起初其实一切都还好，到了后来，很多市民都说马在珊瑚坝上不但污染空气和环境，有时候还会吓到带小孩上去玩的市民，于是当地的街道多次派工作人员来说服他们，要他们把马牵走，可是他们始终用马很快就会找到卖家为理由，一次次拖延时间，后来矛盾就爆发了，有些市民或是街道工作人员开始在珊瑚坝上撒老鼠药，还有人用弹弓或是气枪打瞎了一些马的眼睛，那些养马人渐渐察觉到自己的马的损失是人为的，却又因为本身理亏，也就没有争辩个什么，珊瑚坝的养马人渐渐少了起来，很多都带着马另外找地方去了。老罗算是损失比较惨重的，他总共带来三匹马，只卖掉了一匹，叶子的妈妈吃了老鼠药，被毒死了，死掉的马肉都卖不出去，只能丢到江里去。到最后就剩下叶子这匹小马驹。妈妈死了，小马驹又没人买，于是他的这一趟行程，原本是想赚点钱回家，却闹了个狼狈收场。那天晚上，他带着叶子在珊瑚坝上呆坐着，他觉得心里很苦闷，就一直坐到很晚，却怎么也没想到，那天因为三峡蓄水而带来了一年一度的大洪峰。水上涨得很快，等到他发现的时候，发现已经没有退路了。

很快他和叶子都被汹涌的江水卷进了河里，因为求生的本能，人和马都一直在挣扎着往上游。老罗说，当时江水很急，他游一段就会被冲出很长一截，根本奈何不了，加上是夜晚，来江边的人本来就少，呼救只会浪费更多的体力。渐渐地，他开始觉得自己已经快要脱力，心想着完了老子一条老命今天就要办在这里了，他喝了几口江水，眼睛直冒金星，缓缓下沉，快要意识模糊的时候，突然一股力量一直把他往岸边推去，他渐渐回过神来，发现一直驮着他的，就是跟他一起掉水的叶子。到了离岸边不远的地方，老罗也暗暗恢复了一些体力，于是自己游了回去，上岸后，回头找自己的小马驹，却发现叶子已经精疲力竭，被水冲得越来越远，在听到它一声绝望的嘶叫声后，就此消失在了江面上。

我很惊奇，虽然我知道在这个时代，动物们或许比很多人更有人性，忠犬救主的报道我也常常在新闻里看到，但是马，我却真是没想到。小时候我看过一部电影，讲的是一匹马怎么在火灾中营救它的主人和主人的孩子，自己的孩子却被活活烧死了，却没有想到，在一场突如其来的洪水中，这样的故事就发生在离我这么近的地方。一匹小马驹，在滔滔大水中，舍弃了自己的生命，救了一个原本打算卖掉它和它的母亲，它们称之为主人的人。

老罗说完这些以后，开始低着头，眼皮稍微有些合拢，默默抽烟。几分钟的时间里，整个房间安安静静，没有人说话，除了石板坡的长街上，偶尔传来的叮叮当当卖麻糖的人的叫喊，和江风刮过，吹得房门一开一合的吱吱声。

片刻后，我开口了。也许我是不知道到底该问什么，我无法用我自己对生命的情感来凌驾到每个人的头上，我也没有这个资格，嘴上说怎么怎么爱护动物珍惜生命，吃牛肉干的时候我却从来没有想到过这些。很惭愧，非常惭愧，却怎么也改不了。

我问老罗，你想叶子吗?

也许是我这句话的语气问题，这个看上去很是木讷的中年人，竟然好像崩溃了一样，手指间的烟掉落到了地上，他扁着嘴巴，然后双手掩面大哭。或许是因为受他的感染，江老师和我，也都默默掉泪，这期间我们没有说一句话，三个大男人，为了一匹叫叶子的小马驹，伤心落泪。

老罗哭完后告诉我，他这辈子虽然不富足，但也算是顶天立地的人，一辈子没有负过任何人，到头来却负了一匹小马驹。我不知道我是不是该开导他，感情不要投入得太过深刻，这样会把你自己比作一匹马的。他告诉我，他上岸以后，湿着身体沿着河岸一直一边喊一边找，期盼在江边的某块石头后发现叶子的身影，整整找了一个晚上，一无所获。

但凡在重庆长江里溺水的人，大多会被冲到一个叫作唐家沱的地方，那是位于渝北区的一个回水湾，所以那里常常都会打捞起一些尸体；那里也经常会发个认尸说明等之类的东西，但是我知道绝对没有人会为了一匹马而做这样的事情。

当下我说服老罗，跟着我们去一趟珊瑚坝，我告诉他，去见见你的老伙计。其实我心里已经盘算好了，因为单凭我目前掌握的情况，还无法确认珊瑚坝上的那个“马鬼”，就是老罗家的叶子。所以我一定要带上老罗，如果是叶子，那么我会发现；如果不是叶子，我也会用我的办法，让那个“马鬼”安乐离开。

临走之前，老罗让我们等等，他打开抽屉，拿出一个用花布包好的东西，

然后跟着我们出了门。

到了珊瑚坝已经是深夜，除了守夜的工人，大多数人已经睡了。老罗带着我们，走到当初他落水的地方，我开始起灵，从罗盘上来看，这个小小的亡魂，就是老罗的叶子，因为它看到老罗来了，非常高兴，我虽然没有看到它，但是我能感觉到它在身旁开心地嘶叫快乐地奔跑，我们常常会用脱缰的马儿来形容一种欢快，可是叶子，你已经脱缰了，为什么你不快乐？你不离去呢？我不懂动物的语言，所以我永远无法得知，于是我只能妄自菲薄地猜测，它是在它生前快乐奔跑的最后一块土地上，安静地等着它的主人，只是它没有想过，它本能地救起了主人，却让自己的亡魂等待了整整一年。至于它为什么要去欺负那些工人，我就更不知道了，我也没什么兴趣知道，虽然有人受到惊吓，也有人受伤，但是至少没有人因此而丧命，我就当成是一个恶作剧吧，至于真正的原因，就一直藏在叶子的心里好了。

我告诉老罗我要开始带灵了，送动物跟送人有一点不同，毕竟是动物，所以不能说是送，只能说是带。这时候老罗说等等，于是我停下我正在做的事。老罗从怀里拿出那个从抽屉里拿出的花布包，打开来看，是一个小小的马镫。他说，在他们老家，只有长大了的马才能上马镫，马镫就是马的身份，说明它已经驯服，能好好地给我们服务。他说这副马镫是他在叶子死后亲手做的，做完却不知道该用来做什么，于是每次看到它的时候，都会独自伤心。他打算把马镫埋在他们当初落水的地方，也算作对叶子的英勇行为的一种告慰跟怀念。

将马镫深埋后，夯实了地面，也许明年的此刻它也会随着珊瑚坝一起沉入水里，但是它的存在却将成为一种永恒。带走叶子以后，已经是凌晨，我先送了老罗回家，然后江老师带着我去吃了夜宵，席间我俩都喝醉了，而且是醉得一塌糊涂，我还记得我们都哭了，不知道是因为酒醉而哭，还是因为那匹叫叶子的小马驹。

一个月以后，江老师打电话给我，高高兴兴地说通过了。通过了，我问他通过什么了，他一直在兴奋，话都说不清楚，然后挂了电话，让我觉得莫名其妙，寻思这厮八成是又喝醉了。也没在意。

在 2011 年年初春节的时候，江老师再次给我打电话，问我，你看到了吗？我莫名其妙，我说看到什么了？他说，珊瑚坝啊，你觉得漂亮吗？我说我抽时间再来看好了，他笑嘻嘻地说，不用了，你就上网看吧。完了挂了电话。

我有点云里雾里的，在好奇心的驱使下，我打开电脑，想要找珊瑚坝的照片，找了很多却发现和之前并没有太大改变，除了上面多了些人行步道。后来偶然打开地图，却换到了卫星实景图，看到珊瑚坝的时候，我会心地笑了。

十四年猎诡人

12

打砜

我记得在我小的时候，我家楼下就是一个大大的坝子，坝子的正中央有一个用石板砌成的台子，里面种了一棵很大的梧桐树。我曾经问过我爹妈，他们告诉我，从他们俩进厂子起，这棵树就已经长得非常高大了。由此看来，这棵树的年岁算得上是比较古老了。那段岁月中，我和同一个院子里的孩子们总是会在放学或放假后，顶着烈日在院子里玩耍。那时候的游戏总是特别简单，扇小人牌，滚铁环，骑马打架。除此之外我们还有个比较重口味的游戏，那就是玩各种各样的昆虫。

说起玩昆虫，我绝对算得上是高手，小时候环境好，很多虫子都有，竹节虫、螳螂、蛐蛐、鼻涕虫、算命蜘蛛、蝴蝶、金龟子，能玩的几乎都被我们玩遍了。特别是夏天的时候，那几乎成了贯穿我整个暑假的最大乐趣。如果时光倒退 20 多年，让我重回童年的话，我一定不会再这么玩，至少绝对不会再玩一种叫青扻的动物。

青扻，其实就是蚱蜢，在重庆，蚱蜢和蝗虫，统称为“扻蜢”，还是每个跟我一般岁数的重庆孩子童年都会玩的一种昆虫。而我之所以说如果早知道我绝对不会玩它，是因为2005年发生的一件事。

那一年，我的一个做皮衣生意的朋友给我打来电话，说是他的一个熟人的外孙出事了，问他是什么事，他告诉我，是中邪了，其反应就是我最为熟知的那种被鬼给迷住了的样子。因为考虑到那家人并不算富裕，而且委托我的又是朋友，我还是决定帮这个忙。于是跟我这朋友约好，我们一起去了他的熟人家里。

他们家住在弹子石，那里曾经是农村，因为城市的开发建设，加上洋人街和朝天门大桥的规划修建，一时间那里涌现了大量的农转非人口。各式各样的小区房开始修建林立，而以往的青砖瓦房和旧胡同楼越来越少，已经快要消失不见了。2005年还好，有大片的已经被征收但是还荒芜的空地，算是为这座城市逐渐复杂的面孔留了点可以追寻往昔的踪迹。到了他家坐下以后，我才得知，眼前这位头发花白但是肤色丰腴的老人，是弹子石一带非常有名的钟表匠。他家里的摆设也非常独到，虽然住的是老房子，房子的格局和调性却相当符合我的胃口，正是我喜欢的那种有着我童年时期回忆的风格。唯一不同的是，他的墙上挂满了各式各样的挂钟，在靠近窗户的位置有一个小小的写字台，上边放着台灯和各式各样修表的工具，这让我想起从前我家附近街角的一个修表师父，他总是会把一个类似放大镜的东西嵌进自己的上下眼皮，使得整个人看上去好像是个怪博士。他们总是可以用镊子等工具准确无误地夹出每一个细小的零件，这一点让我十分钦佩。于是看到眼前这个头发花白的钟表匠的时候，我心里是怀着一种对匠人的敬意的。

他看上去虽然身体还不错，但是脸色就没那么好了。他告诉我们，十几天前他的外孙吃了中午饭以后跟别的小朋友一起在户外玩耍，下午回来后在小板凳上规规矩矩地看少儿节目，他看孙子这么乖，也就自己干自己的事情去了，等到再回到客厅，却发现电视还开着，自己的孙子却倒在地上，他赶紧把孙子拉起来放到床上，发现自己的孙子眉头紧锁，一直冒汗，而且身上非常烫。由于是盛夏，他猜想自己的孙子是因为中午晒了太阳而中暑了，着急归着急，却也不觉得这事有多么复杂，于是就按照一些自己熟知的方法给孩子处理，例如，吃仁丹、藿香正气液，给孩子用毛巾敷额头等。但是孩子还是一直昏迷着，一整个晚上都没有醒过来，而且还发生了呼吸急促和呕吐抽筋的现象。这才把一家人急坏了，赶紧给自己的女儿也就是孩子的妈妈打电话，全家才慌慌忙忙地把孩子送去了医院。

送到医院以后，医生给出的结果却让大家非常吃惊，说是间歇性神经紊乱加低血糖，需要留院观察。在医院治疗了几天以后，孩子情况有所好转，于是出院，但是在回家后不久，孩子就开始时不时晕倒在地，手脚都绷直，翻白眼，然后呕吐，但是吃了药就稍微有所缓解。老人说，起初是两三天发作一次，到后来明显严重了，一天都能闹个好几次。后来他女儿有点气不过，以为是那天中午孩子跟别的小朋友在外面玩的时候，吃了什么不干净的东西之类的，还到别人孩子家里了解询问，才知道几个孩子当天其实只是在户外捉了些扭蜢玩，别的什么也没干，于是无果而归，回到家里以后就把这个结果告诉了老人，老人岁数毕竟大了，虽然谈不上见多识广，但是一些以前农村基本的忌讳还是知道的，于是他们渐渐开始觉得，也许孩子不是生了什么怪病，而是撞邪了。

他这么一说，我就差不多明白他是怎么想的了。在重庆，人们大多分不大清楚“蝗虫”和“蚱蜢”，虽然两个都是害虫，但是外形上还是有很大不同的。蝗虫就是我们常常在科教频道什么之类的看到的那种两个大眼睛、看上去就很恶心的昆虫，破坏庄家，传染疾病，历来在各国都是灾害的象征，而且闹起蝗灾来，满天黑地的，非常可怕。而“蚱蜢”又被称为“扁担尖”，它的肢节上和蝗虫是相似的，但是它个子小了许多，而且通体是青绿色或是灰色，灰色的重庆人又称之为“鬼扭蜢”，通常比较爱打架，也会主动攻击别的虫子。它们的头和蝗虫不一样，蝗虫是方方正正的头，而蚱蜢却是个尖脑袋，有两根短短的触须。这种虫也是一种害虫，它们会啃食庄稼和草地，却因为数量远远少于蝗虫，而不怎么被重视，也常常会成为青蛙或麻雀的腹中食物。

在农村，很多老人见到青扭蜢都觉得青扭蜢是自己家里过世的亲人回来看家人了，特别是自己飞到家里面来的，所以一定不能打死。而当他得知自己孙子是因为跟伙伴们在外面玩弄死了扭蜢，于是就按照自己的想法，认定孩子的怪病是撞邪了。

虽然我也和他想的是一样的，但是这也仅仅是民间的一个说法，我得坦白说我并没有去证实过。不过，我总是觉得前人留下的智慧总归不会是突然兴起来编着玩的，并且恐怕也不会在如今骗术横行的时代还会有人相信。所以我只能说，老祖宗传下的经验，虽然有些让我们觉得有点“偏”，于是可以不信，但是绝对不能不敬。至于孩子是不是因为弄死了挝蜢而中邪，也不难证实，只需要一个仪式，弄清楚到底孩子身上是不是有鬼就可以了。

于是我问老人，孩子现在在哪里？他说在偏房，孩子的妈妈正在照顾他，我们到之前半小时的样子，才又发了一次病。我说带我去看看孩子吧。老人答应了，我示意我那朋友跟着我一道去，万一是解决不了的事情，我也不忍心亲口告诉这家人，还是得通过他来说。

那间偏房在出了门右转再右转的地方，若不是个老房子，现在的房屋很难见到这样的格局。还没进门我就闻到一股非常浓烈的中药味，看来他们已经开始用熬药的方式来给孩子治病了。我从进屋开始就一直没有看到孩子的外婆，老人告诉我，外婆每天都要到山坡上去给孩子挖草药，她以前是个赤脚医生。

进屋后，看到孩子的母亲，她显然知道我们几个人进了屋，但是却没有回头看我们，她一直看着自己的孩子，眼神里满是焦虑。直到她的爸爸叫她，她才转头跟我们打招呼，当孩子的外公告诉她我是他托人请来的看鬼病的人的时候，孩子的妈妈突然好像是发现了希望一般，在我还没有开始给孩子检查的时候，就已然把我当成了救命恩人。我看到孩子躺在床上，眉头紧锁，双目紧闭，嘴角和地上都残留着一些适才吐过的痕迹，大热的夏天，他却盖着厚厚的被子。孩子的妈妈告诉我，孩子自从发病那天起，虽然身上一直在发烫，但是却一直在发抖，他们看到这样的症状，虽然医院已经告诉了他们病因，但是基于母亲对孩子基本的溺爱，他们还是选择了把孩子的病按照发烧的方法来处理，生怕孩子给冷着了。

我走到孩子身边，伸手翻了翻他的眼皮，和一般昏迷的人不同，昏迷的人虽然双目紧闭，但是翻开眼皮后，眼仁其实是朝头顶看去的，但是这个孩子的眼仁却是直直地看着正前方。孩子满头大汗，枕头边放着好几条湿漉漉的毛巾。孩子妈妈告诉我，这些全是给他擦汗打湿的。但是孩子的嘴唇却有些干裂，已经有点脱水的样子了。我问孩子妈妈，孩子妈妈说孩子一直昏迷

着，还把牙齿咬得很紧，想要灌水进去都不行，只能一直拿棉签蘸点水涂抹在孩子的嘴唇上，这样稍微有点水分流进嘴里。说着说着，她就开始哭泣，她说自己是个苦命的女人，年轻的时候不懂事跟了个社会上的混混，一直没有结婚，怀上孩子以后本以为那个混混会因此而有所收敛，却非但没有收敛反而变本加厉地在社会上晃荡，最后因为故意伤害被判刑服刑，服刑的监狱就是离她现在住的地方不远的监狱。但是她还是没有完全放弃，打算等到孩子的爸爸出狱后，再好好劝说他，希望他能够改过自新，毕竟孩子还小，需要一个完整的家庭。对于别人的家事，我一个外人也不好意思插嘴，她肯告诉我，也是出于对我的信任，我只能听便听了，毫无说话的立场。

我从身上取出罗盘，在房间四周和孩子身上游走，房间里还好，一切平平静静，但是在孩子身上，罗盘的平静却让我有些大吃一惊，如果说孩子身上有鬼，那么我能够从罗盘的反应上清晰地判断出来，即便没有鬼，至少孩子灵魂的存在我是一眼就能看明白的。奇怪就在于，这个眼前昏迷在床上、表情痛苦的小孩，竟然没有灵魂。我指的是，非但在他的身上没有找到鬼魂的影子，连他自己的灵魂也都不知去向了。

我从来没有遇到过这样的情况，甚至连听都没有听过，我不想吓到这家人，也不知道自己到底还能不能帮上忙，于是对我朋友使了个眼色，让他跟着我走到屋外，我小声把这件事告诉了他，也顺便告诉他我不敢保证一定能把孩子救回来，我甚至不敢说我是否还能继续帮你这个忙。他先是和我一样吃惊，后来听我话里的意思像是快放弃了，他开始反复拜托我一定要帮忙，他还担心是我怕这家给不起钱还主动告诉我钱需要多少他来给。我是个生意人，但首先我是个人，我也不愿看到孩子遭受痛苦，在他这么央求下，我对他说，我再试试。

走回屋内，孩子的妈妈看我先前把我朋友拉出屋外，她大概是以为自己有些情况还没有交代清楚，生怕我丢下不管了，于是赶紧告诉我说，孩子现在几乎每天的上午下午和晚上都会发一次病，昏倒的时间却比最初要短了很多，一般一趟昏迷个两小时就会醒过来。而且现在开始说胡话了，总是会嘀嘀咕咕的，说一些好像是方言一样的话，而且不仔细听，很难听懂。我一听，好像发现了一点希望，前提是如果我们能听懂孩子到底在说什么话。我赶紧问她，孩子说胡话的时候，到底说过些什么，你说给我听听。他妈妈说，听上去像是方言，听不懂，只是孩子说得最多的几个字，就是“打鸡”。

我顿时傻了，什么是打鸡啊？我活了这么大岁数，还从来都没有听说过。我又问她，孩子是每次昏倒就会说吗？她说最近几天都是这样的。于是我当下就决定，我要在这里等候，说来可悲，我竟然是在等待孩子的下一次醒后的昏倒，但是我对整个情况几乎是一头雾水，我也只能采取这种笨到极点的方法了，于是暗暗希望，孩子在下一次醒来昏倒的时候，从那张小嘴巴里说来的东西会让我听明白，因为我虽然被时代和社会列为“边缘人”，但好歹也算是走南闯北，方言我还是掌握了不少，只期盼能听懂就好。

孩子还没醒，我也就走到户外抽烟，顺便调戏了一下他们家养的鸡。就这么无所事事地站在坡上，心里寻思着整件事情到底该怎么处理下去。老人的老婆回来了，背着一个大竹筐，装满了草药，看见家里来人了，得知是来帮忙的，也就热情地招呼我们喝茶。

到了晚饭的时候，孩子醒了，醒来后我走到孩子身边，偷偷在他身后用罗盘比画着，还好，至少眼前的孩子不只是个躯壳，他的灵魂回来了。问他他却什么都不记得了。我怎么都想不明白，你说一个孩子即便是再贪玩，也绝不至于玩到自己灵魂出窍才是。

吃了晚饭，到了晚上快 9 点的时候，孩子突然从凳子上跌倒，重重摔在地上，脑门上磕出一个大大的包，家里人赶紧把孩子弄到床上躺平，我也跟着去了，只见孩子先是不断地抽搐和呕吐，我帮忙按压住孩子的双手，突然孩子带着哭音开始说话，绝对带着口音，但是在我听来，似乎不是任何一个地方的口音，更像是一个汉语说得很差的外国人那种发音，孩子把胡话重复了好几次，我只记下了他全部的发音，然后把他的话连起来，写在纸上，根据我的知识所能及的范围，反复变换不同的发音，最后我自认为是这样一句话：

“后街，杀死人，打鸡”。

对于最后的那个“打鸡”，我依旧不知道是什么，不过看到了“杀死人”，虽然只是我臆断的话语，心里不由得突然紧张了一下，这么多年以来，我接触过很多死人，却没有直接牵扯进一场凶杀，如果楚楚那次不算的话。这次，

莫非我是卷入了一场什么杀人案件吗?

孩子胡话完了以后，就立马昏了过去，孩子的外婆就赶紧端来熬好的药汤，看来是早就计算好孩子的昏迷，一早就有所准备了。孩子的妈妈里里外外忙乎着，对这眼前发生的一切显得准备充足。我把罗盘带到孩子周围，果然，灵魂再一次不见了。

安顿好孩子以后，我和孩子的外公与我那朋友重新回到最初见面的客厅，我把刚刚写好字的那张字条拿出来，反复研读，除了后街和杀死人我能明白以外，对于“打鸡”二字，依旧是一筹莫展。于是我开始在嘴巴里反复呢喃这两个字，并不断变换音调。孩子的外公听到以后，突然好像是明白了什么，愣了几秒，然后一拍大腿站了起来，吓我一跳。显然我被他这无理的打断别人思路的行为激怒了，正想开口埋怨几句，他突然说:“会不会，不是打鸡，而是哷矶?”

尽管是换了个发音，但是我还是不明白。于是我问老人，难道你这是什么东西? 老人说，“哷矶”是他们修表的人对钟表里的一个部件的喊法，他告诉我他从 15 岁开始跟着他的师父学习修表，修了将近 50 年，世界各国的钟表他大大小小修了不计其数，以至于他到现在只要把坏表拿到耳朵边稍微听一下，他就能够判断出到底是哪里出了问题，甚至连快慢几秒都能够准确地说出来。所以他非常了解钟表的内部构造，之前听到孙子说打鸡打鸡的，却从来没有想过也许就是他说的哷矶。

我告诉他，这其实不怪他，换成是我我也想不到，我把那几个字念出来，无非就是有了个声音上的传递罢了，只不过碰巧让他想到了他们专业领域的这个词。

老人告诉我，“哷矶”是用来连接齿轮和齿轮之间，一种具有弹性的金属簧片，没有它的话，整个表就无法运转，它起一个搭桥的作用，原本的专业名词他也忘了该叫什么了，只是因为钟表尤其是以往的机械钟表在装上哷矶之后，走动总是会发出“哷矶哷矶”的声音，所以他们这行特别是川渝的，总是称它为“哷矶”。

对于钟表，我是丝毫不懂，不过他突然这么说，而且老人本身也是从事钟表维修的，再加上出事的正好就是这个老人的外孙，所以我把所有的事情

串联起来，我相信如果孩子真的是被鬼给缠住，那么这个鬼或多或少应该要跟这个家庭有所联系才是，那种无缘无故就缠上一个人的鬼，少之又少。但是若是因为孩子之前玩耍弄死了挝蜢，这个理由又显得有些牵强，毕竟有些未经证实的事情，我也不敢贸然下定论。

我开始注意到老人屋子里挂满的大大小小的钟，如果孩子胡话里说的真是“后街，杀死人，吖矶”的话，那么不排除真是跟钟表有关联。于是我每一个挂钟都仔细检查，最后在靠近窗口写字台左手侧墙上，我对一个挂钟产生了注意。这个房间里挂的钟，起码有十多个，在我检查的过程中，它们很多都因为到了时间点而发出报点的钟声，唯独这个挂摆钟没有，它甚至没有走动。我站到钟的侧面，吹去它面上的一层灰，发现在钟面的正上方，有一个刻在红木上的十字架，十字架的上方还写了个“LOVE”。这个红木摆钟没有走动，而且看上去比较古老，我就问老人，这个钟是从哪里来的，他说是在年初的时候，一个淘旧货的生意人送到他这里来修的，但是一直没有修好，因为这个钟有点年岁了，算得上是古董，很多现在的仪器和零件都匹配不上。由于很久没有修好，就暂时挂在家里了。

此刻的我，首先要把救回孩子当作首要任务，于是我自然是没有理由放弃任何一个可能性。于是我问老人，你有这个生意人的联系方式吗？我们得去找找他。老人说有，说完就起身翻电话本，给那个生意人打去了电话。电话里他对生意人说，这个钟有点问题，需要他亲自过来一下，愿意修就修，要是不愿意就拿回去。挂上电话，老人说那个生意人答应了，正准备过来。

我之所以要老人把这个生意人叫来，是因为红木摆钟上的那个十字架和LOVE，很显然，这东西并不属于我们中国文化。十字架是基督教的东西，在中国基督教徒虽然有不少，但是不算非常主流的宗教力量，加上这个钟的古老程度，若是追溯到那个年代，恐怕相信基督教的人会更少。先前听到的带着口音的孩子的胡言乱语，我就听着像是一个中文蹩脚的外国人说的，再加上钟上那个 LOVE 的字样，所以我粗略判断，这个钟的老主人，应该是一个信奉基督教的外国人，至于它现在是因为什么而挂在一个中国老百姓家里的墙上，一切都还无法得知。

大约半小时后，那个生意人来了，个子不高，还有点胖。进屋后没等老人说话，我就抢先说这个钟非常精美，你是从哪里得到的？他大概是看我这么一个年轻人对他的收藏品也很有兴趣，于是略微带着得意的感觉，说是在民间收上来的，这个钟以前是教堂里的钟，后来不知怎么就流落到了民间。他还告诉我，为了买到这个不走的旧钟，他可是花了大价钱。

果然我的猜测还是比较接近的，这是教堂的东西，那么我更有理由相信它的主人是一个外国人了。我又细问了下这个生意人，对这个钟的来历知道多少，他说他只知道这个钟的年份差不多都快要 200 年了，是战乱年代的时候从西洋教堂流落到民间的，其他的就都不知道了。再聊了一阵，觉得他知道的也非常有限，于是我嘱咐老人按照我先前告诉他的，说这个钟若是要修好，可能要花几百块钱，问他修不修。几百块对于这个人来说，根本算不上什么大钱，于是他决定修，并跟我们约好一个礼拜后就来把钟取走，然后付了几百块钱，欢天喜地地走了，那高兴的程度好像是钟已经修好了似的。

我才刚刚开始觉得这件事有点眉目，线索是零星的片段，如果要把这东西完整地拼凑起来，我就必须找到一个关键的东西，就好像找到哳矶是让钟重新走动的关键一样。而这个时候，老人告诉我，这个钟之所以不走，就是因为缺少了哳矶。他当时在修理的时候，发现里面的齿轮什么的都是黄铜打造的，而现在要手工去打造一个黄铜质地的哳矶，且分毫不差地安装好，是非常困难的，首先材料就不容易找到。于是我大胆地猜测，哳矶就是孩子口中的打鸡，而这个红木挂钟，或许就是解开整件事情的关键。

他们家没有电脑，于是剩下的查询工作我只能依靠手机和打电话拜托朋友来完成。重庆还算大，叫作“后街”的地方多得数不完，通过查找，地址位于“后街”的，且有那么些岁月的教堂，整个重庆就只有一处，就在南川。这个结果对于我来说是根救命稻草，正如我对于这家人来说也是救命稻草是一样的，如果这条路还走不通的话，那么我也就无能为力，只能请其他师父来赶鬼了。于是当下我们决定，第二天一早，去南川。

离开弹子石的时候，已经很晚了，那一晚我怎么都没办法睡，甚至是紧张和忐忑，因为我不知道我们即将面临的情况究竟是能解开谜团的通途，还是把我们拉进一个更大的容易迷路的森林，孩子的健康是最要紧的，也想不出别的办法，只能顺着目前的判断一路走下去了。其间我还寻思了几个我能认识且比较靠谱的基督教的朋友，其中有一个是神父，虽然不是外国人，但是他对于基督教算得上是大半个百事通。于是我给他发了个信息，告诉他我目前正要去处理一些关于基督教的事情，如果有什么拿不准或是不明白的地方，希望到时候打电话给他能够帮我分析分析。说到佛道二教，我或许还能知晓个几分，但是基督教，我真是一窍不通。

第二天一大早我们就从重庆开车出发，我、孩子的外公和我那朋友，直奔南川而去。

南川离重庆不算远，我们到的时候差不多是中午，在街上胡乱吃了点串串香，也算是充饥了。南川的串串香算得上是比较独特的，我们在重庆吃串串香的时候，一般是像吃火锅一样，拿到锅里面煮，然后才吃，而南川的串串香却是你点好菜，店老板会把做好的给你送来直接吃，虽然味道也算是不错，吃法就没那么讲究了。而相比串串香，我对南川的“荤豆花”倒是更有兴趣。

一路打听，总算找到了后街，这是一条看上去非常老旧的街道，除了房子的造型以外，那种风貌几乎是我在电视里看到的民国甚至更早的那种。街道非常窄，窄到大概只能单向通过一辆人力三轮车，街边的商店倒是很多，不过大多是卖的杂货。一路走走问问，总算在一个更为狭窄的侧面巷子里，找到了一个白色三角顶、上边矗立了一个不大不小的十字架的大门，不知道是木门还是铁门，门框石头上面，刻着三个大字：天主堂。看样子比较久远，因为那个本来用来描字的朱红，已经褪色发白了。大门紧闭，似乎是没有要接待信徒的意思。敲门敲了很久也没有人出来开门。旁边商铺的老人看到，告诉我们这里一般不会开门，他们只接待那种宗教考察团之类的。

为了弄清楚事情的真相，我必须得进去向里边的人询问一下，在网上查了天主堂的值班电话，打过去却直接转到了传真机上面，于是没有办法，我只能打给我在重庆的那个基督教的马姓神父朋友，他头一晚接到了我的信息，我们还在车上的时候他就回复我说，等到了那儿需要帮助就打电话给他，他在重庆的基督教里还算有点威望，至少能够帮我们联系南川地区的神父或是信徒来协助我们调查。

在马神父的帮助下，很快一个穿衬衫戴眼镜的中年男人从街头走了过来，

手里还提着一些刚买的莴笋，他乐呵呵地问我们你们是马神父的朋友是吗?快请进快请进。于是我们就这么进入了教堂，原本我还以为他是在教堂做义工的信徒或是看门人，不过这个念头在我看到他换上神父的衣服后就打消了。

他姓潘，是地地道道的南川人，早年信教以后就投身南川的传教事业，不过他的理想和现实总是相差很远，他没有我在电视上看到的那些神父一样的慈祥跟博爱，最初看到他提着莴笋的时候我甚至觉得这个人也显得太过小市民，一点看不出他是个神父，他自己也叹息，早年之所以信了主，是因为耶稣基督跟咱们的老君或是如来不同，老君和如来需要我们去“拜”，以一种臣对君的姿态，而耶稣老师就简单多了，他不需要人拜，只要信他，他就会保佑和爱你。

我对基督教的了解和认知非常有限，几乎叫无知，除了十字架和《圣经》，还有那句永远都挂在嘴边的阿门，我唯一知道的还是中学时期在历史书上看到的那幅《最后的晚餐》，据说那顿饭吃完以后，耶稣老师就被他的徒弟犹大给杀死了。好在耶稣老师是神，他能够在死后三天复活，才将他的教义洒遍了全世界。

对于复活一事，我是不敢苟同的，我接触过借尸还魂的事情，但那还是死人一个，最终都必须送走。我还从来没有遇到过任何人死后又复活的，除非耶稣老师信的是……

我对潘神父简单说明了一下我们的来意，我直说可能是遇到鬼了，因为跟宗教界的人士沟通比跟那些不干实事的伪君子沟通好歹还是容易得多，他们至少会愿意听你说完，信不信倒是其次。好在潘神父听完，开始若有所思，当我问起他这个教堂是否曾经遭遇过失窃，或是有过外国神父的时候，他给了我肯定的答案。

他说，从他们教堂的案本记载上看，外国神父以前是有过的，不过那已经是 100 多年前的事情了。失窃倒是没有，但是这个教堂曾经经受过一次巨大的创伤。我对这段事情立刻有了兴趣，请潘神父讲给我听。他说他们接管这个教堂的时候，第一件事就是要了解这个教堂的历史沿革，所以这些东西他是倒背如流的，我想这大概就跟庙里选住持一样，首先你得对自己待的地方非常了解，你才能有资格当这个老大，所以多读书看来还是有好处的。于是接下来，从潘神父口中，我无意得知了一段基督教堂的故事，也终于找到了解决那个孩子问题的关键。

潘神父告诉我们，这个教堂，是在19世纪初期建立的，当时由于清朝腐败懦弱，很多国外势力就有了进入中国从精神和宗教上进行扩张的机会。重庆自从被开放为交易口岸以后，大量的外国人拥入重庆，其中包括了很多传教士，这些传教士开始向着周边区县扩张。虽然传教是好事，但是在当时那个时局下，就容易让人觉得是在进行精神上的洗脑和控制。南川的教堂，却有点不同，1812年，一个法国传教士从成都去了南川，在当地修建了教堂，开始传教，却由于川东地区对于西洋势力非常痛恨和反对，几十年来教堂虽然坚持了下来，但是也成不了什么气候，只是默默地存在，在传经诵道上没有什么大的建树，还常常遭遇路人厌恶的眼神。到了1858年，重庆发生了第一次教案，民众号召老百姓攻击教堂赶走洋人，南川教堂当时的马克神父平日里对街坊和老百姓还算不错，常常免费拿馒头、面包给饥民吃，所以得以保全，但是这样的光景并没有持续很久，到了1886年，重庆地区又爆发了一次大规模的反对外来教会的教案，民众冲击各地教堂，赶走传教士，还杀死不少信徒和神父，南川教堂在那一次教案中也没能幸免，遭受了严重洗劫，当时马克神父成功脱逃，但是另一个神父约翰就没那么走运，他还没逃出教堂就被一群百姓围攻，然后被活活打死。

说到这里，潘神父稍微有点黯然，尽管事情发生了100多年。接着他告诉我们，在那一次的洗劫中，教堂里的约翰神父不幸惨死，最后还被挂上教堂的十字架示众，教堂里值钱的东西也被抢光了，什么也没留下，所幸的是那些民众没有放火烧掉教堂，算是把这个地方留存了下来。我问潘神父，当初那次教案中，被洗劫的东西，是否有所统计？因为我听潘神父说到这里，开始觉得或许孩子外公家里的那个钟，就是从这个教堂的洗劫中流落到民间的。潘神父说，这么久远的事情了，当然没有了，不过根据史卷记载，当初约翰神父折返教堂而没有机会逃离，是为了抢救一些教堂里的财物和书籍。又说，后来教堂重新来了传教士，在教堂门口跪地三天三夜，决定宽恕当初那些洗劫教堂的人。之后的岁月里，由于是宗教地点，得到重点保护，也就没有再发生类似的事情。我提出希望看看史卷，但是被潘神父拒绝了。

虽然没有证据能够直接证明孩子身上的鬼就是约翰神父，但是根据潘神父说的，约翰神父是为了回教堂抢救点东西，那么这些东西里，就极有可能有那个红木挂钟。暴死在教堂里的，潘神父没有再提到其他人，那么就姑且认为，目前暂时只有约翰神父一个。为了证明我的想法，我必须要做一件事。我问孩子外公要来他家里的电话，我打了过去，让孩子的妈妈接电话。我告诉她，找一颗小钉子，找一节电池，让电池的正极紧贴着他们家的大铁锅，然后把钉子在电池的负极一开一合地反复摩擦，这样摩擦 5 分钟左右，然后扯掉一根长头发，头发的一头拴上小钉子，另一头想办法固定在那个挂钟的钟摆处，让整个悬挂的钉子呈现静止状态，等她把这一切都做好以后，我让她一直看着那个钉子。接着我让潘神父给我找来一只碗，倒了点清水，我刺破自己的手指，滴了几滴血进去，这叫作血咒，并不像大家曾经以为的是很毒辣的那种，而是用最大的诚意，来喊出这里的亡魂。

教堂是圣地，一般来说是不会有亡魂的。如果有的话，那就只能是曾经在这里传教并死去的约翰神父。罗盘在教堂里，好像没什么作用，所以在这一回合，东方地巫和西洋教会的较量，我们暂时处于下风。滴血后，我开始喊咒，血咒跟别的咒不一样的地方在于，它的力量更强大，用活人自己的鲜血来做契约，已经是最大的诚意。当我喊完以后，水里的血开始由散开状重新回到凝固的样子，于是我确定了这个教堂里，绝对存在一个不愿意离开的亡魂，而这个亡魂一定是约翰神父。在得到结论以后，我立刻又给老人的女儿打去电话，问她那边有没有什么动静，她有点惊慌地告诉我，就在几分钟前，悬挂的钉子开始左右摇摆，接着头发断裂了。我算了算时间，和我喊魂的时间是一致的，于是我也就能够拍着胸脯判断，老先生家里的那个红木摆钟，就是曾经挂在这间教堂里的物件，一直因为怨念和不甘而不肯离去的鬼魂，也就是约翰神父。

我告诉老人的女儿，照看好孩子，我们很快回去。挂上电话，我把碗里的水倒掉，并把碗摔烂。这个意思是说契约已经终结，我得到了我想要的信息，摔碗是为了表示即便是有血来作为保证，但是现在它也已经失效了。我虽然略懂玄术，但是也害怕那个约翰神父会因此而缠上我，整天跟着一个沟通都有困难的鬼魂，那可不好玩。

收拾好一切后，我把我的结论告诉了老人与我那朋友还有潘神父，并且对老人说，约翰神父之所以会缠上你，就是因为你接手了那个挂钟，那个挂钟是约翰神父的一个记挂，起码他的死跟想要回教堂带走这个挂钟是有关系的。而流落民间多年，它坏掉了，或许几十年来，都一直是把它当作一个收藏品甚至是废品，从来没有人想要修理过它，直到之前那个生意人把它交到你的手里，而恰巧你又有能力来修复它，于是约翰神父多年沉寂的亡魂就有些不淡定了。我告诉老人，我敢保证，你孙子被缠上绝对不是说缠上就缠上的，肯定和他之前弄死的挞蜢有关系。每年农历七月，虽然民间有谚语说的是七月半鬼乱窜，绝大多数人都认为，只有七月十五那天才是鬼门大开的日子，其实并不是这样，七月和鬼门实则没有太大的关联，而是因为七月的“道”属于一年中最阴的时候，整个七月都是如此，只不过七月十四到十六这三天最为薄弱，所以说鬼节是古人制定的一个节日，鬼月却是历来都存在的。死去的人尤其是那些心愿未了的人，往往会在这个时候附身在一些昆虫或是小动物身上，虽然不一定是挞蜢，但是由于之前孩子弄死过挞蜢，所以附在死去的挞蜢身上的那个鬼魂就有足够的理由和动机来附身在孩子身上。不过即便不是如此，也已经不重要了，因为我们已经找到了事情的关键。当然，哪怕约翰神父或许并不清楚，他这样述说执念的方式，其实是在伤害一个孩子的身体，但是我们却无从怪起，一个因为我们的无知而惨死的百年前的外国神父，任何对他的责怪与不满，在此刻都显得如此奢侈。

起码孩子没有大碍，能救回来。我这样安慰老人，这也是我唯一能做到的了。

我再次给马神父打电话，问他这事到底该怎么处理才能暂时平复约翰神父。马神父虽然跟我不是同道，但是他通晓一些道理和玄机，于是他让我把电话交给潘神父，嘀咕了一阵后，潘神父回到书房，用手抄写了一段福音文。告诉我，在起灵的时候烧掉这段福音，或许能够让它安稳一些。

接着我们赶回了重庆，到了老人家里又快要接近晚上了，孩子都昏迷好几次了，我赶紧在孩子的床前把福音烧了，然后把纸灰放到他的药碗里，喂他喝下，再念咒以及给孩子做了些必要的保护措施后，我告诉老人，一定要尽快把那个岈矶给重新做好装上，让钟重新走动，了却了约翰神父的心愿后，

才能把他送走得干干净净。

于是接下来的几天时间里，我在反复帮着孩子的妈妈稳住孩子的病情和拖延约翰神父的时间，孩子的外公和我那个朋友就一直在四处托人找材料制作新的黄铜吋矾。到了第四天下午，老人总算把那个挂钟装好，这类钟和我们以往的机械发条钟有些不同，只需要轻轻一拨，就能够形成一个永动性，所以当钟重新顺畅走了一小时，我认为钟已经没有任何问题，也算是了却了约翰神父的心愿，于是心想，也到送走他的时候了。

我给马神父打了电话，请他过来一趟，虽然跟约翰神父没有交集甚至是没有好感，我还是希望他临走的时候，能够受到马神父的祈祷。

经历了这件事以后，让我确信了一件事；尽管宗教或是生活习惯与高度都不相同，但是人死后会变鬼的事实是不会改变的，鬼恐怕是没那么好的心态还来分个什么国界，天下大同，殊途同归，国外的方式方法应该对中国的鬼魂也是有用的，正如我们对他们也有用一样，否则我遇到洋鬼还要先恶补一番英文?

人类史上，不管国内国外，其宗教的最根本的教义就是别干坏事，人要懂得珍爱，而他们也早就在多年磨砺中，形成了对策，万物生灵都在其中，周而复始地循环着，祖先留给我们的，又岂止是文物?

13 贴画

2004年，是混乱的一年。老萨没能等到这年的元旦，就直接被人从地窖里抓了出来，美国有个什么号的玩意终于着陆火星了，小日本们兴高采烈地发兵伊拉克，普京老师和布什老师都连任了总统，陈水扁遭遇了枪击事件，那一年是“二战”纪念日60周年，英国首相也很有先见之明地访问了卡扎菲老师，奥运会回到了故乡，刘翔也拿下了金牌，中国香港爆发游行纪念某运动，同时表达对特首的不满，亚辛、黄霑还有教父都选择在这一年离开了人世，当然跟他们一起走的，还有蒋公的儿媳妇。

那一年一种叫做微型数码相机的产品开始流行，于是网络上从此多了很多不知所谓的照片，这样的产品显然为几年后陈老师的作品提供了技术上的支持。那一年电视里总是在播一个广告，广告里，男　女逛超市，女的突然眼睛一亮，好像发现新大陆一般地指向货架，说：“咦？付烟结！”男的笑而不语，于是两人兴高采烈地买了整整一购物车，还堆放得整整齐齐。接着还在超市里遇到了国际友人，两人开始交流心得，国际友人感叹地用蹩脚的中文说：“窝页永扶演借。”她的老公或是男朋友非常知趣地补上了一句：“西西耿尖抗。”

2004 年，非常恼火的一年，当然，我这么说，也是因为那一年我没赚到什么钱。那一年，我很多以前的高中同学都大学毕业了，作为少有的几个没上大学的人，我却偏偏非常不识趣地参加了不少同学会。当我的一个同学告诉我，她的一个大学室友近来横生不测，目前借住在她家里，希望我能够帮她化解化解的时候，我问她，你那同学是美女吗？她说是，我说好吧，回头你带我了解了解。

那一年，还没认识小彩，喜欢美女，那又怎么样？

当晚我就跟我那老同学约好，第二天约个时间，把那个美女带出来，我们好好谈谈。于是第二天一早，我便花了两小时稍微地梳妆了一番，接到同学电话，我便去了位于沙坪坝三峡广场上的一家快餐厅。当我见到那姑娘的时候，瞬间有点万念俱灰的感觉，因为她虽然看上去是瓜子脸，却长了双斜长的眼睛，头发是我喜欢的长发，却偏偏去烫了些小卷，看上去很像水母。如果摒弃掉发型和穿着，我甚至觉得她跟韩国的李明博老师有点相像。唯一不同的是，李明博老师并不具备她那挺拔的鼻梁和傲人的胸围。

坐下以后，我的老同学开始给我们双方介绍，口吻和安排相亲有些类似，好在她没有忘记咱们是谈正事的。姑娘姓蹇，算是个比较生僻的姓了，是个广东姑娘，据同学介绍，大学四年一直跟她住在一个宿舍，也是最好的朋友，所以才会这么拔刀相助。蹇姑娘看上去心情不太好，有点萎靡，一般刚被鬼吓过的人，基本上都是这个样子。点了饮料，我希望她能够跟我说说自己身上到底发生了些什么。

蹇姑娘依旧那个表情，她告诉我，她大学毕业以后顺利找到了工作，于是就留在了重庆，没有回广东，工作的地方相对离学校比较远，而且自己毕业了也没有理由再留在学校，于是就在公司附近的地方找房屋出租的信息。沙坪坝学生很多，租房的也不少，价格也不算贵，不过房子可能稍微旧一点。她一个单身女青年，刚刚交了个男朋友，还没到住到一起的地步，于是就在沙坝坪一个比较老旧的社区，租了间一室一厅的旧的职工福利房。房子在 9 楼，因为年限较远，所以没有电梯。她告诉我，如果当初她有意识到中介公司那种反常的行为的话，打死她也不会租下这个房子。

我问她，中介公司怎么个反常法？她说，她刚毕业，也没什么钱，原本就是奔着便宜去的，那间房子才 300 块一个月，自己合计着觉得很划算，而且楼层比较高，她一个女青年住，也省去了防盗的麻烦。但是中介公司没办法提供房屋的照片，给她的解释就是先前的房主急着出租，也就没有准备什么照片，房间也很乱没有收拾，正因为如此，才会租得那么便宜。于是蹇姑娘提出要中介公司带她到房子那里去看看也好，但是中介公司只把她带到楼下，就把钥匙给了她，要她自己上去看。当下她并没有想那么多，寻思着这将是自己在重庆奋斗的第一个起点，于是对这个租的第一间房子有莫名的好感，为了记录她迈出的第一步，她用相机拍下了全部过程。

她说，爬楼很累，打开门以后，房间里有很大的灰尘，像是很久都没有人居住过。还堆放了很多杂物，墙上还有先前住在这里的人留下的明星海报，说不上是一片狼藉，但是也非常杂乱，感觉像是有人慌忙逃离了一样，留下很多来不及收拾的东西。进门正对就是一个大大的电视柜，两边还有一对音响，却非常不协调地在电视柜上放了一个小型的黑白电视机。墙上贴着财神爷和新年娃娃，还有一块巨大的遮痕，大概是之前有面大镜子或是一张大年画在墙上。房子的装修像是 20 世纪 90 年代的风格，墙上有壁灯，其中一个下面挂了本以前的老日历，日期却只翻到 2001 年 7 月 12 日。她说，厨房也是非常脏乱，还留有锅碗瓢盆，有一个小小的阳台，采光还算是不错。当下她并没有察觉到什么怪异，除了脏乱需要打扫外，她还是挺喜欢这个地方的。她拍了很多照片，然后就下楼去了。当下跟着中介公司回店里签了租赁合同，交了钱拿了钥匙。中介公司说，清洁卫生请她自己打扫一下或是请人打扫，花费多少，他们报销。蹇姑娘很是高兴，觉得这家公司还是很实在的，于是在第二天就带人来打扫了卫生，购置好生活用品，当晚就住了进去。

听了她说的中介公司，还真是不太正常。我自己也租过房子，中介公司可不是这样办事的，而且他们一般会把房东的电话或联系方式留给房客，万一要缴纳水费气费的，找不到人不是很麻烦吗？看样子蹇姑娘就是没经验，不懂这当中的猫腻罢了。

蹇姑娘接着说，起初的几天，一切都好好的，丝毫没有发生什么怪事，水电气三通，一般这样的老房子通常存在电路的问题，但是这个房子的每一盏灯都能够点亮。那个黑白电视机虽然老旧，但是插上线还是能够收到不少电视台，尽管是黑白的，何况蹇姑娘也不怎么爱看电视，大部分在家的时间都奉献给了笔记本电脑，所以电视机对她来说，需求倒是不大。唯一困扰她的，她告诉我，因为楼上还有一层，她在晚上睡觉的时候，特别是接近 12 点的时候，总能听到那种步伐很快的来回跑动的声音，声音不大，但是在夜晚听起来还是很清晰。她说，她一直以为是楼上的小孩在玩，根本没有往灵异这方面去想过，渐渐就习惯了，没有当回事。可是就在这声音出现后没几天，她遭遇了自己生平第一件怪事，然后一发不可收拾。

看得出来，她讲到这里的时候，情绪开始明显紧张，双手握在一起，来回搓捏手指。我那老同学也发现了自己的死党有点害怕，安慰她说别怕，我这同学就是专门干这个的，你放心说。于是她稍微平复，跟我说了她遇到的这一系列可怕的事情。

那之后几日，有天晚上她跟她刚交往不久的男朋友看完电影，男朋友送她回家，看到楼层比较高，于是主动提出要送她上楼去。到了 8 层与 9 层之间的楼梯处，两人决定趁着没人接个吻然后摸摸搞搞一下，楼道里的灯是声控的，两人正在激情热吻的时候，突然他们身边传来一声小孩的咳嗽声，灯一下就亮了起来，这时他们俩一起发现，在位于他们差不多膝盖高度的位置，有一个居民倒垃圾的垃圾口，开口可能也就只有 21 英寸电脑屏幕那么大，而就在那个平时只能塞垃圾进去的口子里，有一个穿着橘黄色衣服，扎着两个小辫的小女孩，从里面眯眼咧嘴地笑着望着他们俩，两人顿时吓坏了，她的那个男朋友大概也不怎么靠谱，吓得一把推开蹇姑娘，自己落荒而逃。蹇姑娘被自己男朋友这么一推，正好跌坐在那个豁口边上，她说当时她已经吓得有些腿软了，想挣扎着起来，却使不上力气。想要呼救，嗓子又像是堵住了一样，怎么都喊不出来，当下只能一边在地上磨蹭着后退，一边目不转睛借着楼道昏黄的灯光死死盯着那个豁口，这时候却看到，那个小姑娘缓缓把头从垃圾口伸了出来，脸上还是维持着起初的笑容，然后把一只脏兮兮的手朝着蹇姑娘的脸伸来，像是要摸她。由于太恐怖，蹇姑娘好像摆脱了魔咒一样，突然就挣扎站了起来，然后呼天抢地地跑上楼，开门、关门、反锁，还用凳子把门死死堵住。

说到这里，她突然停了，似乎是再一次被自己的口述给吓到。不瞒她说，我那时候在开着冷气的快餐厅里，也是反复用双手摩挲手臂，尽量不要让他们发现我因为惊吓而泛起的阵阵鸡皮疙瘩。因为我算是个想象力非常丰富的人，当别人是口述的时候，我总是要在脑子里应景地描绘那样一幅画面，所以我常常被自己的大脑给吓到，虽然是搞这行的，但是说不怕是骗人的。人天生是畏惧死亡的，鬼魂却是死亡后的产物，遇到麻烦，想法去解决，解决不了，有危险，我也跑得比谁都快。

我问她，那你那个男朋友呢，能不能约出来见一下？我们多了解点情况也好。她摇摇头说，找不到人了，自从那天晚上以后，他的电话就再也没有开过机。真是可怜，找不到就算了，这种人品低下的男人，活该让他一辈子记住当时可怕的情景。我问蹇姑娘，后来呢，后来发生什么事了？她说，当时回到家里以后，心里稍微平静了一些，她开始怀疑自己是不是出现幻觉，毕竟学科学的人往往都是比较理智的。但是她觉得这一切发生得实在太过具体，具体到她想不相信都困难。于是在一次次说服自己又推翻自己以后，她觉得很累，于是大开着房里所有的灯，上了床。

她告诉我，她的床一侧靠墙，另一侧对着的就是房间的小阳台，她不敢面朝墙背对着空旷睡，于是就用背紧贴着墙，面朝阳台那边侧身睡，由于害怕，她甚至还在夏天盖上了被子。虽然很累，可是还是很久都没有睡着，心里明明想要克制自己不去想先前发生的一幕，却偏偏忍不住要胡思乱想。她的眼睛睁开一会儿又闭上，如此反复，在大约夜里两点的时候，还没睡着，却意外地让她发现，映着面朝着的阳台外微弱的光亮，有一个矮小的逆光身影。那个身影有两个小辫，于是她判断这和先前垃圾口里的那个是同一个。而且她非常确定，那是鬼，不是人。房间里的灯光照不到阳台外面，她也就无法看清那个鬼的表情，她本来想要逃跑，但是又害怕那个鬼一直追她，那不是更可怕吗？于是她用被子捂住了头。

被子里的空气很不好，但是尽管如此，她也不敢把头伸出去，就这么又过了一会儿，她面前的被子渐渐被拱了起来，她吓得赶紧闭上眼睛，她说，她记得闭眼之前的那一刻最后一个画面，就是有几只小手指撩开被子的一角，

好像要钻进来跟她一起睡。果然，最后她即使不睁眼，也能够感觉到面前有一个人，正跟她齐头睡着。她一直把眼睛紧紧闭着，但是突然自己的眼皮却被两只手用手指给拨开了，于是借着透过被子的灯光，她看到先前那个小女孩，几乎和她鼻尖对鼻尖，她故意拨开蹇姑娘的眼睛要她看到自己，蹇姑娘说，那女孩还是那个表情，不过看得出来，她的手和脸都非常脏，就跟从垃圾堆里爬出来的一样，而且她的牙齿上有些黑垢，眼睛眯成一个月牙，龇牙咧嘴地摆着笑容。

我再次用手摩挲了下自己的手臂，因为我再度泛起了鸡皮疙瘩。

蹇姑娘说，到了那个时候，她终于再也受不了了，一阵胡乱的拳打脚踢，却似乎除了被子什么也没有打到。头一晚睡觉就没有脱衣服，倒也省了些麻烦，她挣扎着逃离床上，除了衣服里的手机别的什么都没拿，打开房门就朝着楼下跑，却幼稚地锁上门想把鬼锁在屋里。由于动静比较大，每层楼的声控灯都被弄亮了，她说，最可怕的是在经过每层楼的那个垃圾口时，那个小女孩都跟最初见到她的时候一样，在那个豁口里，望着她笑，每层楼都如此，每层都有。

蹇姑娘说，逃到街上以后，她发疯似的拦下出租车，朝着我这同学家赶去，路上给我同学打了电话，还是我同学付的车费钱。接着她就再也没有回过那个屋子，那个小女孩也没有跟着她去我同学家，她班都没去上，整天待在同学家里，哪也不敢去。

我轻轻呼了口气，她的经历我光是听都觉得很惊悚，听完她的讲述，连我自己都吓得心脏怦怦跳。我当时刚刚自立门户没几年，资历和经验都不怎么够，对于她说的一切，坦白讲起初我是打了退堂鼓的，因为实在是觉得太吓人。我非常害怕小孩子的鬼魂，因为它们虽然很可怜，但也总是胡闹，而且很难沟通。于是我问蹇姑娘，那个孩子看上去有多大了？她说五六岁的样子。我一听又犯愁了，那属于夭折啊，这就更不好搞了。我突然想起她说第一次看房的时候拍了很多照片，我问她能不能给我看看那些照片，她说当时逃得很匆忙，什么东西都没有带出来，都还放在那个房子里呢。她说，她把钥匙给我，让我自己去拿电脑和相机，然后哭起来，说求我一定要救救她。

我这个人吧，那几年有些心软，别人这么一哭，还真是击中我的弱点了。

于是头脑一热，说好吧，我帮你。

拿到钥匙以后，我嘱咐我同学看好蹇姑娘，我拿了东西就去你们家，咱们再仔细研究研究。按照蹇姑娘告诉我的地址，我在一条小巷子里找到了那栋房子。那栋楼有四个单元入口，站在入口往楼上望去，是栅栏式的楼梯通道，而通道的边上，凸出来一块，估计就是贯穿整栋楼的那个垃圾口。楼梯间的墙上贴满了开锁和治疗性病以及办假证的牛皮癣小广告，我在经过每一层楼的那个垃圾口的时候，都格外注意，生怕里面有个小女孩盯着我看，好在是白天，我相对胆子大了些。爬到9楼我已经有些气喘吁吁，不知道是谁设计了每层都有十来步楼梯，开门以后，房间里的灯依旧开着，想必蹇姑娘逃难的这几天，家里耗费了不少电费。我摸出罗盘和绳子，警惕地移动脚步，进门前我丢过米在门口，相对能够保护我一下，房间里的灵魂反应比较热闹，一路走到卧室，从来没有间断过，但是又是同一个灵魂，这么说就只有两种可能性，要么是这个灵魂有着极强的自我防御性，要么是它一直在我看不见的地方跟着我走。

很快我在她卧室的书桌上找到了相机跟电脑，装上以后，我还给她拿了些换洗的衣服。接着出门下楼，这次我替她关了灯。到了楼下，那种紧张的感觉消失了。我庆幸自己没有遇到什么大的邪门，于是我给那同学打了电话，告诉她我立刻就过去，接着打车去了她家。

在她家里，我把相机里的照片导出，除了一些无聊的自拍以外，我看到了她当初进屋拍的那些照片。她描述过房间的模样，跟我联想的差距并不大，因为我知道相机在有些情况下是能够拍摄到鬼魂的，如果那个小女孩的鬼魂跟这个房间有关，那么或许蹇姑娘的一阵乱拍，多少还是有迹可循的，于是我仔细观察这些照片，终于在其中的几张，发现了踪迹。看到以后，小心肝儿再次习惯性地一惊，吓了一跳。

在众多照片里，我仔细地一张张寻找着，我的猜想没有错，打从蹇姑娘走进屋里开始拍照起，那个小女孩的鬼魂就一直跟随着她。虽然常年接触这类事件，但是我还是不能说我完全懂得鬼魂的思想，又或者说，他们更多的不是思想，而是种单纯的本能。于是我首先想到的是这个小女孩的本能。孩子天性爱玩，你要是对我说一个孩子想要处心积虑地去害一个人，我想我还是不会相信的。在那么多的照片里，无心的人是看不到的，但是我发现不少照片上面都出现了一个非常模糊的女孩的脸，好像是故意跑到镜头里，想要拍照片，这说明她并不害怕被人发现。不过值得一提的是，我一生看过无数的灵异照片，自己压箱底的都有不少，各式各样，但大多都是肢体如手脚背影一类的，这种出现面容的，其实在我的收集中并不多见，而且我的经验告诉我，如果一个鬼魂肯让你看到他，甚至还拨开你的眼皮来让你看到他，如果不是想要害死你，那么他就一定是个头脑简单的家伙。

就那么几十张照片，至少有十张被我看出了怪异，怪异不是因为它是灵异照片，而是因为照片上的都只有头没有身体。这突然让我很害怕，我心想莫非是遇到类似灵缺一类的残肢鬼了吗？要真是那样，我就只能让蹇姑娘退租然后去庙里消灾了。分析照片的过程持续得比较久，看完以后我能够得到两个结论，第一，那个小女孩的死一定跟那个垃圾口有关，甚至说不定就是死在里面的，否则的话实在想不出有什么理由她会出现在整个垃圾通道；第二，这个小女孩生前肯定是在蹇姑娘租住的那个房子住过的，不知道是租客还是房主的孩子，但是她的死一定和这间房子有所关联。尽管很害怕，我还是决定至少要尽力去打听。于是我对蹇姑娘说，我想去你租房子的地方，和周围邻居打听一下，看看能不能有什么收获。

蹇姑娘显然对那个地方非常抗拒，这也难怪，我想要是我经历过那样的情况的话，我恐怕是跳楼的心都有了，不过我并不认为那个小女孩的鬼魂是要来害蹇姑娘的，反倒是觉得她要么就是不喜欢她，想要把她吓走；要么就是纯粹地贪玩，想要跟蹇姑娘玩而已。她听到以后，拒绝了我，说什么也不肯再去那个屋里，没有办法，我同学得留下陪着她，也不能跟我去，于是我就只能自己再单独去一次。好在这次我并不用进屋去，只要在上楼的时候，不会碰到垃圾口里的小女孩就够了。

重新赶到那栋楼下，楼下有几个中年妇女坐在树下乘凉，也许因为我是生面孔，她们的目光始终看着我。这种聚集对我来说是个非常不错的机会，因为至少证明她们彼此认识，那么或许已经在这里住了不少日子，对这栋楼和那家人发生的事情应该是多少有所耳闻的，于是我凑上前去，说了声阿姨你们好，打算迂回着切入话题，寻找线索。于是很无厘头地闲聊了一阵，我问大婶们，你们知道 9–X 那家的那个女租客现在在哪里吗？我需要找她有点事。

当我提到那间房子的时候，我注意到，大婶们的脸色明显发生了改变，其中的一个甚至站起身来离开了，等那个大婶走远以后，另一个大婶愣了半晌，开始问我，小伙子，你打听这个做什么？那个女娃儿是你朋友吗？我说她是我同学，我来找她拿东西，但是她人不在家。那个大婶又是沉默片刻，然后带着长者的告诫对我说，小伙子，你还是劝那个女娃儿搬走吧，那间屋子不好，真的不好。

果然有问题，我早就猜到了，于是我追问，怎么个不好了？是房子太旧吗？我听说租得很便宜啊。大婶笑着说不是，总之还是搬走比较好，在这个女娃娃住进来以前，都空了好几年没人住了。我问大婶，这是因为什么呢？她说这些你最好还是别问了，总之小伙子，听我的没有错的。说完她也摇着蒲扇离开了。我也因此确定了周围邻居是一定知道这个房子的故事的。

我没有上楼，因为我也实在害怕在楼道里看见什么可怕的东西。于是我在楼下等候。后来从楼道中走出来一个穿着蓝色衬衫但是没扣扣子的老大爷，卷着裤脚，拿着扇子。我看他出来的通道就是蹇姑娘住的那个单元，于是走上前去，跟他打招呼。当我向他打听这栋楼以往是否发生过什么事的时候，他突然停下脚步，有点诧异，跟先前那个大婶的态度差不多，略微带着一些神秘，还有那种不愿意提及的神色。他问我，你问这个干什么？我说我朋友住在这里，但是最近不敢回来了，我想知道这里是不是发生过什么，这时候，我想婉转地说实话，可能效果会更好。老大爷盯着我看了很久，也许是在犹豫到底该不该告诉我，最后他招手让我跟他一起在对面墙根下的那些横躺在地上的电线杆上坐下，然后跟我说了他所知道的一切。

在 2001 年上半年的时候，以往住在 9–X 的那家人发生了大事，他们家两口子原本是单位里的职工，有个可爱的女儿，但是孩子在那一年发生了意外，孩子从底楼收垃圾的通道口被人发现了，但是发现的时候已经死掉了，经过调查发现孩子是从 8 楼和 9 楼之间的垃圾口跌落摔死的。父母伤心欲绝，但是由于孩子死得很是蹊跷，无法确定是自杀或是意外甚至是他杀，所以整栋楼当时都配合了警方调查，最后的结果被勘定为一场意外。至于意外是怎么发生的就没人知道了，警方对这件事应家属要求没有公开但是只保证了司法的公正性。而周围邻居也觉得人家家里刚刚发生这么惨烈的事情，似乎也不怎么合适去问个水落石出，而那家人对自己家的事情也是闭口不提。几个月以后，那家人就搬走了。

我问老大爷，搬去哪里了？上哪能找到啊？老大爷说，这我就不知道了，那家人是找来搬家公司一次性就搬完了，现在大家都不知道人去了哪里，也就只有人走了以后，大家才方便公开谈论这件事。老大爷告诉我，小伙子，告诉你，那房子邪门惨了，每年的 7 月份，那家隔壁和楼上楼下的人，都能够听到楼板上传来小孩子在跑的声音，特别是 8–X 的那家人，声音就在头顶上。本来这周围几家人家里人都还健在啊，却逼着他们几家人每年的那个时候都不停地烧纸，还在自己家门上装了镜子，有些甚至在自己家里摆了神位一类的，生怕那家人的邪气到了自己家里。而且从那以后，原本需要按照警方整改，把每个垃圾口都装上个小铁门的，也因为大家害怕，没人愿意牵头干这个事，于是就一直那么豁着，很多人连往里面丢垃圾都不敢，都手提到楼下去丢。而且这栋楼里住的大多是以前单位里的职工，所以彼此很多都认识，认识的人多了，大家聊天就聊得比较多，对于这样玄乎的话题，大家传得也比较快，甚至越传越神，到最后人们都被自己的猜测给吓到了，纷纷不敢提及与靠近。

听大爷说他不知道这家人搬去了哪里，我也自认为无法再到屋里找到其他线索，于是我决定冒险尝试联系下中介公司，既然被委托租房，中介公司是应该有房东电话的。而之所以说是冒险，我想也许和我的自我判断有关，因为我觉得中介公司是知道内幕的，而我是要去揭穿内幕的，我实在不敢保证他们愿意把真实的联系方式告诉我，心里默默想了几种可能发生的情况，分别制定对策，然后打电话问了蹇姑娘中介公司的位置，便直接找了过去。

如果不是年轻气盛，或许我不会干这样的事，那天我竟然像是一个恶霸，冲进中介公司的门，直接一把抓起一个坐在最外面的业务员，大声问他，你们为什么要害我？公司里的人被我这么突如其来的举动吓到了。有人来拉我，说有话好好说，我才装作怒气未平，松开了手。坐下后，他们经理过来问我发生什么事了这么激动，我告诉他，别他妈当我不知道，你们租给我女朋友的房子是个凶宅！然后我就说我们遇到怪事了，怪得不得了，天天晚上有个女人头在家里飞来飞去还唱《好汉歌》，家里的拖鞋也常常被人穿着到处跑，总之我受不了了，你必须给我房东的联系方式，退租已经解决不了问题了，如果你们今天不告诉我怎么联系房东，我指定把你们这闹个底朝天，出去还给你们大打广告。

那个经理被我这么一说，还是有点担心。他跟其他几个主管商量以后，就把房东的电话号码给了我，临走前我对他们说，知道你们是做生意的人，但是别他妈昧着良心做，你们倒是赚了点小钱，会害死人的，等我找了房东以后我再来找你们谈怎么解决。接着我扬长而去，这是我第一次虚张声势，自己还是非常紧张，好在比较管用，至少拿到了电话号码。

接着我给那个房东打了电话，因为之前在中介公司掌握了他的姓名，再加上这整件事情都是他去世的女儿引起的，所以我没有瞒他，当他接起电话的时候，我直接告诉了他，先生，你去世的女儿现在阴魂不散，在你出租的房子里闹事，我希望跟你单独见一面，否则真的会出大事的。起初他想要挂了我的电话，但是我告诉他，这可能是唯一一次有人肯帮忙你家事的机会了，你女儿去世好几年都还没有离开，你难道舍得吗？电话那头，他沉默很久，最终同意跟我见一面。他说他在梨树湾一带，目前开了家副食小超市，要我过去找他。梨树湾我还算熟悉，以前念书的时候常常会跟朋友去那边打台球，所以我很快就找到了房东说的那家店。

进店后，我告诉他们我就是打电话的人，一个面带沮丧的中年男人默默拉下了店门口的卷帘门，希望他的这个举动不是要把我在店里碎尸。关好门以后，他老婆也从里屋走了出来，怀里还抱着一个看上去只有几个月大的孩子。打破僵局，我问男人，这是你老婆孩子吧，他点点头，但是并没有接话，气氛再度陷入沉默。于是我稳了稳，把蹇姑娘之前遇到的情况全盘告诉了这个男人，说完以后，男人明显不淡定了，他的老婆则一边哄着怀里的孩子不要哭泣，一边自己抹眼泪。我说我已经从邻居的口中大致了解了一些情况，这才通过中介公司来找到你，我是受你当前的房客的委托来给你女儿带路的神棍，但是我必须要找到她长期滞留的原因，否则即使我有办法强行弄走她，对你和你家人，不管从今后的福报还是情感上，都是很难接受的，所以我希望你能够把当天孩子出事的经过告诉我，我知道重提这事会让你们难过，但是没有办法，事情已经发生了，希望你们能够以大局为重。终于男人开口了，不过并不是要告诉我事情的真相，而是对我提出了一个要求，他希望能够亲眼看看之前蹇姑娘拍摄的那些照片，他说，这件事情家里一向是不准提的，也不能说不相信我，但是他要看到人样了才肯说。无奈之下，我只得再给蹇姑娘她们打电话，苦口婆心地叫她们带上电脑过来梨树湾一趟，因为事情到了现在，卡在这个男人这里，眼看就能够还原事情的全貌了，要是因为蹇姑娘的害怕而不来的话，这件事也就没法继续下去。

很快两个姑娘赶了过来，我们全部围坐在桌子跟前，我开始把我之前找到的那些照片，按细节分析给男人和他老婆看，在有一张清晰得像是张假照片的照片上，孩子的面孔非常清楚，正如蹇姑娘之前跟我描述的那样，月牙弯弯的眼睛，咧嘴笑着，不恐怖，但是很诡异，作为父母来说，看到自己的女儿呈半透明状站在镜头前笑嘻嘻地拍照，而且女儿几年前因为意外而死去，如何能够不让他们心碎。男人和他老婆的眼泪告诉我，他们事实上已经承认，照片上的这个小女孩，就是他们几年前因为意外死去的女儿。我问他，现在相关的人都在了，能告诉我们事情的经过了吗？我们可能是唯一愿意帮你和帮我们自己的人了。男人擦去眼泪，开口说话。

他说他和老婆以前都是那个单位的职工，工作还算不错，家里也很和睦幸福。1996 年的时候老婆怀上那个孩子，给孩子取名叫毛毛，因为起初两人都希望要个男孩，所以孩子的小名是出生前就取好的，而小女孩的性格也很像个男孩，调皮捣蛋精力充沛，两口子上班的时候就送孩子去幼儿园，平常放假在家，他们总是会不厌其烦地陪着孩子做游戏。男人告诉我，孩子虽然岁数小，但是天真活泼，是全家的开心果。有天他在工作上遭受了一点挫折，心情很不好，回到家里以后也是闷闷不乐的，直到老婆把孩子从幼儿园接回来，他老婆因为他的心情关系，也受到了影响，两个大人都有点低沉。而懂事的毛毛似乎知道父母在为一点事情不开心，于是把爸爸妈妈都拉到沙发上排排坐，然后天真快乐地在爸爸妈妈面前表演了一段才从幼儿园学的舞蹈。看到这么可爱的孩子，夫妻俩再大的心烦也就烟消云散了。那段时间，男人总是觉得虽然上天没有让自己生一个儿子，但是给了他一个宝贝一样的女儿，他把他作为父亲全部的爱都倾注在了孩子身上。觉得一辈子很短，如果能够看着孩子快乐长大就是最大的幸福了，自己在工作上的不顺心哪怕是多吃点苦，为了孩子和这个家都是值得的。男人说，虽然疼爱女儿，但是自己却不了解女儿的世界，单位分的房子不大，只有一个卧室，于是孩子就跟着他们夫妻俩在一个房间里睡觉。但是他其实早就盘算好了多赚点钱，在孩子稍微大一点的时候，另外买一套房子，至少要让自己的乖女儿有个自己的房间。

他说，出事那天他休息，但是他老婆值班，因为家里有人，就没有把孩子送去幼儿园，心想自己平时忙于工作，陪孩子的机会也少，就当自己在家多陪陪孩子吧。但是那天午睡的时候，毛毛却一直缠着要他陪她做游戏，他问孩子要做什么游戏，孩子说躲猫猫，但是家里就这么大，不好玩，于是他说那我们来藏东西好吗？女儿说好。于是他拿起头几天被孩子从衣柜上撕下的一张贴画，说我们今天就藏这个，我先藏，你来找。本来他也是想藏得不好找一点，让孩子多找一会儿，自己也能多休息一下。

我在照片上看过那个衣柜，我一直不解的是衣柜和墙上的海报，那些明星和贴画的内容不像是一个 5 岁孩子喜欢的东西，他告诉我，墙上的海报是因为他自己喜欢听音乐，那时候自己也才 20 来岁，是自己贴的，衣柜上的那些贴画则是在他更小的时候，流行圣斗士什么的时候贴的，毛毛性格比较像男孩，所以她的毛绒玩具要比别的女孩少很多，而且他还常常教自己的女儿唱流行歌，他说看着女儿用童音唱那些大人的歌，既可爱又好笑。

那天他藏好东西就自己靠在沙发上休息，女儿则在屋子里到处乱找，藏得很深，女儿也是找得不厌其烦。执着地找了很久终于找到了，接着她高高兴兴地跑到爸爸跟前说她找到了，现在该她藏然后爸爸来找了。爸爸说那好吧你去藏好了叫我，女儿古灵精怪的，她知道自己藏在屋里很快就会被爸爸根据她的身高判断藏在哪里，于是她开了门打算去藏到过道里，结果这一去，回来的就是一具尸体了。

说到这里，他又开始鼻孔放大眼圈发红了，他说，后来自己找不到女儿，一整晚都没睡，到处托人打听，最后第二天收垃圾的老婆婆在垃圾堆里发现了自己的孩子。当时对于他来说简直是无法承受，他很后悔自己贪闲，没有好好陪女儿玩，若是他一直把女儿照顾着，也不会发生这样的悲剧。这么多年，他一直很后悔。但是事情发生了总是要面对的，协助警察结案和给孩子办完丧事以后，他们夫妻俩在那个房子里住着，总是看到自己女儿的影子，心里的悲痛可想而知。于是他们都辞去了工作，收拾东西搬了家，打算重新开始新的生活，他还记得，那一天是 2001 年 7 月 12 日，正是蹇姑娘进屋后看到的那个挂历上的日子。搬家以后，他们夫妻也一度很迷茫，不知道这新的生活该怎么开始，最后自己克服了心理的障碍，开了这家小超市，生意还算不错，今年老婆也生下了第二个但是却是目前唯一的一个孩子，这次是个男孩。他说，他总是会望着怀里的婴儿想起死去的女儿，几年下来，精神上的折磨和自责，一直在摧残着他们夫妻俩，最后夫妻俩很有默契地不再提这个孩子和这件事。

我问他，那当时孩子是怎么跌进垃圾洞里的呢，他说，根据事后自己和警方的分析，孩子应该是想要把那张贴画给藏在里面不让他找到，但是那么小的孩子怎么可能知道那是一种危险呢，也许是伸头进去想要找地方藏的时候，不小心失足掉下去的，因为警方在 8 楼和 9 楼之间的那个垃圾口找到了孩子的手印，垃圾口的上半部还有孩子撞到头的血痕，孩子的尸体上，也有那个伤痕。事后分析，孩子应该是把贴画藏到垃圾口里面某个位置，但是抬头的时候不小心磕到头，然后失足。

于是一切都说得过去了。可怜的毛毛，正如我之前的猜测一样，她并没有要伤害和吓唬蹇姑娘的意思，她只是很单纯地想要蹇姑娘陪她玩耍而已。因为是死于非命，而且流连了好几年的时间，她的单纯动机在我们这些活生生的人看来，却成了一种可怕。她没想到，她所采取的方式，却是我们所不能接受的。

我又问男人，那张贴画呢，最后找到了吗？他说找到了，被毛毛贴在靠自己那一侧的墙壁上了。我说那孩子现在安葬在哪里？这时候他老婆插话了，她说，孩子很小，按照他们老家的风俗，只是把孩子火化了，没有买墓地安葬，只是在自家门面的二楼立了个灵位，供奉骨灰。

当我转头看我那同学和蹇姑娘的时候，她们也因为这个孩子的可怜命运和悲惨遭遇痛哭流涕。我征得男人和他老婆的同意，决定重新再回那个房子一次，孩子的灵魂肯定一直都在那里，不过我并不觉得她肯心甘情愿地跟我走，我甚至怀疑她是否知道自己已经和我们人鬼殊途。

有了毛毛身世的铺垫，蹇姑娘显然也没有那么害怕了，不过她依旧无法面对之前看到的一切，而毛毛的父母也说自己不愿意重新回去，所以我只能再度独自前往，可是我一个人去，尽管觉得孩子的可怜大于可怕，还是心里发毛。路上我算计了该怎么把孩子的魂引出来，因为她未必肯听我的话一喊就来，如果不行就只能走最后一步了，同样是冒险，成败就看这一局了。

到了 9-X 以后，我依旧左手一直拿着罗盘，密切观察，那时候已经是晚上 9 点多了，晚上总是会让我的工作显得更加可怕，我决定先激怒毛毛，迫使她出现，这样我才能抓住她，尽管并不磊落，但是这也是为了要她能够乖乖地去自己该去的地方。于是我走到那个衣柜前，那个被撕掉的贴画痕迹依旧还在，我伸手去抠另外的一张贴画的一角，同时眼睛一直盯着罗盘，还好，反应是有，相对平静。等到把那一角越抠越大的时候，我深呼吸一口气，突然把它给撕了下来，这时候罗盘开始反应有点猛烈了，这也是我预想到会发生的结果，说明我已经激怒了她。我开始夺路而逃，我想要跑到 8 楼与 9 楼之间的那个垃圾口，把撕下来的贴画重新贴在之前毛毛藏画的位置，我经验不够，也只能用这样的方式再刺激一下孩子，让她回想起那天发生的一切，至少让她明白自己已经死了，不再属于这个世界了。当我一打开门，瞬间感到脸上一种莫名的紧绷感，我知道，这是毛毛在对我发起攻击了，我奋力跑，脚步却明显觉得沉重，挣扎着跑到垃圾口，忍住恶臭和心里的恐惧，把上半身伸进去，然后把画贴在了内壁上。

我这么一折腾，动静挺大，6、7、8 楼的声控灯都被我弄亮了，我从垃圾口往下看，那三个发光的口子就是证明。不过可怕的是，我竟然看到一个黄色衣服，扎着小辫，表情已经不再是笑呵呵而是恶狠狠的小女孩，正顺着垃圾通道爬上来，6 楼垃圾口的光让我发现了这一切，我很害怕，手忙脚乱地从包里摸出一把坟土，奋力从上至下地朝着小女孩的头顶撒去，其间我的手指刮到内壁，右手中指的指甲外翻了。毛毛的鬼魂被撒了坟土以后消失了，但是并没有消散，当我喘着气从垃圾口爬回来，一转头就发现她蹲在我面前，还是那副恶狠狠的样子看着我。

我赶紧后退，我估计也许是先前的坟土让她有点怕我，这次她并没有扑

向我，而是一直用那种狰狞的表情看着我，我背靠着墙，眼睛盯着她，然后一步步退回 9 楼，再退回有衣柜的卧室。她一直跟着，用走路的方式，但是她走路明显是轻飘飘的，很像是杰克逊走滑步那样，一看就知道不着地，走的姿势大概也只是她的习惯而已。到了房间里，我把罗盘丢到床上，掏出绳子，拿在手里准备，一边念着安魂咒，渐渐地，孩子的表情有所放松，当我确定她已经安静下来不再愤怒的时候，我告诉孩子，叔叔是要带你去一个更美好的地方。她是个孩子，此刻也变得像个真正的孩子，双手抱膝，蹲在地上，我不知道她是不是听懂了我说的话，只不过在我用红绳围住她的时候，她并没有反抗。

带走她以后，我简单洗了洗手上的伤口，背上早已大汗淋漓。我很后悔最初进屋的时候竟然没开空调，然后我又仔细检查了一遍屋子，确认已经完全干净以后，就离开回了梨树湾毛毛的父母店里。

我同学和蹇姑娘已经在那里等了很久，看我回来了，第一件事是关心我到底有没有送走她，她们这种完全忽略我伤势的做法让我十分不爽，不过那些都是空话了。我告诉他们，已经顺利送走了，不顺利的地方我就悄悄留在心里算了。

临走前，我叮嘱毛毛的爸妈，挑个日子把孩子的骨灰送到庙里供养吧，毕竟当了几年的鬼，虽然没有害人，但是戾气很重，去佛堂让她多听佛经，会化解很多的。然后我交代他们到了孩子 8 岁阴寿的时候，给孩子买块墓地，好好安葬。他们含泪点头答应。

遗憾的是，他们并没有给我钱。

回去的路上，蹇姑娘告诉我，过几天她要去收拾东西，然后搬走了。我知道她始终是过不了自己的那关，大家都是平凡人，这完全能够理解，即便那里已经干干净净。于是我嘱咐她，虽然事情过去了，但是你毕竟是见过鬼的人，假期无事的时候，自己也多去庙里烧烧香，如果方便的话，去看看毛毛。然后我告诉她，以后租房子的时候一定要先留心，条件设施和价格反差很大的房子，尽量别去碰，虽然不一定是凶宅闹鬼，但是一般人不该以贪图便宜去冒这个险。其次过于破旧的屋子要记得在进门之前先撒米敬神，如果进屋发现压抑，或是光线极差，甚至卧室没有窗户的房子，也尽量别租。再者，床头朝西的，如果不嫌麻烦可以自己改变位置，再养点植物，因为床头朝西，那是招鬼利器。

接着我去了诊所，包扎伤口。痛是很痛，十指连心嘛，不过广东姑娘的一句“母该浪崽”，还是让我很欣慰的。

帝陵

假如有一天你无所事事漫步在重庆的街头，然后被一群花枝招展的大婶邀请你参加“重庆一日游”，那么你一定不会错过的是磁器口、歌乐山、朝天门和江北城。今天要说的一切，都发生在江北城。

熟知我的朋友们一定知道，我生于江北，长于江北，出去混迹了几年又回到了江北，可见江北是一个能留住相貌非凡当代才俊的宝地。不过江北算是比较大的，江北城只不过是小小的一角。江北城虽称之为城，不过是古时候重庆城江对岸的一座小城而已，然而这座小城却是最初重庆本土人文发展的根基。所以现在老重庆们都称其为“记忆之城”，记忆这东西就跟一个人老掉了一样，会渐渐模糊和遗忘，也正如几日前微博上那个狗嘴里吐不出象牙的夏老师说的，天地创造了时间，时间制造了历史，历史遗留下回忆，回忆又被时间冲淡，这也许是他说的我唯一认同的一句话。

2006 年的时候，我意外认识了一个人，他是彩姐大学同学的爷爷，彩姐对我说，这个人住在江北城，近来老是遇到怪事，尽管人没有怎么样，但是反复出现的情况让他的生活很是困扰，于是希望我能够去看看和了解一下，如果不是鬼事也就罢了，是鬼事的话，最好能看在彩姐的面子上帮上一把。明知道没钱赚，但是为了挣得好表现，我还是屈服了。

2006 年的江北城，正面临着整体开挖兴建歌剧院和科技馆。那儿充斥着大多数重庆人童年的回忆，弯弯窄窄的旧巷子，斑驳破旧的老城墙，还有那些转盘才能得到的黄糖画跟一边敲一边卖的“麻汤”，矮旧房屋的房顶上总是有一些私自出逃的猫儿，优雅地走在屋梁和瓦片上，惊起地上那群笨狗的怒吼。我记得小时候常常在江北城的街头吃老爷爷踩着转出来的棉花糖，还有那些用草编起来的玩具。总之，江北城有我不少的回忆和足迹，尽管它与一江之隔的渝中区相比，显得那么市井和落寞。

彩姐告诉我，她会在那天下课后带着她的同学来找我，然后一起去找她的爷爷，了解下到底发生了什么。我心想正好，眼看那片拥有我回忆的地方就要面目全非，我也该趁着现在去看看了。

当天彩姐和她的同学与我会合以后，我们就直接开车去了江北城，路上彩姐跟我介绍，她的这个同学姓田，所以我叫她田同学。田同学的爷爷自然也姓田，如果她不是随母姓的话。在田爷爷的家里，我看到了这个清贫的老人。他的家里小小的，就跟我们平常看到的老人的家里一样，老人虽然已经六十多了，但是身体还是非常硬朗，说话也口齿清楚，不过却显得非常郁闷，从表情上看，似乎受了天大的委屈。

我问田爷爷，到底发生了什么事，让您老人家愁成了这副面容。他叹了口气说，最近不知道是自己倒霉还是怎么的，他好好地坐在路边，却经常有年轻女孩在路过他的时候突然停下，回头，然后不由分说给他一个耳光，打完还骂一句流氓。前几天甚至有一个姑娘打了他一个耳光后，回头还带来一个大汉把他给按在地上打了一顿。自己岁数大了，经不起几次打，怪就怪在这些事接连发生，头几次他挨了耳光也就算了，大多数姑娘打了也就走了，不过他始终想不明白为什么那些素不相识的人要打他，更加想不通自己刚正不阿的一生却要被这些女孩骂作是“流氓”。想不通，想不通！

我目瞪口呆，完全不知道他在说什么。总觉得这个精瘦老人虽然受了委屈，我听来却有种莫名的喜感，却又不好意思笑出来。我正想告诉他，不要

想不通，想不通会形成怨念的时候，他突然问我，对了小伙子，你是谁啊！你来干什么？

我才发现我忘了告诉他我究竟是来干什么的，否则，我会觉得眼前的这个老人正在跟我上演一出精神分裂的戏。于是田同学赶紧跟她的爷爷介绍我是谁，我只能在边上傻乎乎地笑。介绍完以后，她爷爷才若有所悟地知道原来是自己孙女带人给自己消灾来了。他问我，小伙子你说我是不是遇到什么脏东西了？要不然我家族几百年来都那么正直守诺，为什么这种莫名其妙的事情会发生在我的身上？我问他，几百年？什么意思啊？他转头对他孙女说怎么你还没告诉过他们吗？于是田同学才告诉我，她爷爷是个守陵人。我问她是退休后在公墓上班吗？她说不是，田爷爷守的是明玉珍的墓。

明玉珍我是知道的，他是重庆历史上唯一一个皇帝，明玉珍墓也是重庆唯一一座皇陵。虽然寒酸了点，但是至少人家也是披着龙袍的真命天子。据说他的墓是在20世纪80年代的时候被发现的，虽然出土了大批珍贵的文物和龙袍，但比起那些大朝代的皇帝来说，他算是非常朴素的了。明玉珍在元朝末年的时候曾经带领农民军起义，曾是徐寿辉红巾军中的一名骁将。根据野史的记载，在元朝末期，曾经有一个宗教组织，称为明教，小说里的张无忌、谢逊、杨逍都是明教的人，但是那是小说，不过明教却是真实存在的。明玉珍原本不姓明，具体姓什么也无从考证，因为当年骁勇善战不怕死，带着军队从湖北打进重庆，其间因伤失明了一只眼睛，而且加上自己也是明教中人，于是觉得“明”字跟自己似乎冥冥之中有种缘分，于是给自己改了个名字，叫做明玉珍。后来徐寿辉被心怀叵测的陈友谅害死，陈友谅称帝，明玉珍意识到自己也将要成为下一个目标，而自己也不认同陈友谅这个奸诈的皇帝，于是在攻克了重庆以后，他加固城防，招兵买马，并且在重庆称帝，称大夏国，年号天统，都城重庆，自封陇蜀王。那时候的明玉珍还非常年轻，他自立为王后，就一直跟朱元璋、陈友谅等人抗衡，后来陈友谅死了，朱元璋也成功改朝换代，想要再收编分散在各地的势力，于是要明玉珍投降，明玉珍不肯，却偏偏又生了重病，最终在30多岁的时候，就一命呜呼了。朱元璋随后派军队攻下重庆，明玉珍的族人投降，大夏国仅存在了九年就消失了。

不过我不明白的是，田爷爷姓田啊，跟明玉珍能有什么关系呢？田同学告诉我，她爷爷祖上在几百年前大夏天统时代的时候，就是明玉珍未称帝时期的家将。后来明玉珍做了皇帝，她祖上也就成了统领。明玉珍死之前特别嘱咐了他的祖先，说是宁肯战死也不要投降，说罢便撒手西去。可是明玉珍的儿孙和妻妾却没他那么高的气节，朱元璋的军队一打过来，他们为了保命，没有丝毫反抗，就选择了投降。当时田将军没有带兵反抗，觉得心中有愧，于是在风头过去之后，隐姓埋名，嘱咐自己的子孙后代，要世世代代地守护帝陵，这一个承诺持续了数百年，田爷爷退休后接过前人的班，当了默默无闻的守陵人。没有人会注意到那个守在明玉珍墓附近、坐在小藤椅上的老头竟然有着如此传奇的故事。对于绝大多数人来说，明玉珍墓不过象征着一段历史，或是一个古迹，看过了也就离开了，但是对于田爷爷来说，守墓早已不是一个工作，而是一份责任。他要坚守的也不是一个被市政府声称要保护的文物，而是守住一份祖先的承诺和荣耀。

听到这里，我对眼前这个有点吊儿郎当的老人有些肃然起敬。我对田爷爷说，刚刚您跟我说的您遇到的所谓“怪事”，在我看来还不明白它究竟怪在哪里，您说那些女孩路过就莫名其妙给您一巴掌的时候，您难道就没有问她们到底这一巴掌是为了什么吗？他说问了，怎么没问啊，被莫名其妙打了以后，他曾上前去拉住一个女孩不让她走，要她说清楚为什么要打人，那女孩说他耍流氓，他争辩自己没有耍流氓不就在那坐着吗？女孩说她路过的时候被人摸了一把屁股，而那附近就只有他一个人，不是他还会是谁？于是这时候围观群众总是会说这么老了还这么骚霍霍一类的话，他真是百口莫辩。接连发生了好几次这样的事情以后，他心情就越来越差了，直到前几天，有个女的打了他还不过瘾，还带着自己的老公或是男朋友组团来打了他一次，于是他除了受伤无法再坚持继续守陵以外，心里还分外想不通。

虽然听上去不太像是个灵异事件，而且我对田爷爷会不会是苍老的身体里装着一个骚动的灵魂，自己情不自禁地摸了女孩子们的屁股却还不自知聊表怀疑。不过看他喊得那么冤，并且也是真的受了伤，我还是决定先相信他，虽然他看上去的确有那么些痴汉相。既然相信了他，如果按照他所说的分析，先暂定这件事的确是个灵异事件，那么伸出黑手的那个鬼，想必就是个专摸女人屁股的色鬼了。

色鬼我是遇到过的，现实的和灵异的都有。现实的那次简直不堪回首，那是一段悲戚的往事，那件事发生在 2005 年，当时由于还没有买车，但是又很想买车，于是我就常常到北部新区的汽博中心去看车，由于路途比较遥远，打车又很贵，而且还没通轻轨，于是我就会乘坐 619 路公交车过去。要知道，619 路车算得上是重庆最拥挤的几路车之一。每次在车站等车的时候，我总是会跟一群妇孺争抢，而我每次都会选择让他们先上，而自己站在开门处的梯坎上。反正都不可能有座位，倒是开门的地方宽敞点。但是那天运气不怎么好，我身后高一台阶的地方也站满了人，车开到一半的时候，我觉得后面的人贴我太紧，很不舒服，就刻意往前挪了挪，谁知道他也跟着我挪，然后在之后的接近 10 分钟的时间里，他一直在我的腰上重复着蜻蜓点水的动作。我回头瞪了他好几眼，他还用一种戏弄你又怎么样的眼神回以颜色，后来我忍无可忍，到站的时候开门我一把把他拉下了车，然后在公交车站痛打了他一顿。我虽然个子不高但是却很结实，一个成天坐办公室的眼镜色狼怎么会是我这个江湖术士的对手。令我伤心的是，我很怀疑他在被我暴打以后才发现我是个男的，于是看车的心情也荡然无存，转了很久的车展我最后却买了辆二手的桑塔纳。相比之下，遇到的灵异的那个色鬼就相对简单得多，它只是个死于非命且生前有偷窥癖的怪叔叔而已，不过我为此付出了给它烧去几本色情杂志和内衣的代价。所以当我分析田爷爷身边跟着一个色鬼的时候，我不由得有点毛骨悚然。并不是因为色鬼会长得很狰狞难看，或是很厉害，而是我不明白色鬼为什么会缠住一个老头子？这得需要多重的口味和多犀利的癖好来支撑！

于是我对他说，田爷爷你现在活动是否方便？要是方便的话，明天你带病坚持一天，让我跟您一起去看看好不？他说好，你最好是能够一下就把那个怪东西给我赶走，别人怎么看我我没意见，要是不出这口气我真是受不了。我笑嘻嘻地答应了，因为我觉得这件事应该不会很困难。临走前我拿罗盘在田爷爷身边转悠了一下，没有发现异常，于是跟他约好，第二天一大早我就来接他。

说实话，我丝毫没有把这件事当作一件困难的事情去想，不过我却是怎么都没想到，因为这件事，竟然牵扯出一个离奇的事件来。

第二天一大早我如约去了田爷爷家里接他，彩姐和田同学还要上课就没跟我们一起。等我们赶到明玉珍墓的时候，已经差不多是早上 8 点半了。

明玉珍墓我小时候来过，当时还开放呢，可以进去看看那些出土的文物，至于是真是假我倒是不清楚，要知道中国制造可是响彻全球的口号，不过那个时候大家对文化的珍视比现在要强很多，文化成就一座城市，重庆这座城被称为三都古城，巴国古都、大夏国都、抗战陪都，我们嘴巴上口口声声说要保护我们的文化，捍卫我们的文化，可到头来，推的推挖的挖，老东西越来越少，也越来越不被人珍视。当我和田爷爷一起到达时，看到那生锈铁锁的红木门，台阶上甚至有青苔。一代堂堂帝王墓，淹没在周围各种开挖的轰鸣声中，过上过下的行人甚至连眼睛都不会朝着明玉珍墓看一下，似乎是早已习惯了这座孤坟的存在，而几百年来的大部分时间里，陪伴着明玉珍的，始终都只有那个忠诚家将的后代。

我去附近的小卖部借来一条凳子，和田爷爷坐在一起，随便就聊开了。田爷爷说他 58 岁退休，然后从他堂叔手里接过守墓的职务。他还告诉我，自己退休以后，几乎每天都到这里来，大多数时间都是无所事事地坐着，看着周围的老房子一间一间被推倒，挖土机一台接一台地开进来，老房子被推倒了，视野倒也算是开阔了起来，以前要爬到山顶才能看到的渝中半岛，现在坐着也能看到了。我顺着他的目光看过去，繁华的渝中半岛，高楼林立车水马龙，一座现代化的都市赫然眼前，只不过在那幅画面的前面，总是会时不时地伸出一只巨大的铁手，无情地摧残着那些原本已是残垣断壁的世界。

于是我和他一老一小，就这么傻坐着，时不时地聊上几句，也都无关紧要，虽然残破，也算是别有一番风味，至少我这辈子在守陵人这一项上，也能自豪地画上一笔了。此时身边一个美女经过，我的头也情不自禁地像向日葵一样跟着转，突然美女停下，转头看我，在我还没来得及反应过来之前，她“啪”的一声结结实实给了我一个耳光，然后骂了一声下流后，转身离开。

我傻在那里，还没回过神，我虽然心里很想要告诉美女我知道你发生了什么但是那不是我干的，但是我觉得我说出来她也不会相信，只能由得她去。很遗憾，我一直以优良品格和高尚的情操著称，美女的这一巴掌，直接让我少了一个暗恋我的对象。我很委屈地转头想问问田爷爷这情况和他遇到的一样不一样，却发现这个死老头竟然在一边幸灾乐祸地笑。当下也懒得跟他说什么了，静下心来仔细想想这事情，我可以对着我的腿毛发誓我绝对绝对只是多看了几眼，并没有伸手去摸她，摸她的是一个我们看不见的鬼魂。在排除了对田爷爷的怀疑后，我摸出罗盘来，看了一下，于是确定，这里有鬼，而且就在我的周围。

鬼是谁？这里的死人就只有700年前的明玉珍老师而已，堂堂一代皇帝虽说不上是后宫佳丽三千人，几十个总是有的吧，还至于孤单寂寥到要穿越到当今来猥亵路过自己家门的美女吗？而且根据我的认知，鬼魂虽然因为游荡，生前执念或是怨念的深浅而有能量形态的不同，但是始终会越来越弱，即便这么多年来它曾经吸取过阳气，不过最终都是会消失不见的，300年以上的鬼魂我非但没见过连听都没听过，所以明玉珍老师在此案中应当是无辜的。而且我注意到，之前在田爷爷家里的时候，他的身边没有鬼魂反应，而现在我们待在这里，身边却有了鬼魂，看来这个鬼魂貌似只在这个地方作案，于是我分析，这地方一定死过人，或是埋过死人的东西。

我把我的想法告诉了田爷爷，要他回忆下，这附近是不是有人死过。他说不用回忆啊，前年才死了一个呢。

我问他，是什么人啊？为什么会死在这里啊？他朝着面前不远地方的一个大约有6米高的堡坎说，就在那里啊，喝醉后摔下去摔死了，半夜摔下去的，尸体到第二天才发现，他也是来守陵的时候才听说的。我说那个摔死的人是谁，是这附近的居民吗？

他说不是，是个韩国人。

我问，韩国人？为什么会有韩国人？他说每年都有那么几天会有大量的韩国人来明玉珍墓祭拜，也只有那几天，这个墓才会对外开放。我问田爷爷，韩国人为什么要来祭拜明玉珍呢？关他们什么棒子事？田爷爷说，亏你还是个地道的重庆人，居然连这个都不知道。身为一个高中都没念完的人，被一个跟我一样挨了耳光但是却幸灾乐祸的老头这么说，我也只能认了。田爷爷接着说，明玉珍死后，朱元璋的军队很快就打了进来，扬言要把明玉珍的尸身从坟里挖出来，鞭尸示众。基于这些原因，加上田将军为首的众将领都觉得国家弱小，实在是没有办法反抗，也为了给明玉珍留下血脉，保住妻妾和子孙，尽管明玉珍死前曾交代说宁死不降，但大家还是选择了投降朱元璋。朱元璋虽然是个心狠手辣的人，连常遇春、徐达这样多年跟随的老将都舍得痛下杀手，他自然不会把徐寿辉的旧将明玉珍放在眼里，不过山城百姓虽然只被明玉珍统治了 9 年，这 9 年时间里，他征收的赋税却仅仅是大家收成的十分之一，较之元朝相对算得上是极轻了，而且他勤政爱民，本身也是农民出身，也就常常会跟农民混成一片，因此深受山城人民爱戴。朱元璋基于这点，也不想用暴政来激起山城人民的愤怒，于是下诏说会善待明玉珍的部将和家属，后来明玉珍的后人被辗转送往京城，待了一段时间之后，就秘密把他们全部流放到了当时的朝鲜。于是现今朝鲜和韩国绝大多数姓明的人，都是明玉珍的后人。日本在近代侵略了大半个亚洲，朝鲜半岛也未能幸免。当时的韩国政府也正是考虑到韩国人有一个根在重庆，才把临时流亡政府也暂时安置在了重庆，这也是为什么重庆七星岗一带至今都还保留着大韩民国的政府旧址。

我说，这么说来，那个死掉的韩国人，就是来祭祖的明玉珍的后代了。田爷爷点点头，他说那天早上他来了才知道附近死了人，周围一打听，才知道是个韩国人因为喝醉跌落致死。我参照之前掌握的情况，这附近死去的人当中，明玉珍是可以排除掉了，会不会是那个韩国人的鬼魂在作怪？如果是的话，我就必须要了解当初他摔死的真相，才能解决掉这个色鬼。于是我问田爷爷，这附近的老街坊您都认识多少？我要去打听打听情况。田爷爷告诉我，由于建设原因，该搬的都搬了，目前周围都没剩下什么老街坊了，就你借凳子的那个小卖部老板，他还算这一带的老资格了，当初我知道这个情况，就是他说给我听的。

我一听说，好，那你先等着，你最好是坐台阶上面去，省得一会儿又有人无缘无故扇你耳光。显然我这么一说引起了田爷爷的重视，他带着惊恐的眼神，手不由自主地抚摸了一下自己的脸颊，然后提着藤椅，走到了梯坎上坐着。

我把借来的那个凳子还留在那儿，算是我让个位置给那个色鬼坐坐吧，总不能有人打他的耳光吧。然后我起身走到那个小卖部去，买了一包烟，打发给店老板一根，当作交个朋友，然后聊聊。都说在古时候，杂货店和酒馆

老板一般都是消息最灵通的人，没想到到了现代，这条定律依然可靠。从他的口中，我得知了这件事情的全貌。

前年大概这个时候，有几个韩国人在祭拜后并没有急于离开回国。按照他们的习俗，他们虽然比较有钱，但是在祭祖的时候，还是要在祖陵附近住得比较艰苦一点，说是要体味祖先这么多年的孤单。

店老板又告诉我，死去的那个韩国人每年都会来，但是那一年却倒霉死掉了。他在死之前的一天，就因为在背街的餐馆吃饭的时候，醉酒调戏服务员，然后被店老板赶了出来。后来第二天听说又喝醉了，晕晕乎乎的，也不知道怎么就走到堡坎边上去了，然后失足掉下去摔死了。店老板说，这种外国人，虽然好色，但好歹也是一条人命，死了人总归不是好事。我问他死了以后呢？他说，后来先是有人报案，接着医院来车拉走了，估计是被同行的人火化后运回韩国了。我问，为什么你们那么确定是个韩国人而不是朝鲜人呢？店老板呼出一口烟，不怀好意地笑着说，你认为朝鲜人有那么多钱买机票专程来中国祭祖吗？

我懂了，于是我不再问，道谢以后，我回到了田爷爷身边。看到我走过去，田爷爷笑嘻嘻地对我说，幸好你提醒了我把凳子挪到台阶上去，刚刚路过的好几个女娃儿都被什么东西碰了一下，转头看没人自己也就走了。我对田爷爷说，我已经知道这件事情的经过了，那个鬼生前就好色，否则也不会去调戏服务员，更不会死后还摸别人的屁股。因为死的时候他是迷迷糊糊的，虽然不是直接醉死的，但是跟喝醉有密不可分的关系，所以他的死不去评论到底该不该，至少也是带着遗憾的，再加上死的时候是个醉鬼的状态，这也就不难解释他浑浑噩噩不肯自行离开是为什么了。田爷爷说，那你的意思是鬼并没有缠上我，只是碰巧我和他都在这里罢了。我说是，这个鬼虽然导致你被扇了那么多的耳光，不过跟你没什么关系。他突然说，那不关我的事你还会不会把它弄走呢？万一继续留下来以后又影响到我怎么办？我说您放心，即便是不关任何人的事，既然我知道了，我也一定是要管到底的。

原本我想的是，等到晚上路上没人了，我就画符引鬼，接着管他三七二十一，直接带他上路。此鬼生前人品定然不好，所以我对他的故事自然也没什么兴趣，除了摸屁股那段可以稍微仔细地描述一下。不过，我突然

有了种想要恶作剧的想法，与其说是在恶作剧，不如说是给他的行为一个惩罚，让他明白惹中国人是不对的，自己闯祸却让别人替他挨耳光，更是天大的不对。

想到这里，我露出了邪恶的微笑，突然觉得自己心里住了个红色的恶魔，头上长了两个小角，屁股上还长了个尖尖小尾巴。于是我掏出电话，打给了我一个慈云寺的居士朋友。她是个40来岁的阿姨，我称呼她为梅先生，地道的佛家人，虽然没有剃度，但是是个深得佛法的俗家弟子。不过她并不是慈云寺的弟子，师出何处我也不便说明，她至今活跃在我们这一行，不过她并不抓鬼，而是懂得超度。虽然和我们的看法有角度上的不同，但是我希望这次能够请她帮我一个小忙，算是给那个棒子一个惩罚。

慈云寺位于重庆南滨路上，是全国少有的几处僧尼同修的庙子，毗邻已经不复存在的大佛寺，值得一提的是，大佛寺的那座巨大佛像，是重庆主城区最大的一座石刻佛像，至今仍在，但岌岌可危，因为过度开发某景区，它也面临着从此灰飞烟灭的厄运。巧的是，它正是修建于大夏天统年间。若是有一天你路过它，请果断合影吧！不要再忌讳什么不能给佛像拍照的鬼道理，再不拍指不定哪一天就看不到了。

当晚我送了田爷爷回去后，就去了慈云寺接梅先生。在路上我除了为我默默付出的油钱心疼以外，也暗暗为我即将展开的恶作剧兴奋。夜晚的明玉珍墓连个路灯都没有，周围的狗叫声也许是在向我控诉着另一场鬼事的开始。在地上画符点香以后，我困住了这个长期伸出色魔之手的棒子鬼，在按程序送他离开以前，我请梅先生帮我念了一段超度文，其内容是希望他的“来世”一定要成为一个女人。其他的我是改变不了，这点还是不难办到的，也许他“来世”也能够体会到女性被性骚扰时候的屈辱和无奈，这也算是我对这种行为的不齿和惩罚。

最后我请田同学转告她爷爷，事情已经办妥了，准确地说，虽然没能替他在世人面前洗清冤屈，至少今后这类情况再也不会发生了。田同学非常真诚地在电话里对我说了谢谢，但是丝毫没有提到钱的事。我想也就算了，得罪彩姐的好友跟得罪彩姐本质上是一样的，如果得罪了彩姐，第二年的七夕浪漫节我就只能去给明玉珍上坟了。

2008年，江北城开始建设，科技馆和大剧院不负众望地耸立了起来，还有那个占地很广、用途却非常有限的中央公园。必须庆幸的是，明玉珍墓和德勒萨教堂得以留存，一座元朝末年的孤坟和咸丰年间的教堂，矗立在现代感十足的中央公园里，相随相伴。

十四年猎诡人

⑮ 断路

2004年，我一个亲戚打电话给我，说自己出车祸了，但是车祸的经过却非常匪夷所思。

他是我母亲家族这边的一个姨爹，当初我告诉他们我从事这行的时候，他们全都用一种非常鄙夷和敬而远之的表情告诉我，从那时候起，他们不再真正地接纳我。我通常做一个决定的时间平均只需要10秒钟，从某些角度来说，这说明我是个非常冲动的人。不过我冲动的却是针对事，所以当他们纷纷用眼神告诉我，家族里怎么出了你这么个另类的人的时候，我依旧昂起头，用我的态度回敬他们，这就是我，你又能够怎么样。所以多年来这些亲戚虽然也时常有所走动，但或许是因为忌讳等原因，他们总是把我留在世界的另一个角落。直到我实实在在用自己的本事，替他们解决了他们原本觉得不可能发生的问题。

由于是姨爹，又是自己家人，所以以往再多的不快此刻也必须收敛，想必他肯放下身段来求助于我，也是经过了非常大的思想斗争的，于是在接到电话后我立刻邀请他来了我家，同时我也叫上了我妈，让他们看看，当你的问题迫在眉睫，是多么需要我这样的人。我的姨爹告诉我，他开车下高速后经由一个“U”形弯准备下道去滨江路的途中，车却无故掉落洼地里。虽然洼地并不是很高，但却让车身损毁严重，所幸人毫发未损。他说这大概要归结于他是个常年念佛的人，所以冥冥之中菩萨保佑了吧。我不是学佛的人，对佛法的研究也非常浅薄，所以我并不能替他证明。我问他是否当天属于酒后驾车或是疲劳驾车，又或者是躲避那些素质不良的驾驶员。姨爹摇头否认，他告诉我，他之所以觉得蹊跷，并不是因为自己丝毫没有受伤，而是因为那条路他已经走过无数次，可以说是闭上眼睛都不可能发生这样的事情，蹊跷的是他明明看到眼前是熟悉的路，开过去却掉进了路边的洼地。他对我说，这期间他绝对没有“打王逛”，不烟不酒的他也绝不可能出现什么幻觉，当时掉下去他就吓傻了，感觉到自己没有受伤以后，爬出车外竟然没有先报警而是仔细回想发生了什么，这说明奇怪的程度已经超过了能接受的认知范围。后来实在想不通，才打了电话报警。警察来了以后，他还在配合警察做事故调查的时候，旁边走过来一个穿黄布衫的看上去50多岁的老和尚，一直待在现场，直到警察走了以后，老和尚才凑上前来对我家姨爹说，施主你应该到庙里消消灾了，你已经是今年第9个在这个地方出事的人了。你运气好，没有受伤，之前已经死了两个了，阿弥陀佛。

说完和尚就走了，我家姨爹本来就是信佛的人，被一个和尚这么没来头地一说，顿时就完全信了，觉得自己的车祸绝对不是意外，而是被什么脏东西给影响了。于是他跟上前去询问那个和尚，那个和尚却摇着头不回答面色凝重地走了。事后他回重庆后，也去了几个大寺庙念佛收惊，心情虽然平静了下来，但是每晚都梦到车祸时的那个可怕场景，惊醒后又是虚惊一场。人类这种动物，就爱钻牛角尖，在自己百思不得其解的时候，就会在潜意识里编造一些虚幻的理由，然后用这样的理由来自己说服自己，迫使自己相信，于是内容就越来越离奇，越来越恐怖，吓到自己不说，还严重影响了自己的生意和生活。

听完他说的这些，我第一判断就是他遇到断路鬼了。

断路鬼如果要按科目来分的话，它和盗路鬼是属于同类的，就好像猩猩和猴子属于同类一样。不过它们的区别在于盗路鬼会出于好意而迷惑人类，带着人绕路到它认为安全的地方，断路鬼却是同样凭着迷惑人类的伎俩，但是却会伤害到别人。

这种情况发生过很多次，全国各地都有，我想很多人也有所耳闻。当初师父在跟我解释盗路鬼跟断路鬼的区别时，我有些分不清楚。师父告诉我，同样是瓢虫，为什么七星瓢虫是益虫，而其他的都是害虫呢？于是我恍然大悟，就好像有人可以安分守己地生活，有人却利用职权在干着些偷鸡摸狗的事是一样的。姨爹对我说，如果我愿意帮忙，那么他可以陪我重新去一次那个出事的地方，一方面把事情彻底解决了，也省得今后还有别的驾驶员在那儿出事。另一方面他也希望能够再去寻寻当初的那个老和尚，因为那老和尚似乎洞晓天机，即便不是，认识一下，也算是跟佛结个缘。我答应了他，接着问他这个地方究竟是在哪里。他告诉我，涪陵。

涪陵我去过很多次了，因公或因私都有，倒不是因为这个地方有多么人杰地灵，而是我非常喜欢那种小山城的感觉。涪陵的发展程度不如重庆如此迅猛，于是它有了充足的理由来保存一些属于自己的东西．涪陵跟重庆一样是两江交汇的城市，不过乌江水却比嘉陵江水清澈得多。如果要问我重庆的哪个城市我最喜欢，毫无疑问是涪陵。于是当我的姨爹这么说的时候，我丝毫没有犹豫。只不过这一次，我却完全没有料到，一去就去了大半个月。

还是走一样的路，我们经由长涪高速路到了涪陵。在经过长江大桥的时候，姨爹告诉我，马上就要到出事的地方了，于是我打起精神，让他在靠近那个地方的时候停车，我走下去先看看。过了长江大桥以后，分了左右两条路，左边一条走的是上半城，直接进市区，右边一条小路插下去，是接通滨江路的。到了路口，我们把车靠边停下，然后步行走下去。顺着我的方向，这是一个倒着的“U”形弯道，所以此刻我算是完全相信了我姨爹说的话。通常在处理这样的 180 度急弯的时候，我想不会有人癫狂到要轰足马力过去，而是一定会减速，然后靠弯道的外侧缓缓绕过去。姨爹告诉我，他出车祸的地方是在“U”形的内侧弯道，这就是说不但过了弯，还开到了逆行的道上，那下边是块荒地，由于地势的原因形成了一个洼地，从路沿算起落差有 5 米左右，如果车辆因为过速而导致跌落，车身是一定会因为车头着地而严重损害，即使有人死有人伤也不足为怪。在这种耐人寻味的地点发生车祸，加之那个和尚的说法，基本上我就断定了这就是断路鬼干的好事。

断路鬼和盗路鬼还有一个很明显的区别，盗路鬼是带着好意的混沌，而断路鬼却是带着怨恨的混沌。而这种怨恨往往是比较大的，最关键的是，它的怨念若不解开，就很难有离开的机会。佛家常说大彻大悟才遁入空门，对于鬼来说，大彻大悟虽然谈不上，但是让它释怀和甘愿离开，却是我辈的分内事。我问我姨爹，既然在这附近遇到了和尚，那么这一带是不是有座庙什么的。姨爹说有啊，说完朝着不远处的山上一指，说就在那里，叫天子殿。

我顺着他指的方向看去，那座山的山顶有一个古色古香的建筑，虽然多次来过涪陵，我却还是第一次知道这座庙的存在。我问姨爹那天那个和尚是不是这个庙里的，他说应该是，因为和尚离开的方向就是朝着庙去的。我说那好，我们去拜访一下。

上山的路比较不好走，但是也算别致，因为在路上除了稀稀拉拉的各路香客之外，我们还能顺带着欣赏一下这一段我不曾留意的长江。从香客的数量来看，这座庙宇大概香火不算很旺，相对于罗汉寺、华岩寺等，萧条了不少。进了庙门，我们一人买了点香，打算既然来了，还是对菩萨尊敬一点，上炷香再说。我不是佛家人，但是深知佛家的大德，于是也是非常尊敬。上完香以后，姨爹拉了拉我的衣袖，对我说，就是那边那个和尚。

于是我见到了那个和尚，一个坐在好像厢房一样的门前，戴着老花眼镜，一边用手指蘸着口水，一边翻阅佛经的老和尚。他头顶香疤的数量告诉我，他习佛已然多年，在一般情况下，这种和尚在庙里已经不会担任什么职务，而是潜心修佛，心静如水，宠辱不惊地看待天下苍生了。我心想既然这个和尚车祸当天一直留在现场，等到警察走后才上来说了那句没头没尾的话，这说明他是知道到底发生了什么事的，并且他是故意等到人走后才告诉我姨爹知道的。基于以上的判断，我想我也自然不必对他有所隐瞒。在行内来说，若是要想把事情解决好，必须要坦诚相对才是。

于是我拉着姨爹朝着老和尚走去。在行礼打过招呼以后，他看到了我的姨爹，并且他的表情告诉我，他认出我姨爹是谁了，也知道我们是要来干吗的了。我对老和尚坦诚了自己的身世和职业，希望他能够以出家人的慈悲为怀，替我和我姨爹解惑，因为他一定知道像我这样的人，如果要跟那个断路鬼硬碰硬，势必不会是好结果，只需要他稍微提点一些线索，我也能在后边操作得更顺利一些。老和尚听完我说的话，微笑着递给我一本书，那本书是个手抄本，年代并不久远，和尚从他身上的布袋里拿出，应该是他自己手抄的。他始终没有说话，面带微笑，即便不是大德，也一定是个高僧。我想他的举动大概是要告诉我，你先别问我问题，先看看这本书再说。我和姨爹对望一眼，心想这样也好，至少人家还搭理我们。于是我坐下，开始读那本书。由于书里有大量的古文，我并不能很好地理解。于是在接下来的将近一个钟头，我一直在与这些文字搏斗，读完以后，也渐渐明白了这位和尚叫我看书的原因。

从这本手抄的《法雨散记》里，我了解到了这座庙的由来。天子殿本名“法雨寺”，始建于唐代，从年代上来说，在整个大重庆都算得上是老资格的寺庙了，坊间称其为“天子殿”，是因为清代的时候，康熙皇帝曾经巡视过这里，于是“天子殿”的名号就此传开。此时我才想起进寺门的时候，看到牌匾上那几条巨大的镀金盘龙，一般的庙宇都是修行之地，极少有和尚敢把封建王朝象征着皇权的龙用在自家的建筑上。几百年下来法雨寺因为交通等因素，俨然成了一个静看天下的场所，这里的和尚们自给自足，少了尘世的干扰，修行就容易多了。后来涪陵的城市面积逐渐扩大，越来越多外地的行脚商人会在赶脚途中，特意来庙里一拜，一是为了拉近佛缘，二也是为自己这一路不遇到豺狼或土匪讨个平安。民国二十五年的时候，有一位叫作杨夔唐的四川人在法雨寺的山壁上，刻下了一个巨大的“佛”字，以此来赞颂法雨寺几百年来默默传法诵佛的可贵谨慎。可是在“文革”时期，庙宇损毁严重，几乎不复存在，山上的僧人也陆续散去，只留下了为数不多的几人还守着那些断墙根。眼前的这位和尚就是在 20 世纪 80 年代加入保护大殿的行列里来的。到了 20 世纪 90 年代，涪陵政府认为涪陵位于长江边，上游是重庆，下游是万州等，涪陵的地理位置算得上是渝东的一道屏障，同时也为了开发旅游业，于是开始重建法雨寺，不过这次的重建就有那么些许变了味，好好的一座佛堂，竟然也开始供奉道家的先祖，而新修的“天王殿”，很不搭调地供奉着弥勒佛，上面用描金大字写着“法乳长流”。自此以后，弥勒佛每天都挺着罩杯坐在那里接受信徒的供奉。书的最后一页，用毛笔写了两句话：

“缘佛，缘法，缘道然？普天，普地，普苍生。”

意思虽然我不大明白，但是隐约能够察觉到，写下这两句话的和尚，必然有一种无奈与无法的叹息。前半句我猜想大概是在说，不知道这一切到底是因为什么，后一句却转而说，我只记住对天地和苍生都去普度便是。

老和尚最后写下的那句话似乎是在告诉我，其实天下发生了什么，我们是知道的，但是我们不能说，也不能过问，出于慈悲，我们好意提醒，却无法干预，我不清楚这算不算是变相拒绝了我们。然后我突然一想，或许换个法子问，他能够松口。我所学的佛法非常有限，于是我只能够对老和尚说，大师，希望你跟我说说这些年这里发生的事，我不是本地人，但是我希望能够帮到那些路过这里的司机，少一个人受到伤害，也算是对众生的一种恩惠。老和尚是个睿智的人，他一定知道我这么问是为了什么，于是开始跟我滔滔不绝地讲起了这一带曾经发生的故事。

在 1971 年的时候，整个涪陵的“文革”斗争发展到了最高潮，先前我姨爹出车祸的那个地方原本是没有路的，而是一片农田。当时有一个养猪大户听到传闻，说即将要批斗到自己的头上了，于是一心急，就打算卖掉家产然后带着老婆女儿和一个养女逃走。可是在当时那种情况下自己的亲人反而成了最危险的对手，当时养猪户的女儿就告密了，于是红卫兵们连夜来了他们家，除了养猪户的女儿之外，父母和妹妹都被拉到一起集体批斗，后来也不知道是为什么大家越来越愤怒，于是开始动手动脚，养猪户为了保全自己的老婆和养女，就主动承认了那些强加给他的莫须有的罪名，他们家也因此被抄家，原本他们全家还都要被游街和坐牢的，但是由于检举人是养猪户的女儿，当时那些红卫兵觉得这也算是举报有功，于是就只没收了全部财产，而不再追究养猪户所谓的“走资派”了。养猪户的亲生女儿还扬扬得意，以为是自己救了自己的家人，给家里人洗去了“走资派”的高帽子。但是对于养猪户夫妻俩跟他们的养女而言，实在对她的做法感到无法原谅。事后，养猪户家里除了一座土房子什么都没有留下，亲生女儿跟着那群疯子轰轰烈烈搞她的革命去了。失去了经济和生活来源，钱也被搜刮光了，很快这个家庭就陷入了不复之地，夫妻俩把剩下的唯一一点大家捐助的钱留给了养女，要她远走高飞，找个老实的农村汉子嫁人算了，然后夫妻俩在家服毒自尽。养女却并没有离开，据说她是一滴眼泪没流地给二老修好了坟，然后守灵三日后才离去，从此就再也没有音讯。而夫妻俩的坟墓却是直到后来要开挖这里新修公路的时候，他们的亲生女儿才到坟前痛哭流涕，说了一大堆对不起父母的屁话，然后就再也没有出现了。

和尚说，后来坟被挖了，尸骨连同着泥土石块一起，都被倒进了长江里。他告诉我，他来的时候这里还没有修路，于是听到以前的老和尚们说起了这个故事。后来修路了，他们才亲眼看到了这家人的亲生女儿。等到坟被无情挖走以后，他和另外几个大和尚，还特地到江边念过往生咒，祭奠这对怨灵。后来这段路常常出现我姨爹那种离奇的车祸，和尚虽然未必知道这种鬼叫作"断路鬼"，但是他们肯定知道是跟那家人久久不散的怨灵有关，否则他也不会在这么些年的历史当中，单单只给我讲这一段了。他心里有答案，不过他不会出手罢了。听他说到这里，我算是理解了这对断路鬼的怨念有多大，虽然不是死在自己的亲生女儿手里，却也差不了多少了，还实在令人心寒。陈旧的事情，提再多也没有用。想要找到那个亲生女儿和养女，似乎也不可能了。对付断路鬼，我的理论知识倒是有，却没有实战经验。拜别大和尚以后，我犹豫着是该继续在附近了解追查还是另寻他法。姨爹说第二天要回重庆，希望能够当天就把事情给弄清楚。于是我想到了一个涪陵的朋友，也许他能够帮我。

这个朋友姓文，按辈分来说是我师父一辈的，但是他从不跟我们这些小辈计较这些虚名。40 多岁的人了，还是整天疯疯癫癫像个年轻人，他是地道的涪陵人，在佛山学艺，对于南洋一带的道巫两家都很有研究，认识他是师父介绍的。他不是道也不是巫，具体是哪一派恐怕他自己都说不清楚，当年师父介绍他给我认识的时候说，他算是行内的奇才，人聪明，悟性高，胆子也大，20 世纪 80 年代末期出师自己单独干，却和本行越偏越远，现在竟然成了涪陵某公园一个太极剑的老师。他家住在高笋塘的一条小路里，那条路左边是粮食局，中间是干休所，他就住在右边的那条深巷子里。他性格活泼开朗，大大咧咧，只要帮得上忙的，他就一定会帮忙。老文对我来说是半师半友的一个人，讲起大道理来谁都听不懂，疯起来又可以跟你称兄道弟，而且最牛的是他在喝酒喝到差不多微醺的时候，就能够看到鬼。我曾经问过他这算不算是阴阳眼，他说不算，是自己体质特殊的关系，活该干这行，活该讨不到老婆，看他那么愤世嫉俗，我也就不好意思继续追问。当我给他打电话告诉了他情况希望他来帮我处理一下的时候，他说我靠我说那两口子上次怎么只出来一个呢，原来还有一个现在才出来啊。我一愣问他什么意思，他说以前他就在这里逮过一个，是那两口子里的女人，或许是因为怨念较轻的缘故，才比较沉不住气。而现在这个自然就是那个养猪户了，连坟都被弄不见了他恐怕也是早就舍得一身剐敢把皇帝拉下马了。他问我现在在哪，我说我在天子殿的脚下，他叫我去他那边接他去，还跟我强调，这种小鬼，也就是分分钟的事情。于是我就跟姨爹开车去了他家。

接到老文后在朝着车祸地点赶过来的途中，他告诉了我事情的玄机。他说断路鬼这种东西虽然发生过很多次，但是并不是每个带着怨恨死去的人都会变成这样的鬼。出车祸的地点是它本来的家，在那个地方的东南方向，是涪陵最大的公墓，西南方向又是涪陵的火葬场，而天子殿的位置正好在那个地方的北方，所以这个车祸地点实际上是在这三个地方所包围的环境的中央位置，加上毗邻长江，全涪陵死个人都得往那个地方经过，于是这个地方有鬼味丝毫不奇怪。天子殿虽是佛家之地，但一来是在山顶，二来道佛皆供，失去了原本的那种纯正，于是所谓的以德来克制已经是行不通了。路上老文还问我，你知道中国的第一本佛经是谁带回来的吗？我说莫非是唐僧老师？他说是，但是在《西游记》里，叫唐僧去取经的虽然是皇帝，但是把猪八戒、孙悟空和沙和尚丢给唐僧当徒弟的，却是观音菩萨和玉皇大帝，最犀利的是玉皇大帝竟然跟如来佛一起住在天庭，这简直是乱了套，你说人家好好取个佛经你道家的仙人们来起个什么哄呢？被他这么一说，我哑口无言。《西游记》我只在电视里看过，我也分不清里面的神仙到底是佛家的还是道家的，但是我知道太上老君至少是道家的，作为一个艺术作品，倒是不必深究，不过中国佛教的汉化，说不定还真是从唐朝就开始了。

老文还说，这个地方闹断路鬼除了先前的地势原因以外，还有个巧合的客观原因。他说在车祸地点的西南方的火葬场，现今已经发展到除了单纯的告别和火化遗体外，还架起了礼炮，声音巨大震耳欲聋，恰好这对断路鬼对于那种炮声显得非常反感，他先前收拾的那个女鬼每次出现的时候，正好就是火葬场打炮的时候，虽然无法考证最近几次车祸发生的时候是否也和打炮有关系，文师父说的这个理由尽管也比较牵强，不过多一种分析也总是件好事。

说话间我们到了车祸发生的地方，文师父从包里取出一大卷红棉线，用一个我们放风筝的那种滚子缠着，他先是测算范围，然后就贴着路沿和地面上切割的缝隙拉线，避免被过往的车辆给冲断，最后烧了一堆纸，然后在坡壁上的一个棵树上用钉子钉了个小红布包，他告诉我里面是稻草和他画好的符，然后他让我拿住线的一头，自己拿住另一头，让我姨爹到火葬场附近买了几串非法贩卖的鞭炮，然后对我们说，稍微等一会儿，等晚点车少了，我们再动手，别引起别人怀疑。我问他那现在这些路过的车要是再出问题怎么办，他说你放心，你当我树上挂那玩意是假的吗？说完指了指树上钉好的小红布包。于是我们三人像大便一样蹲在路边，抽烟聊天，聊人生，聊足球，聊女人。

晚上8点多，天已经黑了。我们所站的位置，可以很清楚地看到从滨江路上来的车辆，却看不到从长江大桥下来的车辆。我姨爹是整个事件最直接的受害者，但也是最帮不上忙的一个，于是文师父让他到上边高一点的地方站着，看着从大桥上来的车，如果有车来就大喊一声。就这么等着，直到上下车都不多了，且间隔时间比较长，文师父才叫我准备好，然后拧开他的酒壶，咕嘟咕嘟猛灌了一些白酒，等着上头。当他觉得自己的酒意有些到位了，就点燃鞭炮，朝着洼地里和路的另一侧扔去，噼里啪啦一阵响后，他大喊一声，收线！于是我和他都沿着最初铺线的轨迹原路往回收，整个过程持续了大约两分钟，最后两股线收起来合拢，双线之间拧了一个小小的死结，我看不到鬼，但是从文师父的目光看来，他已把那个断路鬼给拴住了，因为那个线结还在无规律地晃动着，显然是有种力量在牵引。文师父傻了吧唧地笑着说，好了，抓到了。说完夺过我手里的线头，把那堆线缠成一团，然后放进一个塑料口袋里。文师父示意我姨爹事情已经完了，剩下的就是送这个鬼魂走了。姨爹说，能不能稍微再等一个晚上，我想明天一大早把这只断路鬼送到天子殿，请那位老和尚念经超度一番后，再送走。

我明白我姨爹的意思，我也知道这次的事情，已经改变了他对我的看法，我甚至赢得了他的尊敬。文师父也答应了，不过他说这只鬼今晚他必须带回去，因为他觉得我可能收拾不了他。我在心里暗骂三字经的时候，他已经钻进了我姨爹的车，坐等我们送他回家了。

第二天一早，我记得很清楚那天是我第一次在山顶看到江上的彩虹，和尚们住在这么个让人心胸开阔的地方，难怪不恋凡尘啊。在庙里我才得知文师父跟和尚早已认识，给盗路鬼念完经以后，我们把它带到河边，安静地送走。接着把线烧掉，把灰撒进长江。

事后，当我正跟文师父道谢告别时，文师父接到一个电话，听到一半时发现他地嬉皮笑脸的样子收了起来，有了那么一点凝重。出于礼貌我不便招呼都不打就离开。谁知道文师父挂上电话以后对我说，我帮了你一个忙，你也陪我走一趟吧，我遇到麻烦事了，多个人多个帮手也好。我虽然打算回去，但是既然人家开口了，又刚帮过自己，这肯定是义不容辞的。于是我对我姨爹说，我还得在这里逗留几天，你先回去吧，不用管我，完事我自己坐车回去。姨爹点头答应，跟文师父道别以后，开车回了重庆。

送走姨爹，我走到文师父身边，我说怎么遇到什么麻烦事了？他说这话说起来就长了，你来都来了，就陪我多待几天吧，咱们也好久没聚了。我说好，先把事情处理完再说。我又问他，现在我们是去哪里？你家吗？他摇摇头，朝着东北方一指说：

“我们要过河对岸去。”

16 钥匙

文师父说完这句，眼神里再一次流露出那种焦虑。按道理，这种表情是不应该出现在这个疯子的脸上的。当我再问他过河去做什么的时候，他告诉我，一言难尽，我们一边走一边说吧。没有车，我们只能打车走，他带着我在涪陵一个叫做关庙市场的地方附近吃了碗抄手。文师父说，这一趟可能要把一些必要的东西准备齐全，你最好检查下自己还缺不缺什么东西，如果需要买就立刻去买。我告诉他，随身的东西大致上能够应付多数情况了，就是坟土没剩下多少了，但是这城里到哪去找坟呢。他说那就好，你别担心，一会儿我们要去的地方是在乡下，别的不敢说，坟包倒是多的是。于是吃完抄手后，我们沿着下坡走到了河边，花了 5 块钱的船票，坐船去了河对岸一个名叫北山坪的山脚下。

路上，文师父告诉我，这次带我去见的这个人，实则是他的一个故人的后人，他的这个故人早在 10 多年前就已经去世了。他告诉我，那个去世的故人姓丁，是我们这一行的，早年在涪陵算得上是最老资格的前辈，他在解放初期就开始在行内混迹，也替人解决了不少难题，家里也有些积蓄，有人建议他从北山坪农村搬到城里来住，他却怎么都不肯，没人知道是为什么。后来在“文革”期间他被打倒坐牢，几年后出狱人已经消瘦不堪，他的一身本领也都没有传授给他的独子。我问文师父，这位老前辈既然这么有名那我应该听说过才是啊？文老师说，他太过低调，甚至好像是被迫害怕了，出狱后都开始有点神出鬼没，不再干什么业务，只是简单地在山里乡亲间，替他们做做法事，比如谁家修新房子了，他去看风水，谁家死了人了，他帮忙去送行某某，总之一代宗师，就这么变成了一个地道的农村神棍。我叹了口气，心想那场斗争真是厉害，竟然可以害得一个不惧鬼神的老宗师低下头，并从此害怕起身边活生生的人了！

渡船靠岸后，我们沿着一条弯弯的小路朝着山上走。走到一个分岔口时，文师父指着左边一条小路对我说，你来过涪陵这么多次，知道这条路是通往哪里的吗？我说不知道，来涪陵我都待在城里。他说，那边走过去，有一个遗迹，叫点易洞。我问他那地方是干吗的，他告诉我，在中国古代有个叫作程颐的文学家，曾经被贬到涪陵就隐居在那儿的山洞里，终日吟诗作对，然后用自己的方法参透了《易经》。《易经》我当然知道，干我们这行的，这是必修课程之一，但是从来都没有人敢说参透了《易经》，因为熟知些许，便几乎能够洞晓天机了。于是当文师父告诉我那个程颐参破《易经》时，我觉得他有些夸大其词了。文师父接着说，当初程颐被贬后，就选择了在这里隐居，住山洞，睡石床，心情好的时候喝点小酒看看江景逗逗猴子，心情不好的时候就坐在洞内面壁沉思，皇帝的昏庸和听信佞臣的谗言，使得他空有满腹经纶和报国大志，也不得不在这个偏僻的地方虚度光阴。好在他也算是个心胸豁达的人，而且在当时的文人墨客圈子里，他的威信也是极高的。后来当大家得知他隐居于此以后，都纷纷慕名来拜访，黄庭坚算得上其中最著名的一个。黄庭坚在山上陪着程颐住了很长时间，他也在山壁上书下了许多见解和对《易经》的崇拜，后来被刻成了岩刻。

我说既然这地方这么有名，那么咱们先去看看吧。文师父说，先不忙去，我们还是先去丁家看看，我估计这次的事，和这点易洞有莫大的关系。我有些吃惊，不知道那家人到底惹了什么，竟然可以牵扯出这么久远的历史遗迹。

于是一路上我不再多话，只是默默地跟着文师父上山。走了大约一小时后，远远看到一所砖墙房子，文师父说，就是那儿了。附近的房子虽然不算密集，但大多都是红土房子，于是单从房子的外形上看，丁家人至少在当地算得上是富裕的一家。

来迎接我们的是一个跟文师父岁数差不多的农妇，介绍过我以后，他们俩嘀嘀咕咕走在我前面的小路上，映着阳光，实在是很像一对到山里踏青的情侣，若是身边牵着个小孩就更像了，不过我很快打消了这个调侃的念头。文师父虽然平日里乐乐呵呵的，但是在家庭和感情上，一直是非常孤僻的，用他自己的话说，这叫八字跟天地犯冲，五弊三缺，注定要无伴终老。至于这期间他有没有卸下沉重的包袱而去寻花问柳，外人就不得而知了，但是从他红光四溢的面色看来，这一切也不是不可能发生的。

到了丁家以后，那个妇女并没有先招呼我们进屋，而是对我们说她家男人现在正在床上养伤，让我们动作别太大，不要让他激动，让我们先在院子里歇歇，喝杯水再进屋。说完就转身到屋后倒水去了。走了很久的山路，我的腿毛们早已经被汗水紧贴而发出抗议，也的确需要好好休息片刻了。休息时，文师父告诉我，这家人的户主就是在床上养伤的那位，也就是他告诉我的丁前辈的独生子。丁前辈亡故后，他没有丁前辈那套降妖除魔的本事，就只能当个农民。不过他人还算踏实，前几年承包了别家农户的土地种植枇杷，几年下来，日子倒也过得不错。但是前几天他去城里卖枇杷的时候，却被掀了摊子，枇杷烂了一地不说，自己还因为争辩而挨打，连秤杆和腰包都被没收了，说是要他交了罚款才还给他。于是第二天他拜托自己老婆去交罚款，他老婆交罚款拿到东西后，急急忙忙地回家照顾在床上养伤的老公，老丁打开老婆带回的腰包一看，发现里面的钱和东西都不见了，于是开始着急得呼天抢地。我问文师父，被偷走的钱很多吗？他摇摇头，说老丁就是那时候给他打了电话，说了这些情况，然后说其实里面的几百块钱能有什么大不了的，关键是里面有一把钥匙，多年来都是随身携带的钥匙，也跟着不见了。我说不过就是一把钥匙吗，重新配一把不就完了，实在不行换把锁也可以呀。文师父轻蔑地白了我一眼说，真是幼稚，那把钥匙大有来头。我问他是什么来头，他却不说了，让我待会儿自己问老丁。

休息得也算是差不多了，我们放下水杯，起身进屋去。老丁早就知道我们来了，进屋后文师父先跟他介绍了一下我，并且用了“有真本事”来形容我，让我对这个老帅哥好感倍增。老丁请我们坐下，然后他起身，有些有气无力地捂住胸口说，这次你们一定要替我把那把钥匙找回来。说话间，房间里不知道是哪个地方，过几秒就传来一阵窸窸窣窣的声音。不过，此刻我并不太在意这声音，此刻的我对于那把钥匙更好奇，而文师父先前的描述并不完整，或许连他都没见过那个钥匙。果然他开口问，到底是什么样的钥匙你这么着急？我只知道当年你父亲快死的时候跟我提起过，说这钥匙从他开始要传下去，我知道那是你的传家宝，但是我从来还没见过，不过他死的时候叮嘱过我要拿你当兄弟待，这十几年我也没亏待你什么，不知道你方不方便说一下，到底你父亲当时给你的钥匙有什么奇特的地方吗？老丁说，当初他父亲留下的，除了丢掉的那把钥匙以外，另外还有两把钥匙和一把锁。他父亲临终之前告诉他，那把锁里面藏了一个前人留下的秘密，但是由于非常害怕自己的多言会带来灾祸，所以他父亲什么也不肯说，打算带着这个秘密死去。老丁说，他父亲告诉他，这把锁总共有七把钥匙，其中三把和锁他传给了老丁，剩下的四把钥匙，他已经藏在非常隐秘的地方了。之后他父亲就死了，谁也不知道藏在哪里。文师父问，反正都打不开，你还要那把钥匙做什么？老丁说，他活了快五十年，还是碌碌无为，虽然大家都没说什么，但是他还是想要过得有意义一点，于是这几年他一边种植枇杷，一边就在寻思是不是该想办法打开那个锁，看看父亲到底留下了什么话给自己，因为父亲在临终前，还专门给自己说了，之所以不教他玄术，是因为害怕又落得他那样的悲惨下场。他父亲的毕生心得秘密都在锁里，并特意叮嘱过他，即便只有三把钥匙，但是锁跟钥匙绝对不能放在一起，几样东西一定要分开保存，才能避免被人拿了去，解开其中的秘密。

我听到这里，一下子就兴奋起来了。寻宝啊，这可是我多年的梦想！而且寻到的还是我们这行的宝典，虽然我不知道老丁愿不愿意让我一起看。我和文师父对于别的都不怎么在行，鬼事我们倒是知晓不少，不过到目前为止，在这里我都还没嗅到鬼的味道呢，于是我问老丁，我们还是对那些灵异的事情比较拿手一点，你说的意思是要我们去帮你找回钥匙，这跟灵异没什么关系啊！找是可以帮你去找，但是我们对除开本行外的事情，也没办法。文师父听我这么一说，表示赞同地点点头。老丁稍微坐正了一点，然后还是有气无力地说，所以我才找你们来啊，如果单纯是找东西，我完全可以拜托朋友去给点红包什么的把钥匙拿回来，关键是自从这把钥匙丢了以后，我就觉得有个什么鬼在缠着我了，否则我受这么点小伤，不至于在床上连续躺这么些天的。我问他，那你遇到什么怪事情了？他说，你听到那声音了吗？我说是不是那种好像手机放在桌上发出的振动声？我从进屋开始就听到了。他点点头，侧身到床边，打开床边桌子上的抽屉，打开以后，我听到声音更加明显了。他拿起抽屉里的一个小铁盒，铁盒上面有一张符，他把符咒撕开，然后打开铁盒，放在桌上，我看到铁盒里装着一把那种长条形的、有点像古时候的铜锁，有一根长长的销子，那铜锁在铁盒里就跟手机振动一样，动来动去的。一会，老丁重新合上盖子，再把符贴上，说这符咒是他父亲生前留给他的，说是能够驱邪，这么多年都没有用过，从钥匙一丢开始，这个铜锁就跟丢了儿子的妈一样，莫名其妙地就动了起来。他问我和文师父，你们看到了，铜锁自己会动，这算不算是怪事？

看到这一切，我显然比文师父惊讶得多，我见过鬼移动物体，但是物体始终是死物，需要外力才能够移动，但是这把锁却真的像是一个活物，一直在躁动，似乎表达它的不安和不开心，但是我从来没有见过一个物体能够自己这样。我转头望向文师父，希望他给我个说法和解答。文师父沉默了很久才伸手拿过铁盒，一把撕下符咒，同时对老丁说了句，这咒是安宅保平安的，治不了这东西。然后打开铁盒，把锁拿出来放在桌面上，仔细地观察它。屋子里光线并不是太好，我坐得离桌子又比较远，于是我没怎么仔细看清楚锁上的细节是什么。那把锁从铁盒里换到了木桌上，跳动得更加欢快了，声音也变成了低沉的木质声音。我起身去拉开窗帘，房间里顿时亮了起来，我也走到桌前，仔细看那把锁。它动起来的时候实在是晃眼，但是停歇下来的时候，跟个死物没有区别。这把锁的确是以往电视里演的古时候那种横销锁，锁的底部有一个类似符咒的符号，锁孔非常奇怪，是个不规则七棱八角的孔，文师父说，把你罗盘借给我用一下，我摸出来给了他，他把锁放到罗盘附近，指针随着锁跳动的规律转动着。文师父把罗盘还给我，接着拿起锁来，用手捏住仔细查看，在他看到那个符咒的时候，似乎恍然大悟。接着他转头对我和老丁说，这次的确是有鬼了，然后他对老丁说，但是你别担心，不会危害到你的，这个锁上面目前附了个灵，是你父亲当年封在里面的，下面这个咒我起初还没想起来，后来才回忆起，这是“窦窍咒”，准确地说，这个锁上的灵魂不是一个人的，而是很多个人残缺的一部分。你父亲当年一定念过咒把那些残破灵魂收集起来，组成一个完整的魂，但这种魂是没有办法被带走的，流放到世间还很有可能危害别人，你父亲是高人啊，他用这个方法收留了那些残破的灵魂。

文师父还说，他现在可以肯定的是，这把锁的七把钥匙，分别代表着七窍，所以你老爹才会用窦窍咒，现在正是因为你没能按照你父亲的叮嘱遗失了那把钥匙，这个锁也就是窦母才会开始不安躁动的。老实说，文师父说的话，我没听太明白，或许是所学不同，他懂的我未必懂，不过我是知道有高人能够把一些无法带走的灵魂禁锢在某个器皿或是法器上。我从来不曾遇到过这样的情况，也只能文师父怎么说，我就怎么相信了。心想或许世上真有这么一个奇特的法术，能够把散碎的灵魂重新拼凑，让它们重新组成一个整体，然后收留下来，随时间而净化戾气，或者消失不见。

文师父接着说，现在不管是你要解开锁里的秘密，还是要让这个小鬼安静下来，都只能找回钥匙才行。对了你不是还有两把吗？拿来给我们看看。老丁将他老婆喊进屋，然后帮着他分别从床板之间和书桌底下拿出了那两把钥匙，都用紫红色的抓绒小布袋装着，递给文师父和我一人一把，我们取出来一看，发现钥匙头的造型非常奇怪，是一个方方正正的字，字是反着的，就跟印章一样。我手里拿的这个字是“水”，文师父手里那个却是“石”，我猜想难道是个五行钥匙吗？那剩下的应该还有三把才对啊，怎么会是五把呢？于是我问老丁，丢掉的那把钥匙上，写的是什么字？他说，那把一直是自己随身携带的，上面的字是“出”，听到这里，文师父大喊一声，“水落石出！”这时屋子里好似刮来一阵凉风，一片寂静。显然他也意识到他这种无脑的脱口而出多么低级，为了挽回颜面，他很努力地装出一副继续认真思考的样子。我则拿起那把继续跳动的锁，把钥匙插进锁孔里，却连续试了好几个方式都进不去，于是我把钥匙旋转换了个方向，根据锁孔上的缺口和手上字的笔形，总算找到一个天衣无缝的入口。我拿过文师父手里的那把钥匙，也按照同样的方法试了试，发现在旋转的中间，总能够在锁孔上找到那么一个非常贴切的位置。于是我们判断，要打开这把锁，就必须找齐七把钥匙，并且按照不同的方向插进去，甚至是一个固定的顺序，也就是说我们需要找回那把钥匙，也要找到当年丁前辈藏好的另外四把。

文师父问老丁，你知道抄你摊子抢你包包的那个执法队的人姓什么吗?他说不知道，只知道是当天带班的队长。文师父说，是队长就好办，那就不难找，我们这就下山过河，去试试能不能讨回那把钥匙。

拿到钥匙已经快下午六点了，文师父说他也不知道今天还有没有船回去，于是就给老丁打了电话说钥匙已经拿到了，明天一早再坐船过去。当晚文师父就在他的那间不到30平方米的小房子里收留了我，我们俩一边喝酒一边讨论这件事，还是没有头绪，最后也只能沉沉睡去。第二天一大早，我们搭最早一班渡船去了北山坪，到了老丁家里，我和老丁就迫不及待地想要找寻到一些线索。我们把已有的三把钥匙上加上剩余四把上的字，一共七个字，反复组合着任何一句有可能出现的句子，磨蹭到接近中午的时候，我们终于发现，这七个字，极有可能会是："石鱼出水兆丰年"（出自涪陵白鹤梁题刻。每个涪陵人都熟知这句话，正如北京人熟知"北京欢迎您"一样）。

这句话我知道，而且这句话跟涪陵是有莫大关系的。我们过江的时候，由于三峡大坝蓄水，我们竟然完全忽略了这长江上、涪陵的一个举世瑰宝：白鹤梁。石鱼出水兆丰年这句话就是出自白鹤梁上，那是世界显存最为古老的水文奇观，相传是一个叫尔朱的道士，在江中石梁上修道成仙，驾鹤西去。而且据称古时候这石梁上常常有栖息的白鹤，于是称之为白鹤梁。当然，那是神话，事实上从唐朝开始，各朝代的文人墨客都把这里当成记载长江中上游水文的一个宝地，于是各朝的才子纷纷来到这里，在石梁上刻下自己的题字。石梁上还有用现成的石头雕刻的几条大鱼，大概是因为他们认为白鹤是要吃鱼的，最为奇特的是，在石梁的其中一侧，有一对看上去像是要亲吻的对嘴鱼，相传每年枯水期的时候，石梁露出水面，水位若是在鱼眼以上，来年定然有水灾，若是在鱼眼以下，则势必要干旱，但是如果是刚刚好在鱼眼的位置，则预示下一年一定是风调雨顺国泰民安。千百年来，白鹤梁的报讯从来没有一次失误过，当真一次都没有。只是自从白鹤梁淹没水底，从此再也不会露出的时候，“石鱼出水兆丰年，百鹤绕梁留胜迹”这句伴随了石梁千百年的名句，也就永不见天日。所幸的是，政府最后还是知道毁了一件宝贝，于是开始大兴土木，修建了水下博物馆。不过当时我们去的时候，还没那玩意呢。

文师父和我都觉得，假设钥匙的指向真是那句话，那么一定会跟白鹤梁题刻有关系，而根据文师父对丁前辈的了解，他也觉得这挺像是他干的事，不甘心自己的手艺失传，又不愿意自己的儿子涉足，矛盾心情下他想了这么一个怪招，先是用小鬼守住锁和钥匙，然后分别藏起来，给老丁的三把钥匙就是他给的第一个线索，如果老了凭借这线索能够最终解开自己留下的秘密，那么说明真是有缘人，学一学也就无所谓了。文师父和我都觉得下一个线索或许在白鹤梁的题刻上，但是无可奈何的是白鹤梁现在在水下面呢，该怎么才能找到呢？而且大坝蓄水，要再见它只能等到水下博物馆开放，那可就是猴年马月的事情了。沉默许久，文师父忽然拍了一下大腿说，我知道该去哪里找了！我说哪里？他说易家坝！我问他，那里不是个休闲广场吗，现代建筑，你能找到什么东西？他对我说你不是涪陵人我不怪你，那个广场有一个巨大的浮雕群，上面就是刻的白鹤梁题刻呢！

于是我恍然，似乎印象里真有那么一个浮雕群，于是我们趁着天色还早，就辞别老丁，又一次跋涉回了市区，不过这一次不再忐忑，因为我觉得秘密就要出来了，而它的线索就在我们要去的地方等着我！

连续几天在江两岸奔波，说实话还是非常累的。其实我跟文师父帮着老丁找回了钥匙，剩下的东西我们完全可以不插手，能否解开自己老父亲留给他的秘密就看老丁自己的缘分够不够了。不过他再三请求我们一定要帮助他找到答案，而且我和文师父也实在是对锁里的秘密有浓厚的兴趣，于是两人决定接着追查下去。我对涪陵并不是很熟悉，于是跟着文师父到了涪陵易家坝广场后，才看到了那一排壮观的浮雕群。整整一个下午，我和文师父顶着太阳在那里读碑刻，最后发现这个浮雕群虽然还原了部分白鹤梁题刻的真实文字，但是终究是以艺术展现的形式为主，并没能够给我们提供一个有效的信息。线索再一次中断，无奈之下我问文师父，现在该怎么办？这里的信息太有限，根本发现不了什么有价值的东西。文师父想了想说，我知道还有个地方能够看得相对更加完整，但是现在很晚了，今晚先休息一晚，明天我们去涪陵博物馆看看，我听说那里有拓印的碑刻。第二天，我们又匆匆赶到涪陵博物馆，博物馆是十点开门，进去以后我们对那些战国时期的出土文物没有丝毫兴趣，我们直奔白鹤梁题刻的拓印，又开始一个字一句话地寻找。

话说这个博物馆的位置其实并不是很当道，相对算是比较偏僻，我也不知道当初规划时为什么会选择这样一个地方来修建博物馆。我问过文师父，他说是因为当初规划的时候就打算连同顶上的宝枳城公园和烈士墓一起的，涪陵发生过什么有关“烈士”的故事我并不清楚，不过宝枳城我大概知道。因为涪陵和重庆一样，在巴国时期曾是巴国的首都，而涪陵当时就叫做“枳”，修这样一个公园，虽然我没有去玩过，但是我想大概是为了纪念这么一段历史吧。于是接下来的两天，我和文师父不断地把在博物馆看到的、觉得有价值的信息抄写下来，晚上就在住处分析和排列组合，这项工作非常耗时耗力，到了最后，我跟文师父也只整理了其中几个看上去好像有点关联的东西。根据博物馆记载的位置显示，在石梁以北，面朝北山坪的那一侧，刻上了这么一段话：

“洛水溯渊源，诚意正心，一代宗师推北宋。涪江流薮泽，承先启后，千秋俎豆换西川。”

然后在这段话的下面有一把小剑，剑把上有个小太极。剑是斜着的，剑头朝下，如果按照当初的方位来计算，这把剑应当是指向北山坪的。而这段话的含义我们经过查询，发现其中“洛水”指的是现在的河南洛阳，涪江就是涪陵这一段的长江。从其内容来看，无疑这段话是在赞颂程颐，因为程颐是洛阳人，再加上程颐在点易洞参悟《易经》，石刻上的剑又指向点易洞的方向，丁前辈祖辈又都是住在北山坪的点易洞后面，虽然略显牵强，但是彼此还是有一定关联的。于是我跟文师父分析好久，觉得这大概是几天下来我们所掌握的最有价值的一条信息了。我们也说定，若是这条路再走不通，那么我们就要把实情告诉老丁，说我们无能为力了。

第二天一早，我们出门坐船过河，路上给老丁打了电话，告诉他我们先去一趟点易洞，去那里看看能不能找到别的线索出来。我来过涪陵很多次，

这几天来回奔波于老丁家和市区，点易洞一再路过，却始终没能去一睹真容。于是当我到了点易洞的时候，就被眼前的景象吸引了。点易洞所在的山壁上的石刻众多，地方虽然不大，却尽是饱学之士留下的墨宝。不一会，我们来到了一个洞前，洞门顶上写着“点易洞”三个大字，想来当年程颐是在这个洞里参悟《易经》的。在洞门的两侧，我惊喜地发现，那首在题刻上写下的“洛水溯渊源，诚意正心，一代宗师推北宋。涪江流薮泽，承先启后，千秋俎豆换西川”如同对联一样一左一右刻在两边，进门处的地面上，也刻了把和题刻上的小剑一模一样的剑，剑尖所指向的方向，正是被淹没的白鹤梁。于是我和文师父暗暗庆幸，这次也许是运气好，找对了地方。我趴下身来，仔细看着那把小剑。顺着剑尖所指的方向，一点一点地找过去，在距离刻有小剑不远的地方，地上的砖面上，又刻了一段小诗：“正公点易寅啸论寒暑，清水化墨辰吟笑春秋。”

这首诗我大概能够读懂，正公指的就是程颐，而这段字肯定不是他自己刻上的。因为“正公”二字是在他死后才有的封号，而且我们看那排字的刻痕并不久远，边缘还比较锐利，这就说明，这段文字是近代才刻上的，如若这一切跟丁家老前辈有关的话，那么很有可能这首诗就是丁老前辈自己刻上的。诗的意境略微有些狂妄，有些不羁，是那种空有本领却无处使力的无奈和自嘲。文师父看到“清水化墨”四个字的时候，他说，我知道这指的是什么了。我抬头望着他，他说，指的是洗墨池。

我问他洗墨池是什么东西，文师父告诉我，离这个洞不远处的一个山壁暗角处，有个好像水槽一样的坑，坑里的内壁全是黑色的，但是水却是清亮的，相传是程颐当时在这里面洗笔，用墨汁染成的，于是叫洗墨池。说话间他带着我走到了洗墨池边，当我正在惊叹这个池子的神奇之处时，文师父已经拿着罗盘在池子边比画起来了。我问他在找什么，他说，你没看到那首诗里的，“寅啸”和“辰吟”吗？寅指的是虎，辰指的是龙，拿到盘位上加以计算，我们可以判断出这两个位，就好像是数学上说的横纵坐标一样，找到这个点以后，再看看里边有没有东西。经过一番折腾，最终认为那个点是在洗墨池的右边下角处，我俯身去看，果然有一个小缝隙，我走到附近树边，折了一小截细细的树枝，然后伸到那个缝隙里去掏，掏出来一个大概只有拇指大小的、薄薄的小石片，上面刻着“寻得有缘，玄机尽在鹰岩正北，卯碑下”。字迹清晰，估计时间不会很久，一定就是丁老前辈刻下放在这里的。为了寻找到剩余的四把钥匙，我和文师父已经辗转了很多个地方，所幸的是这次没有找错，按照石片上所说，似乎那四把钥匙就埋在一个叫做“鹰岩”的地方，那儿的正北方有一块碑，四把钥匙就埋在碑下。

我又糊涂了，求助的目光再一次看向了文师父。文师父想了想说，如果我猜得没错的话，这里的鹰岩应该指的是“老鹰岩”。我问他那是什么，他说是目前我们所在的这座“北山坪”山巅的一块伸出的巨大岩石，因为从江面上看去，伸出的部分很像是一个老鹰的头，山体就是老鹰的身子，千年万年地伏在长江之上，像一只雄鹰，世代镇守着这片土地。文师父还告诉我，很多涪陵人在休闲之余，都喜欢到老鹰岩去登高望江，不过真正靠近悬崖的那一段却没什么人敢去，而那一段的方位就正好是朝北。我心想若这一切的局真的是丁老前辈在去世之前特意留给儿子的话，他一定是冒了很大的风险，一个上了岁数的老师父，到悬崖绝壁上去挖坑埋钥匙定然需要莫大的勇气，而且他把这些线索设计得如此隐秘，也算是保护了自己的秘密，同时也是在考验儿子，是不是真的和自己的本领算得上是有缘人。

我问文师父，老鹰岩离这里远不远。他说，从背后的道观绕过去有一条路，一直走半个多小时就能上到岩上。于是我们收起寻到的东西，开始了又一次的跋涉。到了老鹰岩的时候已经下午两点多了，我们却还没有吃午饭。附近都是荒山野岭，即便是找到人家，人家也未必肯赏一口饭吃，于是我们决定先把东西尽快找出来，然后去老丁家里弄点吃的，我从第一次去老丁家，就对他家门口挂着的老腊肉产生了巨大的兴趣。老鹰岩上，有一个小栏杆，上面写着“请勿翻越”，可是我们翻越了。接着走了十来步，就找到了小石片上说的那个小碑。与其说是碑，其实就是一个类似于界碑的指示碑而已。上面用朱红的字刻着“丁卯”二字，丁卯大概是 1987 年，有了这个卯字，我们就觉得找对地方了，眼看四下无人，我们就动手挖了起来，没有工具，就只能徒手或是用一些长条石块之类的东西，在碑的北侧下挖大约两寸的位置，挖出一个小铁盒。铁盒约拳头大小，表面锈蚀严重，原本的那些图案已经看不清到底是什么了。我们怀着忐忑激动的心情打开铁盒，发现里面有四个抓绒小口袋，每一个袋子里，都装着一把老丁手里的那种钥匙。每个钥匙上的字则分别是“鱼”“丰”“兆”“年”，加上之前那三把钥匙，连起来果然是“石鱼出水兆丰年”。

我们非常高兴，现在钥匙和锁都有了，我们只需要把钥匙带回去给老丁，然后让他决定怎么处理便是了。于是我们原路返回，在道观处选择了另外一条小路去了老丁家，进屋后老丁看到我们带着剩余的自己父亲埋下的钥匙回来，非常激动，但正是因为这种激动，他却一时难以定夺，自己究竟该不该打开那把锁。看他久久无法决定，我就告诉他，虽然这些东西不是你亲自找到的，可以说与你是无缘的，但是既然由于钥匙被抢而联络了我们，继而把这一系列的线索都找了出来，这说明这东西是跟你有分不开的关系，而且那是你父亲特意留给你的，我觉得你应该认真对待。他思考了片刻，然后点点头，最后告诉我们，他决定打开锁，看看自己的父亲到底留给了自己怎样的东西。

于是按照我们的指示，老丁先是把七把钥匙按照“石鱼出水兆丰年”的顺序排开，先拿起“石”字钥匙，像我之前的方法一样，在锁孔里找到一个合适的位置，然后扭开；接着取出那把钥匙，换了“鱼”，如此重复，当“年”字钥匙进去的时候，我们都非常紧张，因为不知道到底打开锁以后会发生怎样的情况。文师父此刻也用绳子围住了锁，因为他没有忘记锁里面还有个被拼凑灵魂的小鬼。当锁销弹开以后，发现它是个中空的圆柱体，里面卷着一张细细的小纸。文师父把那张纸倒了出来，然后锁上了锁后，才把红绳撤去。他把那张纸交给老丁，老丁又开始有些犹豫，也许是真相就要在眼前了，他紧张吧。好一会他才展开那张纸，上面却还是写着一首诗：

“某某某某某，河山自在胸。大贤留归物，藏书文峰中。”

这里的某某某，指的都是方位。

新的难题又来了，丁老前辈也算是够会折腾人的，当老丁看到这首诗后，他说他记得父亲生前有一次离家大概两天，回来之后他问他父亲去了哪里，他说去文峰塔了，文峰塔会不会就是诗中所说的“文峰”？文师父突然说，对了，我想起来了，文峰塔就是我们常常喊的那个“白塔”，在长江乌江交汇处的右侧山顶上！我问他是不是我们每次下山坐船的时候看到的远远山上那个要倒的塔？他说是的，而且这次丁老前辈把方位都标注了出来，不管文峰塔里有没有最终答案，但是至少那里是最后一个要去的地方了。老丁的伤势实际上也好得差不多了，他决定第二天跟着我们一起去文峰塔。

去文峰塔的路非常不好走。路上文师父告诉我，那座塔修建于清代，原本好好一座古建筑，却不知道是为什么没有受到保护，以至于现在都变成了危房。说话间不觉就到了塔下，周围杂草丛生，那座塔看上去快要倒掉的样子，我真担心我们上去以后就会随着它一起跟这个世界说拜拜。

塔下的青石板上，到处都是一粒一粒像巧克力豆一样的东西，我看这周围却并没有什么树木，那这些豆豆是从哪里来的呢？于是我弯腰捡起几颗，拿在手里，豆豆捏上去还水润润、软乎乎的，像小时候玩过的橡皮泥。文师父看我一直把那些小豆豆捏在手里，突然不怀好意地一笑，问我，好玩吗？我点头说是。他又问，喜欢玩吗？我点头说是。然后他在我最兴奋的时候，告诉了我一个我无法接受的事实，他说，那是兔子和羊的屎。

晴天霹雳后，我强忍住泪水在附近的草上擦了擦手上的屎，还有些在指甲缝里，无法清理干净。那儿是山顶，附近没有水源，于是我催促着他们快点找东西，我要下山洗手。文师父按照之前丁老前辈诗里面留下的几个方位，带着我们一起爬到文峰塔的某层，接着在其方位指向的某一块六边形的青石地砖处停下了脚步。那块砖看上去明显是被人撬起来过，因为接缝处的灰尘比其他的接缝处少了很多。我们伸手抠起这块砖，砖底下压着一个黄色丝绸包着的包包，我们把它取出来交给老丁，然后还在砖的背面，看到丁老前辈刻下的一段话。

那段话挺长，大概的意思就是早年间他无意当中在点易洞附近找到一个神龛，神龛的佛像底座下，发现了一张古老的生羊皮，羊皮上写着字，内容全是程颐当年悟经的心得和一些对后世的见解，但是在落款的地方，写下羊皮书的作者，竟然是南宋著名的思想家朱熹老先生。朱熹当年也曾经到过北山坪，他和程颐一个死了另一个还没出生，但是朱熹十分钦佩程颐，也就来寻他的遗迹，后来在自己的参悟途中，融合了大量程颐对《易经》的见解，两人成就了著名的“程朱理学”。那份羊皮书上记载着程颐当初预言千年后的事情，这也是《易经》之所以神秘的地方。丁老前辈早年被人迫害，于是不敢过于高调，就根据程颐朱熹的易学知识自己加以研习，写了一本《丁氏易理》，一并埋藏于此。黄丝绸包着的是一本蓝皮的线状手写书，上面写这《丁氏易理》，还有一张折得整整齐齐的羊皮书。我和文师父接过羊皮书仔细察看，我看得有些恍恍惚惚的，文师父却非常惊讶，惊讶到他激动得有些颤抖。他告诉我们说程颐当年参悟的时候，走了些偏路，在他写的东西里，他曾预言千年后的涪州，将会“巨鱼翻江河，硕鼠破地宫”。

我问他这句话是什么意思。他说太准了，虽然时间没有到 1000 年，但是程颐所预言的事情却真发生了。我听得一头雾水，要求他解释一下，否则我将把捏过羊屎的手指伸进他的嘴里。他才告诉我说，涪陵在 20 世纪 90 年代曾经发生过程颐所预言的两件大怪事，而且至今都没有个准确的官方说法。第一件是上世纪 90 年代的时候，有两条巨大的鱼在长江乌江交汇处掀翻了一艘河砂船，之后新闻出来说那是两条回游到长江上游的巨型中华鲟，目前这两条中华鲟被圈养在宜昌的某个水族馆里。另一件怪事也发生在上世纪 90 年代，当时有工人在维修下水管道的时候，发现几只巨大的老鼠，据说比人还要大。当时巨鼠咬死了一个工人后，市民开始恐慌，后来有官员出来辟谣，一会儿说这件事子虚乌有，一会又说是老鼠受到污染而变异，至今也没个准确的说法。文师父说，作为一个千年前的古代人，竟然能够准确预测到涪陵这小地方发生的事，《易经》实在是太神奇了。我很惊奇，也对我们这行的先人们肃然起敬。

我在翻阅《丁氏易理》的时候，老丁发现了书里面夹着一封父亲写给自己的信，信的内容我们不得而知，但是老丁看过以后激动地流泪了。

解开了所有的秘密，我们从文峰塔回到老丁家，接下来的十来天，老丁非常慷慨地把他父亲留下的典籍给我们参阅。不得不说，我们总是自命不凡，觉得以前的人老土，谁知道前人的智慧，我们这些黄毛小子根本就无法比拟，看过丁老前辈的手记，我受益匪浅，也为我今后的日子加上了重重的砝码。

那次之后的再一次见面，老丁已然成了北山坪上的一名居士，据说他研习其父亲留下的典籍略有小成。他枇杷也不种了，靠什么吃饭我也不知道，人也沉稳了许多，问起他的时候他总是笑而不语。

遗憾的是，2009 年，当白鹤梁水下博物馆开幕了，老鹰岩却因为“危害河道”被炸毁了。长江上的老鹰没有了，那个由老鹰岩、白鹤梁、文峰塔构成的铁三角也因此缺了一角。若是老丁的故事晚了那么几年，或许我们一辈子都无法知道这中间的故事。

后来听说老丁在熟读《丁氏易理》后，将其献给了国家，目前此书被中华民俗博物馆收藏。

文成君前辈，于 2009 年 9 月 27 日因心肌炎去世，而我却成了唯一给他扶灵的人。那天正好是我的生日。

裁缝

2009年我搬新家的时候，跟彩姐收拾东西，发现一个铁质文具盒，那是我小时候的东西了，不过里面装的全都是这些年来我收集起来的一些灵异照片。

我算得上看过无数灵异照片的人了，网络上流传的那些我大多也看过，不过很多一看就知道是假的。而我这个铁盒里装的，都是全世界独一无二的东西。为了不吓到彩姐，我在收拾东西的时候特意对她说，别打开那个盒子，我怕吓到你。于是在我转头的时候，她已经打开坐下专心看了。看完又害怕，于是就来虐待我，还要逼着我讲一些照片上的故事。

在那个盒子里，有一组照片，拍摄于同一个年代，同一部相机，但是因为辗转流离的关系，最后我只收集到6张，当然都是从同一个人的手里收集的。2006年，我因为种种因由接触到这位与这6张照片有关联的83岁的吴老先生，当时在他身上发生了一件不可思议的事情，整件事情要从60多年前，他手里这六张来自民国三十一年的灵异照片说起。

认识吴老先生是朋友介绍的，而这个朋友是吴老先生孙子的同学，比我大几岁，做生意却比我精明多了。吴老先生是个地道的老重庆人，战争年代曾到江苏上海一带躲难过近 10 年，20 世纪 50 年代回到故乡开办了一个手工服装品牌加工厂，如今连锁店在重庆达 10 余家，直到 80 岁高龄他才将产业传承给了子孙。所以钱他是大大有的，于是当我这朋友让我帮忙的时候，我没有丝毫犹豫就答应了。

吴老先生岁数已经很大了，但是意识还是非常清楚。这归结于他烟酒茶都不沾和多年的素食，所以跟他聊天的过程当中，我深深被这个老人历经风霜还宠辱不惊的态度折服。我那个朋友告诉我，老人的问题其实由来已久，只是最近变得分外严重，他的孙子开始有些担心他，同时也因为是长孙，为了今后能够继承祖父的家业，于是在这个时间显露出了特别关心。人性，不去评论，谁能没点小秘密？应了吴老先生孙子的邀请，我去了位于经开区的一个高档洋房社区。

我在很多家庭斗争的电视剧里普遍看到这样一个现象，那就是家里最老的那个人，非常有钱有势，或者是掌控了一个庞大的金融集团，到了他们意识到自己即将不行的时候，身边总是围聚着那么一群谄媚的人，当然，这当中不仅有他的儿子女儿，甚至还有孙子和七姑八嫂，每个人都在想尽办法对他表达自己有多么关心他，其目的往往都是更多地分得财产，而这个最老的人，住的地方一般都装扮得非常豪华复古，身边总跟着几个穿得很土但是看上去非常老实的佣人。我是指，电视剧都是这么演的。所以当我踏进吴老先生家大门的时候，我就意识到原来那些电视剧里的狗血桥段并非是胡编乱造的。他家里的豪华程度超过了我的想象，只不过吴老先生矍铄的模样倒是跟电视里那些快死的老头子差别很大。坐下以后房间里除了他和他孙子还有我以外，他吩咐其他几个照顾他的人都回避了，甚至包括我那个朋友也回避了，然后吴老先生才告诉我发生了什么事。

他对我说，原本他是不愿意相信这一切的，因为所有事情的发生，都是近期才开始变得有些严重，而且他对这件事并没有察觉，而是听了孙子的话，在卧室里架了一部摄像机，看回放的时候才相信了原来自己真是有些不对劲。说完他就叫孙子去把摄像机拿过来。孙子走后，他接着对我说，这次邀请我来，一来是希望我能够解决这个问题，二来也是希望对这件事能够有所解释。吴老先生的态度比较强势，他的话总是让人觉得不允许有丝毫的反抗和怀疑。

没过一会儿，他孙子就拿着摄像机从二楼下来了，然后坐到我身边，打开放给我看。整段录像的时间大概有六小时，前面一半还好，吴老先生只是在床上睡觉，偶尔会有翻身的动作，于是一直按快放，直到四小时左右的时候，看屏幕上显示的时间是夜里三点多，这时候看到老人坐了起来，侧身坐在床沿上。吴老先生的孙子跟我解释说，他爷爷有腰椎间盘突出，白天还好，一般夜里起身都是要吩咐佣人来帮忙拉一把的，其实大多数他这种岁数的老人，屎尿都是直接尿到成人纸尿裤里了，但是他却多年坚持要下床去厕所。而录像里，他自己起身坐了起来，这是第一个疑点。摄像机摆设的位置在床头的左上角，床的左侧则是靠着墙壁的，也就是说，当拍到吴老先生起身坐在床沿的时候，只能拍到他的半个侧背影。视频里，看到吴老先生就这么在床沿上呆坐着大约有十分钟，他孙子再度按了快进，于是整个屏幕上，只有吴老先生前后微弱地摆动身子。按回正常播放后，只见他站起身来，然后转身面向摄像机，抬头望着摄像机，露出一个很诡异的微笑，接着用倒退着走路的方式，走到衣柜前，转身，拿衣服，期间动作在持续，目光却始终一动不动地望着镜头并保持那个看上去很诡异的笑容，当他把衣服从一个小木箱子里拿出来以后穿上，却是一件花纹布料的女式旗袍。

深更半夜，一个年逾八十的瘦小老人，竟然面带笑容穿着女式旗袍站在夜视镜头前！只见他换好衣服就走到离镜头很近的地方站着，笑容没有停止，连眼睛都没有眨一下。正常人不要说不眨眼睛，就连这么长时间保持这样的笑容，恐怕也早就面部肌肉抽搐了，然而他一站就是差不多两小时，然后才用一种比较媚气的姿势倒退着走回衣柜前，把衣服脱下放回原处，然后再穿上自己的睡衣，重新回到床沿，这才回过头去不再望向镜头，再呆坐了几分钟，就钻回被窝里继续睡觉。接下来的一切就跟起初一模一样了，没有异常，只是不知道是不是衣柜门没有关紧的原因，在片子快要结束的时候，那个衣柜门自己弹开了。

如果是现在看到这部录像，我会觉得这一切和有个叫《鬼影实录》的伪纪录片很相似，不过在那一年，我还没有看过那个电影，所以我看完有种说不出的压抑感。按照我过往的经验，如果真是鬼作怪的话，那么摄影机在那里拍了一整个晚上，应该是可以拍到鬼的踪迹的，但是当时却什么都没拍到。所以吴老先生那一晚的行为看上去更像是在梦游，但是梦游的方式又大大超过了一个正常人的行为范围，别的不说就是那连续几小时地保持笑容，恐怕不是谁都能坚持得了的。

收好录影机以后，我突然觉得有点不知道从何说起，整个片子给我的疑点无非就是这几，一是老人自己使力坐了起来，二是面向镜头那诡异的微笑，三是倒退着还能准确无误地走路、拿东西和穿衣，四就是那件女式的旗袍。如果一定要说的话，那个衣柜门自动打开也算是很奇怪，但毕竟那是有存在的可能性的。就这几点看来，最让我觉得有可能切入的，还是那件离奇的旗袍。因为按我之前从朋友和吴老先生孙子口中了解的情况，吴老先生虽然是个裁缝出身，但是他的老伴很多年以前就已经去世了，之后他并没有续弦，而且就算是他的旗袍是做给自己当初的老伴的，他老伴去世的时候应该也不会是能够穿下那件旗袍的体形，吴老先生之所以穿得下，是因为他本身个子比较精瘦矮小，即便这样他穿上之后还是显得非常紧绷绷。莫非那件旗袍是他做给自己穿的？或者是他本身有很严重的异装癖？或是上帝装错了灵魂，他一个老男人的内心里竟然住着一个年轻的少女？不过我很快否认了自己这龌龊的想法。虽然还有微笑和走路方式的佐证，使得这一切看上去，的确是非常怪异，但我并不能因此就判断是灵异事件，于是我开口问吴老先生，能不能跟我讲讲那件旗袍的来历，让我也试着分析分析。于是吴老先生跟我讲述了他传奇的一生。

他说他生于民国十二年，也就是 1923 年，小时候家里穷，他没念过什么书，自己的父亲粗略教会了他识字，在他 14 岁时，也就是 1937 年抗日战争开始的时候，重庆还算是一片太平，但是因为 14 岁在当时算是大孩子了，吃饭什么的都开始按成人的量来计算，于是家里觉得他会给家庭造成负担，就拜托熟人，把他送到一个姓周的布店兼裁缝店老板那儿当学徒。吴老先生也算是很有天赋，几年下来，师父的手艺都学到了，于是他提出出师，继而就在师父的布料行里，占用了一个小角落，摆上了一个裁缝摊位。渐渐地，店里的生意越做越好，大家对店里的布料和裁缝的手艺都非常满意。周老板很感激这些年吴老先生给店里带来的收益，为了留住他，于是就跟吴老先生提出，要把自己的独生女嫁给他。那一年吴老先生 19 岁了，也算是到了成家的年纪，而且周老板早就知道吴老先生对自己的女儿情有独钟，既然两小无猜，自己也就促成这桩美事，一来不怕成亲以后吴老先生对自己女儿不好，二来也可以因此成为一家人，牢牢留住吴老先生。19 岁的吴老先生心智也成熟了，他自然明白周老板此举的用意，不过也觉得是好事，也就欣然答应。在婚后没过多久，时局发生了巨变，日本人开始断断续续地空袭重庆，人们大部分时间都在躲避炸弹的袭击，生意惨淡了许多。渐渐的，来店里买布做衣服的只是些城里有钱人和一些当时陪都军官的夫人们了。

吴老先生告诉我，那件旗袍就是一个军官夫人订做的，当时她买下了在那个年代很时髦且和大多数老百姓穿的不一样的带小花纹的布料，要求做一件旗袍，他做好以后就按照那个太太留下的地址给送过去，却发现已然是人去楼空，向附近的人一打听，才知道这个太太的老公触犯了军法，已经被革职枪毙了，而这个太太也因此受到了牵连，现在不知死活，无踪无影了。于是他只好把旗袍带了回来，一直保存着。又过了很久，周老板的布店里，突然收到了一封信，拆开一看，却是由当时的汪精卫政府给重庆各个行业精英寄来的“特赦令”，意思是只要你现在离开重庆，投诚南京政府，那么可以给你在路上开绿灯，而且还给重新安置费用。周老板和吴老先生都是普通的商贾，说大了天，也就是个比较富裕的百姓，他们对抗不了两派政府的威胁，更无法抵抗天天在头顶丢炸弹的日本飞机，于是思考几日后，他们还是决定关掉经营多年、已经在当时的重庆略有名气的布料店和裁缝铺，举家逃往南京。他们俩都算是比较长情的人，临走时，为了带走一些这座城市最后的记忆，于是他们在临走时，拿相机拍下了这座被炸得快成了一座空城的渝中区。

吴老先生告诉我，当时他们拍了有 20 多张相片，但是当他们逃到南京以后，又辗转去了上海，在几个地方的相片冲印店冲印出来后，发现只有六张能够完整地显像，其余的，都会被一团白色带着花纹的东西所遮蔽住，也就报废了。吴老先生停顿了一下告诉我，当时他们觉得非常奇怪和害怕的情况是，在那六张照片里，几乎每一张都能够在某个不是很显眼的地方，找到一个穿着旗袍、歪着脑袋笑的女人，可怕的是，那件旗袍的花纹正是吴老先生给那个军官太太做的那种花纹，因此他看每张照片上的那个女人的面孔，就越来越像是那个太太。他说他并不知道是不是心理作用的关系，总之越看越像，因此他害怕了好长一段时间，还去庙里烧香拜佛报平安过。后来日本人被打跑了，老蒋因为剿匪不力也退去了台湾。在这期间，周老板去世了，剩下他和周老板的女儿觉得也在他乡漂泊这么多年，也想念故乡了，于是就回了重庆，在现今的储奇门一带，重操旧业，继而生意越做越大，几十年下来，形成了现在的规模。

他说，自己的老伴在20世纪90年代初期的时候去世了，膝下儿女倒是不少，自己越老也越觉得是时候早点把这些东西交出来了。但是最近这段时间，佣人和儿孙们儿女们说了他晚上的怪异举动，但是他自己却对此并没有印象，最终孙子说服了他同意在卧室架上个摄影机，拍摄了一晚，就看到了起初我看到的那一切。

听吴老先生说完，我仔细梳理了一下这一切，他所说的当初拍下的那六张照片上的那个穿旗袍的女人，而且穿的还是他给那个军官太太做的那件，这或许说明，那个太太在他们全家逃离拍下照片时已经死了。而且吴老先生说，那个女人是笑着，歪着脑袋出现在每一张照片里，这不就和吴老先生的录像里的样子是一样的吗？基于以上两个推测，我觉得吴老先生近期的奇怪举动，很有可能就是被那个军官太太久久不肯散去的灵魂所影响，而造成那个军官太太不离开的东西，一定是那件旗袍！想到这里，我对吴老先生说，你能不能给我看看那几张照片？他说可以，于是就唤来佣人，把他扶进房间，不一会儿就拿出来一本相册，相册里夹了个牛皮纸信封，他从信封里取出那六张照片递给我。

我仔细看了那六张照片，和我过往看过的灵异照片不同，这几张照片里的那个旗袍女人非常清晰，若非他告诉我，那里本来是没有人的，或许我会想成是有人站在那里故意拍下的，莫非是当时的摄影器材能够更好地捕捉鬼魂？在其中一张挂有美国国旗和青天白日旗的照片里，墙上贴着几张海报，是孟丽君的表演海拔，而旁边的大门上有几个大字：国泰大戏院，在当时的重庆，国泰大剧院算是最老资格的戏院了。而在另一张照片建筑的其中一个空洞的窗户里，我也找到了那个穿旗袍的女人，不过也只有这一张，那个女人是没有头的，对于一个人人都在逃难的城市来说，这样淡定地站在窗前拍照，显然是不合常理的。我仔细分析了所有照片上人的姿势和表情，根据经验判断，这就是那个军官太太的鬼魂。

我把我的判断告诉了吴老先生，他说他起初也想过，不过事情都过了这么多年，也没有发生过太多怪事，自己也就早已不当回事了，正所谓人老了什么都看开了，既然看开了，也就无所在乎了。他说若不是这次听别人说，鬼魂容易惹上快死的人，他也不会请我帮忙，因为自己还有很多事情没有交代，也觉得自己好歹还能再活个几年，而且现在的条件和当年逃难不一样，当初几乎是一无所有，而现在自己是富甲一方的大老板，也比较有能力和实力来处理这件事。接着他问我该怎么办，我说我得请你把那件旗袍交给我，剩下的让我来办就是了。

吴老把相片和那口装了旗袍的箱子一起交给我，我说我要带回我工作的地方去做，你这房子金碧辉煌，我怕会有影响。吴老先生对我说，这口箱子里装的旗袍，60 多年来一直都跟随着他，因为他始终没能够亲自把这件衣服交给那位太太，这对他来说就好像是一个画家应约画了一幅画，却在画完之后，找不到来欣赏画的人了。而且他说他一直保留着这件衣服，也是为了等待那位太太，也许有一天奇迹出现，那位太太找到他，付钱拿走衣服。但随着自己越来越老，这种可能性已经几乎没有了。我想他之所以这么说，也许是认为这也是他这种手工匠人的一种遗憾。带着对这种遗憾和对人承诺的坚守，我离开了他们家，路上我给我的一个同行朋友打了电话，请他到我这里来一趟。

当同行到了后，我让他用召灵的方式和鬼魂建立沟通，让那位太太亲自告诉我们到底发生了什么。我们点了七根白蜡烛，六根在四周一根在中间，彼此用红线相连，形成一个六菱阵，再摆上一本我那个同行多年整理下来的手写字谱，那是一张摊开后很大，却密密麻麻写满字的大纸，然后在字谱上面蒙上了一层桌布纸。他的咒是我不懂的一种，他与鬼魂交流的方式我也不懂。等到他问完，那张透明的桌布纸上已经滴了很多蜡印。他一直在走动问话的时候，我就跟在他的身后，每滴下一滴蜡，我就在边上写好数字顺序，后来他把旗袍上的灵魂安置在红绳阵里，和我一起把那些字连接组合起来。

整个过程非常漫长，走了不知道多少圈，我连腰都快要弯断了，才把那些字按顺序连接起来，成了一段话，其中有不少错字，于是拼读的时候只能根据音来区分，我们得到的信息大致是在说，她是当时重庆国军警备司令部的一名校官夫人，自己的男人因为被蒋介石政府查出有串通汪精卫伪国民政府的嫌疑，先是被革职，在逃跑途中被截下，严刑拷打，她却在这期间因为受不了苦难而先死了。原本军人是不会对罪人家属施暴的，但是由于通敌叛国是大罪，为了让那个校官尽快招供，于是当着他的面折磨自己的太太。人死了，但是那个太太却和校官感情非常深厚，于是才去订做了一套漂亮的衣服。我这才恍然大悟，原来不是先订了衣服自己才死，而是死了之后鬼魂去订的衣服，甚至可能还没反应过来自己已经死了。也就是说，从那个时候起，吴老先生就已经中邪了。这衣服做好了，自然也不会有人再来取。鬼魂的想法是单纯的，她订下的衣服绝对就是她自己喜欢的，或者是她认为自己丈夫喜欢的，但是自己又穿不了，于是这么多年就一直跟着那件旗袍，而吴老先生半夜中邪起身的现象也绝对不是最近才发生的，一定是已经不间断地持续了好多年，只是没有人知道和发现罢了，这也解释了为什么吴老先生会半夜起身穿旗袍扮女人了。

虽然在当时的那个年代，这种事情几乎每时每刻都在发生，但是在我们60多年后听来，依旧还是恻然，尽管单纯无害，却也算得上是一往情深；尽管身世可怜，却始终是人鬼殊途，该留下的是回忆，该带走的，始终是不该继续滞留的灵魂。

我和我的同行烧了很多纸钱，也烧去了那件旗袍，算是给她留下一个念想吧，至少她在死后还希望自己在爱人面前能够漂漂亮亮。虽然时间无法倒转，这个忙我们还是能够帮到的。接下来，起灵，拴线，带魂上路，这位太太就这么离开了，残留了60多年，我们却直到送走她，也不知道她叫什么名字。事后我那同行问我，这次到底遇到了什么，竟然连这么老的物件都拿出来了？我没有告诉他，也许故事算不上美丽，可我也希望能够自私地霸占，因为也许等到我老了，我的话没人肯再听了，当我回味这一生的时候，至少我会想起这个故事，即便没有听众。

我带着烧掉的旗袍的灰烬再一次去了吴老先生家，告诉他问题已经解决

了，同时也告诉他，希望他能够在家里种上一个大盆栽，把这些布灰埋在泥土下，这是因为植物是鲜活的，它会借靠着土地生长，这么做，就当是给那个太太另一种形式的再生吧。

这一个业务，价值不菲，尽管过程有些许伤感，不过拿到钱的时候，我还是庸俗地微笑了。

值得一提的是，吴老先生把那六张绝版的照片送给了我，于是才有了开头的那一幕。

18 枕头

2009年的时候，有个冉姓的先生通过别人的介绍找到我，最初我只是和他进行最基本的电话沟通，用以了解大致的情况。那段时间，我对工作似乎开始有点倦怠，或多或少地萌生了一些退行的想法，不过我对于别人的诉求，向来都是能帮就尽量帮，只要不会危及我的健康和生命安全，只要多少能有点钱赚。于是从2008年开始，我几乎不再主动去打听和联系业务了，都是靠口碑效应接客户。

这个冉先生30多岁，是一家做建筑工程图纸的公司老板，当我们觉得在电话里说不清楚，于是约见的时候，他递给我的名片上，有一团宗教式的火焰，我对这些图案实在话说是比较敏感的，于是我问他这火焰是个什么情况，他告诉我，那是他背上的一个文身。他说他早些年曾在云南姐告边境混过一段时间的黑道，跟缅甸和泰国的黑社会打过一阵子交道，那个文身就是当时留下来的。后来因为犯了点事，被抓起来劳教了几年，随后就没有再回云南去，而是回了重庆家乡。凭着那几年挣下的带血的钱，他开了这么一家小公司，也开始学着穿西装打领带，冒充有知识有文化的上流人。他跟我说这些的时候，显得有些自嘲。其实这么多年我接触过不少道上的人，我知道他们比起那些普通老百姓，更相信我们这一行。他们虽然也有不少曾经干过些偷鸡摸狗的事情，但是随着岁数的增长和履历的增加，这些人最终都会选择沉淀下来，猛然醒悟后，往往都会重新开始一段新的人生。所以我并不抗拒这样的人，最起码我不会抗拒改过自新的他们。

跟冉先生说话，并没有费劲的感觉，他看上去也不像是一个遇到鬼事而无比慌张的人，他的那种镇定和稳重，倒是让我很意外。

他说其实遇到鬼的不只他，还有他老婆。

冉先生说，他和他老婆是 2006 年结婚的，那时候他的小公司才刚刚开业，他老婆就是他新公司的第一批员工里的其中一个。最近他们搬了新家，很多他们俩的好朋友都纷纷给他们的新家送来了礼物。冉先生说，家里除了那些家电和家居是自己新买的以外，剩下的那些日用品等几乎都是朋友送的。他也是比较信因果的人，于是搬家以后，先是在家敬了灶神财神，早晚上香然后空房三日后才住了进去。但是就在住进去不到一个月的时候，他老婆就撞鬼了。

说到这里他喝了口茶，试图平复一下有些微激动的心情。他说，那天晚上他和老婆都睡了，到了半夜的时候突然被老婆凄厉的叫声惊醒，赶紧打开灯，发现自己老婆正紧闭着双眼，然后双手抱着头，脚一个劲儿地乱蹬，他以为是自己老婆做噩梦了，于是赶紧抱住她安慰她，但是他老婆还是持续那个状态，过了好一阵才清醒过来，醒过来就开始大哭，说自己刚刚撞鬼了。冉先生还是觉得自己老婆多半就是做梦了，可能是刚刚醒来的缘故对梦境和现实还有些分不清楚，就一边宽慰她，一边给她倒了一杯水，然后问她到底梦见什么了。他老婆一边哭一边说，刚刚在睡觉的时候，觉得有东西压在自己的眼睛上，然后自己伸手去摸是什么东西，却发现摸到一对冰冷且瘦骨嶙峋的手腕。当时她就非常害怕，于是才开始大叫，但是眼睛被那只手死死地按住，怎么都睁不开。冉先生问她是不是做噩梦了，因为当他开灯后看见她是双手抱着头然后在惨叫，并没有看到什么手腕和手掌。两人各执一词，最后得出一个结论：最近搬家太累，导致思想压力很大，于是产生幻觉了。

冉先生试图用这个方式来说服自己对看到的这一切的解释，而冉太太却在用这个说法来欺骗自己相信着，不过接下来的几个晚上，都发生了类似的怪事，冉太太还是每天晚上都被那种奇怪的触感给惊醒，哭闹着说什么也不肯再在这张床上继续睡了，因为有一晚她甚至感觉到有两只冰冷的手从她的腮帮开始，贴着脖子的皮肤从上到下一直滑到了锁骨的位置。而且每次当她的感觉非常清晰，清晰到自己认定那不是个梦的时候，自己想要挣扎却始终没有办法动，只能发出尖叫声。那一晚，冉先生多次的安慰不再有什么作用，于是两口子在外面酒店住了几晚。冉先生期间还到位于不远处的观音寺里，求了个平安符和一串小佛珠，并且求大师给了句佛号，让冉太太牢记默念，然后好不容易才说服了冉太太让她回家去住，他们把平安符和佛珠都放在枕头底下，然后睡前默念那句佛号。那一晚，冉太太入睡以后，一点怪事都没有发生。原本以为这一切都结束了，生活又可以回归正常，谁知道没过几天，冉太太倒是没什么事了，那怪事却又发生在了他自己身上了。

我问他，你是事主，这种感觉你应该非常清晰才是，希望你能够跟我尽可能仔细地描述一下。他说，在他老婆好了没几天，有一天晚上自己处理公事很晚才睡，上床后不久就睡着了，但是他由于之前混过黑道，人比较警觉，一点轻微的动静他都能够很快反应过来。就在那晚他入睡没多久，他突然很明显地感觉到自己脑袋的左右两侧，分别伸出了一只手，在他的耳朵后面搓着，最开始还是靠他老婆这一侧，所以他起初以为是自己老婆在弄，等另一侧的感觉明显起来，他才突然意识到糟了，也许是自己也遇到老婆遇到的那个鬼了，于是想要睁眼坐起来，却发现不但自己眼睛睁不开，连身子也动不了了，唯独可以活动的，就是自己的双手和嘴巴。他不愿意像自己老婆一样大叫起来，因为这样除了会多一个人更害怕以外，一点作用都没有。于是他壮着胆子，伸手朝着摸他耳朵的那只手抓去，到了耳朵后面的时候，他一把抓过去，结果抓到的是几根冰冷细长的手指。当时他一惊，就开始在心里默念着当初给自己老婆求符的时候，那位大师教他的那句佛号，这才挣脱开来。起床后他才告诉了他老婆，他老婆大概意识到事情有些严重了，于是两口子就开始四处托人打听行内人帮他们驱邪，这才找到了我。

这种事情我以前是遇到过，于是我问冉先生，你觉得当时那个摸你的鬼魂是以什么姿势动的手。冉先生说，他怀疑是有一个女鬼站在他们床头那一侧，然后弯腰来摸他们的。我问他为什么这么肯定是个女鬼呢？他说他摸到的那只手，手指很细长，而且比较瘦弱，所以他觉得那是一个女人。我心里想象着当时的场景，觉得倒也合情合理，于是我又问他，你们家的房子是租的还是买的？他说是买的。我说是买的新房还是二手房？他说是新房子。我迟疑了一会儿，问他你们小区的位置大概在哪里？他说在石桥铺附近。我心想那一带以往也不是有很多坟的地方，作为一个新小区，出现这样的事情似乎是有些不合理，我再问他是否最近在家里添置一些来历不明的东西？他说没有，自己刚搬的新家，家里的全部东西都是新的，以前的旧东西几乎都在老房子里，根本没有带到新家去，他也很纳闷为什么这样的新房会发生这些事情。

我听他这么说完，依据他所说的那些情况，我也觉得有些不合常理。在我接触过的一切事件里，通常因为环境的改变而发生闹鬼的事情，无非有以下几种情况：一是房子是旧房子，旧房子之前在这里曾经发生过死人的事件，或是有人死后对生前曾经居住过的房子突然有了浓厚的挂念，这种情况是最普遍的；二是这个房子在开挖地基的时候，动到了以前的老坟，以前因为社会环境的问题，大多数人是采用土葬的方式，而且那时候的很多人都不怎么富裕，即便是请了师父来开路等，往往也做不到很地道的份上，所以有很多以往那个时期遗留下来的鬼魂；三是家里带回来一件莫名其妙有怨气的物件，这样就造成了这个怨气会跟随着新主人来到新家，并自作主张地把这个地方当成了自己的地盘，于是才会影响到住在这里的人；四是房间的格局有问题，如果一个房子的装修没有经过考究，贸然根据主人自己的意愿来进行，却又在不知情的情况下犯了忌讳，因为每个人的生辰八字是不一样的，举个例子说，有的人利南北，有的人是利东西，甚至会有人克东西克南北的，如果不讲究这些，就有可能造成这个房子和自己的八字相冲，这一冲，轻则折势折运，重就没有上限了，各种各样稀奇古怪的事情都有可能发生；再有一种情况，就是事主在外出的时候，被一些莫名其妙的鬼缠住，于是跟了回家，这种概率极小，遇到这种鬼的概率大概跟中彩票一样，如果遇到了，请立刻去买下彩票，然后努力活到开奖的那一天，撑到领到奖金，然后拿着奖金来找我们这样的人就对了。

说得够具体了吧?

但是冉先生遇到的这种，似乎都不能算是以上任何一种情况，否则我甚至不需要亲自去，直接让他准备好东西，自己在家就能够解决掉。事情不能马虎，说什么也是在拿人钱财替人消灾，于是我提出要去他家里看看，他先是有点犹豫，告诉我说在找我之前他曾找过一个道士，那个道士上门以后就在他们卧房和玄关的门上都贴了符，说三天之内不能进门，三天后恶鬼自去后方能回家。我说那最起码你得让我先去你家门口看看那个符啊，要是你找了个假道士那不是误事了吗? 他大概觉得我说得也对，当然也不排除在心里曾经想过，也无法确定我是否有真本事。当下我们就出发去了他家。

到了他家以后，我看了看门上的符咒，情不自禁地发出一声冷笑，看得出这个道士是懂行的，但是也肯定只是懂点皮毛功夫，因为在路上，冉先生告诉我冉太太其实已经怀孕三个月，而这样的情况那个道士想必也是听冉先生夫妻说起过的，不过那个符咒即便是镇住了鬼，也会镇住肚子里的孩子。孩子在出生之前，它的灵魂和肉体不是完全重叠的，也就是说虽然都在肚子里，但是两者还没有很协调地学会融为一体，如果在怀孕的过程中，灵在肉之前死了，那么生出来的孩子就是有严重智力障碍的傻瓜，因为这样的肉体所拥有的灵魂已经是残缺了。同样，如果肉身较之灵魂先死了，那么要么流产要么是死胎，这样的话，灵肉根本没有机会协调融合，婴灵也正是因为这样而产生的。

我告诉冉先生，这个符有镇鬼的作用，但是除非一直不撕掉它，那么就可以一直把那个鬼给压制住，但是它并没有因此而离开，而只是被压制而已。不过这个符咒对你老婆肚子里的孩子可真是不好，所以我建议还是撕掉，然后相信我能够用另外的方法来处理好。冉先生犹豫了一下，最后答应了，他撕下符咒，让我进了卧室。

我仔细看了看他家里的格局，几乎可以说是万无一失。冉先生自己是搞工程建筑图纸的老板，想必他还是对这种学问是有所掌握的，而且房子里的几个旺位都摆上了相应的东西，这样的房子几乎是不可能闹鬼的。我越看越奇怪，如果真是像冉先生说的那样，有一个女鬼站在床头弯腰下来摸他们，那她在这样的屋子里是没有理由待得了很久的，除非是家里有关于这个鬼的东西存在。想到这里，该用的排除法统统都排除掉了，于是我开始拿着罗盘满屋子比画，房间的四周都是干干净净的，唯独床上那两个枕头，有强烈的反应。根据这种反应来看，这次的这个鬼并非善类，她是来复仇的！

我心里突然有种紧张感，因为还不知道自己即将要对付的是什么，但是却知道绝非善类，于是我把罗盘丢到一边，取出红绳把两个枕头捆了起来，拿到客厅，我问冉先生，这两个枕头是在哪里买来的？他说不知道，是好朋友送的。我问他记得是谁送的吗？他说记得啊，是他老婆的一个姐妹，现在冉太太就在她家里呢。我听后心里一紧张，带着冉先生走到阳台上，在太阳的暴晒下，我拆开了那两个枕头，取出内胆，接着打开内胆，倒出里面的腈纶棉，发现里面的最中央，有一团新鲜的棉花，棉花上有两摊血迹，其中一个颜色较深，应该是时间更长，另一个则鲜红得多，看上去时间就是最近不久才沾上的，此外还在棉花里面各发现了一个折成三角形的字条，上边写着冉先生夫妻的名字，于是我对冉先生说，坏了，你赶紧让你老婆回来吧，害她的人正跟她在一起呢！冉先生有些吃惊，他不解地问我，怎么回事？我说你的这两个枕头被人下过血咒，就是针对你们夫妻俩的，所以你们无论谁睡在上面都会有问题！虽然我不知道她为什么要害你们，但是这个咒很毒辣。我指着那摊颜色比较深的血迹告诉他，这个血迹的时间久一些，应该就是被喊出来折磨你们俩的那个鬼生前的血迹，另外那个颜色比较新鲜，但是分段有痕迹，说明这不是一个人的血，而是人血混合了鸡血的，我有足够的把握说这样的话，因为我以前遇到过一模一样的血咒。我接着告诉冉先生，滴上自己的血，就好像是在跟鬼魂做交易，以血表示彼此的忠诚，而另一部分的鸡血，则是因为加了鸡血后，那只鬼往往会更加兴奋，鸡自古以来就是祭祀立约必备的一种动物，所以我们有句形容一个卜很 H 的俗语，就是像打了血一样。此外那个三角形的纸片，其实是一个名牌，这个名牌是专门写给这个鬼看的，提醒它不要害错了人。我问冉先生，送你们这个枕头的是你老婆的姐妹，你们是不是之前得罪过她，怎么可能有这么大的仇恨呢？

冉先生突然脸色惨白，欲言又止的。我看出这当中一定有什么隐情，于是我对他说，这件事你如果不如实地告诉我，那么接下来你将要面临的危险可能会更多，你把你知道的事情都说出来，说不定我们现在就能够从根子上把它结束了。他沉默了一下，说，他曾经有一次陪着老婆跟大伙一起出去旅游，半夜因为喝多了酒，于是他进错了房间，也就错误地和他老婆的姐妹发生了不正当的关系，酒醒以后才发现，他觉得那是一个错误，就打算用一些方式来弥补那个女人，例如对她很好之类，让她懂得这一切都不是真的，那一夜不过大家都是因为酒精的关系，才犯下这样的错误。那个女人当时哭了，说一边是自己的姐妹，一边又是姐妹的男人，不管怎么样，这事传出去都是个笑柄，而且不管她是不是喜欢冉先生，他们都不可能在一起的，于是对冉先生表示这件事是个错误，大家彼此就此释怀。从那以后，他们几个就经常厮混在一起，成了最好的朋友。可冉先生怎么都没想到，一个女人若是恨起来，绝对不是一两句话就能够释怀的，一个女人若是报复起来，那绝对是最最可怕的一种。

说完以后我明白了，其实是因为那个女人心里觉得不甘心，但是又没办法明目张胆地跟冉先生在一起，于是就用这样的手段，背叛自己的友情，企图弄死弄残一个后，再来得到冉先生，如果死的是冉先生，那么起码她还保住了友情。实在是狠毒，但是我有一些不明白的地方，就是这些招数她是从哪里学来的？而且她是怎么搞到这些带血的棉花的？又怎么知道这个血棉花原本的那个鬼魂是善是恶？后来冉先生才告诉我，那个女人要得到这些东西并不困难，因为她就是某医院的护士。我这才恍然大悟，作为一个护士，原本就常常面对生死的问题，其中自然不乏有一些因为吐血或是重伤死去的人，他们的血若是浸透了床单、枕头等，医院是要做集中消毒或是销毁处理的，也许是在运送途中被她偷偷拿了一些，至于她是怎么知道这么个画咒的法子的，我就不知道了。当女人的报复情绪战胜了理智的时候，可怜的不只是因此而受到伤害的人，还有那个被莫名其妙利用的鬼魂。而她本人的结局注定也是悲惨的，因为这样的血咒，一旦被破，则必然反噬。我受人委托，这个咒我自然是非破不可，不过我却没有任何办法来阻止这种反噬了。

我叫冉先生马上给自己老婆打电话，什么都别说，就让她快点回家就是了，以后你们两口子都得跟那个女人少来往，我的意思是，如果她遭受的惩罚还不算严重的话。

除开那个三角形的纸片符，我把带血的棉花一把火给烧掉，这只是烧掉了那个女人和鬼之间的契约，但是那个鬼和他们夫妻俩的仇恨还没有解除。我又把那两个三角符放到一起，弄了点米粒，用水浸泡，接着把水淋到纸片上，当它湿透以后，就能够隐约看到折到里面的那一层写下的那个鬼的生辰和死忌。如此一来，我就能够透过例如黄婆婆一类的人得知这个鬼的身份。于是那一整个下午，我在冉先生家里忙乎着，等到冉太太回到家，冉先生跟她说了这次整个事情都是她的姐妹所策划，这自然也免不了要主动坦白这一切究竟是因为发生了什么而导致的。我无暇也无意去介入这样一场由灵异事件进而转化成的家庭纠纷，在处理好一切以后，我特意要他们一起来看着我是怎么把那个吓唬他们的鬼带走的。临走前，冉太太问我，那个鬼到底是从什么地方开始摸他们的？我确实不希望给他们今后的生活留下什么阴影，于是我告诉他就跟你先生说的一样，是站在床头的。而事实上，那双手，是一左一右，从枕头里伸出来的。

大概半年后，我再次接到冉先生的电话，他说他看新闻说渝北区龙溪镇附近有一个发疯的女人，举着一块牌子说黑社会强奸霸占她，那个疯女人就是他老婆以前的那个闺密。冉先生有点不愿接受事实地问我，难道这就是所谓的反噬吗？我无法回答他，因为我也不知道，我所知道的，是这个世界上是没有绝对的付出和回报的，但是如果你种下了因，就必然会吃到果，如果那位小姐因为恶意的下咒而遭到如今疯狂的反噬，那么冉先生当初造成这一切恶果的根源，也许就是换来了他们夫妻大吵一架，最终看在孩子的分上决定妥协。世间因果自来都有，别干蠢事，当心哪一天，枕头里伸出两只手，缓缓摸着你的脖子。

19 挂着

2009年年底，一个原本该是我同行的人打来电话。他本是术士一名，但因家族的关系，最终放弃了他的手艺，成了一个丧葬一条龙服务小店的老板。他现年38岁，当老板不足五年，拜师学艺却早已超过十年，他姓温。当他打电话给我的时候，语气中透着无奈，既然有求于我，我自然明白他无奈的到底是什么。自从五年前重操家业当起小老板以后，实则在性质上已经和我们这行脱离了关系。虽然没有举行正式的退行仪式，但他不干了却是人人都知道的事情。在这五年期间他曾经私下接受别人的委托，擅自做主地做了一个小单子，却因此在一觉醒来后瞎了一只右眼。当时他还不太明白是怎么回事，直到后来大家提醒他，这是在给他一个警告，别忘了背后始终站着祖师爷。

他在电话里并非分享或是介绍业务给我，而是以事主的身份，委托我替他办事。事情是这样的，他的表弟在重庆高新区一家知名殡仪馆工作，主要的工作就是负责接待，例如有逝者家属来了，就给他们介绍每个告别厅的价格和服务，当尸体运来的时候，他又会装出一副无比哀伤的表情，好像比死了自家人还要难过。后来工作发生了调动，他被分配到那儿的骨灰堂，专门负责给那些前来吊唁烧纸钱的人取或存放骨灰。原本我是对这种工作的人非常有好感的，第一是因为他们的工作性质或多或少和我有那么些接近，第二是他们当中的人大体上分为两类：一类是本身阳火非常旺，如果说鬼怪是毒，那么他们早已百毒不侵；另一类则是心里深信人往生以后，会去到另一个世界，于是抱着对生命的一种尊重来从事这样的职业。所谓的送行者，一点不低级，反而很高尚。但是不知道从什么时候开始，当对逝者的尊重和对生命的感悟渐渐能够给人带来暴利的时候，人们的悲伤就来得没有那么真诚，哪怕你穿着周正的黑西装，还戴着骨灰一样雪白的手套。

老温的弟弟就是这么一个人，既怀揣不了对生命的敬重，又无法抗拒对死亡的恐惧，唯一让他留在这里工作的原因，就是那一个月上万元的收入。所谓的殡葬行业，我记得在我很小的时候，至少还不能称之为“行业”，那里总是人生的最后驿站，不管你的一生究竟有多么精彩。或许人从出生的那一瞬间开始，就在等待着死亡，而正是因为每天死这么些人，才让这些做“死人生意”的人，能够发上一笔小财。老温弟弟遇到的问题，就在于他每次上班的时候，接到客人的骨灰存放证，总是要单独按照上面的编号，替客人把骨灰取到门口。如果是底层和二层或许还好，如果遇到三四五层，那么就必须走楼梯或是搭电梯，楼梯狭窄安静，一个人走难免害怕，因为这身边有成千上万的逝者。但是坐电梯，也免不了自己吓自己一把，因为电梯速度不算快，而且灯光昏暗。殡仪馆有个习惯，在骨灰堂的电梯里，总是要习惯性地摆上一把木凳子，凳子上罩上一层明黄色的丝绸，但是似乎从来都没有搭乘电梯的人会选择在那张凳子上坐上一坐，因为那张凳子，不是给活人准备的，而是给那些被带出吊唁然后送回的灵魂准备的，在这一点上，电梯里的监控录像是能够说明问题的。而老温的弟弟就是在搭乘电梯到5楼来回取骨灰的途中，遇到了怪事，身处那样的工作单位，辟邪的法门肯定是有一些的，不过这次法门也没有用，还差点闹出人命。

那天老温的弟弟上5楼去取骨灰，在坐电梯上去的时候，他也是习惯性地在心里默念那些能够避鬼的口诀，但是电梯里原本就昏暗的灯光竟然非常应景地开始忽闪忽闪，显示楼层的电子数字也开始有些类似信号干扰一般地闪烁着。在这里工作了这么些年，他知道，现在肯定有东西来了，于是便给自己念壮胆诀，迫使自己勇敢起来，但是人总是无法克制自己的念头，你越是不希望去想一件事的时候，越是容易把自己逼进那个角落里，继而恐惧和胡思乱想就呈几何倍数放大，直到让自己受不了。当时老温的弟弟爬上梯子取下骨灰，却在下梯子的时候，在最后一个台阶处，因为心里的害怕和紧张，把那个骨灰盒给掉到地上了。所幸的是，家属并没有看到这一切，否则骨灰堂里的其中一个格子大概就是为他所准备的了。而不幸的是，那个骨灰盒在碰撞下，摔得缺了一个小角，尽管并不明显，但他还是非常害怕被发现，于是就刻意地用蒙在骨灰盒上的那块红丝绸把那个缺失的小角遮住，打算就这样交给家属以忽悠过去。下电梯的时候，电梯里的灯光依旧忽闪，行至3楼的时候，他清晰地听到耳边有人用那种哈气的声音“呼……”地吹了一口。他说，那口气是冰冷的，就像是一个刚刚吃过冰棍的人，对着你的耳根子近距离呵气一样。电梯里当时只有他一个人，所以他非常确定，那就是鬼干的，是不是因为责怪他摔坏了骨灰盒，他也不知道。总之从那天开始，他上班的时候明明感觉好好的，却在无意间触碰到自己的额头的时候，经常发现非常烫手，但是用体温表测量，体温却正常；晚上他也经常会失眠，连续几天下来，精神状况非常差，于是他想，是不是自己从上次开始就一直被鬼缠身，才会有这么怪异的反应，越想越害怕，于是就打电话给了老温，因为他知道自己的表哥以前是干这行的，应该是有办法的，但是表哥却拒绝了他，因为再这么干，估计下次坏掉的就不只是眼睛了。但毕竟是自己家里人，于是老温就决定找我帮忙。

我按照老温描述的自己表弟的状况分析，最大的可能性就是被那个摔坏骨灰盒的鬼给影响了。其实这倒不是什么难以解决的大问题，因为毕竟是你招惹人家在先，人家给你点小惩罚，没对你干什么荒唐的过分事，已经是仁至义尽。鬼怕恶人，因为恶人不怕死，但是鬼不怕表弟这样的人，因为表弟是怕死的。所以在这个层面上讲，胜负早已分出。老温告诉我，虽然他的这个表弟是自己托关系才弄进殡仪馆工作的，但不管怎么样，终究是自己的表弟，所以无论如何也要帮忙救一把。虽然他说得焦急真切，但是他心里是明白我对这事是完全没问题的，不过他既然是客户，那么就要装得无知一点。

接到电话的第二天，恰好那天也是表弟上班的日子，于是我和老温约好，当天一起去见见他的表弟。老温的一条龙丧葬服务开在我父母家附近的一家工厂医院附近，那里也几乎是天天都死人，所以一个一条龙服务的店开在医院或殡仪馆附近，肯定是稳赚不赔的，前提是你得忍受各种人群投射过来的异样眼神。我想绝大多数人都会有这样的想法，每当听到“殡仪馆”或“火葬场”或“丧葬”等字眼的时候，总是会情不自禁地打内心深处升起一种排斥感，这种感觉来自于一种不愿接触和害怕，似乎总是觉得如果身边有这样一个人，会比较晦气。所以我身边几乎所有从事这类似行业的朋友，大多都过得比较孤独。往往除了我们这群狐朋狗友外，很难交得到真正不排斥他们的朋友。不过他们也早已习惯了这种孤独，有些人运气好，找了个同样从事这种行业的老婆或老公，于是两人合力把生意做得蒸蒸日上。那些运气没那么好的人，就终日坐在堆满空骨灰盒和画圈纸钱的小门面里，一遍一遍用电脑软件处理别人的遗像，或是一声一声地在马路边叫卖着自己新到货的人民币或美元纸钱，日子就这么过着，在一个最不引人注意的角落里，他们很难被人尊重，虽然他们在为逝者做着人生的最后一步。

到了殡仪馆，已经差不多是中午了，约了他表弟出来后，我从见他表弟的第一眼就能够看出，眼前这个一脸倒霉相的孩子真的在被怪事缠着。他说他的身体无恙，就是打不起精神，这几天跟同事临时换了个岗位，他只在前台负责接待，暂时没有再去取骨灰了。我拿着罗盘在他身边晃悠了一下，发现他正被鬼魂缠着，不过我没有想到的是，缠着他的，竟然是两个鬼魂。这一下就引起了我的重视，因为据我所知，即便是他得罪了那个鬼魂，那也只是摔坏骨灰盒的那一个，而另一个鬼魂到底是怎么来的，为什么彼此纠缠在一起？进而纠缠着表弟？我暂时还没有答案。我告诉表弟，为了让这件事尽快有个结局，希望他能够疏通关系，让我们看看当时电梯里和骨灰堂里面的监控录像。

其实结果应该是早有预料的，每个从事殡葬行业的人心里都深知，他们的监控录像机，是一定可以在很多情况下拍到鬼魂的。而鬼魂的出现其实不止一种形态，有些看上去正常得很，你压根分不清到底是人还是鬼，而有些就因为某种特别怪异的举止能够轻易区分。所以在查看监控录像的过程中，我们都是打定了见鬼的主意。果然，在调看骨灰堂的录像的时候，从表弟失手把骨灰盒掉到地上开始，屏幕上花了大约半秒，再恢复画面的时候，表弟的身边已经站着一个穿着黑色小西装、手里拿着拐棍的老人。在监控画面里，表弟因为跌落骨灰盒而倍感惊慌，他左顾右盼企图不让人发现，熟练的手法表明这种类似的事他已经不是第一次干了。看到这里，我突然对他的人品和工作态度感到一阵恶心，不由自主地回头看了老温一眼，老温也正看向我，我相信此刻他和我的想法是一样的。他摇摇头，算是对自己表弟的行为做出抱歉。回到监控画面，表弟已经自作聪明地以为掩盖得很好，抱起骨灰盒朝着电梯方向走去，那个老人看着他走了大约半个人的距离，他突然伸出拐杖，看上去好像是钩住了表弟的脖子，然后自己也像是一个塑料口袋，被拖着走向了电梯，但是他的脚步却没有移动，就这么轻飘飘的。

表弟看到这一切，下意识地摸了摸自己的脖子，我想若不是我和他表哥今天在这里，哪怕他自己心里有天大的怀疑，也不敢独自来看这段录像。接着画面走到了尽头，那是一个盲角，从距离上看，应该是到了电梯口。于是我们又切换了画面，回到电梯的监控里。当电梯门打开的时候，意想不到的情况发生了，先前那个黑西装的老人不再是用拐杖钩着表弟的脖子，而是紧紧地贴在表弟的背上。说是“贴”似乎有些不妥，更像是挂在表弟的身上，因为当表弟转身按电梯楼层的时候，我清楚地看到，那个老人伸长了脖子，把自己的下巴放在表弟的右边肩膀上，整个身躯就好像是挂在表弟的肩膀上一样。而最离奇的是，原本，电梯里空无一人，此刻电梯里的那个凳子上，也坐着一个老头，而那个老头同样是面无表情，看他们进了电梯，自己也起身来，飘到表弟的身后，和先前那个黑西装老头一样，用同样的姿势，把自己也挂在了表弟的左边肩膀上。所以这段录像的结尾，是表弟背对着摄像机，端着骨灰盒走出电梯，而他身后，左右肩膀各自挂着一个一黑一白着两种衣服的老头。

说实话，这段录像我肯定表弟看了以后，大概会就此辞职，因为他肯定会怕得要死。然而并非只有他，连我看到都后背出冷汗，我见过很多鬼，比这个更怪异的也有，但是以这种方式跟随着人的，还真的是让人毛骨悚然。

突然我有种不好的念头，正思索着要不要做，迟疑了一会儿，我还是决定眼见为实。于是我又调换了录像日期，换到刚刚我们走进监控室外面大厅的那一段，发现除了我们三个走进去以外，表弟的肩膀上，依旧挂着那两个老头，不过不知道是不是因为光线的原因，这两个老头有点半透明，样子也没有起初那天清晰了。表弟被这一段吓得缩在墙角，脸色惨白，双手交叉抱着自己的肩膀，在墙角左右摩擦。我看他的样子都快要哭出来了，于是心一软，告诉他，你别太害怕，既然这么久你都还没事，那应该不会撑不过这么点时间的。我告诉他，要他迅速去查当天的来访记录，找到那个被摔骨灰盒的家属的联系方式，让我们来好好处理这事。另外一个穿白衣服的老头尽管暂时还无法确定是谁，但是基本上可以肯定两点，一是他也一定是这栋楼里的某一个逝者，因为他还知道怎么搭电梯；二是他一定和被摔骨灰盒的那个黑衣老人有一定的关联，如果要知道他是谁，就必须先找到那个黑衣老人是谁。

表弟被两个鬼缠身，为了了解真相尽快送走身上的两只鬼，此刻我叫他做什么我想他都会愿意。于是他很快强忍住害怕走到前台，查询了当天的来访记录。我按照骨灰存放证的编号走到5楼去查看那个骨灰盒，我没敢坐电梯，没有为什么，单纯地因为不敢而已。在骨灰盒上的相片里，我看到了那个老人，和录像里那个黑衣老人是一个人，于是这就确定了至少那个黑衣老人是因为表弟摔了自己的骨灰盒而出现的。于是我回到一楼大厅，对表弟说，你要做好给人家家属赔礼道歉的准备，因为我马上要按照这个电话打过去，为了要了解真实情况我就必须对人家实话实说，虽然这样有可能会吓到别人，但是这是唯一的办法，否则我就只能把他们给打掉了，但是这并不是我的原则。

我按照留下的号码打了过去，接电话的是个中年男人，经过简单的介绍，我得知那个黑衣老人是他的父亲，而他们并没有发现自己父亲的骨灰盒被摔坏了一角，于是我把真实的情况告诉了他，起初他听到被摔的时候，很愤怒，以为我是殡仪馆的工作人员，扬言要向我们讨个说法，直到我告诉他真的不必，我们已经有人因此而受到了惩罚。他不出声了，我告诉他，他父亲的灵魂现在正在和另一个不认识的灵魂一起，缠上殡仪馆的工作人员了。虽然你父亲已经去世很久了，但是这样下去他的灵魂会越来越弱，这对他和子孙都没有好处的。在我的劝说下，他提出要看一下那段录像，我也不知道他是从哪里来的勇气，大概是本着眼见为实的原则吧。我答应了，然后约了下午的时候，老人的儿子来一趟殡仪馆，看看那段录像。

到了下午四点多的时候，他儿子终于出现了，脸上带着愤怒和不快，却也闪烁着害怕的神色。我先是让表弟诚恳地向人家道歉，获得别人的谅解。那个中年男人也不是个不讲道理的人，听完事情的原委，也觉得这件事其实也不能全怪表弟，因为谁都有过疏忽的时候。接着我们带着他进了监控室，重新把那段表弟抱着骨灰盒的录像放给他看，看到自己父亲挂在表弟的肩膀上，男人又激动又害怕得发抖，当看到凳子上的那个白衣老人站起来转身的时候，男人突然流露出吃惊的表情，他忽然站起身来，走到监控屏幕边上，伸出右手食指，略微有些发抖地指着电视屏幕，说，这个人我认识，他是我父亲的邻居，他们是生前最好的朋友，比我父亲先走了几年，他的骨灰也存在这个骨灰堂的3楼!

如此一来，我想整个事情就清楚了，我试着把其间的关系加上自己的假设联系在一起，首先是表弟因为恐惧导致了取骨灰盒时紧张，失手摔坏了黑衣老人的骨灰盒，于是黑衣老人很生气，就出现在他身后，用那种鬼魂最单纯的“不爽就跟着你”的态度跟着表弟，不过黑衣老人似乎还是有些想不通，于是就喊来了自己的老哥们，两人一左一右就这么挂在表弟的身上，接下来的表弟额头发烫但是体温正常，身体无恙但是睡眠不足等，一定都是他们俩引起的。我之所以要表弟给家属道歉，其实不只是道歉给家属听，也是跟那个黑衣老人道歉。这么一来，或许只需要简单地对鬼魂宽慰，他便会释怀接着离开。而另外那个就比较麻烦，但是从中年人口中得知他们生前是最好的朋友，于是我向中年人打听那个白衣老人的事情。

他说他父亲和那个白衣老人都是援疆技术工，回到重庆后两人又继续待在一个厂子里，哥俩感情一直很好，但是遗憾的是白衣老人的老婆早年就去世了，儿女又都没有在本地，老人死后火化后骨灰存放在骨灰堂至今，这么些年，子女从没有来看过。我依稀记得这样的事情我似乎是在哪里遇到过，白衣老人儿女的行为对否我没资格评论，但是我总算是深深懂得了，作为一个有儿有女的老人，无论生前死后，过的却是一个孤寡老人的惨淡生活，生前死后都寂寞，好在自己的好哥们还在，多少有个寄托，即便两人都是鬼。兄弟有难自然拔刀相助，做人是这样，做鬼也不例外，白衣老人是仗义的，但是他的仗义却是盲目的，不知道是因为仗义而仗义，还是因为寂寞而仗义。

于是我突然心里很烦，心想为什么这种事情总是发生在我们的世界里。表弟却在这个时候说了句蠢话，他说要不让我画个什么符咒一类的东西，把这个白衣老人的魂给镇住，反正也没什么人来祭拜他，等过几年管理费到期了，自然也就要把这个骨灰给处理了。我白了他一眼，我觉得他应该去旁边吃屎，这么缺德的招数都能够想出来。我寻思了一下，对那个中年人承诺，一定会善待好他父亲的灵魂，并请他通过父亲生前的一些关系，寻找一下那个白衣老人的子女，只需要给我电话号码就行。当下我们再度请出黑衣老人的骨灰，买了些香烛和纸钱，请出了老人的骨灰，我让表弟一边烧纸，一边给老人道歉。

接着我就在骨灰盒的周围围线起咒了，老人并没有想象中的那么不豁达，从烧纸的火焰就能得出答案。送走黑衣老人后，中年人突然握住了我的手，说父亲去世后，却还不肯离开，不知道是不是自己有什么地方没有做好，耽误了父亲往生的时间，然后就热泪盈眶，再也说不出话来。我想我能够明白他的意思，作为还活着的人，不能在祭祀的时候只是在说希望能够得到保佑，保佑升官升学，保佑家庭幸福，却很少有人真正在亲人去世以后，认真仔细地想过，自己能够为先人做的最后一件事是什么，人死以后难道只是拖去烧了埋了就了事了吗?

数日后，那个中年人打来电话，说找到了他父亲哥们的子女，也打过电话了，但是没人肯回来。于是就把电话号码发给了我，我拜托老温去找他表弟要了白衣老人出没的那段视频，放电脑上截了小图，彩信发给了他的子女，并附带上一句；如果你们没时间回来处理，我就让他去找你们帮你们做做家务，带带孩子，刷刷碗……

不久后，听表弟说，几兄妹都回来了，给老人买好了墓地，并且安葬了。随后我打听到老人墓地的位置，在一个接近下午六点墓地即将关门的时间，用我特意从江边捡回来的那些雪白的石头，围成了一个小小的石堆，石堆下面埋了一根小小的麦穗。因为我注意到因为之前的几年一直没有人探望，他摆在骨灰堂里面的骨灰盒上面，已经厚厚实实地蒙上了一层灰，我想干掉的麦穗可以用来扎成扫把的，算是替他扫扫灰，虽然没人教过我这个，但是我始终觉得，灰尘也许会蒙蔽住一个老人的骨灰盒，却蒙蔽不了灵魂，就好像一块暴露在外面的石头，风吹日晒得再厉害，石头也始终存在。

事情解决以后，表弟为了感谢我和老温，请我们吃饭，他点了一桌子的大鱼大肉，我却仅仅喝了点菜汤。心里暗骂浑蛋，你难道不知道这段日子是我的斋忌吗?

值得高兴的是，老温的擦边球很是成功，他直到今天还活着。

20 戒指

我们常常说：不做亏心事，不怕鬼敲门。

没错，道理是这样，于是很多的时候，我们往往把这句话拿来壮胆和自我安慰。而在我以往所接触过的案例里，虽然大多数是因为事主本身和鬼怪事件有种必然的联系，但是也有不少是因为别人遗留下来的一些问题影响到一些完全不相干的人。其实说是不相干，也多多少少有些拐角关系，而正是因为这些事情，我一次次地去平和解决，却一次次地失望。失望的是那些已去的人，死了虽是一了百了，留下的伤痛却能持续多年。

刘小姐是我的一个客户，和她的第一次见面是在医院里。他的老公在照顾她。当我见到她的时候，她的右边额头上有一块巨大的胶布，头发被剃掉了一半，并用那种类似水果外面的网状物罩住脑袋，眼角上也有一块淤青，上嘴唇处也不知道为何有明显缝针的印记。如果不是事先有过一通电话沟通，看见这个女人我一定会以为她遭遇了家庭暴力，或是在晚上回家路上勇斗色魔而英勇挂彩。她是通过她的一个朋友辗转打听到我的，而她那个朋友，恰好是一个我以往曾经想要追求，却因为无法忍受我的职业，不得不忍痛忽略我俊朗的外表而拒绝我的女人。事后也没怎么联络，直到这次她的朋友出事，不过她也没有亲自打电话给我，而是把我的号码给了刘小姐。

刘小姐是一家地产公司的文职，整天混在一堆老总中间，勉强算是个白领。她的老公是个做涂料生意的人，应当比较能挣钱，所以从这个角度讲，刘小姐的工作似乎更像是在打发时间。她打电话给我的第一句话就说她是谁谁谁的好姐妹，似乎想以堵住我想要狮子大开口的念头。她告诉我自己遇到的怪事只是我众多闻所未闻的怪异程度中比较平常的一种，所以我也没好意思开高价，谈妥了一个大家都认为合适的价格，我们才见面，省得见面再说，让双方都失望。她在电话里告诉我，她之前有天晚上忙到很晚才回家，到家后发现老公也还没有回来，心想大概是因为有应酬耽搁了，于是也没怎么在意，就开始放水洗澡。她家里是用浴缸的，她躺在浴缸里，享受着水带来的包围感和疲惫消除的感觉，不一会却听到一种类似冒气泡的声音。她起初并没有在意，心想或许是热水器水管里发出的声音。于是就这么静静地泡着，但是她很快发现气泡声却出现得越来越频繁，她仔细辨别发现声音是从自己脚那一头、浴缸底部关水的阀门发出的，她觉得自己大概没有把那个橡皮塞给塞紧，有些漏水，于是就伸手去摸那个橡皮塞，这一摸就出了问题了，原本自己亲手塞在上面的橡皮塞早就给拔开了，但是水却没有漏得很厉害，可能是堵住了吧！她这么想着，就伸手指到那个下水口里去抠，却抠到了一缕头发。其实一个智商正常的人，此刻一定会察觉到不对劲了，但是刘小姐却偏偏没有这么想，她还固执地以为那是自己之前洗澡掉落的头发，于是就开始想要把头发从那个口子里给扯出来，扯得越用力，那个气泡声就越响，而且那种拖拽感也越强，突然她的手指在那个孔里摸到一个肉乎乎的东西，仔细用手指捏捏摸摸，这就惊起了一身鸡皮疙瘩。她在电话里告诉我，那是三根细长的手指，指甲还挺长。她这才意识到发生怪事了，正打算尖叫着从浴缸里跑出来，却正在起身的那一刻被两只怪手一左一右地分别按住两条大腿内侧，让她动弹不了，她开始惊慌大叫，但是家里没人。这时候从泡泡水面上，渐渐升起一个黑乎乎带毛发的一团，由于沾满了泡泡，她也没能看清那一团究竟是什么，但是她说，看上去像是拖把头，所以她认为那是一个人头。

强烈的惊慌使得一个剽悍的重庆泼妇就此诞生，她的手和上身还能动，于是抄起各种手能够得着的东西，奋力砸向眼前那个黑乎乎的一团，自己的脚也呈蹬踏状努力挣扎，最终在一块香皂飞向那个黑乎乎的一团后，那种被压制的感觉消失了，她的脚恢复了自由，于是她趁着那团东西正在缓缓潜回水面的时候，从浴缸里以一个鲤鱼打挺的姿势翻了出来，却忘记了自己身上沾满了沐浴液的泡泡，脚底一滑，摔倒了，在摔下的途中头部因为撞到洗手盆，于是她晕了过去。她是在自己老公回家后看到这一幕才把她摇醒，接着就上了医院。

坦白说，也许是刘小姐原本就是个幽默的人，所以在她告诉我这些事情的时候，我曾几度都按捺不住想笑的心情。但是毕竟人家遭难了，再笑就是一种找抽的行为。不过我在挂上电话以后，也仔细分析了这件事，我觉得如果我的推算没有错的话，应该是存在三个可能性：一是房子本身出过问题，例如死过人或怎么的；二是浴缸有问题，因为不排除有人杀人以后碎尸然后把肉泥头发等浇筑进浴缸的陶瓷里，当然这个极有可能是因为我看了太多的不良影片，可能性极小；三是水的问题，也许能够摸清水源，看看那个地方是否有淹死过人。没挂电话前，我提出要去医院探望她一下，希望能够当面聊聊，对调查也有所帮助。

在医院的时候，我们又就这个问题细致深入地谈了谈，于是我首先排除了房子本身是凶宅的可能性，浴缸也不大可能有被碎尸重铸的可能，于是我怀疑是水源的关系。我问过刘小姐的老公，因为房子是他几年前买下的，他告诉我，他们小区的水源都是在附近的一个水库抽出，然后净化处理后再供给每家每户的，水库淹死人倒是常有的事，如果要闹鬼，不该只闹他们一家才对。我确实也没有能力掘地三尺找到主水管，然后勘察它是否有问题。于是我又大胆设想了一个可能性，我问刘小姐的老公，家里近期是否有过世的亲人？他说没有，自己的老家在浙江，家里人也都好好的。我又问他家里有没有最近从别处买回来的旧玩意儿？因为我也曾经遇到过不少因为无知和附庸风雅，买来一些来历不明的东西，而把一些原本是游魂野鬼的东西带回家的案例。他仔细想了想，说最近有朋友从西藏给他们家买回来一幅唐卡，不知道这算不算。我摇摇头，因为这自然不算。藏传佛教博大精深，唐卡作为藏传佛教的一个精粹，摆在家里辟邪都来不及，怎么可能招鬼呢？于是这个可能性，再一次被否定。

我提出希望刘小姐夫妻俩能够把家里钥匙和地址给我，我到现场去看看或许更有用。他们很是迟疑，因为要他们放下对我的戒心几乎是不可能的，于是我把我的身份证和车钥匙留在了医院作为抵押。因为我知道刘小姐需要她老公的照顾，所以我自己去，这样才不会耽误到大家，如果运气好，等到刘小姐出院的时候，家里已然是干干净净了。看到我押下了身份证和钥匙，刘小姐的老公似乎觉得他们的不信任有点伤人，因为不管我是不是赚他们的钱，好歹我的动机还是在帮忙。所以刘小姐的老公给了我家里的钥匙，并且把家里的地址告诉了我。

他们家住在渝北区靠近松树桥一带的位置，那儿有个水库我是知道的，我想他们的生活用水大概就取自于这个水库。那是一个挺大的小区，在那几年，房价也算高，能够买得起这样的房子，看来刘小姐老公的生意做得也是蛮不错的。他们家楼层比较高，打开门以后，发现家里的装修也算是非常别致和有格调，当初肯定是下了血本的。在来之前，刘小姐的老公曾经有些不好意思地对我说，叫我别进他们俩的卧室，很乱，于是我就打开卧室门看了看，房间是挺乱的，墙上还挂着两人的结婚照，从相片上的人来看，和现实里的人差距并不很大，也就是说，他们俩结婚的时间并不长。我摸索着走到他们家的浴室，浴缸里的水经过这么长时间已经放干了，看上去也没什么异常的，除了地上有摊血迹，还有满地因为当初刘小姐乱砸东西而遗留下来的战场。我回到客厅，开始在每个觉得有嫌疑地方用罗盘扫着，但是发现一切都正常，直到我重新把脚步回到浴室，一种强烈的反应袭来，那股力量并不是要主动来攻击我或是怎样，而是在对我发出警告，要我别再靠近，否则将对我不客气。直到这个时候，我先前一直嬉皮笑脸不当回事的心态才收敛了起来，我面对着浴室的方向退回到客厅，先前罗盘上的疯转让我有点害怕，看来这次我是估计错了，这里有鬼！非但有鬼，还是个很厉害的家伙！

我仔细回忆了刚刚在浴室里发生的一切，罗盘转得最凶的地方就是那个浴缸，难道说当初我的猜想有人碎尸铸缸是真的？如果是这样的话，当初为什么没有选择直接伤害刘小姐呢。而我靠近的话它完全有足够的能力把我从高层丢出窗外，让我享受一把自由飞翔继而成为一张人饼，但它只是对我发出一种警告，提醒我别再靠近，而不是要对我做什么。我在通往浴室的那个走道两侧拉上红线，试图把那个鬼魂禁锢在浴室里不让它出来，我就坐在客厅的沙发上，盯着浴室门口，以防不测。

我打电话问我的一些懂行的朋友，他们给出的推断大多和我最初那三条一致，只有一个姑娘叫我不要来得那么生猛，稍微和缓一些，商量着能不能靠近查看，要让那个鬼了解到我是来帮它的不是来害它的。女人的心思果然比我要细腻多了，我走到他们家的厨房，找了些要用的东西，其实就是一些香料和调味品，说到香料，其实它们在成为香料之前，首先是一味药材，而这其中的一些药材能够舒缓鬼魂的情绪。找到以后我取了一只碗，把它们倒在一起，我又从身上摸了些小米，混合在一起，大约有小半碗。准备就绪后，我左手托着罗盘，碗就放在罗盘上，但是没有挡住指针。我跨过之前连好的红绳，勇敢走到浴室门口，一边念咒，一边东撒撒西撒撒，这个过程持续了约十分钟，那句“震气关全道，魂过三才阵”我都念得有些舌头打结，我当然不会说这句口诀是我入门的时候师父教给我的，我更不会说这句口诀一边能够给自己壮胆一边还能告诉身边的东西，你不怕它。

直到它有些安静下来，我才放下了罗盘上的碗，开始尝试着拿着罗盘靠近那个浴缸，我仔细比画了一下，唯有先前刘小姐说的那个下水口的地方，反应最强烈，所以我断定问题出在浴缸，而且不是满浴缸都有，也就是说不可能是我之前第二种猜测。按照刘小姐的说法，头发和手指以及后面那两只手和人头都是从那个下水口出来的，那么会不会是这下面有什么东西，而这个东西就是这次闹鬼事件的关键呢？想着想着，我伸手塞上橡皮塞，拧开水阀，往浴缸里灌水。水对鬼魂有一定的克制作用，除非那个鬼生前的命相本来就属水，所以我猜想这也是当初那个鬼没有伤害在浴缸里的刘小姐的原因。当水放到三分之二的时候，我关掉水，深呼吸一口，伸手下去拔掉橡皮塞，开始把手指伸到下水口里摸索。那是一个L形的出水口，因为有个弯道，所以我也摸不到什么东西，突然我明显地感觉到有一种刺痛感从手指头上传来，那种感觉很像是被什么爬虫咬到一样，也算不上很痛，但是十指连心，那种感觉很明显。而且我触碰到了一些头发丝，还有一团软乎乎的东西，触感像是肉类，于是我脑海里浮现了一个可怕的场景，有一个鬼正伸出它的手指跟我的食指拼接在一起。眼看缸里的水就快放完了，我有些害怕当水流干后，会从那个口子里钻出个什么东西来，于是赶紧松手，等到最后一点水咕噜咕噜地流走。我心想既然能够在口子里摸到东西，那么下水口里一定藏着什么秘密。我站起身来，鼓足勇气，在客厅找到工具箱，翻出里边的锤子，重新走到浴缸前，照准了那个下水口，狠狠一锤敲了下去。

在锤子接触到浴缸的一瞬间，我突然觉得腮帮和脖子一紧，不是那种被掐住的感觉，而更像是夏天游泳后，那种身上的水分被风骤然吹干的收缩感。我知道，这种感觉来自于那个绝对不希望我砸碎浴缸的鬼，我得顶住这种压迫感，于是我一锤接一锤地抡着，像个正在砸缸的司马缸，直到浴缸的下水口出现一个大大的豁口，我才停止了下来。丢掉铁锤，我立刻捡起地上的香皂，沾了点刚刚飞溅到地上的水，迅速在浴缸壁上面画了个咒文，这个咒文说来惭愧，不是师父教我的，而是我从一个伙伴哪里偷学来的，有点狠毒，它的作用几乎就是用一种大神压小鬼的姿态，把目前浴缸里的那个鬼给压制住，不让它有能力做什么。这不是我的一贯作风，但是为了自己的安全，我被迫出此下策。

先前砸缸，体力消耗了不少，我得承认我甚至已经打不过那些戴着红领巾的少年先锋队了。歇了会儿，我开始在我砸出的那个口子里找着，这个浴缸是 T 字头那个牌子的，我希望刘小姐他们不会要我赔。我用地上刘小姐乱丢的牙刷头拨开大口子里的瓷砖片，发现这个口子后面是有一个筛网的，上面堆积着一些头发和污垢，在碎掉的瓷砖下，我还找到一个东西，一个我觉得不可能出现在这里的东西，回想到进屋后看到的一些东西和我的推断，我似乎想到了什么。走出围好的线圈，我回到客厅坐下。

从浴缸下水口里面取出的，是一枚戒指，铂金什么的都是浮云，最主要是因为那上边一颗大约 60 分的钻石。拿在手里，沉甸甸的，并没有因为长期在下水口接受各种化学沐浴剂的侵蚀而变色，磨损自然是有，那颗钻石倒依旧十分璀璨。我原本心动了，在客厅一直犹豫不决，不知道我到底是该装作没事般地私吞这枚戒指，还是要还给刘小姐一家人。因为遇到金银等贵重金属价格回升，这也是能卖不少钱的。

我在沙发上仔细查看了看这枚戒指，在戒指的内圈除了铂金的 PT 标志以外，还刻上了“DEARMAY”的字样。我虽然英文很差但是大概也能猜出这是送给一个名字叫“MAY”的人的。从戒指的大小和款式来看，这是一枚女戒。虽然戒指是从浴缸里找出来的，但我估计浴缸厂家工作人员掉落进去的可能性不大，那么就一定是刘小姐自己掉进去的，而刘小姐的名字里，没有 MAY 字，也不知道是不是她有个装逼的英文名，又或者这枚戒指根本就跟她没什么关系，所以我如果贸然交出来，即便是平息了鬼事，说不定会引发一场家庭战争，这样多不好。犹豫了很久，痛苦地决定不能私吞别人的财物，我还是打算打电话给刘小姐。

电话接通以后，我以她说话不方便为由，让她把电话交给了她老公。她老公姓胡，我让他找个方便说话的地方再接电话，于是我等到他走到大概是走廊处，才直接问他。

我问他和刘小姐在一起多久了，他说从认识到现在差不多三年了；我又问他，他家的房子是什么时候买的，他说是五年前就买下的，因为当时的房价还没有现在这么变态。于是我心里渐渐有点眉目了，就是不知道到底猜对了没有。接下来我再问他，我说我希望能够问一个比较私密的问题，在刘小姐之前，你是否有女朋友？并且你曾送过女朋友一枚钻戒？我知道，这句话一出口，想要把那个戒指占为己有就完全没有可能性了，这是令人痛心的。胡先生在我问完这个问题后，沉默了一小会儿，我从电话里听到了些微的脚步声，心想或许是他需要一个更加方便说话的地方来回答我。过了一会儿，他告诉我，他的确曾经有一个相恋五年的女友，他问我是怎么知道的。我告诉他，你先回答完我的问题，我再告诉你。我接着又问他，你先前的女朋友叫什么名字，他说，叫 XX 眉，我心想那个 MAY 大概就是“眉”的音译吧。我再尝试着向胡先生多询问一些关于小眉的事情，他却说自从分手后，他们俩就再也没有联络过，也不知道近况如何了。我只能把话硬生生地缩回嘴巴里，因为此刻我才知道，胡先生还不知道那个小眉，可能已经不在人世了。

我迂回着接着打听，当我问起他们分手的原因时，他告诉我他至今都想不明白为什么当初小眉会跟他分手。他说，当时认识小眉的时候，她还是个大学生，自己因为大学毕业后留在重庆工作，那段日子，自己恰恰又辞去了工作，经济上非常拮据，小眉的父母都是机关单位的领导，家境自然不错。起初小眉的父母并不看好他们之间的感情，直到后来胡先生奋发图强，凭着天生是做生意的料这一点，硬是从卖小小的牙签开始，把生意渐渐做大，后来生意转向，开始做一些建材涂料的生意，生意做好了，钱也比以前赚得多了，但是他却发现陪伴小眉的时间减少了。对此他还是觉得很愧疚，于是就趁着那几年有钱的时候，买了现在的这套房子，打算再做两三年，就不再那么拼命挣钱了，想把小眉娶回家。那套房子，原本是打算做两个人的婚房的。

胡先生叹了口气，似乎是这个话题触碰到了他并不愿意提起的禁区，但是他大概也察觉到，既然我这么问他，自然有我的道理，于是还是尽可能地把自己的这段感情暴露给我知道。他说，他跟小眉这一路走来，其实还是非常辛苦的，因为小眉的父母一来嫌他是外地人，离重庆太遥远，害怕以后他把小眉带走了自己就很难见到女儿了。二来是因为当时小眉还是个青春靓丽的大学生，单纯且不世故，而胡先生已经是一个大学毕业且在社会上厮混过一阵子的人了，他们也害怕自己的女儿上当受骗什么的。但是他们始终拗不过小眉的坚持，作为父母，看待自己儿女的感情，似乎多少都带着一些攀比的眼光，虽然希望给自己的孩子争取一个更好的生活环境，但是往往对他们的寄望是奢侈的，就因此忽略了感情的无价。当时胡先生第一次去小眉家里拜会小眉父母的时候，除了提了很多大包小包的礼物，还拿出自己仅有的那么些钱，请二老在重庆一家豪华酒店吃饭，以表诚意，席间还诚恳地对二老保证，自己一定会风风光光地来娶他们的女儿。当时两位老人被他的诚意打动，于是就默许了他们的交往。后来胡先生的日子好过了些，就觉得是该考虑结婚的事情了，但是自己的存款还是比较有限，和他理想当中“风风光光”迎娶小眉，还有那么一段距离。但是小眉当时已经 26 岁了，虽然年龄谈不上大，但是对于结婚这事，还是多少有些着急的。胡先生知道她的心思，尽管她嘴上没有提过，于是胡先生为了稳住小眉，就给小眉买了一枚戒指，就是我手上拿着的那枚，当作给小眉的一个承诺，就算是订婚戒指了。起初小眉还非常高兴，觉得自己没有跟错人。两人又这么相安无事地生活了一段时间，直到有一次小眉提出希望跟胡先生到香港去玩，但是胡先生当时的生意比较忙，就说让小眉自己去，下次等闲下来的时候再单独陪她去。小眉虽然失望，但是还是自己一个人去旅游了，回来以后，就好像是变了一个人似的，脾气变得有些古怪，以前两人从不吵架，现在却发展到为了一点鸡毛蒜皮的小事就开吵。起初胡先生还以为是自己到底什么地方做得不对，于是就认真仔细地检讨自己的行为。可是到后来，小眉和他开始变得格格不入，吵架已经是稀松平常的事情了。胡先生在那段时间曾经希望找小眉认真谈谈，看看两人之间到底是出了什么问题。但是每次找小眉说这件事的时候，要么就被她莫名其妙地转移了话题，要么就东拉西扯怎么都说不清楚，还会在谈话的过程中滋生一些新的矛盾来吵一架。胡先生说，那段时间，他真的是受够了，他不明白为什么自己深爱的女人就因为去香港玩了一圈，回来就变成了这个样子？你说犯人都还有个了解自己犯了什么罪的权利，自己怎么就没有了呢？

胡先生接着说，到后来，他们双方彼此开始采取一种冷暴力的形式，谁也不理谁，见面的时候心情好也就打个招呼随便说几句，大多数情况下，两人都是默默地做自己的事情。感情上的情绪受到影响，胡先生的工作也多少有些波动，他开始因为家事而心烦意乱，进而影响了工作的情绪。后来有一天，他实在是心中苦闷，就出去喝酒，大醉而归事后两人又吵了一架。不过那天他已经有些晕乎乎的了，只依稀还记得小眉当时说了一句，我们这样下去没意思了，还是分开算了。第二天一大早，他回想起这句话，心里难受，就拉住小眉企图再做最后一次努力，到底是为了什么现在两人变成这样，却在拉住小眉的手的时候，发现当初送给她的那个她从来不取下的戒指，已经没有戴在手上了，胡先生当时心里非常生气，就大声质问小眉，戒指哪里去了，小眉却冷冷回答他，丢掉了。问她为什么要丢掉，她却对胡先生说，我已经不爱你了，自然要丢掉。胡先生说他当时是万念俱灰，仿佛预见到了自己的爱情要走到终点，于是无奈放开了抓住小眉的手。小眉却冷冰冰地说了一句，昨晚你醉了，东西我已经收拾好了，今天就搬走。我们俩已经没有什么关系了，你不要来找我，你找我我也不会见你，如果你敢去找我的父母，我一定会恨死你报复你！

听着小眉这么狠毒的话，胡先生就彻底死心了，死心并不等于是甘心，但是他却没有阻拦小眉的离开。小眉走了，留下一大堆不解，胡先生也算是个有骨气的人，真的没有再去找她，只是在接下来的日子里，没日没夜地折磨自己，心里无比怀念这个在自己最艰难时期陪伴自己的女人，不明白她为什么就这么不明不白地离开，连一个理由都没有留下。这种日子持续了很久，好多次他徘徊到小眉父母家楼下，几度想要冲上去问个清楚，但是都忍住了，虽然两人的分开是决绝的，他也不想要去撞击小眉最后的底线。

后来他听人说，遗忘一段感情最好的方式，就是开始另一段感情，于是在这样的情况下，他认识了刘小姐。胡先生说他自己是个对感情非常理智的人，不会让现在的女人活在之前那个女人的影子里，于是他也是真心实意地跟刘小姐接触并最终恋爱结婚，只不过他也承认，他在心里始终给小眉留了个最温暖的角落，把那段曾经美好的爱情自私地霸占着。

听完他的故事，我突然一时不知道该说什么好。我自己算是个感情弱智，一辈子能有个彩姐那样不挑食的人看上我也就拜菩萨了，在他们俩的感情上，我是无法给出任何见解的，而且都是过去那么长时间的事情了，如今一个已经成家，另一个却已经不在人世。我心里始终觉得，小眉的离去和她的去世是有种必然联系的，因为没有理由说去了趟香港，回来就跟换了个人似的。如果小眉的离开是有难以开口的隐情的话，或者说，她早就知道自己即将死去的话，那她的那些反常行为就不难解释了。尽管是非常不愿意开口说这件事，但我还是先让胡先生冷静，然后告诉她，小眉很有可能已经不在人世了。

胡先生听了，先是愣了一会儿，接着就开始变得非常激动，看样子即使他在心里给小眉留下了最温暖的位置，但是那个地方也是最脆弱，最圣洁的，圣洁到不容许任何人以任何方式侵犯。他开始大声喝问我为什么要说这样的话，语气十分激动，隐隐带着哭腔，即便是时隔多年，他也一样无法逃避自己的感情。于是我告诉他我在他家里干得一切事，包括砸烂了他家的浴缸，找到了那枚戒指。我甚至暗示胡先生，当初小眉手上没有戒指，应该是她一早就藏在了浴缸下水口，而这次浴缸闹鬼，很显然就是因为这枚戒指，如此推断，我才觉得小眉已经不在人世了。

我告诉胡先生，有些事情，该过去还得过去，你现在是有家室的人，你要懂得分寸。他在电话那头抽噎了一阵后，逐渐平息冷静，对我说抱歉他失态了。我能理解他，我让他告诉我小眉父母家的地址，我希望能够亲自去拜会一下。他告诉了我，并且叮嘱我，知道了结果后，一定要如实地告诉他，因为那个结果对他而言也同样重要。我让他安心在医院照顾刘小姐，因为此刻她才是他生命里最重要的人，他答应了。挂上电话以后，我便简单处理了一下浴室里的摆设，尽量用我的方法，把浴缸里“小眉”的鬼魂限制在那里，接着按照胡先生提供给我的地址，找到了小眉家。

小眉家住在南岸区的一个中档小区里，我已经想好了几套说辞，然后敲开房门，开门的是一个身穿米灰色马甲的老人，戴着一副老花眼镜，头上已经秃了，剩下几缕在风中飘荡。我鼓起勇气告诉老人，我是小眉的大学同学，最近才知道小眉的事，想来看望看望。

我说得很是模棱两可，因为我毕竟也没有十足的把握说小眉确实已经死了，于是只能这么模糊地发问，如果小眉已经死了，老人一定会流露出感激和悲伤的神色；如果小眉没死，老人也会觉得我这句话也只是拜会老同学。不过如果没死，我就得继续调查浴缸里的那个东西到底是谁了，这将要大大增加我的工作量，这样一来，我也会为当初没有私吞那枚戒指更加懊悔不已。果然如我所料，老人带着悲伤感激的表情把我领进了屋，径直把我带到了一个香案前，那儿摆着一张黑白遗照，照片上是一个美丽的女人，我想那就是小眉了。老人从一旁递给我三炷香并点上，然后对着遗像说，女儿啊，你的老同学来看你来了。我并不认识小眉，于是这样的谎言此刻就显得那么赤裸，那么让我浑身不自在，不过我还是诚挚地上完香，在心里告诉小眉，放心好了，我会带你离开这种苦难的。

上完香以后我和小眉的爸爸并肩在沙发上坐下，想要从他嘴里了解小眉到底发生了什么事。她父亲叹了口气告诉我，几年前她去了香港旅游，在路上觉得身体很不舒服，于是就在香港的医院做了个检查，查出她已经身患子宫癌，并且已经晚期。当时才那么年轻的她完全无法接受这个事实，也不敢告诉胡先生，当下就从香港回了重庆，直接回了父母家。起初她什么都没说，直到一段时间后她突然从胡先生家里搬了回来，并告诉父母她和胡先生已经分手了，并且要求父母绝对不要去找胡先生说什么，否则就翻脸。父母也不知道她到底是什么用意，但自幼就顺着她的父母，也没多问什么。直到大约一年以后，她的病情恶化得很严重，已经没有办法再隐瞒事实了，父母也发现了她的不对劲，她这才承认了自己的病。不过那个时候已经晚了，原本小眉的父母打算通知胡先生的，但是小眉一直拒绝，因为她那时候已经从朋友口中得知，胡先生已经有了新的女朋友，并且打算就在近期结婚。她大概认为这也算是她对感情的放手，用这样一种方式来爱这个男人。

说着说着，这个老父亲也眼里闪着泪光。我本身是一个比较容易感性的人，耳朵里听着别人的故事，心里却总是把自己摆在整个故事的旁观者的地位，我总是特别容易去感受别人的感受，所以，那种内心的伤痛，我也是能够感觉到的。小眉的父亲告诉我，之后小眉就去世了，他以前总说那些白发人送黑发人是多么可怜，没想到自己也遭遇了这样的事情。他们也就只有小眉这么一个女儿，他和老伴岁数也都大了，再要个孩子根本不可能，也没有收养孩子的想法，因为在他们看来，小眉是那么的独一无二。

我问小眉父亲，小眉有没有告诉过你们，她有什么放不下的心愿吗？她爸爸说没有，她唯一的遗憾就是没有跟小胡结婚，没有能够给他生个孩子，也没能给我们养老送终。说到这里，他又悲伤起来。我想我也没必要再进一步刺激这个可怜的老头，毕竟我这个同学身份是假的。于是又陪着他坐了一会儿后，我便告辞离开了。

回去的路上，除了感慨世事无常之外，我还仔细梳理了一下整件事情，根据我目前掌握到的情况来看，小眉应该是得知自己已经无药可医后，决定放弃治疗，但是她知道如果这件事告诉家人和胡先生，他们一定会倾其所有竭尽全力救治她，这样一来除了会增加大家的负担和浪费各自的金钱外，人还得遭罪，所以她决定还是不治了。但是随着时间的推移，大家一定会察觉到她身体的异样，结果依旧是一样的。于是她打算用分手的方式离开胡先生，把自己最后的日子留给父母，同时也不让胡先生伤心难过，虽然分手也很伤人，但比起两人陪着一起等死带来的打击，还是和缓了许多。戒指是她跟胡先生的定情信物，她认定那个东西是属于她的，但是她却无法带走，藏在外面害怕被偷，就自作聪明地藏在了浴缸的下水口里。我相信尽管她对胡先生大呼小叫，说话也冷漠绝情，但是当时她的心情，一定比胡先生难过百倍。

我刻意用手机上网查了查子宫癌，作为女性头号致命杀手，一旦发现是晚期，治疗是非常困难的，据说梅艳芳老师就是死于这样的疾病，我在庆幸我没有子宫于是我将永远和这种病症没有交集的同时，也暗暗祈祷妇女朋友们要多加关爱自己的身体，每年要定期检查，健康才是最重要，因为一场疾病，人财两空家破人亡的事，几乎每天都在发生。

我给胡先生打了电话，告诉了他我掌握到的情况，并且承诺他我会直接去他家里，安妥地带走小眉的灵魂。我的承诺不仅仅是因为小眉对于胡先生而言同样重要，也因为我知道小眉死后还念念不舍那枚订婚戒指，那是她最大的牵挂，也是她留下来的原因。我相信她是无意造成了刘小姐的受伤，她只是在竭尽全力保护那份属于自己的爱情。

胡先生答应我，等到刘小姐康复以后，他会对刘小姐坦诚这一切，并且会带着刘小姐亲自去小眉家里和墓地祭拜，告诉她自己已经找到一个托付终身的人，会永远快乐地生活下去。

回到胡先生家里，差不多已经是晚上了。在画线结阵带走小眉之前，我特地给我一个佛家朋友打过电话，请他教了我一段超度往生的经文，不管我信不信佛，这个美丽的女人，都值得我这么做。

小眉在此期间，很是安静，或许是我之前在她家里给她上的那炷香的关系，她似乎察觉到，我并没有恶意。我告诉她，胡先生已经知道了全部的事情，希望她不要怪我，并且告诉她胡先生会被大家关爱，也就是关爱了你心里爱着的那个人，我要她好好去自己该去的地方，朝着光走，不要再留恋。在带走她的时候，我的腮帮和脖子再一次有了异样的感觉，和之前那种紧绷感不同，这次是温暖而和缓的，我自恋地猜测是因为我的英俊而导致小眉心生爱慕于是强行搂抱了我。

事后我自愿充当了一次佣人，并细心地用飞马牌透明胶把被我敲碎的浴缸粘好。当晚我再次去了医院，告诉刘小姐事情已经圆满解决了。刘小姐对我很是信任，因为我毕竟是我和她共同的“朋友”介绍的，承诺等到她出院后请我吃饭，顺便把费用给我结算了。临走前我把胡先生叫到走廊外，我想要对他说点什么，但是却又不知道该说什么，爱情故事我听过很多，他们的爱情并不是最动人的，但是却让我相信了爱情的力量。

最后还是他先开的口，他说兄弟，不管怎么样这次都谢谢你了，我是一个生意人，也许多年做生意加上感情的重创让我可能比较麻木，但是对待小眉这件事情上，我在你今天在外面忙的时候，也自己问过自己，此刻的小眉在我心里到底是个怎样的地位，想了很久，我也有了答案，我爱她是没错的，她骗我也是出于好意，不过要我原谅她恐怕很难做到。因为她这么做，相当于是在害怕我承受不了，我承受得了，如果她明天会死，那么我今晚就会跟她结婚。我就是这么一个性情的人，敢爱敢恨胜过于不爱不狠，大苦大悲也胜过于不哭不悲，所以我没有办法原谅她这么对我，尽管我跟小刘已经结婚了。放心好了，我会在她好起来以后，把这些事原原本本地告诉她，小刘虽然性格大咧咧像个男孩子，但是我相信她会理解的。

我告诉他，你很幸运，你有这么个爱过你的女人。照顾好刘小姐吧，我也该回去我的爱情身边了。

于是两个男人就这么面对面地在走廊上站了许久，直到我抓起他的手，把那枚戒指放到他手心。

21 精童

2011 年 4 月的时候，重庆的天气开始变得暖和，而我因为结束了一段江湖恩怨后，开始着手准备自己的婚礼。实话说，那段日子，虽然满心想着还是多接点业务，挣点钱，好让自己往后的日子过得稍微轻松一些。但是这人啊，有时候就是如此，当你越是这么想的时候，就越觉得那种过往的日子离自己越来越远，说得通俗一点，就好像是去足浴中心洗脚，刚开始把脚放进木桶里的时候，很爽很快乐，可到后面渐渐疲惫，就希望时间能快点过，好早点洗完，然后回家。

所以在那段日子，业务是有的，也不算少，而我却开始力不从心。

那天上午我接到一个电话，是司徒打给我的。我和司徒之间的关系，就好像是我跟一群小瘪三打架，我打不过，于是就找来一个厉害的帮手，而这个帮手就是司徒，他几下子就帮我收拾了那群小瘪三，因此我永远欠下了他一个人情，使得我在以后的日子里，总想要报答他，却始终找不到合理的方式，因为我能给他的，他都不缺了。所以接到他的电话时候，我就知道，无论他找我干吗，或是帮忙做什么事，我一概不拒绝。

司徒在电话里告诉我，他在湖北十堰，但是却接到一个新的委托，抽不开身，见我现在状态不怎么样，于是说打算把这个单子交给我做，一来让我打起精神，二来也是向我表达，虽然岁数差了几十岁，他依然从未忘记我这个小朋友。

我说行，告诉我具体的信息吧，你老司徒交代的事，就算天上下刀子，我也得给你办妥了。司徒说，没那么严重，因为毕竟人家找的是他，所以让我有任何拿不准主意的时候，随时给他打个电话告诉一下，生意吗，跟谁都是做，但是咱们要么不做，要做就得做好。

临到挂电话之前，司徒意味深长地问了我一句："你确定你没事吧？"

"啊？我好得很啊！真想再活500年呢！"我嘴硬地说。

其实，我不算好。而这个情况，司徒也是知道的。

司徒告诉了我事主的电话和地址，但是对于事情本身却没怎么跟我交代。他只是说对方找到他的时候他根本就理会不过来，于是让我从头跟进就行。在跟司徒说完电话后，我就瘫在沙发上抽了一根烟，这一根烟的过程我也反复思量了下，确信司徒带给我业务，总不会再惹上什么麻烦才对，于是灭掉烟后我就跟彩姐说，我可能得出去几天。

她问我去哪儿。我说，成都。

随后我就按照司徒提供的电话号码，给成都的那位事主打了过去。电话里听着是个岁数跟我差不多的男人，我简单说明了我是谁，说我是司徒的朋友，他最近忙不过来但是还是让我来看看之类的。起初对方大概是听闻过司徒牛逼烘烘的事迹，于是觉得我就是个小角色了。其实这倒没什么，所谓病急乱投医，找来找去，找到我，也算是我该赚你这笔钱。

男人在电话里简略地跟我说了下自己遇到的情况，他说其实不是他遇到，而是他的女儿。他说他女儿今年才三岁，正是活泼可爱的时候，但是自己前阵子出差去了国外，回到家的时候却感觉女儿变了一个人似的，原本的纯真可爱不见了，开始变得狂躁和不安。我问他具体反应是什么，他说，就是那种想要得到的东西就一定要得到，否则就大哭大闹不肯罢休，而且脾气还挺大的，动不动就咬人，摔东西，奇怪的是一个小孩子，力气倒挺大的。我问他，在那之前呢，孩子的脾性如何？他跟我说以前孩子可温顺了，除了小孩子天生好动以外，因为是个女孩，自己家教也比较严格，所以孩子一直以来都还比较文静，绝不是现在这种野孩子的模样。

我也是多嘴，于是多问了一句，我说那你是因为什么确定孩子目前的状况，是和哪方面有关？他停顿了一下说，其实他不确定，但是因为自己能想的法子都想过了，实在找不到原因，没有办法才找到了我们这号人。

其实我能理解，本来我们这些人，即便是了解真相，博学多才，也终究不是主旋律，甚至算不上是“正能量”。于是我们常常沦落为众多千奇百怪的事主口中的“最后一根稻草”。况且现在的孩子本来就金贵，当上爹妈的人，总是把孩子当宝贝，但凡一丁点不对劲，也就容易慌慌张张，所以，我还是完全理解他当下的心情。

我安慰他说，你别着急，我现在就去买票，我坐最早一班的动车到成都。他大概是听到我在电话里也没能给他个确切的答案，而是要亲自去他们家的时候，或许是认为我觉得事情很严重了，但是又不方便说。于是语气开始明显地变得焦急起来，他略为神慌地对我说，要不我让人来重庆接你？我说不用了，动车快。

说完我挂上了电话，在家里把必要的东西收拾准备了一下，就出门买票去火车站。

由于被乱七八糟的事耽搁了一下，于是我只买到了早上五点半重庆北往成都的动车车票，虽然那一路上，车厢里走来走去的人、个别小孩的哭闹声，以及那钻隧道并伴随着铁轨哐当哐当的声响，让我有一种正在逃难的感觉，我甚至没办法静下心来玩会手机，幸亏乘务组的姑娘们一如既往的美丽，否则那接近两小时的车程，我会过得极其没有质量。

我没什么行李，于是刚到成都我就给那个男人打了电话。他也一早知道我的班次后，就出发到车站等着接我了。成都火车站出门有一个四四方方的小坝子，坝子的边缘就是马路，而马路的形状也就是成都标志性的那种直挺挺的路。在出站后第一个斑马线附近的非机动车道边上，一台闪着应急灯的奔驰轿车里，有个戴眼镜的男人正在四处张望。我对照了一下车牌，这就是来接我的车。但是我没急着上车，而是转身在一侧的报刊亭，用一张百元大钞买了一盒骄子香烟，完事我才走到车边，跟那个男人打招呼，接着上车，任由他带我开向他家。

因为不熟，所以我俩一开始没怎么说话，憋了很久于是我开口问他，大哥你车上能抽烟吗？因为见着人的时候发现他比我大几岁，所以喊一声大哥我也不吃亏。

他愣了一下，然后打开窗户和天窗跟我说，没问题，你尽管抽。于是我饥渴地打开那包烟，开始点上抽起来。然后我开始询问开车的这个男人，包括家里是否有宗教物品，以及近期有没有带孩子到什么容易招惹东西的地方玩过之类的。从车站到他家大约开车 40 分钟，这期间，他跟我一问一答，非常配合我的询问，于是我也大致掌握了他们家的情况。

情况大致是这样的，这个男人是做国际经贸的，也就意味着他常常会日夜颠倒地跟一些外国客户谈生意。她老婆比他小几岁，跟我差不多大，是个全职的家庭妇女，就在家带孩子，孩子这个月刚刚满三岁。而他自己做国际经贸已经很长时间了，这一年多来更是常常往国外跑，驻点做生意的那种。他告诉我，早期他的目标客户大多是南美的，后来因为工作调动的关系，他开始分管东亚片区，也就是日韩等地，而他每次出差大部分的时间都是待在日本，大概一个月回家一次。而最近这次回来就是因为接到了老婆和老丈人三番五次的越洋电话，催促着才回来的。我问他老婆和老丈人在电话里跟他说什么了，他说就是说孩子不对劲了。于是我接着问孩子除了暴躁以外，还有什么别的不正常的现象吗？他说有，就是孩子的体温自打发病开始，就不稳定。我问他怎么个不稳定法，他说有时候体温会比较高，就好像那种急性小儿发热的那种，但是孩子却在这期间一直说自己很冷。我说那应当是正常的，一般发烧的人都有内寒的症状。他摇摇头说，奇怪就奇怪在，每当孩子说“妈妈我很冷”的时候，恰恰就是孩子恢复正常的时候。

我有点听不明白，怎么突然又恢复正常了。他转头看了我一眼，然后跟我说，他的意思是，每次孩子说冷的时候，就是孩子脾气回复正常的时候。于是我恍然大悟，问他说，你的意思是不是孩子发病途中变得非常暴躁，而且要摔东西咬人什么的，但是每次烧过了头，她开始喊冷的时候，马上就又变成原来的模样了，温顺可爱的那种？他说是的，也正是因为女儿这种种反常的现象，他才觉得非常担心。

我问他，那你们就没带孩子去医院检查下吗？要知道有些病尤其是孩子可千万不能拖才对，别小看什么感冒发烧，有时候烧厉害了，会影响孩子的智力，那都还算小事，严重的，把孩子烧傻了的都有。

他沉默了一会儿，满脸的焦急。他跟我说，当然带去医院了，但是换了好几家医院，医生的说法都是因为孩子天性活力充沛、好动，也有可能是吃了些脏东西导致的发烧，还有就是如今的电视节目充斥着暴力元素，可能潜移默化地影响到孩子，但是也却没给出个准确的结论，只是按照普通高热的处理方法，给孩子打针开药，却迟迟不见好转。每次当家属问医生有没有误诊的可能时，医生总是免责地说一句，如果家长实在不放心，那么就送到专业的儿科医院去做更加系统的检查好了。

男人跟我说，每次当医生这句话一说出口，他顿时就束手无策了，不知道是该继续在医院耗费时间，还是换医院碰碰运气。我安慰他说，这些医院也有自己的考虑，孩子现在都是宝，谁都担负不起这个责任，就像你这回找到司徒，然后我接了单子，也只能在我能力范围内给你做出一些处理，我也实在没办法保证一定就能给你办得非常妥帖。

这句话，我是下意识地这么说的，因为我不敢拍着胸脯把话给说满了，万一真出个什么情况，我跟司徒倒是好交代，但是对事主，我真是做不出来。

说话间就到了他们家。他们家住那种洋房小区。成都的房子有些楼层并不高，但是档次却很高，虽然是小区洋房，但是物业管理什么的都非常专业。他们家住在三楼，是那种中空的小二层房子，这样的房子放在重庆怎么也得一万三四一坪，奔驰车，小洋房，说明这家人的收入的确不菲。到他们家以后，因为时间已经挺晚了，所以孩子早就睡觉了。他老婆苦笑着对我说，也只有睡着了不动了，才觉得我的女儿回来了。

我走到他们家的阳台，从上往下看，试图看看绿化带、小区装饰的分布是否有些玄学上的考虑，但是由于天黑，我也看不出个所以然。之前在车上男人跟我描述的自己女儿的种种异状，让我下意识地察觉到，这很有可能就是被附身。

所谓附身，就是指鬼怪通过附着在人体，利用人体和现实世界可以直接接触联系的特质，去办一些它们原本办不到的事情。而附身的情况也分为很多种，最常见的就是鬼压床，但鬼压床这种附身的方式，绝大多数是以附身失败告终。这家人看上去虽然有钱，但是也不像那种不老实的人，而且就算是商业对手的报复，也不该下作到拿孩子开刀的地步，所以这种复仇的可能性也不大。那么照此看来，最大的可能性就是“撞”上了，也就是说鬼魂其实是随机挑选了一个受害的对象，而根据小孩的反应来看，即便是在发病的时候，她所表现的也依旧是个孩子的模样，所以基本上可以断定这个鬼魂，应当也是个孩子的灵体。

这种鬼魂大致分两类，一类是婴灵，本身是个孩子，做一些自己想做的事，却忽略了在此期间对他人造成的负面影响。另一种就是小鬼，而小鬼大多具备了特定的属性，并且比较懂得保护自己不被发现。这家的女儿，暴躁起来就跟换了个人似的，这说明那个附身在小女孩身上的鬼魂，它甚至没想过它的过激行为会引起家里人的察觉，继而找人收拾它。于是我猜想，八成就是婴灵。

按照惯例，我询问了这夫妇俩，是否在近期或者说是在生这个女儿之前，曾经有过堕胎引产的行为，因为这种可能性是最大的，很多家里有小孩的遇到类似情况，都是因为做了这种错事，却没有诚心忏悔引起的。

夫妇俩对望一眼，然后一起摇摇头。男人跟我说这个孩子本来就是因为意外才怀上的，所以怀上了就没打算要堕掉。而且他强调，他跟他老婆毕业于同一所大学，就是她老婆刚刚入学的时候就被他这个大几届的师兄给瞄上了，所以彼此这么多年走过来，也是真情笃意，也都不曾在外面拈花惹草过。而且他告诉我，他们夫妻俩，都是非常坚定的反堕胎主义者。

他这么一说，轮到我糊涂了。婴灵找人一般来说是找跟自己命道接近的人，例如自己的兄弟姐妹之类，而且他们只会附身在小孩子的身上，没办法奈何成年人，因为成年人的心智比较成熟，也相对灰暗复杂。那难道是我预想的第二个可能性？是撞上小鬼了吗？

于是我问那个男人，你们仔细回想下，以往有没有得罪过什么人，尤其是生意场上的人，因为现在的人为了利益，很多事都可以干得出来。男人想了想，说也没有，如果一定要找一个出来，就是自己现在这个职位以前的那个人。但是他很快皱眉跟我说，也不对呀，自从我顶替了他的职位，那个以前的同事还升职了啊，这对他来说是好事，而且本身也不熟，相互实在谈不上利益冲突，应该不会才对啊！

我一下纳闷了，莫不是这次这孩子遇到的，竟然还是别的东西不成？

想一阵也想不明白，于是我问夫妻俩，孩子晚上睡觉会不会突然醒来？他老婆告诉我，孩子这点还好，一睡下就可以睡到早上六点多，中途一般只要不是什么大的扰动，基本上是不会醒来的。我问她，即便是她最近出现异常后，也是如此吗？她点点头，说晚上家里就很太平了，但是早上起来后，就得不断地照看着孩子，生怕一丁点不对，孩子就又发狂了。

我说好，那么这样吧，今晚我先在你们家简单地检查检查，看看房间的摆设是否有犯冲的可能性，并且我会在你们家几个主要的门窗结绳阵，这样一来，如果明天早上你女儿正常了，那就表示那东西被我拦在外面了进不来，那就好办了，我直接在你们家的摆设上做点手脚，以后那玩意也就不会来了，只是抓不住确实有点可惜。如果明天你女儿还是这样不正常的话，那么就说明问题一定出在这个屋子的范围内，某些东西直接导致了这个情况的发生。

我歇了歇说，总之我今晚先看看，我就近找个地方住下，明天一早我再来。

夫妻俩答应了，他们不答应也没办法，只能按照我的法子来。而实际上在我跟他们说这些话的时候，心里其实是没底的。首先我并不知道这次孩子惹到的到底是什么东西，或者说到底惹到东西没有，还是她自己的性格有些分裂，所以我才说要先检查屋子。假若在屋子里但凡发现一丁点的灵动异常，那么这事就肯定归我管了。

于是我开始在他们家四处寻找起来，我刻意把孩子的卧房放到最后，那是因为那地方存在反应的可能性最大。我问他们夫妻，平日里孩子最常玩的几个地方是哪儿？他老婆带我去了二楼的玩具房，从那不小的面积我感叹现在的孩子真是过得比我们那时候幸福多了。想当年我三岁的时候估计还蹲在马路边玩泥巴呢，这小姑娘竟然都有自己专属的游戏房间了。

我在房间里拿着罗盘来回走动着，让男人的老婆在门外等着。屋子的地面是那种泡沫拼图，软乎乎的我忍不住跳了两下。请原谅，因为我小时候还没这些高级玩意呢。房间的角落里是一个收纳箱，没盖上盖子，里边装的全是一些玩具；房间的另一侧是一个小柜子，柜子里装的都是一些布娃娃、洋娃娃之类的。令我意外的是，这间屋子里干干净净，什么都没有。我本来觉得这不应该，因为如果中邪的小孩子经常活动的地方，多少会残留些痕迹。一时半会想不明白，也就从屋子里出来，准备在其他地方再测验测验。

接下来大约半小时的时间，我几乎找了他们家的任何一个角落，连马桶背后的下水地漏和户外阳台的花盆底下都没放过，最后我进了小姑娘的房间，轻手轻脚借着手机的灯光，仔细寻找了一遍，也顺便看了看小孩子的容貌，是那种很可爱的小姑娘，顶着个瓜皮头，很像日本动画片里的樱桃小丸子，肤色什么的也没有异常，如果不是她的父母跟我笃定地说孩子撞邪，我还真难把这么个可爱的小女娃娃和狂躁扯上关系。

检查完毕后，我断定孩子最起码是因为灵异的原因而出现问题，因为虽然收获不大，我还是在屋里找到两样东西，非常细微地附带着灵异反应。一个是摆在门厅和客厅之间那个装饰性的隔断上，一个外形憨厚喜人的白瓷招财猫，大约有电视遥控器那么高，做得很是精致；另外一个则是我在厨房和客厅的垃圾篓里，找到的一些直径大约几毫米、长度 5 ~ 6 厘米的白色小棍棍，值得强调的是，这种小棍子，在客厅和厨房的垃圾里都找到了，各有四五根。当下我没声张，因为担心如果我一早把结论告诉夫妻俩，他们今晚肯定也别想睡觉了，其次我自己也没弄明白是怎么回事。招财猫我带不走，因为我如果拿走的话他们会认为我是小偷，倒是那些小棍棍，我趁着他们俩不注意的时候，偷偷藏了一根在我的包包里。

于是我告诉夫妻俩，没发现什么问题，而且我已经结好绳子了，所以今晚你们就安心睡，如果晚上出现什么情况的话，立刻打电话给我。如果没有，咱们再说明天的事情。我说这些话是为了让他们俩安心，因为现在还不是说得那么直白的时候，果然当我说完时，夫妻俩的脸上都有了安慰的神色。到目前为止，我也暂时只能帮你们做这么多了。

离开后我在离他们家不远的地方找了个快捷酒店住下，开始研究我偷偷带回来的那根小棍棍，习惯性地先用罗盘看了看，却发现原本在事主家里有反应的棍子，换了个地方却纹丝不动了。这根小棍子，有点像是女孩子常常用的化妆棉签，然后拔掉两头棉花的那种。粗细长短都差不多，但是又不同于棉签棍子一样是有韧性的塑料，棍子的一头完好无损，而另一头则有很明显的咬痕。那屋里的每根棍棍都如此，而它的质地，有点像我家彩姐平日里用的那种面膜，就是牛奶糖似的一片，放水里就散开了的那种，而这个棍棍的硬度和触感，就很像那种还没泡水的面膜块。我用鼻子闻了闻那个有齿痕的地方，有股子淡淡的臭鸡蛋味道，如果不是这家人有用这种棍棍当筷子吃臭鸡蛋的癖好的话，这种气味基本上就可以算是撞邪的铁证。

而说到那个招财猫，很多店里都有，不过店铺里一般摆放的是那种上电池或是插电源的，手会一招一招的那种，而在他们家的那个招财猫，似乎就是一个固态的装饰品，而且有别于别的招财猫的金色，那只是纯白的。而在我测量招财猫的时候，发现猫身体周围的灵动都比较平均，只有底座那层没有上釉的地方，稍微强烈那么一点点。我还曾经轻轻摇了摇，里面却没有动静。

于是当晚我胡思乱想了一晚，却也没个准确的答案，只是设想了无数种可能性，但是几乎每一种都有足够多的理由去推翻，于是就这么开着电视，却走神忘了换个自己喜欢的频道，然后折腾到了天亮。

早上 7 点多的时候我就退房出了酒店，因为我记得那家夫妻跟我说孩子一般早上 6 点多就能醒来，我刻意把出发的时间稍作延缓，也是为了给他们夫妻俩一个观察孩子的时间。退房后我到附近随便找了点东西吃，吃完后我才给男人打电话，说我这就来你们家。打电话的时候我特别注意了下男人的语气，感觉上却没了先前的那种焦急，这就说明，孩子到目前为止，还没发病，一切正常。

上楼以后，我又仔细看了看孩子，和一般的孩子无异，天真活泼，只是当她看到我的时候，还是稍微愣了一下，脸上闪过一个让我非常不舒服的诡异的微笑，那个微笑让我觉得绝不正常，但我依然没有声张，只是在他们家坐下喝了杯水以后，我对坐我对面的男人使了个眼色，然后朝着楼上看去。男人会意，就跟他老婆说，你把孩子带到楼上玩玩具吧，我们说点事。

女人也是懂事的人，于是就照办了，直到二楼游戏室的房门关上，我才开始跟那个男人交谈起来。如我想的一样，他面带喜悦地对我说，今天一早起来孩子就很正常了，这多亏了我之类的。然后他笑嘻嘻地说，虽然他托人找的是司徒师父，尽管来不了，找了你来，这下问题解决了，他们夫妻俩也算是放心了。只是他还一直没机会跟我把价钱谈好，于是说师父你说个价钱吧，我这就全额结算给你。

我伸出手，做了个让他打住的手势。我问他，我要钱的都没急你给钱的急什么呀？这事我还什么都没做呢你就当我做完了是吧？好在你遇到的是我，要是遇到某些人品不好的师父，你这几千块钱就等着打水漂吧！

这一来，我是在给他说明事情还远远没有结束，二来我是在告诉他，这单子的佣金，是“几千块钱”。

不过这家伙显然没注意到我说钱的事，而是着急地问我怎么个情况？怎么还啥都没处理呢？我见你昨晚上又是摁钉子又是拉红线的搞了那么长时间怎么只是做做架势吗？于是我耐心地跟他说了下我昨晚的发现，以及当天小女孩诡异的微笑。他一下就吓着了，于是赶紧问我怎么办。我说坦白讲我现在还没个完整的头绪，不过至少你家里那两样东西是肯定有问题的。说完我就从口袋里掏出了那根小棍棍，然后问男人，这玩意你们家的垃圾堆里现在还有吗？他说有啊，于是把厨房和客厅的垃圾桶打开，一根根地给我找了出来，我一看，怎么又比昨晚多出来了几根？

于是我挑了一根，上面还湿漉漉的有水分，说明是才被咬过没多久，于是我问他，这玩意到底是什么东西？他见我这么奇怪，于是有点不解地跟我说，这……这不就是棒棒糖的棒棒吗？

他这么一说，我倒觉得说得跟我没吃过棒棒糖似的。但我还是嘴硬地说棒棒糖的那些棍棍不是塑料的，中间是空的，吃完以后还能咬在嘴里耍酷的那种吗？男人对我说，那你可能就没吃过这种了。于是他转身到电视墙边上的柜子里，取出一个大盒子，然后倒在我面前，说这是他从日本给孩子买回来的棒棒糖，这些小棍都是纸高密度压合做成的，是因为担心孩子吃塑料的不卫生，而且容易被戳到，所以日本的就改良用这种纸棍子了。

我拿起一根，在感叹现在孩子可真幸福的同时对男人说，这个嘛，我又不是没吃过，不二家嘛，只不过我没注意它是纸做的……说完觉得自己挺可怜，我还真是没吃过，于是赶紧把话题岔开，说昨晚我看你家没这么多根呀，这些是今天才吃的吗？男人说是啊，孩子起床吃完早饭后就吵着要吃棒棒糖，因为两口子怕不给的话孩子又发狂，于是就给她吃了几根。我赶紧用罗盘打了一下，果不其然，依然有反应，而且比昨晚稍微强一点。

但是目前我依旧没有结论，于是我问男人，那个招财猫，也是你从日本带回来的，是吗？他说是的。我说如果你不介意的话，我想再仔细检查检查，有必要的话可能还会损毁，你不会让我赔吧？男人说你尽管做好了，只要孩子没事，破几个瓶瓶罐罐的算什么。

于是我走到隔断上取下那个招财猫，直接翻转过来，看着底座。招财猫底座上是一个不干胶贴上去的条码，而恰好就是底座的灵动反应相对比较强。于是我轻轻撕下那张条码，在被条码遮住的地方，有一块不平整的地方，想必是当初烧制的时候，为了合缝而留下的痕迹。我对那男人说，你相不相信，现在我敲碎这个招财猫，这里面肯定有东西？

男人问我，什么东西？我说我也不知道，但是你要准许以后，我再敲。男人说敲吧，我去给你拿锤子。我说不用了，你找个塑料口袋来，装在里面然后咱们去阳台砸碎就是了。因为我也害怕碎掉的声音，惊到了二楼的小女孩。于是男人很快找来了口袋，我把招财猫放进去，把口袋打了个结，确保不会有碎渣溅出来，然后走到阳台，关上门，试着不用力过猛，在地上砸碎了这个招财猫。

接着我打开口袋，翻找着碎渣里的东西，却在底座背面，找到一个用滴蜡的方式固定在上面、跟香烟的过滤嘴差不多大的、小小的装饰性卷轴。卷轴的质地是木头的，上面扭扭曲曲地用类似米雕的手法，写了不少日文字。由于只是工艺品，所以并不能真的像卷轴那样拉开，而是在一头有个葫芦嘴似的小塞子，我望了男人一眼，拔下了塞子，然后把里面的东西给倒了出来。

这一下，却轮到我目瞪口呆了。

倒出来的东西，是一些剪掉的手指甲，都是月牙状的，而月牙尖尖的两头，都有红色的痕迹，我知道那是血凝固后的样子，很少，就一丁点，但是每个指甲都有。而这些指甲一共十个，看大小就是小孩子的指甲。这十个并列着就像许多筷子并列着那样，月牙的中间，则是一束头发，以头发做绳子，把这些指甲给捆在了一起。

虽然不明白这是什么玩意，具体目的何在，但是有一点我是能够断定的，这绝对是个纯正的咒。

虽然看不明白，但是我心里却还是确定的，因为这种利用生物身体某个部分，然后出现在原本不该出现的地方，这是咒最常见的一种方式。例如好好的门缝里却塞进了动物的骨头；又例如，本该是睡觉的枕头里，装进了女人用过的卫生棉等，这种情况看起来，首先是不正常，其次就是有人下咒。

由于看不懂，心里也有些吃惊，我开始隐隐觉得这小卷轴里的玩意大概就是影响到这家孩子的一个主要原因。于是我问那个男人，这个招财猫是什么时候开始摆放在家里的？他说是自己调任东亚片区经理之前大约半个月的时候，那时候接到公司的任命说是在上任之前要先去日本跟前经理交接工作熟悉工作环境。而那次他去日本就带了些东西回家，有送给老婆孩子的，也有给自己家做装饰的。我接着问他，那你孩子开始发病却是在最近这段日子是吗？他说是的，而自己已经调任日本工作有一段日子了。他听我这么说大概是明白了我问的意思，于是跟我说，如果是这个玩意出了问题，那时间也合不上呀，没理由摆在家里这么久都不出事，偏偏等到最近才出吧？

他说得没错，而这也是我最困惑的一点。按照目前的情况看来，我基本上可以设想这么一种情况：首先就是有人刻意在这个白瓷招财猫里放了一个不知道是什么玩意的咒，接着又不知道为何时隔很久这家的小孩子才开始出现相应的症状，而症状的主要表现就是狂躁粗暴，并且喜欢吃棒棒糖，孩子还时不时伴随着发热等现象。那么也就是说，这个瓷猫里的东西，不出意外的话，就是这家人遇到问题的关键。

在来成都之前司徒曾特别交代我，拿不准的时候，就打电话问他。我想想也对，因为按理说这家人原本该是司徒的客户，我只不过是代劳而已。所以我立刻给司徒拨去了电话，他也很快接了，然后我尽可能简略地把事情告诉了他，而我电话里的重点，就是去描述这个咒的具体形态，毕竟我知道，就算司徒师父在场，也会认为这是一个关键。

司徒听完了以后，迟疑了片刻。他算是个博学多识的人，这几十年的大米饭可没白吃，他想了想，然后语气不那么确定地跟我说，这个咒摆明了就是用来束缚鬼魂的，因为指甲是长在手或者脚上的，头发是长在头上的，而因为头发能够打结捆住，这说明头发的长度不短，指甲是小孩子的，而大多数小孩子尤其是男孩子是不会留长头发的，起码不会长到能够打结的地步。

于是他说，基本上可以断言，这指甲和头发，出自一个小女孩身上，而试想假如手或者脚被头发给缠住，那么就肯定动不了了。

司徒接着说，此外，把这些东西装进卷轴里，然后用滴蜡的方式固定，其实应当只是不让招财猫里边叮叮当当地响，而白瓷这种东西本身不算是导体，但又不是完全密封不透气，却也对很多能量有隔绝的作用，所以这要么就是在封印某个东西，要么就是关上某个东西不让它自行离开制作者给它限定的范围。

司徒说完我明白了不少，但是他依旧还没告诉我这到底是什么东西，于是我问他，你以前遇到过这种东西吗？起码也该知道是哪个方面的吧？司徒说，遇到过非常类似的，但是不敢确定。我说那你赶紧跟我说说。

司徒说，早年他四方云游的时候，曾经遇到过类似的咒，只不过指甲变成了手腕上抽出来的筋。当时他也认为这是一个非常毒辣的咒，但是后来才知道，这个咒所想要禁锢的东西，在我们玄学上来说，有个土名字，叫精童。

精童？我不禁打断司徒叫出来，我说我不知道多少次都想找到这玩意然后带回家呢！我承认我很吃惊，但我却没想到是这玩意。

精童是我们平日里的说法，江浙福建一带，则大多数称之为“福娃”，当然不是奥运会那个福娃。它原本也是夭折小鬼的一种，但是由于它死亡的时辰和周遭环境的限制，造就了一个特别的属性，那就是给人带来好运。如果说“福鬼”是因为受到恩惠而来给人报恩带来好运的话，那么精童就是毫无理由地选择了你的家，然后给你家带来好运。这就像是我们花了两块钱随机选了一组彩票，连自己都快忘记的时候，却发现它中了大奖一样。见过精童的人并不多，因为大多数能看见它的都是小孩子。而它本身也是小孩子的模样，看上去三四岁，以女孩为主。

在我们成长的过程中，因为大多是独生子女的关系，所以小时候难免孤独。而在我们记忆的深处，却总是隐隐约约觉得小时候自己有一个很好的玩伴，可以跟我分享玩具，跟我一块玩，但是长大以后我却怎么都想不起他是谁。如果不是真的自己记不起来的话，那么这个小时候的玩伴，就很有可能是“精童”。

所以当司徒跟我说完，我就大致上明白这是怎么回事了。因为精童是个去留随意的小家伙，它若是喜欢这里，那么就会一直留在这儿，给家里带来好运，好运的方式就有很多，例如，旺财、添丁、事业兴旺等，都有可能。所以在我们中国本土的神话里，精童还有个响当当的名字，叫“招财童子”。而假如它在这家里受到了委屈，或者被欺负了，那么它也会毫不犹豫地离开，寻找下一个自己愿意待着的庇护所。

而很显然，把这个禁锢精童的咒放在招财猫里是有道理的，就是为了让它不管遇到什么事，都没办法自己来去自如，就是要让它一直待在这家人屋里，一直给这家带来好运。虽然挺不道德的，但谁又会反感这样的做法呢?

司徒交代我，这种小鬼别去伤害，解了咒让它自己离开就行了，而且这家孩子出现这些异状，很有可能是精童被束缚了，不开心于是恶作剧罢了。孩子只是发烧，但却没有因此变得虚弱，这说明精童只是闹闹，不是要害命什么的。说完，他教了我解咒的办法。

挂上电话以后，我简单地把事情告诉了那个男人，并且宽慰他，这种小鬼一般不会害人，除非是惹它生气了，让他不用担心。这次发生在家里的闹剧，只不过是因为当初制作这个白瓷招财猫的人，为了让招财猫更灵验，于是做了个咒罢了。男人还是有些不放心，他说，招财童子原来在日本也有?他这么一问倒是提醒了我，于是我问他，你这东西是在路边摊买的还是在商店里买的呀?他说是在日本岩手县一个看上去很有特色的小店买的。那家店里都卖一些民俗祭祀的东西，例如什么晴天娃娃、风筝鱼、小神龛一类的东西。他说那家店在当地还挺有名气的，因为做工非常精致所以客人比较多。但是他仍旧不解地问我，日本人做的东西，怎么知道如何禁锢我们中国的招财童子呢?难道日本也有吗?

我笑了笑告诉他，对于玄学来说，尽管普遍认为有生命的地方就存在着死亡，而死亡后的状态，就是我们曾说过和遇到过千奇百怪的类型。但是由于宗教环境和信奉角度的不同，同样的鬼怪类型在不同的国家就被赋予了不同的说法和名称。我跟男人举例子说，例如，我们常常说的鬼，到了欧美就成了“幽灵”，而我们传说中的阴曹地府和牛头马面，到了国外就变成了地狱和恶魔，在日本其实也是如此，比如，我们说的水猴子，也就是水鬼，小孩模样，周身发黑，到了日本就变成了河童，而眼下我们要处理的这个精童，在日本就不知道叫什么了，但是肯定也是有一种和我们差别不大的分类。

事后我了解到，精童在日本有个特别的名字，叫“座敷童子”，虽然不明白含义是什么，但是对它的描述，实际上差不多。

于是接下来我按照司徒教我的方法，把捆住指甲的头发散开，把指甲埋在他们家阳台的花盆里，而且是那种栽种了植物的花盆泥土中，因为据说指甲是无法自然降解的，但是会因为植物的吸收而丧失营养，从而变得只是纯粹的指甲壳而已。而头发处理起来就比较麻烦了，司徒特别交代我，不能扔，也不能烧，只能用一只碗装上水，然后把头发浸泡在里边，要泡足七天七夜，中途还不能让碗里的水干掉。因为自把瓷猫砸掉，把头发丝散开的时候，禁锢精童的咒其实就已经解开了，所以精童是可以自行选择离开的。不过把头发浸泡，其实是在供奉，表达一种歉意，和一种带来好运的感谢。

一切就绪后，我告诉男人从今天起你还要注意观察你家女儿，七天后如果没任何异常的话，你再跟我结算酬劳好了。我会尽快把银行账户用短信发给你的。

临别前，我特意去了二楼游戏室，开门看了看那个小姑娘，她见我开门，于是睁着大大的眼睛望着我，我对她微笑一下，算是报了我进屋时候她诡异笑给我看的仇，然后我对她说，小妹妹，叔叔走了，你要乖，少吃糖，坏牙齿。

我于当天赶回重庆，七天时间里，相安无事，而七日后，我的银行卡里如约交付了这趟的佣金。

十四年猎诡人

22 镜仙

2009年下半年，我几乎遭遇到我一生最大的一次挫败。所谓的挫败，其实并非指的是办事没办好或是失败了之类的，而是指的那段日子，几乎算是我过得极其没有质量的岁月。因为几年前一次偶然的业务而和一群我原本连认识都不愿意认识的人结下冤仇，其实这倒也没什么，江湖儿女，恩怨说穿了也就是这么回事。但却在后来被人牢牢制住了八字，以至于阴鬼缠身。

打不掉，送又送不走，基本上我连想找都找不到。这种感觉就好像你自以为活得悠闲自得的时候，却不知道周围有无数双眼睛在暗地里盯着你一样。所以那段日子，我做什么都力不从心，一度产生了就此不干的念头。但是由于多年积攒下来的业务关系，让我也不舍得放下。于是那段日子我一直在这种情绪里反复挣扎，只不过当业务找上门的时候，我总是要先考虑仔细，然后说服自己到底做还是不做。

这次的业务也是如此，当接到杨教授的电话的时候，我心里其实是想去的，但又有些害怕会不会是别人给我下的套子。于是当我思索不出结果的时候，我总是会打电话问问司徒或者吉老太，有了旁人的建议，我似乎决定也做得痛快了许多。而那次我打电话问吉老太，问她这件事我去的话会不会有风险。吉老太骂了我一顿，说你别被别人乱了自己的步子，该干吗还干吗，你要是实在不放心，就叫个人陪你一块去，多个人多个照应。

我问吉老太，我该叫谁陪我一块去好呢？她说，就前阵子我和夏师父介绍给你的那位小胡啊，你们遭遇相似，他不就最合适了吗？

吉老太口中说的这位小胡，大名叫胡宗仁，巧合的是，他也和我一样惹上了同一伙人，原本我和他并不认识，甚至谈不上交情，但是有句老话是这么说的，敌人的敌人，就是朋友。而事实证明胡宗仁此人虽然癫狂浪荡，但却是我这辈子最好的朋友之一。我和他的初见原本是要去抓住一个借丧事在安乐堂偷逝者魂魄的江湖败类，从此我俩过上了外人看来基情四射的生活。胡宗仁是四川仪陇人，性子急躁不爱动脑筋，却屡次在自己都没弄明白的情况下化险为夷；他和我一样生性散漫但他胆子比我大，你很难想象这样的家伙竟然是瑶山正统道法的传承人。都说近墨者黑，由此可推断我也不是什么好人。

我只记得那天我打电话给胡宗仁，那时候他还在睡觉。我说你别睡了赶紧起来我找你有事呢。他迷迷糊糊回答了我一句让他再睡五分钟。接着就挂了电话，气得我在家里捶了一阵枕头，然后又打给他说五分钟，到了你赶紧起来。他依旧迷迷糊糊问我什么事。我说我这儿有个好差事，要不咱俩一块去做吧。他说他不要他要睡觉。我忍着没发火，我说你看你这刚来重庆没多长时间多积累点这边的业务经验将来你也好立足啊，而且这回我们是去大学哦！

我竟然下作到用这样的方式来叫醒他。其实我也不知道为什么，虽然是很好的朋友，但是我每次和他说话总能被他那种奇怪的腔调弄得火冒三丈。他一听大学，问我说又是学校里闹鬼啦？我说是啊，而且这回咱们去大学，以往那些高中生小妹妹太嫩了，大学女生可都是成熟漂亮的，而且这个大学由于专业比较特殊，很多女孩子都没男朋友，你就不想去开开眼？

好吧，我要去！胡宗仁回答我的时候显得精神极了。

这所大学位于渝北区农业园区附近，是一所早几年前沙坪坝区一所国内知名政法类大学的分校区，据说由于学生多了，就把以前的老校区留给了研究生和博士生们，新校区就用于给新入学的本科生、专科生、成教院学生念书学习。这所学校自建校以来培养过许多优秀杰出的法官检察官，在西南地区算是法学的名牌大学。而这所学校我很早就听说女生比较多，校园也很漂亮，只是一直没有一个合适的机会去玩玩，直到那天杨教授给我打来电话。

杨教授算是我家的故交，在我还是小朋友的时候，他就和我爸爸认识，只不过那时候他还不是教授，而是我们厂子附近派出所的副所长。那个年代，警服还不像现在这样和小区保安制服分不清，而是那种绿黄绿黄的有些像解放军叔叔的衣服，于是每次杨伯伯来我家我都很羡慕他那身帅气的警服。最让我眼红的是，他还拥有一辆安装了警灯能坐三个人的偏兜摩托车，后来从警队出来以后就凭着过硬的专业知识和刑侦技巧，成功被聘请为当年老校区的刑侦学老师，再经过这么多年的任教，逐渐升级成了教授。

杨教授打电话来的时候，语气上就是那种神神秘秘的感觉。因为我和他平日里没什么联系，只是偶尔过年的时候相互串串门，所以我的电话号码是他问我妈要来的。他说在他的课堂上发生了怪事，有一个女学生当场尖叫后就昏迷了，送医院后虽然救了回来但是人却疯了。由于他自己本身是学刑侦的，于是在学校里因为这件事谣言四起的时候，他也请学校调取了事发教室外面走廊上的监控录像，却发现了很可怕的东西。

我当时在电话里问他，是不是拍着什么东西了？他说是的，而且就在那个东西出现的时候，教室里就出了那档子事，于是他不得不把这两个看似毫无关联的事情联系在一起。由于他自己不懂这些，也不可能公开要求学校进行调查，恰巧又知道我是靠这个吃饭的，于是才希望我能够去看看。

比起这些，其实我更关心的是，杨教授会不会给我报酬之类的。按照两家的关系我要钱就伤感情了，于是我开始把话往那上边带，我对杨教授说这种在学校里的鬼事是最麻烦的了，一方面要说服事主相信，一方面又要防止这种事的影响扩散。说完我咂巴了一下嘴，说杨伯伯，你这个恐怕费神费时，还不怎么好办哪。

杨教授一听，大概是明白我的意思了，他说放心吧这件事学校里就他和他的直属领导知道，领导让他负责找人解决这件事，费用吗，肯定少不了。而且杨教授还神秘兮兮地跟我说，你也顺道来我们学校参观下吗，新校区很漂亮，女生也多，而且很多女孩子都没男朋友，你莫非不想来开开眼？

好，我要来！我也是这么回答杨教授的。

我跟胡宗仁是第二天一早就去了学校，我清楚地记得，那天是礼拜一。我和胡宗仁在校园里瞎转悠了一阵，为的就是看看这所大学的美女们，然后才给杨教授打电话。接到电话以后杨教授很快来了接我们，然后说正好那天上午前半段他没有课，就带我们到他的办公室里，关上门，好好仔细地跟我们说了事情的经过。

事情是这样的，大约在半个月以前，有一天杨教授上课，一个系上几个班级的学生都来听课，他说平日里总会有不少学生缺课，但是那天却不知道为什么来得比较整齐，缺课的人不多。在那种类似小型放映厅的阶梯教室里，他一如既往地抽点名，然后开始教课。就在课时进行到一半的时候，杨教授注意到有一个坐在靠近右侧教室门四五个座位，位置在整个教室正中央的女学生一直走神似的盯着靠近教室门一侧的窗户看着，接着突然毫无征兆地撕心裂肺地尖叫起来。

杨教授说，那种叫声就好像是被什么东西突然刺激到了、近乎癫狂的方式。然后那个女生身子突然朝后仰，然后脚一下子就蹬翻了自己面前的桌子，甚至连坐在她前面的另一个男同学都因此连人带桌子摔了个结结实实。我说这姑娘这一脚力气还挺大啊。杨教授点点头，面带焦虑地说，本来上课时候同学们坐着的姿势，就是那种类似于九十度直角，身子和腿互相垂直的，这女孩子这么一尖叫起来，加上她后仰蹬腿的姿势，整个人都成了笔直的一条，背心和膝盖内侧撑住椅子的靠背和座板，接着她开始痛苦地翻白眼，伸长舌头，双手还不断地乱挥，抓扯自己的头发。杨教授说，当时的情形大家都很吃惊，一个阶梯教室里有一百多个学生，直到那个女生由于身体重心失衡摔倒在地上以后，大家也都愣了一会儿才围过去帮忙。

杨教授说，当时不少学生都被吓坏了，自己身为老师，所以这个时候必须做决定才对，于是基于自己以往做过警察的素质，他赶紧吩咐学生有的打电话通知校医和120急救，接着又叫了几个男生去报告学校领导，自己则和其他学生围过去对那个晕倒在地的女生进行急救。

我问杨教授，当时那个女孩子摔倒以后就晕过去安静下来了是吗？杨教授说是的，但是也不能说是完全安静，而是在地上不断地抽搐，那种抽搐的幅度并不大，更像是全身绷直了瑟瑟发抖的样子，只不过还是翻着白眼，舌头已经缩回去了，但是还是吐出了不少白沫，女生的两只手手指呈鸡爪状，并顺着手腕关节的方向略微地朝身后卷曲。

我立刻脑补了一下当时女生的模样，然后按照杨教授的形容比出一个手势，问杨教授说是不是这样的？我身边的胡宗仁非常不合时宜地笑了起来然后对我说你那是小儿麻痹症！我白了他一眼没理他，因为我觉得此刻我就算搭了他的话都挺丢人的。杨教授看着我的手，一阵点头，说就是这个样子，当时同学们议论纷纷，但是大家都说可能是突然发羊角风了，因为症状很相似，也是突然僵直身体，然后吐白沫翻白眼然后晕倒。

其实当时我脑补一阵后，发现那女生手的姿势，和我们平日里遇到的那种突然撞邪的人的手势非常像。什么叫突然撞邪呢？就是说一个人在毫无预兆的情况下，甚至没来得及挣扎反抗就已经被鬼魂侵占了身体，而等到反应过来想要挣扎摆脱的时候，却往往已经无法挣脱了。这种反应常常会被当成是羊角风来处理，而羊角风本身是神经短路加上营养问题而引起的，尽管两者有相似之处，但是这么多年来，却有过不少因此而误诊为羊角风的例子。

我问杨教授，你说你看到那个女生的时候她是正在望着窗外发愣然后才突然这样的吗？杨教授说是的，因为作为一个老师，当你讲课所有学生眼睛都看着你的时候，你就很容易看到那些眼睛并没看着你的学生。我一拍大腿说我总算知道我念书那会儿为什么老是被老师抓到走神了！杨教授说，也正是因为那个女学生一直盯着窗外看，这才有了我后来想要看看窗外是不是有谁经过，或者发生了什么事。

说完杨教授打开自己的办公桌抽屉，取出一台笔记本电脑，捣鼓了一阵以后，他朝着我和胡宗仁挥挥手，说你们俩来看看，这是我事发后第三天，学校里开始出现传闻以后，我特意去监控室调取的录像，就是当天我上课的那间教室外面走廊的录像。

他说完就开始播放那段 8 分钟左右的视频。视频的画质不算清晰，但是作为安监器材来说还是足够了，整个视频前半段一点异状都没有，只是零零星星有些学生从走廊一侧的楼梯上楼下楼，到了 5 分半左右的时候，教室里冲出一些学生，有几个男生奔跑着朝楼下跑去，有些女生聚在一起三言两语，还有人在打电话，看上去很像是下课后学生们出来活动的样子，然后这期间杨教授时不时把头伸出教室门外，左右张望。他告诉我们，那个时候女生已经倒下了，先前跑掉的那几个男同学就是去找保卫校医什么的，自己则是在焦急地等着医生的到来。到了视频的结尾，几个穿着白大褂的医生，抬着一副担架冲进了教室，然后很快就把女生抬走了，接着视频结束。

视频结束以后，杨教授问我们俩，说你们俩也都没看出来什么异样吧？我和胡宗仁对望一眼，然后点头。杨教授说，自己是刑侦专业的，而且头衔还是教授，对于这些蛛丝马迹，他肯定比我们要容易察觉一些。于是他把视频进度调整到 5 分钟的样子，也就是她说的女生倒下前没多久，然后用局部放大视频的方式，把其中一块地方给我们明显地圈了出来，在靠近教室门的那面墙，同时也是女学生望着发愣的那面窗户外面，地砖和靠墙的位置都是贴的洁白的瓷砖，于是在杨教授的指引下，我们看到地砖上倒映出了一双脚，看不清穿没穿鞋，但是从那形状和遮挡来看，的的确确是一双脚。

看到这儿的时候，我和胡宗仁都笃信，这次的事件百分之百是闹鬼，最起码，和这个视频里出现的只有倒影，却连监控也没拍到实体的鬼脚一定有所关联。

我和胡宗仁虽然长期和鬼打交道，但是说实在的我们也都害怕鬼，不过他似乎没我这么害怕，因为身为一个莽夫的胡宗仁来说，他更相信自己的拳头。所以当我们确定有鬼以后，不由得都稍微严肃了起来。杨教授接着说，你们都看到了吧，如果说只有这一处的话，或许我也会当作视频有噪点之类的，一个偶然的巧合去考虑了，但是你们接下来看这个。

杨教授说完就又把视频快进了一段距离，到了医护人员赶到后进了教室，然后把女生放上担架，从教室门抬着走出来的时候，这时候他按下了暂停，左右来回调整了一下秒速，大概是为了让我们更直观地察觉到。我和胡宗仁不由自主地把脸凑近了再凑近屏幕，直到我们俩的脸蛋几乎快要碰到。杨教授指着画面问我们说，你们仔细看看，如果看到什么再跟我说，看看咱们的看法是不是一样的。

教授就是教授，提出一个理论后需要有旁人来加以佐证，如此缜密的心思，果然是科学界的精英啊……还是接着看鬼吧。大概是从小就不是那种找碴高手，我对于这种给出一个方向然后去找现象的游戏并不擅长，这也是我从来玩 QQ 游戏都只玩麻将，美女找碴和连连看始终不是我的菜的原因。视频画面停留在担架抬出教室的时候，画面中一共四个人，最左侧的是一个看上去头发有点秃、个头不算高、穿黑色衣服的中年胖男人，看样子是学校的工作人员在给后边的医生开道，接着是两个一前一后抬着担架的白衣医生，担架上就躺着那个女学生，后面一个医生由于被教室门挡住了一部分，仅仅能够看到上半身和侧面。看了一阵后，胡宗仁突然叫道："看到了看到了！就是这里！"

由于他跟我的脸靠得很近，而且本身也是个大嗓门，他这么一叫唤顿时吓了我一跳。我问他你叫什么呢吓死我了。他指着屏幕说，你看啊，这倒影不对啊！看上去好像被什么东西遮挡住了，而且还是半透明的呢！按照胡宗仁说的，我又仔细看了看，果然，在担架靠近摄像头的一侧，地面上瓷砖的倒影，有一团白白的雾状物体，半透明状，也能够看到一双倒过来的脚，正如起初看到的那双脚一般。于是我让杨教授把鼠标递给我，胡宗仁问我要干什么，我说我要把视频上下颠倒一下看看。胡宗仁惊呼道这播放器还有这种功能吗？我鄙夷地冷笑着心想这家伙真是没文化，哥懂这些，都是因为多年来切换在各款不同播放器之间看片的经验，太小儿科了！

颠倒视频后，这回总算是看明白了。也正因为看得明白，于是才更加觉得有些吓人。因为颠倒后我看到，倒影里所呈现的，是一个黑色长发的女人，正把腰弯曲呈接近九十度的样子，俯身低头，垂着头发，几乎是面对面地望着担架上晕倒的女学生，而且，倒影是半透明的！

看到这儿时，我心里咯噔一下，尽管遇到过更多比眼前这一幕恐怖得多的画面，但是依旧不免感到毛骨悚然。这时候杨教授说，你按下播放键试试。于是我按了播放键，画面里从担架抬出教室一直到担架消失在另一侧的楼梯处，这期间只有几秒钟的时间，但是我却因为事先发现了倒影里的那个女鬼从而察觉到，那个女鬼竟然是保持着同样的姿势，跟着担架从教室门移动到了楼梯口，然后消失了。我们都没说话，整个办公室里陷入一片安静。

和杨教授不同的是，我和胡宗仁的沉默，我们正在思考对策，以及根据自己过往所见过的看看能否找到一个相似的案例，杨教授则是一直在等待着我们给出一个合理的答案。于是我和胡宗仁对望一眼后，胡宗仁开口对杨教授说，现在那个女学生是什么情况？杨教授叹气说道，送到医院的时候还是昏迷，但是经过医疗后人是醒过来了，不过变得疯疯癫癫的了。他说自己曾经组织学生们去探望过一次，但是医生不让他们进病房，只能在病房外的窗户远远地看。胡宗仁大骂道，这是什么破规矩，病人本来就需要人的关心为啥还不让人探视呢？杨教授双手一摊，然后用那种下坠的音调无奈地说，都疯啦，隔离啦！

胡宗仁接着问，那事情发生以后你们校方做过调查吗？是因为什么引起了这种事？杨教授说，学校党委团委牵头，对那个疯掉女生身边的同学做了一次了解调查，但是依旧没能解决问题。杨教授接着说，尤其是当他仔细对比了视频以后，他深知按照学校的了解方式，根本不会有任何结果。

我问杨教授，那你说后来学校里开始出现传闻，你能跟我说下是什么样的传闻吗？杨教授说，那些传闻就显得非常无聊了，有人说这个女生有个交往很多年的男朋友，结果不知道为什么两人分手了，女孩子比较脆弱，经受不起这样的打击于是就思想包袱很重，才导致精神失常。另外有种说法是这个女孩子上个学期挂科比较严重，按照学校的规定，这个学期如果挂科超过多少科的话，就会面临留级的危险。因为这个思想压力很大，自己把自己给压垮了。杨教授说，而真正引起学校重视，觉得应当由杨教授的领导牵头彻查清楚的，却是另外一个更加荒唐的传言。

胡宗仁问那个荒唐的传言是什么，我们最喜欢听荒唐的事情了。杨教授说，这新校区在没开建以前，其实是荒山和农田，而周围因为园区发展和学校入驻的关系，产业链开始被带动发展起来，这就导致了很多以往当地的农民没了土地，政府虽然也赔偿了，也修建了安置村民的还建房。说着杨教授手朝着校门的方向一指，说校门口的那些住宅楼，很多都是还建房，那些村民没办法种地了，也就陆陆续续在校门附近开设了很多面馆餐馆之类的，也有很多外来的民工租住在附近，而那个荒唐的传言，就是说这个女生有一天夜里从学校侧门进入学校打算去教学楼上自习，遇到几个醉酒的民工，给强奸了。

说到这里的时候，胡宗仁吞了一口口水，他痴痴地问，可是学校里不是到处都有人吗，要是抓走一个女生，应该很多人都会察觉吧？杨教授摇摇头说，这你就有所不知了，学校侧门附近虽然有保卫人员，但是那片地方是个广场，占地太大，广场的另一端就是并列的学生宿舍楼，在这途中有不少的草堆小树林，如果真是晚上有人干坏事，倒也并非不可能。尽管当时不少人都考虑过这个传闻，但是杨教授说，其实可能性真的不大。学校师生这么多，一个民工就算再怎么色胆包天，也不敢干这种事的。他停顿了一下说，关键在于，我手上的录像带其实已经说明很多问题了。

我和胡宗仁对望一眼，不免暗暗点头。无论外界的猜测多么荒诞离奇，杨教授手上却有着实际的证据。起码这份证据对于我和胡宗仁来说，是非常有价值的。

胡宗仁问杨教授，那目前为止，对这件事有所了解的学生你们都问过了吗？杨教授点头说是，其实他们主要询问的对象就是和那个女生同宿舍的三个女孩子，以及平日里和她关系玩得好的同学们。杨教授这时候无奈地摇摇头说，事发之后，她们同宿舍的其中两个女孩子都因为害怕的关系，选择了调换宿舍，目前还剩下一个女生继续住在那儿，但是我们之前问过，留下的那个女生是边疆来的学生，她说事发之前一切都是好好的，没有任何异常，我们也不可能以老师的身份去和她讨论是否有鬼神的可能性，再加上别的同学也都说这个女生平常胆子比较大，而且乐观开朗，学习成绩虽然算不上特别好，但也绝不是死读书导致压力很大的那种。杨教授叹气说，也正因为如此，那些乱七八糟的传言才会出来。

我对杨教授说，要不这样，杨伯伯你看能不能帮忙介绍一下，我们也想跟那些同学聊聊看能否察觉到什么？如果方便的话，我们最好是能够到那间宿舍去看一下。我转头看了胡宗仁一眼，他表情有些色情但是还是认可我的话。因为我和他都算是套话比较厉害的狡诈之徒，如果视频里的那个女鬼影真是直接导致了这次事情的对象的话，那么我们应当能在这个女生周围的环境里，找到一些蛛丝马迹才对。

杨教授犹豫了片刻，然后对我们说，这样吧，一会儿我要去代一堂课，大约也就一个小时的样子，下课后我把那几个学生暂且留下来，然后你们再

问问。如果那个新疆女学生今天不缺课的话，我们再跟着她一起去宿舍。

我说好的，那你先带我们去教室，回头我们掐着时间到外面等你吧。你可以告诉那些学生我们是那个女学生目前所处医院的医生，我们需要对病人做些了解。杨教授点头答应，接着我们又闲聊了一阵，他就起身带着课本，领着我们去了他上课的教室。

找到了教室位置以后，我们俩剩余的差不多一小时时间里，就去找杨教授给我们看录像、视频的那个教室。这很容易找到，因为这件事当时在学校传得神乎其神，随便拉一两个看上去嘴碎的女生一问，她就能给你描绘得跟亲眼所见似的，所以找到这个教室并不困难。而且幸运的是，当我们找过去的时候，那间教室没课，只有三三两两的学生们坐在那儿温书自习。

我其实挺无法适应这样的氛围的，于是开始跟胡宗仁分工合作，我在走廊上一边躲着监控摄像头，一边用身体挡住罗盘寻找鬼魂的踪迹。胡宗仁则进到教室里，冒充学生，坐到了先前那个女生坐的位置附近，当然他也和我一样，也是在寻找着。不过他那套工具稍微有些显眼，他师传有一盏手提的油灯，在通气但是却不受到风力影响的前提下，他能够根据火焰的波动方向判断，当然我是不懂。好在学生们大多在认真自习，没什么人注意到胡宗仁在教室里点油灯这种变态的行为。

结果，我和胡宗仁在彼此一墙之隔的窗户跟前，找到了踪迹。那种鬼魂的迹象其实并不强，就好像是一个有脚臭的人在一个地方站了许久，但是从他离开以后，那种恶心的气味虽然还在，但是已经淡了许多一样。不过在那面窗户的玻璃上，相对强烈了一点。也就是说，事发的当时，那个女生一定是望向窗外的时候看到了什么东西，才导致突然地疯狂。而看到的那个东西，必然就是我们视频中看到的以及现在测到的这个鬼魂。

现在所掌握的一切，其实只是佐证了杨教授那段视频的真实性而已，却还是无法解决说明问题。于是我和胡宗仁算好时间，就去了杨教授上课的那间教室。我们在门口一边闲聊着一边等着杨教授下课。很快教室里陆陆续续走出来一些学生，再过了一会儿，杨教授从教室门口伸出头来，看到我们，然后招手让我们过去。

进了教室以后，教室里一共留下了四个学生，全都是女生。其中三个都是和那个出事女生一间宿舍的，另一个则是好朋友。杨教授简单介绍了一下，然后我和胡宗仁就开始对几个女生提问。我们先问的是她那个好朋友，她告诉我们这姑娘之前一直很正常，出事当天的早上还和她一块去食堂吃早饭，还笑嘻嘻地讨论了一下自己认为长得不错的系上的男生，完全没有任何征兆。我眼见估计问不出什么了，就请杨教授让这个女生先回去了，教室里剩下三个同宿舍的女生。当胡宗仁凑上去准备发问的时候，其中那个边疆姑娘长相的女孩子，突然有了一种异样的表情，一闪而过。

坦白说，我虽然文化不高，也没学过什么心理学，但是多年来的磨砺，让我对身边一些不协调的现象非常敏感。胡宗仁也是如此，所以这个表情我们俩都察觉到了，但是我们并没有直接去问，而是迂回着发问。我问几个女生，事发的前一晚，你们在宿舍里莫非都没察觉到她精神上有什么不大对劲的地方吗？其中一个女生回答我，当天晚上大家回去之后，除了听歌疯闹、上网玩电脑之外，就没干什么了，而她强调自己那天晚上睡得挺早的，后边的就不是很清楚了。另一个也面带难色地点点头，接着把目光望向那个边疆女生。

我心里想，这几个女孩子起码有一个是在说谎，因为她们担心害怕的表情其实已经在告诉我这个答案了。果然那个边疆女孩子说，就是啊，那天晚上一切都正常，大家都不知道这是为什么。

按理说，作为一个宿舍的同学，相互之间的了解算得上是比较多的。而女生之间的友谊我是领教过的，要么就貌合神离地钩心斗角，要么就真是好得不行。眼前的这三个女生，要说跟疯掉的那个女生有多大的仇怨我倒也不觉得，但是很明显，她们知道一些事情，而这些事情她们没有告诉过别人，极有可能是她们互相约好，不要说漏嘴了。于是我有些故作阴险地冷笑了两声，表示我好像察觉到什么了，这也是为了给对方施加精神压力。于是我问先前的那两个女生，我说听说你们的室友出事以后，你们俩就先后搬离了那间宿舍，能告诉我是为什么吗？两个女孩子相互望了一眼，略微支支吾吾地说，是因为害怕。我问她害怕什么，她告诉我说不为什么只是自己宿舍的人出了这样的事情，而旁人也在议论纷纷，所以自己晚上睡觉的时候难免想起，怎么都睡不着，于是就越想越多，越来越害怕，害怕她是被什么脏东西给缠住了。

话还没说完，我明显看到另一个女生在遮挡住我视线的地方，不露神色地用自己的手臂碰了碰说话的女生。

脏东西，这是这场对话里最大的收获。这说明，其实除却校园里的那些传言的版本外，起码眼前的这个女孩子，是想过和鬼有关的。于是我又故意重复了一次女生的话，然后装作害怕的样子说，别说还真有可能是……闹鬼！学校里最多鬼了，怪不得你们要搬。

这时候另一个女生对杨教授说，教授我们俩还有点事这里要是没事的话，我们能先走了吗？杨教授望着我，我点点头，其实我心里想，先假设之前的两个女生是因为害怕而搬走的话，那么问她们再多，也会因为害怕的关系有所遮掩。而那间宿舍里还有一个没搬走，她肯定有她的理由，所以如果我认定了这三个女生是知情人的话，那么这个边疆的女孩子，就应当是弄清来龙去脉的关键。

两个女生转身离去，那个边疆女生也跟着转身，于是我赶紧叫住她，说同学请你先别走，我还有几句话想要问你。她很不情愿地站住了，眼睛看着我。我说既然你四个室友一个疯了两个搬走了，你为什么没搬走呢？她说她其实也想搬，但是一直没找到合适的宿舍，她说下个礼拜宿管老师就能够给她协调到宿舍了，所以她下礼拜其实也会搬走。我点点头，对她说希望能够到她的宿舍看一下。边疆女生有点迟疑，于是杨教授赶紧说，你就带他们一起去看看吧，我也跟着一块去，如果能早点调查清楚，对大家都是最好的呀。

也许是杨教授的话起了作用，这个女生最终还是答应了带我们去看看。路上杨教授对我和胡宗仁说，这个女生叫什么什么依娜姆，名字挺长一串我确实记不得了。而之所以记得依娜姆这三个字，是因为她自己跟我们解释，这在她们民族语当中，表示善良的意思。于是我仔细打量了一下依姆娜，她有着比较浓郁的口音，但是那高挑的鼻梁和深邃的眼窝、瘦高的身材，除了脸蛋上有那么星星点点的一些雀斑之外，是个很有异域风情的美女。虽然我和胡宗仁都知道边疆美女多，但他就比我要下流多了。于是从教学楼到宿舍楼之间步行的时间里，胡宗仁一直在找话题跟这个女孩子搭讪。例如：

“我最喜欢吃羊肉串了，一次能吃好几十串呢！”

“听说唐僧取经那个火焰山就是在你们那，看来铁扇公主是你们那的人啊！”

“我从小就认识一个很牛逼的边疆人长得又帅他叫阿凡提哈哈哈哈……”

诸如此类的蠢话。

我曾经在念书的时候有过一小段短暂的集体生活经历，只不过那时候我们学生宿舍里住了8个同学，由于是男生的关系，又脏又乱。而到了依娜姆的宿舍后，才发现原来女生爱干净真不是吹牛的，整洁的宿舍里，一切都摆放得规规矩矩。我问依娜姆，那个女生之前是哪张床呀，她跟我一指，于是我就在床的周围来来回回地走动。值得注意的是，当我掏出罗盘的时候，并没有回避依娜姆的目光，甚至可以说，我是故意让她看见的。然后我斜眼瞟到了她看到我罗盘时候的表情，是那种“早有预料”般的诧异。我笑着问她，你知道我手上拿的这个是什么吗？她点头，然后看着我和胡宗仁说，你们俩不是医院的人，对吧？

我没回答她，而是开始拿着罗盘比画起来。我测灵的时候是非常集中注意力的，因为有时候一些细微的痕迹往往会因为你的一次眨眼而错过。在床板上，一切正常，但当我把罗盘平移到床板的上方大约一个侧身的距离，灵异反应就来了，我东找西找，察觉到这种反应来自侧面的墙壁上。于是我仔细看了看墙壁，上边有一些贴了透明胶然后撕掉的痕迹，由于并没有特别强的反应，所以我也只是记下了这么一个点。而这时候，胡宗仁冲我喊道，你快来看，这儿有个猛的。

于是我跳下床，发现胡宗仁正站在靠近窗户的一块立在地上的穿衣镜跟前，手里提着他那难看的油灯。我凑过去，然后用罗盘仔细测了测，没错，这里的反应比较强烈，并且根据经验判断，这种反应的程度，已经不是鬼魂走过留下的痕迹，而是这个鬼魂就在这儿，区别只在于，我们看不见它，或者是它并没打算让我们看见，但是我也无法确定，这是不是我们之前在视频上看到的那个女鬼。

这一点比较出乎我的预料，因为我本以为这种情况下调查起来会有些困难，没想到的是，竟然如此轻易就找到了。从这个鬼魂的反应看来，它似乎不知道我们是冲着它来的，甚至不知道我们已经察觉到了它，不知道它是比较傻还是反应迟钝，它就在那面穿衣镜的背板后面，贴着窗户，一动不动。

胡宗仁冲我使了个眼色，我会意，于是我走到宿舍门口，让杨教授和依娜姆一块坐在靠近门口的板凳上，接着我关上门，在门的两侧摁下钉子，结上绳阵，而窗户那边，则交给胡宗仁了。这算是我们最惯用的伎俩之一，因为当我们有把握困住一个鬼魂让其无处可去的时候，我们往往会先把它关住，再来一步步解决问题，最起码不至于让它逃掉，然后再找就困难了。

依娜姆或许是看我和胡宗仁举止有点诡异了，于是她带着口音害怕地问，这是在做什么？这回我没瞒她，我说你们宿舍里闹鬼，而鬼现在就在这儿，我们要把它关住。依娜姆和杨教授都站起身来，看得出杨教授其实也是有点害怕的。我对依娜姆说，刚才你猜对了，我们不是什么医生，我们今天就是来抓这鬼的，因为只有把这儿清理干净了，那个疯掉的女学生才有可能好转，只不过那就是医学上的问题了。接着我很严肃地问依娜姆，我知道你们没说实话，现在你也知道是什么情况了，把你了解到的都说出来吧，因为我们如果收拾不了，保不准下一个遭殃的会是谁，也许就会是你。

我其实是吓唬她的，因为在我看来那个疯掉的女生起码是因为某种途径而招惹到了这个鬼魂，否则没理由就这么选择了她。果然在我们这么一吓后，依娜姆就开始呜呜地哭起来，那种哭纯粹是因为害怕。

她告诉我们说，本来只是闹着玩，后来出事了也曾想过可能有关联，但是谁也没办法说服自己相信，于是大家都觉得害怕但又证明不了。我问她你们怎么闹着玩了？她哭着说，在出事的头一晚，她们四个女生围在宿舍里讲鬼故事，本来只是讲着玩玩，但到后来，那个疯掉的女生提出，要不咱们来请镜子仙吧！

我一听，这下坏了。

镜子仙属于众多招灵游戏的一种，也是属于年轻人尤其是校园里继笔仙和碟仙之外，流传得最为广泛的一种招灵游戏，但是和前面两者一样，绝大多数镜子仙会因为咒语和方式的不完整不能召唤出来。而在每一种文化里，对镜子仙都有固有的定义，人只有在独自照镜子的时候，才会表现出那个最真实的自己，所以镜子里的那个自己，是最清楚你有没有说谎或是干坏事的。严格来说，镜子仙并不算是因镜子而起的一类鬼魂，在我所了解到镜子仙最早的出现也是在镜子出现之后。当一面镜子目睹了一次死亡，那么它就有可能把这种死亡的影像甚至是灵魂按照某种特定的方式储存起来，而这面镜子再度被人指名道姓地召唤时，就容易出事。在欧美很多国家流传着一个叫“血腥玛丽”的游戏，其实也是镜子仙，定义和宗教环境不同，但本质却都是鬼。而东方尤其是中国、日本等地对镜子仙的定义，大多是午夜12点，点蜡烛，削苹果，然后果皮不能断，等到结束后，会在镜子里看到自己喜欢的人，或是自己的未来等，这个我还从未亲自证实过，所以各种版本我们都不能否定。而这类因为召唤镜子仙而出现的鬼魂，它们大多有一个共同的特质，就是无法直接用眼睛或是摄影器材所观测到，却能够在它们愿意的前提下，从镜面物质的倒影里出现。

这就是说，我和胡宗仁起初在视频里看到的女鬼影子，其实就是召唤的镜子仙，摄影机之所以只能在地砖、墙壁、玻璃的反光里拍到，就是铁定的证据。而同样，在教室里疯掉的那个女学生，她所看到的窗户里的女鬼，其实并非只是站在窗户外，而是站在当时女生坐的那个位置，周围360度无死角的范围内，任何有可能反光的器材里，她都会看到那个女鬼，只不过碰巧她是望向了窗外而已。

我有些皱眉地对杨教授和依娜姆解释了一下，告诉他们，这镜子其实只是一个媒介，镜子里面本身是没有鬼的，而是因为那个女生的召唤，而碰巧这周围有一个路过的鬼魂听到了这个召唤，它大概是以为在召唤自己，从而出现在镜子里，接着通过这个女生身边的反光器材一路跟随，没准现在还跟到了医院呢，这大概也是女生昏迷不醒的原因之一吧。

这其实是我的猜测，因为我从未处理过镜子仙。镜子仙和笔仙、碟仙的不同之处在于，它因为镜子本身反光的特性能够显示出自己的影像，而笔仙、碟仙通常没被开罪的时候，是不会轻易害人的，虽然也是一种非常危险的行为。于是我问依娜姆那天晚上那个女生召唤镜子仙的咒语和当时削苹果皮断没断之类的。说实话我也不知道这种召唤方式是不是正确，只是书上这么写了我也只能这么相信了。而破解的办法只有一个，那就是再召唤一次，当鬼出现的时候，砸碎那面镜子。

这看上去似乎很容易，因为本身现在被我们困在宿舍里的这个鬼魂对我

和胡宗仁并没有什么恶意，所以我可以担保的是，假如今晚 12 点我和胡宗仁通过召唤然后砸掉镜子以后，医院里那个昏迷的女生一定会因此而好转，但镜子虽然碎了，不代表这个鬼魂不存在了，它依旧还在这儿，只不过不通过镜子出现了而已。假如日后附近宿舍的学生们一时兴起，开始玩笔仙等，它也会因此再度换一种方式出现。于是我和胡宗仁一商量，我们决定先带走这个鬼魂，反正它也被困住了。而后再召唤一次，我们会测灵，如果召唤不出来的话，才说明这地方真的干净了。

我把我们的决定告诉了杨教授和依娜姆。杨教授虽然是教授，但是他知道我肯定不会拐着弯给他制造麻烦。依娜姆自打知道我们身份以后，就一直显得非常紧张。我对她说，这事你还不能逃，因为如果今天你走了，这种恐惧会伴随着你一辈子，与其如此，你还不如跟着我们一起送个干干净净，自己也当吸取个教训，将来你和你身边的朋友，都别再玩这种稀奇古怪的游戏了。

大学生就是不一样，依娜姆知道我说得有道理，虽然很抗拒，但是她还是答应了。于是我开始向杨教授打听这些年学校是不是死过人，因为鬼魂的停留大多有两种，一种是因为留恋，一种则是因为不甘心。而这两种都会因为时间越来越长后，变得越来越糊涂，最终变成游魂野鬼，四处游荡，但怎么都不会离自己死掉或是眷恋的地方太远。我直接问杨教授学校是不是死过人，其一是因为几乎每个学校都有学生或是老师死掉的传说，且不论真假，先听听总是无妨的。再者是因为我实在不认为有人死后还会眷恋着念书的学校，学校多烦呀，当然这是对我而言。果然在我问了杨教授以后，他说有的，几年前，学校死了一个女学生。

我心想八九不离十了，但是据我所知这学校在这个地址办学也没多少年时间呀，杨教授是个老教授了，会不会把另外一个校区给记岔了。他告诉我说，在 2007 年，学校里有一个女生从其中一栋教学楼跳楼死了，当时这事闹得挺严重的，风评也比较不好，在那事情善后以后，学校还专门组织了一场追悼会，并开始加大对学生们心理健康的辅导工作。

我问杨教授，那女生是自杀的对吗？杨教授说警方的调查是因为感情问题，再加上性格可能本身有点问题，不太善于跟家人和同学分享沟通，导致自己内心的压抑而选择了跳楼自杀。我说难怪了，自杀本身会被看成一种罪恶，因为选择这样的方式结束生命，自己非但得不到解脱，反而会给爱着自己的人造成无尽的伤痛。按照佛家的话来说，这类人超生都困难，可谓上天无路入地无门了。所以这就不难理解，为什么它这两年一直在学校里不走了。

杨教授说，但是那个女生摔死的地方是在教学楼啊，离咱们目前的宿舍楼是有一段距离的，怎么会窜到这边来呢？我说那女生是住校的吧？杨教授说是，他记得在那女生跳楼之前，她的母亲还因为担心女儿来学校陪伴了一段日子。我说所以她每天上完课，总是要回宿舍休息的吧，来来往往两点一线，这也很正常。

基本上能确定了，但是还差一步，就是确认这个被我们关在宿舍里的女鬼，就是当年跳楼身亡的那个女学生。而我天生喜欢恶作剧的劣习那一刻再度占据了我的大脑，于是我问杨教授，那你还记得那个女生的名字吗？他仔细想了想，告诉了我一个名字，我说你大点声我没听见，他又放大了音量说了一次那个死掉女生的名字，就在这时，罗盘一阵大动，杨教授也突然打了个冷战。于是我确定了，就是这个女生，不过搞杨教授，纯粹是我这种无法压抑的怪癖罢了。

于是接下来的就容易了许多，我把这事交给胡宗仁去办，起灵，收灵，但却暂时没有送走。因为这类自杀的鬼魂，相当程度上来说，带有比较强烈的戾气，所以在送走之前，必须先化解这份戾气才是，所谓的化解，就是被我们这号人收了去，进行开解，或是自己沉淀，继而送走，才能让它走得心甘情愿。

当下收工以后，也就还剩下最后一个重要的环节。因为无法确定这周围是否还有别的游魂野鬼，所以我和胡宗仁还是决定按照原计划，等到夜里 12 点再召唤一次。若召唤出来一个别的，那么就得让校方给我们加点佣金，我们一道做完了。如果没有的话，这件事才算是尘埃落定。

于是接下来的时间里，我们漫无目的地在校园附近游荡，吃东西，看美女，看着那些在勾肩搭背的男女，然后表示一种好白菜被猪拱的病态心理，直到晚上大多数女生回了宿舍以后，我们才在杨教授的带领下悄悄去了那间寝室，再度召唤。

所幸的是，这回我们没召唤出什么东西，那至少表示宿舍这一带应该是

干净了。我宽慰了依娜姆几句，但我估计语言此刻是苍白的了，这姑娘今天晚上恐怕是说什么都睡不着了，但那确实也不是我们能管得了的事情，接着我们就离开了学校。

几天后，杨教授打电话给我，说医院里的女孩子醒了，而且对于当天的记忆基本上想不起来，只记得自己上课走了会儿神，然后记忆就断片了，再接上就是自己在医院里苏醒的时候。杨教授说，这次谢谢我们帮了这么大的忙，佣金会尽快汇到我的账上，我把这消息告诉了胡宗仁，因为钱我得分给他一部分，电话里我听他心不在焉的，于是我问他在干吗，他说他在看动画片，我说你这智商估计也只看得懂动画片了。

然后我问他看的什么动画片，他告诉我，《阿凡提》。

十四年猎诡人

23 蜡烛

我有一个朋友，家住在渝北区金岛花园附近，我和他的认识几乎能够非常完整地证明一个吃货对于交友这件事上有多么不慎重。

我这位朋友姓于，40 多岁，大了我不少，在金岛花园附近开了家小店。认识他是因为我在那之前某一天嘴馋了，特意去金岛花园附近吃那家非常有名的冷锅鱼，吃完打算往回走的时候还不到中午 1 点。但是这时候附近一个看上去生意特别火爆的小店引起了我的注意。于是我下意识地走过去打算看看这家店是做什么吃的，结果发现那是一家大排档。

但凡吃过大排档的朋友都应该知道，这类店铺，通常是晚上才开始火爆，一直持续到凌晨，所以在我的看法里，一家大排档的生意如果能够从中午开始就火爆的话，那么味道一定是不错的。想着想着我就走到了店里。店里面已经没有我的座位了，于是我就只能坐在门口加设的小凳子上，丝毫没有犹豫，我就点了一份小龙虾。龙虾是炒的，红色的虾壳，拌上红色的辣子，再淋上些红色的辣椒油，油面子上再撒些翠绿的葱花。店里的服务员端上来碗筷和剔肉的小牙签，我尽量在不伤到虾肉的情况下剥开一个，吃进嘴里，任凭那满嘴虾肉的鲜美混合着重庆特有的辣椒油的香气，瞬间充溢了整个口腔，在我舌头的每一个角度，毫无保留地刺激着我的味觉。

于是从那以后，我就是这家店的常客。而之后又一次，因为吃到半夜了，有别桌的客人醉酒闹事，我和我另外几个朋友帮忙给店老板解了围，他请我们喝酒，就这么着，我俩成了朋友。他就是于老板。

事发在 2007 年，于老板在那年夏天的一个周末打电话给我，说请我到他们家吃饭。由于之前替于老板解围之后，我们俩算得上能够畅谈的一类朋友，所以也常常一起吃饭喝酒。当我问他，什么事这么高兴要请我吃饭啊，还是在家里吃？他在电话那头笑呵呵地说，他女儿考上一所不错的重点高中了，心里高兴，就想找老朋友喝酒聊聊。我说行，于是去给孩子买了点升学礼物，就欣然赴约了。

值得注意的是，2007 年的时候，于老板已经把自己那生意火爆的大排档给转让了出去，理由是过度吸入了油烟，加上经常起早贪黑，导致他身体比以前差了许多。孩子是个懂事的孩子，学习成绩一直不错，于老板觉得自己这些年挣的钱完全足够干点别的了，于是就想多抽点时间出来陪伴孩子。

但是那天跟于老板在他家里吃晚饭以后，我们俩就趴在他们家阳台的栏杆上，一面聊天一面抽烟。他们家住的楼层并不高，就在我们抽烟的脚底下，是一条人工河沟，于老板告诉我这条河沟的源头其实就是离这儿不远的一个水库，早年开发这一带的时候，是把这条河沟两岸修成了附近居民健身娱乐的休闲步道的。但是后来因为一场暴雨的关系，水库的水猛涨导致了一次不大不小的决堤，人工步道那时候就被淹没了一些，虽然这种情况很快就被解决了，但是也让市政的工作人员开始头疼，如果再度决堤怎么办，于是他们就选择了暂时封闭这个步道，然后在水库边上垫高了十来米，修建了一个专门具备泄洪功能的类似堤坝的那种护堤。由于当时抽烟的时候天色已经很黑了，所以于老板也没给我指那个堤坝到底在什么地方，他只是告诉我说，从那以后，水库的水位就比这下边河沟的水位高了十来米的样子，而那次因为改建而封闭的健身步道，至今都没有重新开通。

我问他这是为什么呢，他说一来是因为水质不好，常常有臭味；二来则是因为封闭了很长时间，光是除去杂草都要费点劲，而且这个步道的一侧是河沟，另一侧就是金岛花园楼房的基座，因为加固的关系都是土壤和种植的树木，所以这一段渐渐就荒废了。后来甚至有市政工作的人来这里，修建了一个临时的垃圾场，不过由于交通不便，也几乎没人去那儿倾倒垃圾了。说完他朝着楼下一指，说那个垃圾场就在这下边，不臭，就在那个蜡烛灯光那儿。

我顺着他指的方向瞧过去，大概离我们的位置二百来米，其实黑漆漆的我什么都看不见，倒是于老板说的那个烛光，却在夜晚显得特别醒目。

我问于老板，老于啊，不对呀，你不是说那儿荒废了，周围还栽种了许多树木吗？地上枯枝什么的也应该不少吧，这种地方怎么会有人点蜡烛呢？不怕着火吗？于老板耸耸肩膀，他说他也不清楚，大概是流浪汉之类的，见那地方没人去，所以暂时把那儿当成家了吧。我说那不应该啊，你想想这夏天这么热，这里又靠着河沟，又是树林，蚊子多得要死，冬天这里又潮湿，没遮风避雨的地方谁受得了啊！就算是流浪汉，也不至于傻到这地步吧？于老板笑了笑说，那他还真是不清楚，只不过他已经搬到这个地方好几年了，从两年前开始，几乎每天晚上这个地方都会点起烛火，从晚上8点到夜里两点，天天如此。于老板说，起初他也纳闷过一段时间，不过这对于他来说其实根本没有任何影响，所以也就没怎么放在心上。

说起来很奇怪，那天的我也不知道为什么，因为看到那烛光，虽然隔得比较远也看不清，但是却依稀能够分辨得出是两根并排点着的蜡烛。这让我感到有些怪异，因为我觉得那蜡烛摆放的方式，目的好像不是为了照明，而更像是在祭祀。

由于我并没有跟于老板说过多关于自己职业的事情，所以他对我们这行也仅仅停留在一个初识的阶段。于是我跟于老板说，要不咱俩现在看看去？

于老板看上去是觉得我挺无聊的，他笑着问我，这有什么好看的呀？万一真是个有精神问题的流浪汉的话，伤到咱们怎么办啊？我说你放心吧没事，我就想弄清楚而已，你就当是晚饭后陪我散散步得了。在我的要求下，

于老板不好多说什么，再加上我是客人，于是他还是答应了。

出了小区门以后，我们绕道从小区侧面的一条小斜坡公路一直朝下走，直到走到一座短短的石桥上面，而那座桥的底下，就是那条河沟。于老板对我指着边上一个被推垮了半截的砖墙跟我说，你看吧，这里还是封着的。这倒掉的半面墙估计就是那些流浪汉干的吧。我拍拍手，说咱俩进去看看吧。这次于老板就说什么都不肯了，他说那里边估计以前铺的路全是泥土了，这黑漆漆的就别进去了吧。我说我坚持要进去看看，他笑着说你比我年轻这么多，如果你实在是要去那你就自己去吧，我就在这桥上抽根烟等着你。

我也不方便一直勉强人家，于是我说好那我自己进去了，接着就从那倒掉的半边墙壁豁口上翻了进去。

2007 年我的手机还是一款滑盖的音乐手机，做工结实耐摔，在外边遇到和谁不顺眼的时候，还能捏在手里当凶器使，听说这款手机侧面的钢条是可以用来当榔头钉钉子的。但是这款手机没有闪光灯，也就是说我无法用闪光灯的功能当成手电筒。于是我也就只能用屏幕的灯光微弱地进行照明。的确如于老板所说，这段路非常不好走，有些地方甚至都不知道路沿在什么地方。整条路从我翻越围墙一直到烛光的位置，两百多米的感觉，整段路是一个反写的 S 形，但是当我走到烛光附近的时候，我却暗暗觉得一阵心凉，虽然并非跟我最初想象的一样，是有人点了那种类似祭祀的蜡烛，但眼前的景象却让我的惊异有过之而无不及。

烛光的位置距离我当时站立的位置，是在我正面 45 度角斜坡上约 5 米的距离，一个黑乎乎的建筑旁边。那个黑乎乎的建筑，应该就是当时于老板跟我说的那个废弃的垃圾场，而在那儿有一个看上去像是石头台子的东西，上面点了两根白色的蜡烛，却没有插香，而在蜡烛跟前，有一个微微驼着背缩着脖子、头发乱糟糟的中年男人，背对着我，一动不动地坐着。

当时我心想，假如这个男人真是一个流浪汉的话，那也就罢了，我顶多原路返回后，帮忙打一通救助站的电话就是了，可当我走近一看的时候却更吃惊了。

这个男人面前点上蜡烛的地方，并不是一个石头台子，而是一块木板。木板下面是一个类似装修腻子粉的那个圆桶，当作是台柱了。而那块木板上，用红色还是黑色的油漆，画了一副中国象棋的棋盘，棋子不多但是也分布在棋盘上，而那两根蜡烛，就点在楚河汉界上。

直觉告诉我，这不大对劲。我向来不是个冒失的人，所以在看到这一幕的时候，我立刻就警觉了起来。没退行以前我防身的几样东西是从不离身的，这也是为什么我夏天总喜欢在腰上别上一个腰包的理由。看见眼下的情形，我立刻默念了一段壮胆咒，然后手伸到腰包里，抓了一段绳子出来。一边慢慢靠近，一边准备着见事不妙就一绳子圈过去。可是当我走到近处的时候，那个中年男人还是没有什么反应，而是好像压根不知道我靠近一样，一边像是在缓慢地思索，一边伸出手，把象棋棋子里他这一侧的“车”，移动了一个位置。而且在那个时候我才注意到，这根本就不是一副完整的棋局，除了棋子缺了很多以外，还缺了一个无论如何都不该缺的棋子，就是男人这面的“帅”。我不知道这个男人是不是真的疯了，这种不正常的环境下，缺不缺棋子似乎没那么重要，男人显得很认真，貌似一副落子之前，需要深思熟虑一样。

那感觉，就好像是在跟一个人对弈下象棋，但是他的对面，什么人都没有。

我看他似乎没有要对我怎么样的感觉，为了确认一下是我想多了还是怎么样，于是我偷偷摸出罗盘，摆正位置后，还没来得及看盘，就听见罗盘指针因为受到影响过大，而导致在盘面上叩击，发出咔咔咔的声响。事实上我此刻完全不用看罗盘了，因为如此剧烈的反应就是在告诉我，这儿有鬼，而且就在我跟前。最重要的是，这个鬼的力量还挺大的，而我唯一弄不清楚的，就是这鬼究竟是为何存在。

其实我大可以转身离开，但我实在是做不到。在我看来，眼前的这个中年男人显然是被鬼给迷住了。至于为什么我倒是不清楚，但不管这个鬼的动机究竟如何，这种鬼迷人心的事情终究是不合规矩的。所以就算我心里打鼓，感到害怕，还是得硬着头皮试一试。

“喂……大哥……喂！”我试探性地朝着那个男人喊道，他没有反应，只是那两根蜡烛的烛火些微地摆动了几下，壮着胆子，我伸出手指，戳了戳那个男人的肩膀，声音也略微大声了一点：“大哥，大哥！”而就在我第二声大哥还没喊完的时候，那个男人突然非常迅速地转头，那速度绝非一般人办得到。他冲着我瞪大了眼睛，就像那种人死不瞑目的样子，脸上却没有丝毫表情，映着烛火，我看见他眼睛里满是血丝，脸颊消瘦，有些内陷，嘴唇上有不少稀稀拉拉的胡碴。他就这么瞪着我短短一秒钟，突然烛光扑朔，好似有人吹了口气，蜡烛灭了，周围一片漆黑。接着我听见咕咚一声闷响，周围再度陷入一片安静。

我很难形容我当时的心情，事后想起来自己似乎是有点被吓傻的感觉，因为按照我这种胆小的个性，当男人转过头来看着我的时候我就应该会逃跑了，但因为他转头速度非常快，让我没有防备，竟然待在那儿和他对望了一秒钟直到蜡烛熄灭我才回过神来，赶紧一个大跨步朝着下坡跳下去。摸索着找到一棵树，然后背靠着树，伸手摸出一把坟土，另一只手抓住绳子，急促呼吸着，打量着周围。

由于蜡烛是突然熄灭的，所以当时我的眼睛并没能迅速适应这环境，好在时间也不长，我就渐渐能看得清周围的轮廓了。所幸的是，在那接下来的一段时间里，我并没有察觉到什么异常，而与此同时，我也看清了当时那个男人坐的位置，地上麻乎乎的一团，我才知道，适才听到咕咚一声闷响，其实是那个中年男人摔倒在地上的声音。我鼓起勇气走上前去，迅速在周围几棵树之间用绳子围了一个圈，然后在地上画了一个井字形的符，接着跺脚三下以示“通地”，确保自己的安全后，我伸脚踢了几下那个男人，并大声喊他。就这么十来声之后，他才幽幽哼了一声，然后慢慢坐起身来。

我按亮手机屏幕，照着他，他因为突然的亮光而虚眯着眼睛，他问我你是谁啊？你为什么在这里？我说我也想问你呢，你这么黑灯瞎火地跑到这个地方来干什么？他打量了一下四周，然后问我，这是哪儿啊？

其实这是我预料到的结果，一般被鬼迷住的人，都不大记得自己做过的事的，这就是我们通常所谓的记忆断层。这其实并不算是特别危险，因为很多有过类似经历的人，都被归结于“梦游”、“分裂”等症状，然后莫名其妙地加以治疗。所以当这个男人问我这是哪儿的时候，基于我有一种“此地不宜久留”的想法，我迅速拉起那个男人，跟他说，咱们先出去再说。男人大概还懵里懵懂的，于是我搀扶着他，加快速度，往回走去。

这一路上非常太平，没东西追赶着我们。等到我扶着男人爬过砖墙后，于老板站在桥上惊讶地望着我，说人家年轻人出去玩都捡女孩子回来你倒好捡了个男人还是个中年男人。从他的眼神里我不难发现，他是觉得我口味挺重的。我没搭理他，把那个中年男人扶着在桥栏杆边坐下。于老板还是不知道我为什么这么做，我说老于啊，你帮个忙，去那上边小卖店给我买瓶矿泉水来。不要贵的，一块钱的就好。

于老板去了，于是我蹲下身子来，问那个中年男人，你把你记得的事情都告诉我一下。他说他就记得今天自己收摊以后就回家了，接着就跟平常一样吃晚饭，然后就在沙发上躺着看电视。我问他你家住在什么地方？他说就离这里不远。说完他朝着不远处的堡坎指着，那地方我来的时候看到过，应该是一个老厂子的职工房，但是很破旧了，也没几家人住。看眼前这个男人的穿着，应该是日子过得并不算好的那类。我说你就记得你看电视，然后呢？他说自己一天还是挺累的，所以估计是看着电视就睡着了。我心想，如果这情况让那些科学人士知道了，估计想都不想就会判定为梦游症了。所谓的梦游症就是身体看似有意识但却无意识地根据自己的行为习惯机械重复一些事情，而这种情况通常发生在事主睡着以后，所以叫作梦游。于是我接着问男人，你莫名其妙来到这里，你家里人都没察觉吗？他苦笑一声说他是一个单身汉，没有老婆孩子，父母岁数都大了跟自己兄弟住在老家，自己一个人在这里已经待好多年了。

从男人醒来到目前，时间也过去了一阵，他也清醒了不少，他渐渐开始对自己的行为感到不解。我心里是有答案的，但是在那之前，我还不能告诉他。我想到之前于老板说，这种烛光其实出现了差不多有两年了，那就是说，眼前这个中年男人在两年前就开始被鬼迷住了。而这两年以来，他每天本身就劳累，想睡觉的时候却被鬼弄出来，到这个僻静的地方来下象棋，难怪他看上去如此消瘦憔悴。换成任何一个身体再好的人，持续两年这样子，恐怕也好不到哪去。出于好奇，我问了他一句，你是做什么工作的？他说他是做泥水匠的，每天提着自己的工具，等着那种私人装修队，缺什么什么师父了，他就去凑个数。每个月辛辛苦苦，大概也就能挣到2000块的样子，除去家用，也剩不到什么钱。我问他，那你是不是挺喜欢下象棋的呀？我之所以这么问，是因为他被鬼迷住的这段时间，都在跟那只鬼下象棋。他听到以后有点吃惊，问我是怎么知道的。我说我猜的。他说他是个很喜欢下象棋的人，通常很多人还下不过他，在自己蹲点做泥水匠之前，他就在附近街边摆棋局。

摆棋局？什么意思啊？我不解地问道，他说，就是跟人下象棋，50块钱一盘，谁输了谁给钱。我哦了一声说就是街上骗人的破解残局那种对不？他摇摇头说不是，他是正儿八经地从头下棋，输赢全凭本事。我突然想到点什么，于是问他，你是不是两年以前开始做泥水匠的？他说是的。我又赌博似的问了一句，那么你之前的棋盘和象棋棋子，是不是不见了？他说并不是不见了，而是在那段日子发生了一件事以后，自己一怒之下把棋盘和棋子都给扔了，说完他朝着身后一指说，就扔在这附近的树林里了。

看样子，当时在烛火边的那副棋盘和棋子，就是这个男人之前丢掉的那副。但是我仔细回想了一下，适才看到的棋局里，这个男人占据的一面，是没有“帅”的，所以连残局都算不上。正在弄不明白的时候，于老板买水回来了。

我把水拧开后递给中年男人，让他喝几口润润嗓子。然后我问那个男人，你说两年前发生了一件事让你丢了棋盘，从此不下棋挣钱，而改做泥水匠了，是因为什么事啊？

男人吞了口水说，那天他和往常一样，在街边摆棋局。后来来了一个他的老棋友，这个人屡次挑战他却屡次失败，这个人几乎每个星期来好几次，每次都只下一局。男人说，结果就在那天，他觉得自己每次都赢人家钱似乎有些不好意思，于是就故意放水输了一把。但是由于两人都是棋艺精明的人，自然这点小把戏被看了出来。于是两人因此起了争执，还打了一架，后来警察来了把两人带走。男人说，对方是个岁数比自己大不少的老人，结果在警察局问询的时候，心脏病发作，于是自己赶紧和警察一块把老人送到了医院急救，连急救费都是自己垫付的。结果老人因为岁数大了的关系，终究没能救回来。

听到这儿，我和于老板面面相觑，我很难理解为什么有人会因为下棋下不过，还被活活急出心脏病来了，并且因此丢了命。男人接着说，就因为这件事，那个老人的子女说什么都不让男人过安生，在医院动手打了他，并且起诉到法院要他赔偿因故造成老人过世的损失。后来在警察局和附近居民的协调下，帮他说好话，说这人虽然没什么本事但是个老实人，希望能够酌情处理，才赔付了一个他自己砸锅卖铁能承担的数字，这事才算了结。

他顿了顿说，也正因为如此，他才决心今后不再下棋了。觉得这棋迷之人，除了棋艺给自己带来的快乐以外，遇到一桩大事那就谁都受不了，如果犯心脏病的人是他自己，他也会觉得太不值得了。于是那天他喝了点酒，就把棋盘和棋子，一股脑地丢在了这个树林里。

听到这儿我才算明白，如果我没猜错的话，起初那个在我罗盘上出现的鬼魂，应当就是当初心脏病去世的那位老棋迷，大概是他死之前一直都觉得自己赢得不光彩，想要在死后了却一个心愿，打算赢一次再离开。可是由于棋盘上一直没有那个“帅”，也就成了一盘永远下不完的棋。

于老板把我拉到一边，说可以了，咱们走吧，这水都买了，待会儿别人赖着我们怎么办？我对于老板说，老于啊，我之前曾经对你说过一点我的职业，你大概没放在心上。今天你要是还拿我当朋友的话，你就跟着我走一趟，如果你不愿意也就算了我不勉强你。我的职业可能没有你想的那么稀松平常，今晚就算是我吃了你家里的一顿饭，该当对你有所坦白吧。

于老板很纳闷，他看上去像是想要问我问题，但却没开口。于是我把我的分析，包括我掌握的情况以及对这个中年男人之所以会莫名其妙来到这个地方做了一个说明，并自私地加上了我自己的猜测，就是我猜测那个鬼，就是那位心脏病离世的老人。当我把这些话说完以后，中年男人和于老板都愣住了，看得出来，他们谁也没想到过会真的和这方面的东西有关。为了证明我说的不是假话，我让那个中年那人伸出右手，我把罗盘取出来，靠近他的右手打了一下。因为他的手之前是握过棋子的，所以手上虽然反应不算强烈，但是能够明显地察觉到，这绝非我糊弄他们的雕虫小技。

我跟中年男人说，我就是靠这个手艺吃饭的，今天偶然撞见你这件事，我才插手管一下，我不要你一分钱，既然我撞都能撞到这件事，那么

对于我而言，这件事就跟我有必然的关系，我帮你了结这桩鬼事，送走那个鬼魂。起初男人很是抗拒，甚至连于老板的表情都似乎在说你小子这下玩笑开得有点大了。我没理他，只是告诉那个男人，你必须明白，现在你每天晚上迷迷糊糊走出来下棋下到半夜，伤身劳神的人可是你自己，当时你还没回过神来的时候，我的罗盘上鬼魂反应很强烈，也就是说这个鬼魂有比较强大的执念，而这执念是什么，在我看来，就是它希望能堂堂正正地赢你一盘。

男人支支吾吾地说，可是论棋艺的话，那位老人家真的下不过我啊，如果我再装着输给他，那不也没用吗？我说你放心吧，那个老人死两年多了，49天后的鬼魂多少都有点不同程度的糊涂，咱们就去重新买一副象棋，摆个完整的棋局，你让着他，让他以为自己赢了你，了却心愿以后你就自己回家，剩下的事交给我，我来送走他。我保证从今往后，你再也不会半夜三更到这儿来，也不再会因为这件事把自己弄得狼狈憔悴。

男人被我这么一说，有些犹豫。于老板一把拉着我的手臂说，兄弟你干吗呢？你当真玩啊？我虽然是个不大正经的人，但是那个时候我告诉他，我没玩，但我是当真的，你来还是不来？于老板看着我，然后叹了口气对我说，刚才买水的时候你干吗不直接叫我带一副象棋过来，害得我重新跑一趟……

于是接下来的时间里，我和于老板搀扶着那个男人，三个人一起翻墙去了起初点蜡烛的地方。男人虽然嘴巴上答应了，但是看得出他还是很害怕的，于老板也是如此，我估计那个时候他们俩对我的话依旧是半信半疑。我点燃蜡烛，把棋盘上剩下的棋子都拿走放在地上，然后一如既往地结下绳阵，只留下一个出口。为了保险起见，我还是悄悄捏了一把坟土在手心里。我对那男人说，你现在把刚买的那副象棋摆好吧，你摆好了我就开始喊灵了。

所谓的喊灵其实就是把徘徊在附近的灵魂喊出来，并不是要交代它做什么事，而是让它注意到我就可以了。举例来说，如果我喊到的就是那个和男人下棋的人，它看到我的同时自然也看到了这个男人，以及已经摆好的棋局，那么下上一盘也就是情理之中的事情，等同于说，我喊灵，不过就像是小时候课堂上，分坐教室两头的学生相互喊不答应，于是找了个坐在中间的同学帮忙喊一声一样。

男人摆好棋局，对我点点头，我念咒喊灵，在罗盘告诉我它已经来了的时候，我和于老板都站到绳圈以外，静静看着。男人那一侧是红棋，本着象棋红先黑后的原则，他率先摆了个当头炮。而就在此时，黑棋左侧的马，竟然缓缓平移到了马位上。

我想当时除了我以外，男人和于老板都很吃惊，从他们俩的表情可以明显地看出来，那个男人甚至有些害怕。我对他说，你别害怕，只管下棋，有我在这儿你肯定是安全的。其实我是骗他的，我从来不会承诺任何人的安全，但是这些话又怎么能跟他说呢？好就好在，渐渐他平静了下来，棋风也越来越顺。我是个喜欢下象棋的人，只不过我觉得我下不过他，于是我提醒他，小心点，别赢了……放水！他才慢慢适当温和地改变了棋路。

这一盘棋下了不到 20 分钟，但我估计是这个男人这辈子下得最久也最离奇的一盘棋。最后他落了个仅剩一士一帅的局面，给逼死了。这种死法是象棋里比较没面子的一种，就是自己的子都让人给杀完了，特别没面子。我对男人说，下完了，你就赞叹下吧，说老人家你太厉害了什么之类的屁话。果然他对着对面的空气竖起大拇指，说老人家你太牛了，我再也不敢跟你下棋了！然后我对他使个眼色，要他面朝着烛光，后退着退出线圈。

接着我跟他说，行了，这里没你的事了，你可以走了。男人问我说，今后他就不会再这样莫名其妙转悠到这里来了吗？我说是的，在我送走这个鬼魂之后。他说那我在这里等着吧。我转头对于老板说，你也要在这里看着吗？他点点头，想必是这一晚他看到太多和他原本理解的世界相悖的东西，无论出于哪种心态，好奇也好新鲜也罢，不管在今晚他看到这些以后，将来还会不会用原本的眼光看待我，起码在这一刻，我是做到了对朋友坦诚的。

于是当着他们俩的面，我少有的不忌讳地起灵、送灵，而我也思考了一下，这个灵魂留下的执念，竟然是因为下象棋不服输。我们在街上遇到形形色色的人，但是他们每个人的心里都有一件自己绝对不愿放下的心事，这究竟算是固执，还是算人之常情？

大约在那件事一个月以后，于老板给我打来电话。这期间我和他并没有联系过，因为我曾以为我这么当着他的面一搞，估计他也不大愿意再跟我做朋友了，所以何必自讨没趣？只不过他在电话告诉我，他几天前跟那个男人一起去了那段废弃的河滨路，他说那男人精神看上去好多了，也没再遇到什么事情了。我问他那你们还去那地方干吗？他说他们找东西去了，然后在离垃圾场不远的地方，在树丛的泥土里，找到了那个红色的“帅”。

很好，这样的结局不错。

24 鸡叫

2008年，我接到一个中学同学的电话。原本我在外漂泊的这么些年里，很多同学都已经失去了联系，而在那年，班上的一位热心姑娘发起了一次同学会，本着“同学会，同学会，拆散一对是一对”的原则，很多原本失去联系的同学们又重新聚集在了一起。早年我们都还是孩子，懵懵懂懂的青春期，如今一见确实大家变化都不小，男同学更加成熟了，女同学也变得漂亮了。而这群同学当中，有一位姓陈的男同学，在那一年也成了我的一个客户。

其实原本我对于自己的职业是尽量低调，但我从不刻意去隐瞒。同学会上，大家聊天的话题除了追忆当年以外，更多的还是在对比各自的生活。例如，你工作是在做什么呀？你收入多少等，而这个陈同学，在念书的时候就常常跟着我一块瞎混。

通常跟我一起瞎混的人，基本上是没好果子吃的。我也不晓得为什么，从小到大，我都有一种强烈的想要恶作剧的欲望，而这位陈同学，是贯穿我整个初中时期，被我整得最惨的人之一，其实我并不是想要整他，而是因为我克制不住恶搞的邪念而已。例如，我曾经拍死过一只蜜蜂，然后装模作样嘴巴嚼得津津有味，然后捡起那只死蜜蜂走到他跟前，装作陶醉地自言自语："唉，怎么这么好吃呢？真甜啊！比糖还甜！"于是陈同学就缠着我问我在吃什么他也要吃，我就故作慷慨大方地把蜜蜂递给他，说果然是采蜜的，一嘴下去，满口都是蜜糖味道！

于是那天他吃了一只蜜蜂，吃得很开心。

还有一次，我骗他说我看到数学老师的金项链掉到花坛里了，但我找了很久没找到，你帮我找一下行吗？然后很快我就忘记这件事了，结果他硬生生旷课一节，给我挖了一堆蚯蚓回来。

所以当我多年后在同学会上见到他的时候，我的心里其实是挺抱歉的。不过听说他自从中考失利后，去了别的学校上学，然后进入了开挂的模式，考上了一所不错的大学，学了当下热门的土木工程专业，继而凭着自己的努力，就职于国内一家超大规模的建筑工程公司担任技术监理，住着名盘小区，开着价值不菲的轿车，论生活品质和社会地位，的确比我高得多。酒席上他略带自豪地跟我开玩笑说，他们公司即便不算工人的，每个月发放的工资都足以抵得上一些小县城的总体收入了。当然我不清楚这样的说法会不会过于浮夸了一点，只是因为大家都长大了，变得沉稳了许多，于是那些在我心里跳跃想要打击他积极性的话，我就憋着不说了。而借着酒精的力量，我也悄悄告诉了他，我是一个专门靠死人赚钱的神棍，并开玩笑地说，今后你如果有类似的业务，记得介绍给我做。

果真是个实诚孩子，在他们公司遇到一件事的时候，他还真的打电话给我了。他在电话里告诉我，如果连我都不帮忙的话，他就实在不知道该找谁了。我是个从不嫌钱多的人，所以我和他单独约出来见面喝茶，并请他告诉我他所掌握的事情的全部经过。

他告诉我说，大约在 2006 年的时候，政府决定在重庆大渡口区新修一条相对快速便捷的道路，连通巴南区的鱼洞，这样一来，人们去鱼洞就不必再从破旧的老路和比较拥挤的高速路走了，一方面是给道路缓解压力，二来也是为了方便那些明明只隔了一条江，却要绕路走很远的附近老百姓。他还说，由于鱼洞的发展程度越来越大，又濒临长江河道，所以还相应打算把原有的那个水码头扩建为一个规模比寸滩还大的集装箱码头，如此一来，重庆的水上贸易链江北江南都同时具备了。陈同学坦言，由于当初政府放标出来的时候，自己公司实力雄厚，也很有分量，这种重要的民生工程也就轻易拿下了。

陈同学接着说，工程在重庆，于是总部派了个高管来这里执行监督工作，自己则是配合领导完成工程队组建、建材采购，以及协调政府相关部门对附近受影响的居民安置协调的工作。他说，因为工程面积很大，除了要联合另外一个工程公司修一座跨江大桥之外，他们还中标了一份安置地，修建还建房，用来给那些因为工程失去家园的老百姓安家的。陈同学告诉我说，这个链条就扯得比较大了，简单地说，一方面你要毁了人家的土地，另一方面又要给别人更好的居住条件，但是土地这种东西永远都是最值钱的，所以不管工程进度几许，也怎么都赔不了钱。

我笑着说，这就是咱们老百姓特有的福利啊，政府低价收购了我们的土地，然后高价卖给开发商，再指定开发商找到你们这样的工程公司，一个牵扯到好几万人的项目，就这么三家机构就循环完成了，高，真是高啊！我承认我这人嘴贱，但我从来不无缘无故的贱。陈同学听后呵呵一笑说，那些事咱们就别管了，说说我这回具体遇到的事儿吧。

陈同学说，别的工作进度都还比较顺利，因为毕竟是分管的关系，所以很多事情不必自己亲力亲为。而就在不久前，他和政府部门相互配合，好不容易和一批拆迁户达成了意见，并在规定时间内把赔偿金和过渡费分发到位给居民们，开始推倒房子的时候，发生了怪事。他说，在那一带有一个村民们喊作“水塘”的地方，有一座房子，却怎么都没办法推倒。我问他说，是遇上钉子户了吗？他摇摇头说不是，因为那一带的居民都是安置好了的，整个过程相当和谐，并不会像电视新闻里常常看到的那种拆迁队大战钉子户。而是在那栋房子周围，所有的房子包括那些致富家庭修的三层楼的水泥砖瓦房都推倒了，却在挖掘机一靠近那座差不多 100 年的老房子的时候，就莫名其妙地失灵故障，别说推墙了，连动都动不了。我说还有 100 年的老房子？陈同学说是啊，就是以前那种红泥巴混合竹条当墙，圆木柱子当梁，顶上全是瓦片的那种，很老的房子了，那房子后面本来有一座坟，墓碑上面刻的是光绪多少多少年。我一拍大腿，对陈同学说，会不会是你当初动土的时候犯人家的坟了？陈同学说这就是他最不明白的地方了，因为当时规划的时候发现那座坟已经填平了，变成了庄稼，周围居民都说那是空坟里边没埋人，就只留下个墓碑在那儿。原本工程队的人都没想过可能是因为那方面的原因，但又没有合理的理由来解释，于是个别胆大的人就开始抡锤子砸了，考虑到那房子非常老旧又是红土做的，觉得人力也可以拆掉。可谁知道这一锤子还没下去呢，就被屋顶上掉落的瓦片给砸了，头上砸出一个口子，伤势尽管不重但是还是送医院了。

我忍不住觉得有点好笑，于是我打趣说，那当然了，如果哪天有人来拆你家房子，你不也得有什么砸什么吗？陈同学苦笑着说，但是那也没办法啊，房子始终是要拆的。发生了这两件事以后，工程队打算先把这个房子放这儿，周围那些房子剩下的先拆好了，于是又放置了一个礼拜。一个礼拜后不得不继续拆那座房子，又发生了和之前一样的怪事，机器一靠近就出故障，人一旦砸房子准被砸，谁也不知道为什么。陈同学说，更奇怪的是，第二次准备拆房子的时候，夜里守夜的工人还说，自己半夜起来撒尿的时候，听见那房子里传来一阵怪异的鸡叫声。

听到这里，我一下子来精神了，因为在我所了解的情况里，这种半夜有鸡叫的声音是比较危险的一种。试想一下，夜深人静的时候我们也许会听见许多声音，人说话的声音、狗叫、猫叫，甚至老鼠叫等，这些声音都会因为夜晚的安静而相应被放大和被耳朵所接收，但是没有一种声音会比鸡叫更加诡异，除了夜里的鸡本来不会叫以外，还有个很重要的说法就是，鸡脚神。但是我一想似乎又不大对，鸡脚神一般出现是为了收取亡魂，如果一个地方闹了鸡脚神，那么必然这里在三日之内是死过人的，所以很快我在心里就否决了自己的这个想法。于是我问陈同学，你们的工人除了听到鸡叫之外，还有没有别的发现？而且那鸡叫是公鸡还是母鸡？陈同学说，是公鸡叫啊，第二天那个工人来找我汇报这个情况的时候，我起初还以为可能是早前拆迁的时候哪家人忘记了把鸡给带走，所以晃悠到这里来了造成一场误会。因为这地方虽然是郊区但比起那些正宗的农村还是差多了，不可能会有野鸡的。再说了，这鸡怎么会半夜里叫呢？

陈同学微微摆动了下身子，把头朝着我凑近了一些，压低了声音跟我说，那个工人跟我说，他听到的鸡叫，和鸡本身的叫声有很大的区别，是那种人模仿出来的鸡叫声。陈同学周围看了看，确保没人偷听，又用更低的音调跟我说，我们那个工人循着声音找过去，因为那家的猪圈和鸡窝都是在同一个小棚子里，所以他找到猪圈的时候，黑漆漆的但却听见里边有人在学鸡叫，于是他打手电一看，在猪圈的角落里，有一个穿着白衬衫，背靠墙角蹲着，身子却挺得老直，双手分别放在蹲着的膝盖上，穿着黑色裤子，赤着双脚，脸上手上皱纹满布，却苍白得吓人的老头子。

我是个想象力比较丰富的人，所以当陈同学用这种音调跟我描绘那一幅连他自己也未曾亲见的画面的时候，我还是迅速把当时的环境和场景联想了起来。我虽然抓鬼，但我也是怕鬼的人。正如我所说，多数情况下，我并不是在怕这个鬼，而是害怕形成鬼魂的直接原因——死亡。听到这儿时我故作镇定，问陈同学接下来怎么样了。他跟我说，那个工人当场就吓得跑掉了，工地也不守了，跑到离那儿最近的麻将馆外面呆坐了一个晚上，直到第二天早上别的工人来。

陈同学说，原本如果说之前发生的那么多怪事还不足以让大家有能力直接去联想到这方面的话，那么那一晚守夜工人看到的那一幕，无疑就使得大家无法再去猜测别的可能性。陈同学到工地之前，别的工人陆陆续续都去了，所以他并不是第一个耳闻此事的人，而就在那天，所有工人都得知了这个情况。胆小的人开始盘算自己要不要辞职不干了，反正都是临时工，胆子大的人开玩笑地说是不是那个工人晚上喝酒喝糊涂了，但是谁也不敢轻易否定这件事，因为前前后后串联起来，实在太奇怪了。

陈同学告诉我，他本来算是不信这些的人，但是如此一来，他不得不信了。这种事情，就算自己单位的领导相信了，也没办法说服那些政府部门的人，所以当下他打电话跟领导汇报了这件事。由于是建筑队，所以领导是知道这当中的有些讲究的，于是他吩咐陈同学把这件事解决后再继续动工。陈同学也正是因为如此，才来找到我帮忙。

听完他口述的这些以后，我低头喝了一口茶，快速把陈同学说的这些串联在一起，就目前来看，是不是因为屋后那座空坟的关系我无法确定，但和这座屋子肯定有莫大的关联，也就是说，如果去了现场的话，我必然会在这个屋子至少是在猪圈里找到灵魂的痕迹，以此判断这个鬼魂能力的大小。于是我对陈同学说，咱们喝完茶，就去工地看看。

从喝茶的地方到工地估计车程差不多40分钟，从主干道斜插到工地上是一条两车道的村路，而从村路还有一个单车道甚至不叫车道的小路走进去大约10分钟就到了他们的工地。工地上一片狼藉，到处都是被推倒的房子，地上的瓦砾横七竖八，周围有些农田。陈同学告诉我，这些农田都是占地前附近村民的，由于本身就是农田，所以在这里正式建设之前他们是不会干预村民们种地的。而在一个百来方脏兮兮的水塘边上，唯独矗立着一间土房子，土房子还有个偏房。陈同学跟我说，那个偏房就是不久前工人看见老头的那个猪圈。房子和猪圈相互垂直，形成一个L字形，就在它们的中间，地上散落着不少摔碎的黑色烧制瓦片，还有一台挖掘机，垂头丧气地停在那儿。墙壁上偌大的红色“拆”字，院子里杂草横生，草堆里原本的泥土上边，则是一些别的房子拆解后，散落出来的碎石渣子。

工地上还有些工人，不过他们好像都知道这地方不大对劲，所以看得出来他们在刻意离那座房子远点。我对陈同学说，咱俩先到屋子里看看好了。他有些迟疑，我知道他在担心什么，我说你放心，有我在不会有事。

于是我和陈同学走到挖掘机跟前，我掏出了罗盘，一面打着盘看，一面四周围走动。院子里其实还好，没什么异动，我直接走进了猪圈，猪圈本来应该很脏乱，但从墙上地上的痕迹来看，已经干枯得和周围融为一体了，脏肯定是脏的，只是有很长一段时间没有更脏下去而已。猪圈里什么都没有，除了栅栏和喂食的食槽。我走到最靠外边的那个墙角，刚一靠近，罗盘就开始剧烈地转动起来，根据经验，这种信息似乎是在对我说，不要继续靠近了，否则我将要受到伤害的意思。

严格来说，这算是一种警告。我相信这种警告在当初陈同学他们准备推倒房子的时候，也曾出现过。只不过这些工人包括陈同学不懂测灵，所以无法得知罢了。工人们按照工程进度开工，却因为忽略了这个警告的信息，而导致自己受伤，想起来也就理所当然了。我在心里默默念叨一阵，那意思是在说，我是来解决问题的，不是来制造麻烦的。接着我就退出了猪圈，朝着内屋走去。

同样地在我踏上内屋的那个门槛的时候，这种警告再度出现，只不过这回我采取了对抗的方式，一面念咒一面走进去，念咒的目的在于让“它”暂时没有办法对我和陈同学做什么，例如，用瓦片砸我们之类的。内屋里也是一片荒凉，除了几根横七竖八倒在屋子中间的长条凳子，还有一个四方桌，没有样式可言就是那种非常寻常的老木头桌子。房子的一角摆着一张木床，床上甚至没有床板，床的四脚向天顶上延伸，形成一个撩蚊帐的架子。天顶上除了房梁以外，就能够看到瓦片了，只不过瓦片破碎了不少，以至于我可以直接看到天空，屋子的墙壁应该是刷过石灰的，从那些斑驳的印记可以看出，墙上有些钉子钉过的痕迹，如果我没猜错的话，这里应该是挂过相片或是伟人的画像。在床头一侧的墙壁上，则贴着一张纸，那张纸的左上角因为没粘牢固而耷拉下来，挡住了其他的地方，所以我不知道那张纸是做什么用的。我继续朝里屋走，床脚一侧有个小门，走进去则发现是厨房，有两个挺大的土灶锅台，地上摆着几个类似我们用来做泡菜的瓦坛子，我打开坛子，里边还有些干掉的泡菜，没有水了。除此之外，这间屋里别的什么都没有。

我一直密切注意着罗盘的动静，从进屋到现在我并没有受到什么外力的干扰，这说明我之前念咒是有用的，也说明这里虽然闹鬼，但是这个鬼并不能把我怎么样。有了这种确切的保障之后，我胆子也大了许多。我重新回到有床的内屋里，伸手撩起墙上那片耷拉下来的纸，掉落一阵灰尘后，我发现那是一张奖状。奖状上已经严重褪色，但是还是能够看出那用毛笔写下的字：梁静小同学在本学期评为三好学生，落款的日期是，一九八九年。

我小时候也得过奖状，但那基本上都是赛跑第几名，或者是乐于助人小标兵之类的，我从没在学习上拿过奖状，这也注定了我永远不可能因为念书而出人头地。所以看到那张奖状的时候，我不免联想起我小时候那种很“社会主义”的感觉。于是我简单推算了一下，梁静应当是个女孩子的名字，奖状上写着“小同学”，那么应该是小学生而且是低年级。也就是说，当梁静得到这张奖状的时候应该是一二三年级的事了，折中假设一下，是在二年级，那么岁数应当是 8 岁，一九八九年的时候她 8 岁，则她的岁数应该和我相差也就一两岁。我转头问陈同学，你们当时拿到土地的时候，住户签字这户人家是谁签的？陈同学说村里人都说这里已经十多年没人住了，早前在做人口普查的时候把这儿判定为了无户主，所以在十年前那场农转非的热潮里，村里就把这里的产权划成了集体土地，只是这么多年来一直没有多余的钱把这里改建，就让房子一直荒在这儿了。我说那就是说这里的户主根本没找过，或者是找过没找着，于是村里就代表户主把土地回收了对吗？陈同学说是的。我问他那之后你们都没问过其他村民这里住的是什么人吗？他挠头笑着说，这字都签了，法律上都已经承认了产权，又没人来过问，谁还会去打听这些事呢。

联系前后我想了想，有一种强烈的感觉告诉我，这个地方并不是没有主人，而是因为死亡或者别的原因找不到。这房子起码是 100 年的老房子，很有可能是一家人祖祖辈辈都住在这儿，从工人的目击来看这儿的鬼应该是个老头，起码他死亡的时候是个老人了。穿着衬衫说明是这几十年的事情，那么这个老头很有可能就是奖状上那个梁静的外公或者爷爷。也就是说，如果要解开这当中的疑惑，我们得想法子找到这个叫梁静的女人才行。

我问陈同学，现在这村子的村委会还在不在？他说已经不在了，拆迁后大部分村民都搬到了山下主干道边上的一个还建房小区里，开发商和政府提供了过渡费让他们在这个小区或租房子或买房子，重新生活。以前的村干部大多也都住在那儿，只不过这个村子已经不在了，干部们也都卸任或是分散到目前的街道了。我说那应该还能够找到几个了解情况的老干部吧？他说应该可以。我说那好，咱们这就找去。

下山以后走了没多久，就到了一个看上去修建得不错的还建房小区，比起那些财大气粗的名盘小区来说，这里显得逊色了许多，但是比起周围那些厂房职工宿舍来说，这里又的确是个小区的味道。停车库健身步道健身器材一应俱全，小区还有保卫人员，这其实侧面说明了即便是还建房，也是有规模像样的房子。陈同学根据自己手上当时那些村干部的联系方式挨个找过去，最后我们找到了当时的村长。

村长听说陈同学要来问点事情，到楼下来接我们。村长看上去岁数不小了，五六十岁吧，但穿着一身深蓝色的中山服，这样的打扮看上去很像赵本山老师。村长姓王，据说是在这里生活了几十年。表明来意，我们告诉村长说要找一些当初村里目前还健在的老人打听下他们村X社X号原来住户的情况。村长很热心地带着我们到小区里一家茶馆里，找到一个戴着鸭舌帽、拄着拐棍的老爷爷。这个老爷爷看岁数应该是七十好几的人，但是虽然身体老了，神志却还很清醒。村长说，这位大爷是他们村资格最老的几个人之一了，解放前家里是开学堂的，算大户人家，所以村里大大小小的事情老人家基本上都了解。于是我和陈同学问老人，那间屋子以往的主人是不是姓梁，老人回想了一下说是的，于是我就知道梁静其实就是那个老头的孙女。

闲聊间老大爷突然有些惋惜地叹了一口气，说这个老梁啊，一辈子命都不好，父母在他很小的时候就相继去世，家里除了他以外，就剩下两个妹妹，长大以后妹妹都嫁人了，他自己则因为供妹妹长大，欠了债还不上，就在两个妹妹嫁人之后，到山下铁路边偷生铁去卖，结果被抓住了。老大爷说，在那个年代，盗窃可是要坐牢的，因为偷一块铁和偷了供销社的米一样，都是社会的蛀虫，被瞧不起不说，有了污点后将来做什么都困难。结果他因此被判刑了几年，出狱后都三十多岁了，想着父母去世，妹妹嫁人，自己虽然什么都没剩下，但还有土地，可以老老实实当农民。于是他开始养猪种地，多年后还清了债务，却把自己岁数也拖大了。

老大爷说，老梁那时候都是五十多岁的人了，却还没有结婚。而当时的政治环境相对缓和了许多，人们对待有过牢狱经历的人多了一些宽容和理解。老大爷说，自己家和老梁并不是很亲密的那种，但是有时候看到他实在过得清苦，街坊邻居们也都渐渐开始不同程度地接济下老梁，但是老梁一直都把大家的好意拒之门外。说到这儿的时候，我猜想老梁估计是要自己争一口气，靠自己生活。我特别能理解他这种做法，因为假如有一天曾经瞧不起我的人来给予我施舍，即便他出于一片善心，我也会委婉拒绝的。因为我也会选择自己活出个人样，来给你们看看。

老大爷接着说，到了20世纪80年代时，有人在当时的老村子家门口丢下了一个菜篮子，篮子里就装着一个刚刚出生没多久的女婴，第二天这件事就在全村传遍了，大家虽然嘴巴上都在说这孩子很可怜这么小就被丢了，还有的人猜测这孩子被丢弃是不是因为本身有什么疾病之类的，表达同情的同时，却没有任何一家人愿意出来代为抚养这个孩子。在他们看来，他们宁可走很远的路把孩子送到福利院，也不愿意赏给孩子一口饭吃。

听到这儿的时候，我心里一阵不爽的感觉，准确地说，是觉得心酸。孩子刚刚被遗弃到村长家，却又即将被大家再度以另一种看起来和缓，性质却完全一样的方式遗弃掉。老大爷说，而就在大家议论纷纷拿不定主意的时候，老梁站出来说，他来抚养这个孩子。

老大爷说，当时大家都有些吃惊，因为老梁岁数已经不小了，自己的日子都过得紧巴巴的，再抚养一个孩子，那压力肯定小不了。老村长当时告诉老梁，说你经济上困难，领养孩子要符合国家条件才行，这孩子还是让咱们送福利院吧，这样将来还能找个好人家。老梁一直跟村长坚持，他说自己贫苦了一辈子，本来觉得生活也没什么希望了，随时随地死了都不会觉得有什么，但是如果让他抚养这个孩子，这个孩子就会成为他的希望，有了希望他就会有活下去的动力。老梁最后还强调说，他不知道为什么，一看这孩子就喜欢。

也许是他的一番朴质的话说服了村民们，大家纷纷开始赞同让老梁收养这个孩子。有些家里条件比较好的家庭还说，今后孩子生活念书的费用，大家都会一起想办法的。于是村长带头，把孩子交给了老梁抚养。

老大爷说，起初的几年，孩子小，也乖，吃得少也花不了多少钱，而老梁这个人的浓烈自卑心理，觉得自己劳改过、矮人一等的情况也渐渐有所好转。他给孩子起名叫梁静，还笑着说自己的岁数大了，叫爸爸不合适，就直接升级当爷爷好了。而梁静这孩子从小也乖巧，个子不大总是帮着老梁分担田里和家里的重担，小小年纪却比起很多同龄孩子成熟一些。全村人都知道她是捡来的，她自己也知道。老大爷说，这孩子很争气，虽然没有血缘关系，却跟老梁是一个性子，别人越是看不起我，我就越要证明给你们看。

老大爷接着说，很快梁静就到了上学的年纪，由于是弃婴，没户口，也就上不了学。老梁去求老村长，请村里出证明，到派出所把孩子的户口解决了。梁静也知道自己上学来之不易，所以学习一直很用功。周围的村民们都喜欢这个上进好学的孩子，于是正如他们早前承诺的一样，梁静的学费，大家一块给凑了出来。

老大爷叹气说，可是到了孩子上中学的时候，学费突然变得高了不少，渐渐有人开始不愿意帮助梁静了，甚至村子里还有个别八婆的人，闲言碎语说女孩子现在长大了身材出来了老梁有福气了之类的浑蛋话，于是老梁砸锅卖铁把梁静供着念完了中学，却在考高中的时候，梁静明明考上了一所不错的高中，但因为家里实在负担不起，她被迫选择了离家很远的一所普通高中，为了节约路费，就念住读。就在梁静上高中的第一年，老梁因为岁数大了，身体虚弱吃不消，导致在猪圈喂猪的时候中风倒地，却再也没救回来。

老大爷说，老梁的岁数比他还小一些，但是他这么多年的操劳，让他看上去岁数和他差不多一般大了，而且因为穷，平日里和乡亲们的来往也不多，他是死后很多天，猪圈里的猪饿慌了不停地叫唤，吵到大家休息，这才在猪圈里发现了他的尸体。老大爷说，乡亲们看老梁死挺长时间了，身体是蜷缩着的但是却很僵硬，这时候办丧事连人都躺不平，于是就一面通知了还在上学的梁静赶紧回家，等梁静赶回来后草草办了一天的丧事，就大家凑钱火化了。

老大爷说，从那以后，梁静因为要继续上学，回家的次数越来越少，到她高中毕业的那年以后，就再也没人见过她了。这时候村长打断我们说，前几年开始拆迁的时候他们村委会还辗转找到了梁静，她已经嫁到了湖北，在那边定居生活了。告诉她这里要拆迁了，需要她回来签字，她却说房子是爷爷的不是她的，既然爷爷已经死了，那就由村里代为决定吧，自己不要拆迁费了，就当成是报答乡亲们那么多年对他们祖孙俩的照顾了。

我问村长说，您的意思是现在如果要找梁静的话，你们是能够找到她的联系方式的？村长说是的，当时打过电话，如果号码没换的话就能找到。我对村长说，那麻烦你告诉我们一下她的电话，现在拆房子在他们家遇到点问题，我们需要跟她求证一下才行。村长很爽快地答应了，于是就开始打电话，找那个知道梁静电话的当时的村干部，辗转好几次，他终于把梁静的电话号码写在烟盒里面的锡箔纸上，然后递给了我。

谢过村长和老大爷以后，我和陈同学就离开了那个茶馆，走到那个小区门口我就开始给梁静打电话。所幸的是，这个号码依旧是通的，而且电话的那头，就是梁静本人。

确认是她本人以后，我告诉她我是这边拆迁办的，希望跟她了解下老梁

的情况，但是梁静似乎有点不耐烦或是不愿多说似的，告诉我说她此刻不方便想要挂掉电话。于是我咬咬牙，斩钉截铁地对她说，梁小姐你听我说，你爷爷回来了！

电话那头突然愣了，然后她带着不解的语气问我，什么叫我爷爷回来了，你这么说是什么意思啊？于是我尽可能简短地把从陈同学告诉我的情况等来龙去脉，甚至包括刚才那位老人家给我描述的老梁当初的死状，还有一些关于她自己的事情告诉了她，我察觉得到她非常吃惊，并且处于怀疑我与相信我之间。于是我告诉她，现在建筑方要拆掉你爷爷家的老房子，你爷爷的鬼魂回来了死活不让拆，如果我强行弄走你爷爷一是我自己于心不忍，二是这对你来说是不负责的，所以希望你能够配合一下我，弄清楚来龙去脉后我再送走你爷爷。我不会耽误你多少时间，你就告诉我你爷爷当年的一些习惯就好。

我说这些话并不是没有理由的，其实我完全可以直接带走老梁的鬼魂。但是那只是解决了这个问题，却没有化解这段执念，而且我还有几个问题没弄明白，一是屋子后边的那块墓碑，二是为什么老梁的鬼魂会在夜里学鸡叫。

梁静听到我说了这些话，让我等一下她换个方便说话的地方。十多秒钟以后，她问我是不是自己爷爷真的回来了，我说我没有亲眼看到但是有人看到了，不可能是假的。她停顿了一下问我，你想要知道些什么？我跟她解释道，你爷爷之所以没走，甚至占着房子不让施工队拆掉，我原本以为是因为那是他的房子，但后来一想，我觉得房子倒不是主要的问题，主要的问题是你。因为他死的时候你是不在身边的，而你是他这一辈子最重要的人。如果我是他的话，我想我会遗憾很长时间。猪圈潮湿秽重，容易造成鬼魂迅速的形成，这也是我觉得你爷爷这么多年一直留着不走的原因之一。我之所以让你告诉我你爷爷的一些习惯，就是为了找到他平日里的一些喜好和轨迹，这样我才能从根子上让你爷爷解脱出来，不要再留恋人世，变成孤魂野鬼。然后我问她，你们家背后那块墓碑是谁的，你爷爷有跟你提到过吗？

梁静说小时候她也问过，爷爷说那是他小时候就已经有的东西了，而且大家都知道那是个空坟，里边什么东西都没有，大概是后人移了重新安葬了。我心里想，我估计这两件事也联系不大，工人看见的鬼魂是穿衬衫的，怎么都不会扯到一个光绪年间就死掉的人身上。而且我当时在屋里罗盘看的时候只有一个鬼魂的痕迹，那就说明和墓碑真是没什么关系了。于是我接着问梁静，根据目击者说，你爷爷出现的当晚是在半夜里学鸡叫，对于这件事你有什么印象吗?

梁静没说话，但我察觉得出她有些吃惊。于是我追问她说，这可能就是这件事的关键了，请你好好回忆一下。梁静突然在电话那头哭了起来，她边哭边说，她小时候有一段时间特别不懂事，看到别的小朋友家里给买了闹钟，于是她也缠着爷爷说想要买一个。虽然闹钟值不了多少钱，但是老梁一直都是省吃俭用来供她生活。于是老梁跟梁静说，爷爷养了鸡，咱们家早上不用闹钟，鸡会把咱们叫醒的。梁静告诉我说，那时候她还很小，因为早上上学要走挺远的路，所以要早点起来。于是从那天开始，她就真的如爷爷所说的那样，每天清晨被一阵鸡叫给叫醒。只是当时她不明白，鸡毕竟是畜生，哪有可能每天那么准，那些像模像样的鸡叫声，其实都是爷爷故意跑到鸡窝边上，学鸡叫闹醒了梁静，然后装作没事一样，进屋来跟梁静说，鸡叫啦，起床了。

说到这里的时候梁静已经有些泣不成声，我想老梁当初的突然死亡，对她来说打击应该是非常大的。人在受到这些打击的时候，往往会选择去逃避一些容易让自己伤感的事情。梁静接着跟我说，后来自己慢慢长大了，知道每天早上的鸡叫其实是爷爷装出来的，为的就是叫她起床，就心疼爷爷说不要这么做了，以后会自己起来。我心想她真是个懂事的孩子。梁静告诉我，但是后来爷爷虽然没有每天都这么做，但偶尔为了逗她开心还是要这么装上一装。一直到她离开家去念书，却没想到以前觉得爷爷学鸡叫滑稽可笑，现在却想听都听不到，甚至连想起来都会痛哭一场。

我心里算是明白了，老梁的鬼魂早已过了所谓的 49 日中阴身的期限，他唯一的执念也正如我所想，就是梁静。而可能是习惯的问题，他在半夜学鸡叫，却因此被工人目击，说这一切是巧合我觉得不像，更像是注定要发生的。因为他的鬼魂大概觉得自己就快要守护不住他和梁静的家园了，于是才出现了这样的情况。

盘算了一下，我觉得是时候带走老梁的鬼魂了，但是在那之前，我必须

要有梁静的一句话。我对梁静说，我迟一点的时候会再打电话给你，你爷爷骨灰安葬的地方，我希望你能够给我一个时间期限，在多久之前一定回来看上一眼，待会儿我打电话给你的时候你亲口告诉你爷爷，然后我再带走他，起码让他走得安心。

梁静答应了我，哭哭啼啼地挂上了电话。于是我把电话里和梁静的对话内容简单地告诉了陈同学，他也觉得很是感慨。他说他自己的外婆从小把自己带大，如今外公过世了，外婆就搬来父母家跟他们一起住。只是近几年来老人岁数大了，已经糊涂了，像个小孩子，丢三落四，也常常忘事。但是他却能感觉到，就算有一天外婆把全世界都给忘记了，也不会忘记我们是她的孩子，依然会爱着我们。说到这里的时候，他好像有所触动，默默揉了揉鼻子。

我和陈同学重新来到工地上。我请陈同学先把周围的工人都支开，他自己也不能跟着来。没什么特别的理由，因为毕竟是同学，有些东西我还是有所保留的。

我重新回到猪圈里，取出自己身上的东西，把必要的一套摆好，并开始念咒喊灵，在鬼魂被喊出来以后，我拨通了梁静的电话，按到免提，放到老梁死去的那个角落里，然后我对梁静说，我现在离开三分钟，你有些什么话就跟老梁说吧，他没办法回答你，但是你说的他全部能听见。电话里开始传出梁静的哭声，我不愿意去打探他们祖孙间的私语，于是走到外面，坐在那个挖掘机的铲子上，默默抽了一根烟。

随后我回到猪圈里，拿起电话，问梁静是不是该说的都说完了，梁静说是的，她会在年末之前回来祭拜爷爷。我说好的，跟你爷爷说再见吧，让他安生走，说你过得很好。说完我就挂上了电话。

接下来，我不大记得我怀着一种怎样的心情送走了老梁，只是暗暗觉得有些惆怅和矛盾。老天爷让我们出生以来，就不断地背负着各种各样的情感，亲情、爱情、友情，让我们在人世间经历了几十年情感的沉淀以后，却要我们了无牵挂地走，谁一辈子没点挂在心上的事？谁一辈子凡事又通通能释怀呢？

想不通也就不想了，只是这份惆怅一直持续到了几天后。我是个比较情绪化的人，就算是同学，我也跟他要了个高价，反正不是他的钱。我只记得当时我送完老梁以后回到他跟前，很潇洒地说了一声："拆吧。"他就开始吩咐工人开动挖掘机，轰隆隆一阵响后，这个纠缠了他们许久的房子，从此也变成了一堆渣。

伴随着这堆渣的，还有我的不解，和祖孙俩十几年的回忆。

（第二部完）

图书在版编目（CIP）数据

十四年猎诡人. 2 / 李诣凡著. -- 广州 : 花城出版社，2014.3
ISBN 978-7-5360-7100-1

Ⅰ. ①十… Ⅱ. ①李… Ⅲ. ①中篇小说—小说集—中国—当代②短篇小说—小说集—中国—当代 Ⅳ. ①I247.7

中国版本图书馆CIP数据核字(2014)第031425号

责任编辑：李 谓

书　　名	十四年猎诡人.2 SHISI NIAN LIEGUI REN. 2
出版发行	花城出版社 （广州市环市东路水荫路 11 号）
经　　销	全国新华书店
印　　刷	北京嘉业印刷厂 （北京大兴区黄树镇）
开　　本	787 毫米×1092 毫米　16 开
印　　张	19.25　2 插页
字　　数	295,000 字
版　　次	2014 年 3 月第 1 版　2014 年 3 月第 1 次印刷
定　　价	32.80 元

如发现印装质量问题，请直接与印刷厂联系调换。
购书热线：020－37604658　37602954
花城出版社网站：http://www.fcph.com.cn